她们的勋章

橘子宸 著

南方传媒 花城出版社
中国·广州

图书在版编目（CIP）数据

她们的勋章 / 橘子宸著. -- 广州 : 花城出版社,
2024.1
ISBN 978-7-5360-9587-8

Ⅰ. ①她… Ⅱ. ①橘… Ⅲ. ①长篇小说－中国－当代
Ⅳ. ①I247.5

中国版本图书馆CIP数据核字(2022)第131902号

出 版 人：张　懿
责任编辑：陈诗泳　欧阳佳子
责任校对：李道学　袁君英
技术编辑：凌春梅
封面设计：张年乔　具伊宁
封面插画：地　白

书　　名　她们的勋章
TAMEN DE XUNZHANG
出版发行　花城出版社
（广州市环市东路水荫路 11 号）
经　　销　全国新华书店
印　　刷　广东鹏腾宇文化创新有限公司
（广东省珠海市高新区唐家湾镇科技九路 88 号 10 栋）
开　　本　880 毫米 ×1230 毫米　32 开
印　　张　13.125　1 插页
字　　数　310，000 字
版　　次　2024 年 1 月第 1 版　2024 年 1 月第 1 次印刷
定　　价　52.00 元

如发现印装质量问题，请直接与印刷厂联系调换。
购书热线：020-37604658　37602954
花城出版社网站：http：//www.fcph.com.cn

每个看似平凡的女人都是身披盔甲、戴着勋章的女英雄！

目 录

楔子

女人躺在冰冷的手术台上时，意识是清醒的。在她的坚持下，这场手术只做了局部麻醉。

于是她得以亲眼看着那个已经初具人形的小生命从她体内被取出来，她侧过头，看见医生手里捧着一个小到不可思议的身躯。虽然只能看到通体紫红色的背部，但她已经可以想象到他长得多么可爱。

“医生，我能看看吗？”她嘶哑着喉咙问。

温柔的护士握住她的手，也挡住了她的视线：“我劝你最好不要……”

看一眼，那将是一辈子的噩梦。

明明打了麻药，伤口感觉不到疼痛，她却觉得被剜出来的好像是自己的心脏。

未成形的胎儿取出来时，只呜咽了一声，就再无声息。

医生将他放进黑色塑料袋中，扎上口的时候顺口说了一句：“可惜了，是个男孩。”

她突然笑了，笑得非常讽刺，甚至闭上眼睛笑出了眼泪。

手术室外的长椅上陪伴且等待她的并不是伴侣或是父母，而是另外两个孕妇。其中一个还看不出孕相，另一个的肚子看上去已经有七八个月，但四肢还很苗条。

如果你问她们：“在什么情况下，一个母亲会选择终止妊娠，放弃自己的孩子？”

一个人会告诉你：“我从来没想过要孩子，因为我自认为没有做母亲的觉悟。但自从决定生下他，我就再没想过放弃。”

另一个人会告诉你：“我每一刻都在想放弃，因为他让我彻底丢失了自我。但也是他，每一分每一秒都在让我发掘新的自己。”

而躺在手术台上的女人的答案是：“如果把他带到这个世界上只有无穷无尽的痛苦，那我宁肯把这份痛苦留给自己。”

遇见一个人，命运全改变。原来从来指的不是你的另一半。

很多人说孕育是一段最美的旅程。可有没有人告诉你，孕途其实是通往童话王国前的一段血色征途。

第一章

1

樊异在凌晨一点半接到连韵的电话，手机响起来第一声她看到来电显示立马接了，这让正在解她内衣扣的枕边人有些不快。樊异一边抚平他皱起的眉心，一边轻咬他的耳垂："乖，是得罪不起的客户。"

她接起电话，电话那头可以听得到连韵敲击键盘的声音和她音调不自觉提高的斥责："你第一天入行吗？这么基础的错误还会犯。少一个小数点，你知道公司损失有多大吗？你自己明天递辞职信，不要让我说第二遍。出去！"

樊异为电话那头挨骂的人默哀了一秒，真是倒霉，大半夜加班还要被辞退。谁让他刚好赶上连韵准备婚礼最焦躁的时期犯错。

对方好像终于意识到电话接通了："喂，樊异，是我。"

"我知道，大佬。这个点找我什么事？"

"我刚看了你助理发给我的清单，玫瑰品种和我之前要求的不一样。怎么回事？"不用亲眼看到她也可以想象连韵好看的眉毛此时正微微蹙起，嘴角下撇，像她每次等待下属汇报时的不耐烦神情。

"现在是旺季，加上 Silantoi（瑟兰玫瑰）产量稀少，我们联系了所有合作的花农，到处都订不到。就临时决定用 Sweetness（甜心玫瑰）代替。两种花都是撞色渐变，整体效果看起来差不多。”

“看起来差不多？你告诉我，Hermes 和 Sophie Hulme（爱马仕的平价替代款）是一回事吗？”连韵的口气是不可商量的，“我喜欢黄芯玫瑰，所以一定要 Silantoi，你再去想办法。”

樊异暗叹一口气，只能应承下来。

“樊异，你别怪我严苛，婚礼是一生一次的事，我要一百分，不要九十九分。明白吗？”

“懂。你放心，我一定给你一个完美的婚礼。”樊异如此这般保证才让连韵放下电话。

早就躺在一旁刷手机的男伴，见她挂断电话好奇地问道：“谁啊？口气这么嚣张。”

“不是说了吗？一个得罪不起的客户。”换作别人，如果大半夜打电话跟她纠结这种鸡毛蒜皮的事，她一定爽快退定金，让她从哪来回哪去。

樊异做独立婚礼策划师五年，名号在靖州也算是响当当，从来不缺客户，但谁让对面这位是她十几年的发小呢？还是个凡事追求一百分的完美小姐。

就算不看在高额佣金和十几年的情分上，也得看她承诺自己的限量 Hermes 的面子。

平心而论，做了这么多场婚礼，樊异深谙其道。她从来不怕要求多的客户，就怕不知道自己要什么的客人，想一出是一出，往往做出来的效果让她很糟心。

而连韵非常明确知道自己要什么，从风格到流程，从菜品到花饰，她想得既周全又有品，省了樊异很多心思。最好的一点是连韵尊重她的专业，能听得进意见。樊异在她提出的方案上做出的改善，连韵照单接收。再加上连韵给出的预算充足，让她如鱼得水，能痛快大干一番。这不仅是连韵的完美婚礼，也会是她最满意的一个作品。

思及此处，樊异顿觉心情舒畅。今晚在酒吧认识的这个男伴便也显得格外可口。男人放下手机，很快进入状态，他的手指从她脖子后突起的隆椎一路向下，像弹钢琴似的滑到她的内衣背扣上，轻轻一钩内衣便已脱离身体。

他高举着那性感的红色蕾丝内衣，像举着一面胜利的旗帜，很快“旗帜”又软绵绵地落在枕边。

2

咔嚓咔嚓，快速按下的快门和闪光灯让闲逸的咖啡馆多了一丝紧张的氛围。

镜头里的连韵拥有令人惊艳的容颜和一双白皙笔直的长腿，单看身材长相大概会以为是哪个模特出外景。但她今天选择了一套异常严肃又刻板的西服套装，这样的尤物被套在黑色铅笔裙里悄悄藏住了所有性感，加上一张扑克脸，就只剩下不可置疑的权威。

连韵因为荣获2022年的“靖州十大杰出女企业家”而接受《巅峰》杂志的人物专访。这曾是她二十岁时的终极梦想，但现在她至多只把这当成一个里程碑，连半山腰的中转站都算不上。

“好的。这组很好。连小姐可以换个姿势。”摄影师比了个OK的手势，连韵配合地换了一个方向和姿势。

快门声迟迟没有响起，摄影师从相机后探出半个脑袋，观察着连韵的坐姿：“连小姐，麻烦你再换个姿势。腿不要跷起，双腿并拢靠向沙发一侧，这样拍出来比较淑女。”

连韵的脸上浮现出困惑的表情："你刚是在教我怎么'像个淑女'一样坐吗？我和马明、王清石（本地著名男企业家）他们谈生意的时候，他们哪个不是跷着二郎腿，整个人靠在沙发上指点江山。今天换作他们在这拍硬照，你会教他们如何坐得'得体'一点吗？你们男人真是惯会玩双标。"

摄影师面色尴尬地不停抓头，求助地看向一旁连韵的助理李乘风："我不是这个意思……"

李乘风十分懂事地端起刚磨好的咖啡迎上去："连总，拍了这么久，大家都休息一下吧？"

热腾腾的咖啡冒出香气，稍稍冲淡了连韵的怒意。她做了个暂停的手势，起身接过咖啡往吧台走，一边走一边和李乘风吐槽："Come on！这都2022年了，竟然还有人指指点点女人该这样该那样。我如果真照他们说的那样，现在不就该蓬头垢面地待在家里带孩子了？"

吧台旁的二人小桌上坐着两个推着婴儿车的年轻母亲正在喝咖啡，她们虽然还不到连韵口中蓬头垢面的程度，但明显对自己的外形疏于管理，陈旧宽松的运动服也遮不住肚子上一圈盈出来的赘肉，孩子们倒是穿得干净可爱。

本来还在埋怨生孩子后丈夫公婆种种不是的女人，听到连韵的话，一致扭头看向她。

连韵一派悠然地落座在吧台上喝咖啡，对身后的怒气毫无察觉。李乘风向她们的方向略带歉意地点了点头。

连韵浑然不觉地继续说道："什么'你负责貌美如花，我负责赚钱养家'，这种狗屁话也只有蠢女人会信。你看过几个全职家庭主妇貌美如花？我有个远房堂妹二十岁就生了孩子，她老公只给一些买菜都不够的零碎钱，就让她放弃工作在家做饭打扫带孩子，美其名曰让她享清福，实际上多了个终生无休的免费保姆。这买卖不要太便宜。”

纵使知道连韵不是针对她们，两位年轻妈妈的脸面已然挂不住，对着她怒目而视。李乘风尴尬地看着对方笑，希望连韵能打住这个话题：“也不是所有家庭主妇都是这样……”

连韵耸耸肩，摊开双手，十分无所谓的表情：“反正我是不能想象让我放弃工作，每天穿着运动裤，趿着人字拖还要抱着孩子在菜市场挤来挤去的生活。”

两位妈妈同时低头看了一眼自己脚上的人字拖，怒气值已经到达顶峰。其中一位重重放下咖啡杯，拉着同伴、推着婴儿车往外走，边走边用不低的音量阴阳怪气地说道：“有些女人顶着这个总那个总的名号，一副高高在上的样子，无非就是没男人要的可怜虫罢了。都是被婚姻战场淘汰的女人才需要去职场拼杀。”

她的同伴非常轻蔑地回头从头到脚扫了连韵一眼：“可不是。这年头连男人都失去竞争力的职场，谁知道她是靠什么上位的？”

这话说得十分难听，在场的工作人员有的面露尴尬，有的暗自窃喜，但大家都一致假装没有听见，低头干自己的活儿。

连韵慢半拍反应过来，指着自己：“她们刚是在说我？”

“她们随口胡说，连总你别放在心上。”李乘风怕连韵发怒，赶忙安抚。

连韵倒是意料之外的轻松，拿起纸巾漫不经心地擦干净咖啡杯上的口红印。“比这难听一百倍的话我都听过，这没什么。职场女性与全职主妇之间永远是一条相互鄙视的生物链。”

纵然这个社会尽是男人凭借性别优势不停地在打压女人，但对女人敌意最大的永远是女人。

男人的成功可以轻易地用银行账户上的数字或者社会地位来

评判，但女人的成功不是。事业成功只能算女强人，家庭幸福只不过是合格线，长得漂亮算天生优势不足为傲，长得不漂亮却是万万不可。综上所述，一个成功的女性必须是事业有成，兼顾家庭美满，外貌出众最好还不自知。

简单来说就是，聪明又贤惠，美且蠢。这不是对人的要求，这是对神的要求。而连韵终其一生就是为了成为这样的女神，打造她的完美人生。

“小韵！”敲玻璃的声音打断了连韵的胡思乱想，西装革履的男人弓着腰轻扣咖啡馆的落地玻璃。

“连总，宗医生来接你了。”

连韵看到宗绍才想起他们今天下午还预约了试婚纱。她看一眼手表，时间紧迫。她打了个手势示意宗绍等等，自己大剌剌坐回拍摄的沙发上，长腿一撂，交叠在一起，身体前倾，摆出一个十分有力量感的pose。

这种姿势在众多商业杂志封面上或许屡见不鲜，但无一例外都是男性。乍一看女人做出这样的pose，有些诡异的违和感，却又有种力与美结合的艺术性。摄影师忙不迭地按下快门。

趁连韵拍摄期间，李乘风走出咖啡厅邀请宗绍：“连总还有最后一组就可以结束今天的拍摄，宗医生要不进来坐着喝杯咖啡等会儿？”

“无妨，我坐车里等就好。小韵不太喜欢我进入她的工作领域。”

李乘风点点头表示理解。连韵是个公私分明、界限清晰的人。就像他做了她三年助理，依然不被允许关注她的私人社交网络账号，因为她认为私生活的放松状态会影响她在工作中的威信力。他猜想即使身为未婚夫，宗绍也未必完全了解连韵工作中的状态。

这是连韵摸爬滚打多年总结出的经验，要想做完美女神，就得过上工作家庭完全隔离的双面人生。她在职场上杀伐决断，不影响她在公婆面前的委曲求全。

拍完最后一组照片，连韵站在摄影师身后看着相机里的预览图："就最后这组，修好后连同文稿一起发给我的助理。"

很快，连韵结束工作大步走出来。宗绍替她打开副驾驶的门，左手垫在门框上方避免她撞到头，连韵弓身钻进这辆新买的奥迪A8。咖啡馆里收尾的工作人员，尤其是女职员们隔着玻璃窗偷偷观望宗医生，无一不露出艳羡的目光。

长得好，工作好，还嫁得好。她的人生就像高档百货楼里的橱窗展示，永远光鲜亮丽却是可望而不可及。

试完婚纱已经将近晚上九点，两人一同共进了晚餐。由宗绍开车送她回家。

宗绍车里放的熏香是她选的天竺葵，能缓解疲劳，连韵踢掉脚上的高跟鞋，团着身子陷进真皮座椅里，慢慢放松下来。宗绍的车开得又快又稳，她很快便睡了过去。

醒来时，夜空中的星星亮得发光。宗绍在车外靠着车身抽烟，他是个极其自律的人，很少抽烟，只有在压力大的时候才会抽上一根。

听到开车门的声音，宗绍立马熄灭还剩半截的烟。他知道她不喜烟味，又向后退了半步。连韵拉住他的西装衣领，将他拉近自己，把头埋在他怀里，环住他的腰身："到家了怎么不叫我？"

"看你睡得香，就没忍心。"宗绍摩挲着她的头发。

"上楼这才几步路，何必枯等这一个小时。"她头埋得深，便嗅出他身上的消毒水味，"你今天做了手术？"

"嗯，两台。"宗绍是靖州二医院小有名气的神经外科医生，又出身于一个医生世家，因着名声和家族人脉，每天上门求他看病做手术的病患络绎不绝。

神经外科手术复杂，短则三四个小时，长则十几个小时也是常有的事。有时候几台手术下来，站都站不稳，他 on call 三十六小时后，还能耐着性子陪她试婚纱半日。

这要命的温柔让连韵像喝醉了酒一般，有些飘飘然。也只有这样的完美男人，才能让她甘心踏入婚姻的坟墓。

宗绍与连韵是同一个大学的师兄妹，却不是在学校里认识的。宗绍是医学系，连韵是经管系，两人生活圈本无交集。

一场阑尾炎手术，让连韵认识了当时还在医院规培的宗绍。宗绍对这个女生印象深刻，不单单因为她是校友或是长得漂亮，而是因为她是一个人来做手术的。

阑尾炎听起来是小病，只有痛起来才知道要人命。这个女孩子自己打车来医院，自己签字手术。宗绍不记得在哪本书上看过，最高一级的孤独就是一个人做手术。这么想着，他心里竟对这个陌生女孩产生了细细麻麻的心疼。

术后需要住院观察三天，他曾问过连韵，要不要替她联络家人来照顾？连韵说，自己一人来靖州求学，父母都在外市，不想惊动老人，徒增麻烦。

坚强且自立，这是宗绍对连韵的第一印象。想要好好照顾她的心思从这一刻滋生出来后，再也没有断过。

宗绍牵着连韵的手，陪她上楼。两人倚在门边又耳鬓厮磨了一阵才分开。

送走宗绍，连韵的困意马上袭来，她在床边褪下一身紧绷的职业装，解下素白色的真丝胸衣扔在床头，浑身只余下一条同色系真丝内裤，这才心满意足地滑进她的大床。

连韵喜欢裸睡，她的全套床上用品都是真丝的。蜷在丝滑的床单被套之间，这让她有种回到母体的安全感。

她最讨厌束缚，每天却不得不穿上那为凸显身材而剪裁修身的职业装。尤其是胸衣，连韵认为这简直是跟裹脚布一样用来束缚女性的发明。

为什么男人从来不用担心大夏天汗湿的衬衣会露出胸部，甚至光天化日之下露着膀子满大街走。而女人却需要为稍低的衣领或者轻薄的衣料吸引来的异样目光负责？

她有时候会很羡慕欧美女星可以自在地决定大夏天不穿内衣，或者自信地穿上半露酥胸的礼服惊艳全场。毕竟她也有着不逊色于女星的完美胸部，却只能藏着捂着。但连韵也清楚地明白，即便有着文化差异和名人身份的保护，诸如浪荡、不洁的身体等羞辱依然伴随着这些女星。

所以，这些抱怨连韵只敢在脑子里想想。因为终其一生，她都无法忽视别人的目光生活。她需要保持凝聚在她身上那些敬仰、羡慕的目光，那就必须遵守这个社会的规则。

有个词怎么说来着，社畜。她这种顶多算高级社畜。

脑子里抱着这些乱七八糟的念头，连韵很快进入梦乡。床头的台灯忘了关，温和的光线照在素白色的真丝胸衣上发出柔软的珍珠色泽。

3

破旧的小区里，一件沾满洗不掉的奶渍的肉色哺乳内衣被晾在阳台上。婴儿的啼哭声划过夜空，却迟迟没有人回应，直到五分钟后，卧室里一盏昏黄的台灯亮起。

男人半撑着身子，不耐烦地推了推旁边刚刚入睡不到十分钟的妻子："没听见吗？孩子都哭半天了。"

连佳家揉了揉睡眼惺忪的眼睛，抵抗着十级困意爬起身，嘴里小声嘀咕着："你不能先去看看吗？"

"肯定是要喝奶，我去有什么用？"眼见连佳家起身，他复又躺下去。不顾妻子还未出房门，他就先把台灯摁灭，还带着狠狠的怒气。

白天要在厂里上一整天的班，晚上回来还要帮着洗尿布喂奶。宋江觉得精疲力尽，这股怒气很快转移到全职太太连佳家身上。她一天到晚不用上班，在家却连个孩子都带不好。

他今天下班回来时，家里一团糟。尿布和孩子的衣服凌乱地堆在沙发上。炉灶还是冷的，显然妻子连饭都没有做。

"你这一天到底做了些什么？"宋江忍不住抱怨。

妻子蓬头垢面地从卧室钻出来，宽松的睡衣仍然遮不住隆起的腹部，面色也很不好看。宋江有些不明白，孩子都生完了，怎么还可以胖成这样。从前那个娇小可爱的妻子去哪儿了？

"你试试每隔两个小时就喂一次奶，连打个盹的时间都没有！如果不是你把我妈赶走，我至于这么辛苦吗？"

两人就为了这句抱怨，争吵了一个小时，直到孩子又一次哭了起来。

其实仔细回忆，宋江和连佳家并不是起初就这么不合。他们中学就在一起了，也曾经历过青春懵懂的情窦初开，牵手时难以抑制的悸动。宋江是排球队队员，个子又高又帅，学校里有不少女生喜欢他。

每天放学后的排球队训练，连佳家总是拿着一瓶矿泉水守在一边。当宋江在所有女孩的注视下大汗淋漓地跑向她，从她手里接过水时，连佳家觉得似乎拥有了全世界。

即使这样的甜蜜让连佳家高考失利，她也甘之如饴。连佳家高考落榜，宋江凭着特长加分拿到体育大学的录取通知。就在所有人都以为他们会就此分道扬镳时，宋江却向连佳家承诺，大学毕业马上回来娶她。

连佳家没有复读再考，而是凭着父亲的关系，进了父亲供职的电厂做女工。宋江大二那年因为打架被学校劝退，凭着和连佳家的这层关系也成功进了电厂，还拿了个相对轻松的文职。这时，又有人说宋江是为了连佳家父亲的干部身份同她在一起。

流言并没有持续太久，因为连佳家的父亲在宋江入职不久后，因病去世。他脑溢血走得太急，没给连佳家留一点反应的时间。那段时间是宋江撑起了她的一片天。

虽然当时两人还没有谈婚论嫁，但宋江俨然一副女婿做派替连家母女主持丧事葬礼一切事宜，借此赢得了丈母娘的认可。

待满一年丧期时，宋江便和连佳家举行了婚礼。宋家条件不好，婚礼一切从简，但连佳家从来没觉得不满，能嫁给学生时期的白马王子，是她一生最大的心愿。

准确地说，一直到孩子出生之前，小两口的日子就算偶有摩擦也是蜜里调油的。她从来没想过一个孩子，哦不，准确地说是两个孩子（连佳家生的是一对双胞胎女儿）的出现会给她和整个家庭带来这么大的变化，而且更多的是负面的变化。

她从小就听母亲说，孩子是父母的爱情结晶，爱一个人就给他生一个孩子吧！所以她一直将这当作神圣而幸福的事。但对于宋江来说，好像是恨一个人才要给他生个孩子。

起初怀上孩子的时候，宋江和她还是很高兴的。尤其知道怀的是双胞胎后，就连平日里很少往来的公婆都从乡下提来了一篮子土鸡蛋，让她好好补身子。

怀上孩子两个月后，在工厂工作的连佳家出现先兆流产的征兆，吓得夫妇二人立马住院观察，公婆更是说什么都不让她再重回岗位。工厂是流水线做工，不会允许一个女工提前八个月请产假，如果连佳家不回去上班，势必会失去这份工作。这让她左右为难。

最终是宋江的那句“我养你”，定住了她的心。

“你还怕我养不起你和宝宝吗？”宋江用一纸提拔副科长的人事任命书说服了她。出院第二天，连佳家就递了辞职信，专心在家养胎。

那时她以为这是自己幸福新人生的开端，殊不知就像滑铁卢一样，她的人生从这个节点开始滑向无止境的深渊。

问题的端倪出现在她怀孕五个月的时候，连佳家的母亲偷偷给县里相熟的B超医生塞了两包烟，换来对方一句：“可以给孩子准备花衣服了。”

连佳家后知后觉地反应过来，原来肚子里是一对女孩。还没等她自己缓过神来，就听到母亲抚摸着她的背说了句：“女孩也挺好，贴心小棉袄。”

那个“也”字听得连佳家心里很硌硬。好就是好，什么叫也挺好？所以好其实也分“好和更好”？而男孩才是更好的那个选项吗？

婆家的反应则比母亲直接得多。自从知道她怀的是一对女儿，公婆再也没有登过门。直到欢欢、喜喜出生，婆婆也一直以要照顾行动不便的公公为由，不愿上门伺候媳妇坐月子。

连佳家反而松了一口气，在这个敏感时期，她更希望自己的母亲来照料。

然而只是短短一个月时间，连佳家才出月子，宋江就因为家里地方太小，为了方便岳母照料，他只能睡沙发；岳母太唠叨，家里多了个指手画脚的长辈等原因，想尽借口请走了她母亲。

从母亲走后第一天，连佳家才真正开始明白“母亲”一词的重量。

刚出月子的孩子不好带，吃喝拉撒都没有昼夜观念。两个孩子的困难更是双倍。加上连佳家月子里时常为了婆家的态度忧心，休养得不好。涨奶堵奶厉害，每件内衣上都是斑驳的奶渍。

母亲又坚持不肯用一次性尿不湿，裁剪了很多纱布做尿布。尿布、内衣、孩子的衣服，每天都要换洗，她洗都洗不过来。连佳家有时候会产生幻觉，自己双手好像满是泡沫。

而宋江的耐心似乎比她更早一步磨光。不过两个月时间，他已经可以做到对孩子的哭声听而不闻，蒙头睡大觉。

为了孩子的事，夫妻间的矛盾越积越深。那阵子，连佳家觉得天都灰了，有一次她站在摇篮边，看着一双可爱的女儿，居然产生了要掐死她们的冲动。

在她伸出手的那一刻，宋江回来了。

老实说，他吓得不轻。连佳家送医后被诊断出产后抑郁症。于是他不得不再次请岳母住回那逼仄的小房子。

一家五口挤在一起，每天只有叹息、哭泣和愁容。

所以那天岳母一脸喜气洋洋地回来时，宋江忍不住好奇地问她碰到什么好事？

岳母掏出一张请柬，烫金的亚克力材质，花体的 L、Z 字母 Logo 设计得十分别致。“佳家的堂姐结婚，请我们全家去靖州喝喜酒，机票住宿全包。”

“就是那个在靖州混得很好的堂姐吗？叫连……”

“连韵。”岳母马上接过话头，骄傲得仿佛是自己女儿，“就是她。人家嫁了个医生，酒席办得那可不是一般的风光。”

其实岳母未必有含沙射影的意思，但宋江总觉得在被比较，而且自己永远是处于下风的那头，对这场婚礼自然失去了兴趣。“周五那天我要上班，不一定抽得出空，您带佳家去吧。”

“那可不行，我都收了人家的礼金。”岳母一时嘴快，说出口后马上捂住嘴。

“什么礼金？”宋江虽然知道连韵家条件好，却没听说过哪里有办酒的倒给喝酒的人打礼金的习俗。

“佳家的伯母听说咱们家生了一对双胞胎，想让你们去婚礼上做新婚夫妇的婚姻引路人，图个喜庆。”岳母见瞒不过，从包里掏出一封大红包放在桌上，“我不是想贪你们这个钱，只是想替你们暂时保管。佳家的病还不知道要花多少钱，欢欢、喜喜的奶粉也快喝完了……”

岳母的数落宋江充耳未闻，兀自拿起红包，掂量着重量，打开看了一眼全是红色，这个厚度没有一万也有八千。

他脸上浮出和岳母进门时一样的笑容：“这么大的喜事，必须得去！”

第二章

1

连韵的婚宴定在晚上，从婚礼的前一天开始樊异就没有睡过。布置、彩排、沟通司仪、灯光，作为一个独立婚礼策划师，她要操的心比新娘子还多。

宗家是本地大户，家里亲戚多，注定要大操大办。而连韵追求精致的仪式感，不喜欢这种走过场式的大摆喜酒。

为了同时满足这两个要求，樊异绞尽脑汁找到了现在身处的这个教堂。婚礼仪式在教堂内举行，好处是安静肃穆，不会出现酒店宴席那种宾客自顾自吃饭聊天忽略新人的情况。

仪式结束后，宾客们全部移步到教堂外的大草坪享用豪华的西式自助餐。光是甜品酒水以外的主菜就摆满了十米的长桌，全是本地五星级酒店外包的菜品，既兼顾外形口味，又撑起了宗家的面子。

用餐过后，等大部分宾客离席，剩余的挚友和亲人还可以在草地上办个 After party。她费了好大的劲才邀请到新郎新娘最爱的爵士乐队来现场演奏。届时繁星满天，新人在最亲密的亲朋好友的围绕中依偎起舞，那画面会成为他们一世难忘的美丽回忆。

当然，樊异心里清楚，不管计划做得再完美，婚礼执行当天一定会出现 10% 左右的偏差。每家出现的意外状况不同，不能一概而论，但都是同样的兵荒马乱。越是盛大越是容易出错。

而连韵要的是一百分的婚礼，容不得半点差错，这让樊异心里的弦时刻紧绷着。

“樊婷婷！”有人从背后拍了一下她的肩膀，樊异惊了一跳，转头一颗橙子味的棒棒糖被塞进她嘴里。

“童舟！我说过不要再叫我这个名字。”樊婷婷是樊异中学时的曾用名，她嫌这个名字太泯然众人矣，坚持在十八岁成人礼之前改掉了。现在的生活圈里，也只有连韵和童舟这两个中学的朋友知道。

童舟比她俩小一届，在靖州大学读播音主持专业。毕业后成了个婚礼司仪，算是他们那一帮子电视台主持人、电台主持人同学里混得最差的。但他乐得自在，每个月接一两单活儿就够解决温饱。近两年多亏樊异的名气，童舟不愁接活，生活更加滋润。只要樊异承办的婚礼都会请他做司仪，两人就像打包出售的连体婴儿。

“Yes，Sir!”童舟立正向她敬了个礼，转头又没了正形，弯腰驼背地勾住樊异的脖子，“最近和上次酒吧认识那小男孩怎么样？”

“分了。”

“这么快？这才几天。”当初樊异在酒吧看中别人，死乞白赖让他以真心话大冒险的名义要来微信，当晚就“抱得美人归”，还以为这个小鲜肉保鲜期能长点。

“年纪太小了，不想耽误他写毕业论文。”

“异姐，我不用写毕业论文，考虑考虑我呗。”

“滚一边去。”樊异推开童舟凑过来的大头。

她知道童舟喜欢自己，这一点对方从来不加以掩饰，上大学后一天要跟她表白八次。但好在也仅仅是喜欢而已，她可没有吃窝边草的习惯。“你词都准备好没？你知道连韵的性子，今天你要是说错一个字，我俩都得提头去见她。”

“放心啦。稿子我都背得滚瓜烂熟。再说教堂部分有神父主持，我的词比平时少多了，绝对不会出岔子！”

听他再三保证，樊异才放过他。“哪儿凉快待哪儿去，别妨碍我。我还得找灯光师去对流程。”

童舟叼着棒棒糖坐在教堂第一排看樊异忙进忙出。她口中那颗棒棒糖是她今天早上以来唯一吃到嘴里的食物，童舟真怕她犯胃病。

大概是怕什么来什么，一个转眼的工夫，童舟发现樊异刚刚接了个电话怒气冲冲地走出去，现在正撑着草地上的椅背喘粗气。

他赶紧拿了瓶矿泉水跑出去：“没事吧？”

“该死的英国佬，没有一点契约精神。说得好好的，乐队下午四点要到达现场彩排，六点正式开始暖场。这眼看就要四点了，突然打电话来说主唱不在酒店房间，失联了。”

“那怎么办？签了合同的都不作数？”

“对方说如果五点半还没找到，就按合同退钱给我们。问题是谁在乎这钱啊？我现在上哪给连韵找爵士乐队！”

“我去联系一下声乐系的同学，看有没有能临时来凑数的？”

“凑数？你想被掐死吗？换作别人都算了，连韵那儿铁定不能蒙混过关。而且连韵和她老公的定情曲就是这支乐队的歌，我不想破坏她的满分婚礼。”

“这样吧，反正现在也没我什么事。你把乐队下榻的酒店告诉我，我现在赶过去了解情况。说不定能找到人。”

樊异思索再三，觉着这个提议可接受：“找到人绑也给我绑过来！”

2

连佳家收了人礼金，提前一天就带着老公孩子飞到靖州做准备。说是提前来帮忙，其实也没让他们做什么。只是带着双胞胎和连韵的父母碰了一面，对方连连夸奖孩子可爱，希望连韵尽快接到她的“好孕”。连佳家苦笑一声，没有接话，生孩子这种事冷暖自知。

吃过中饭后，连韵父母开车将他们一家送去酒店。宗家安排亲属入住的酒店都是五星级，这是连佳家和宋江从来没有享受过的待遇。

连佳家进房时口渴得紧，看到小冰箱里的矿泉水和饮料却不敢动。“老公，帮我下去买瓶水吧？”

“这儿不都有吗？”宋江踢掉皮鞋躺在柔软的大床上，尽情享受着这难得的奢侈体验。

“贵呀！这么大的酒店，一瓶水不得比外面贵好几倍吗？”

“反正由你姐姐姐夫家出钱，怕什么？”宋江无所谓的态度就像个无赖，让连佳家丝毫想不起中学时代那闪闪发光的少年是什么模样。

她被怼得一句话说不上来，眼泪又不争气地往下掉。

母亲见状上来解围，她拿起冰箱里的矿泉水，凑到老花镜前把瓶身旋转了一圈，松了一口气：“佳家，喝吧。没事，上面写了是赠饮。”

宋江一听到“赠饮”两个字马上跳起来，在冰箱里挑挑选选拿出一听可乐：“大酒店就是好！”

连佳家母亲见他那贪小便宜的样子，忍不住偷偷翻了个白眼，

“不是大酒店好，是有钱好。你们要是也来这靖州工作多好，欢欢、喜喜以后上名校也方便。像她们姨妈一样。”

岳母只是一句无心的话，宋江却动了心，但他马上转念一想副科长的位置刚坐热乎，老家生活安逸，实在没必要折腾：“靖州现在的房价，恐怕我们卖了老家的两套房子也买不起一间厕所。还是算了吧。”

岳母也知道自己是痴人说梦，哀叹一口气：“要是老连还在就好了。”

刚刚止住眼泪的连佳家听到母亲提及父亲又忍不住抽泣起来，宋江听不得她哭，拿枕头捂住双耳埋进被子里，孩子们躺在旁边的摇篮里睡得安详，午后的酒店房间里充斥着一股无声的哀愁。

在教堂里，连佳家时隔十年又一次见到这个“传说中的堂姐”。上一次连韵回老家探亲时，十一岁的她正埋在书桌前给宋江写情书。穿着牛仔裤稍显成熟的连韵突然推门而入，两人面面相觑，连佳家猛地扑在信纸上，想遮住内容。连韵只是面无表情地转身离开：“抱歉，我以为这是洗手间。”

就在她以为她什么都没看到的时候，连韵忽又转头留下一句：“不要画那么大的爱心，显得掉价。”

连佳家愣了一下，脸涨得通红，不知道是因为害羞还是羞愧。那一整个下午，她都在担心连韵跟父母告状说她早恋，但好在连韵什么都没有说，只是自顾自地玩手机。

连佳家的父母一直在夸奖连韵成绩好有出息，各种她听都没听过的奖项拿到手软。连韵的父母不像其他大人一样对女儿的优秀满口否认，只是谦逊地表示认可：“这孩子好胜心强，凡事喜欢自己钻。”

“真好。自学成才，哪像我们佳家，都上中学了，还满脑子是什么美少女战士和阿童木。唉，我也不指望她以后有什么大出息，平平安安嫁人生子就算完了。”

“别这么说，孩子还小嘛。”

不管大人如何夸奖，连韵都是宠辱不惊地淡淡点头微笑，倨傲的神情好像在说：没错，老娘就是这么优秀。这让连佳家很诧异，要知道他们这一代的孩子都是在父母的否定下长大，猛地碰到人夸奖下意识就是怀疑自己或者怀疑他人。

所以十七岁的连韵在十一岁的连佳家眼里是那么酷的一个女孩。这种酷与任何分数或是奖项无关，是一种由内而外的强大。

连佳家一度以为连韵会走上和所有人都不一样的人生道路，或是登上世界尽头的南极之巅，或是发表惊世骇俗的艺术作品，所以当看到她和绝大多数的女人一样穿着洁白婚纱站在一个男人身边时，连佳家有一点失望。

这种失望就像你有个很敬佩的人，你一直以为她在过着你从未体验过的精彩人生，结果发现她的人生和你别无二致。虽然这么说有点高攀的意思，毕竟连韵比绝大多数女人都要漂亮和成功。但这种精彩程度远远不够，连佳家以为她至少是神奇女侠那个级别的。

“时间到了，快去前排就位。”有个类似现场督导的女孩推了推她的胳膊肘，让她绕到新娘交接处的位置去。

她和宋江作为婚姻引路人的职责是当新娘父亲将连韵的手交到新郎手上后，他们引着新人走到神父跟前。

婚姻引路人是他们老家的习俗，一般是由婚姻美满、儿女双全的夫妇担任。连佳家觉得自己哪边都不搭，连韵也曾激烈反对过让连佳家夫妇做她的婚姻标杆。毕竟连佳家的人生没有一点是她所向往的。

不过所有挣扎都抵不过婆婆的一句：“好歹这个堂妹证明你家有双胞胎基因。”好像连韵在宗家的所有价值都在于能生出一对双胞胎。

连佳家候场的地方离连韵婆婆坐的位置不远，她听到对方小声和旁边的亲戚说了一句：“你看她这个盆骨形状是好生养的，不像我家儿媳妇，瘦得不剩二两肉。唉。”

她直觉对方是在说她，但不确定对方是善意还是恶意，只能装作没听见。

亲戚努力充当着和事佬：“别这么说，你家儿媳妇多优秀，又漂亮又会赚钱。”

“会赚钱有什么用？宗家又不缺她这口吃的。主意大着呢。她公公和绍绍都听她的，我这个老婆子现在是没有一点地位。”

对方呵呵干笑几声，不知如何接话。

“绍绍以前还说她家和我们门当户对，父母都是老师，知识分子出身。我当是哪个大学的教授，原来是小学老师，还是没有编制的那种。快结婚才坦白，我都怀疑是骗婚……”

连佳家正竖着耳朵偷听，被一个小跑过来蹲在地上的女孩拉了拉裙角，她低头看到一个戒指盒：“你刚忘拿了，新娘子已经出场。待会新人宣誓后你把戒指盒送上去。”

连佳家接过戒指盒，盯着黑色丝绒盒子上面并不认识的英文品牌。她之前偷偷打开看过，璀璨夺目的六爪钻戒，一看就价值不菲。不过现在居然也不怎么羡慕。

人人都有要打的怪。以自己婆婆的水准，她面对的顶多只是一只凶猛的“母鸡”，而连韵将来可是要打老虎的级别。

3

仪式即将开始前五分钟，樊异一直盯着手腕上的手表，甚至忘了呼吸。如果童舟再不回来，现场将没有音乐也没有司仪。这个婚礼就算彻底砸了。

千钧一发之时，童舟上气不接下气地跑到她身边拍了下她的肩膀。樊异看到他的脸，总算松了一口气："谢天谢地，你回来了。乐队呢？"

童舟指了指舞台角落，整支乐队已经带着自己的乐器在台边候场，而整件事的始作俑者——乐队主唱 Josh 还一脸轻松地朝她打了个招呼，丝毫没有意识到自己带来的麻烦。樊异朝他翻了个白眼，并竖起了中指。

"快去就位，连韵已经在门外候着。"樊异推了童舟一把，复又将他扯回来，"等等。你领带跑松了。"

她替童舟把领带系正，又用他胸前的方巾替他擦干了额间的汗，轻声说了句："谢谢……"

童舟嘴都笑得咧到耳根。一直是他依赖着樊异，这好像是第一次樊异需要他。"别光谢啊。请我喝酒。"

"没问题。去吧。"樊异把方巾塞回他的西装口袋里，踏着高跟鞋走向乐队。

《婚礼进行曲》的第一个音符从钢琴的音板中泄出来，这场婚礼仪式宣告正式开始。

在结婚这件事上，连韵和普通女孩也没什么区别。她曾幻想过无数次站在这扇门后的样子，一定要穿着 Vera Wang 的定制婚纱，Jimmy Choo 的水晶鞋。至于新郎是谁，在幻想的画面里好像没有那么重要。

在执行计划的完成度上，连韵向来是100%。现在的场景就和她幻想中的画面一模一样，或者说更好一些。因为在这扇门后等待她的是宗绍。

身边的父亲有些紧张，连宏益平日本就不苟言笑，如今绷着个脸，让外人看了还以为是被逼嫁女儿。其实在连宏益心里还真有这么点儿意思，他反复摩挲着自己的手背在心中问自己这样的决定到底对不对？

连韵看出父亲的心思，戴着蕾丝手套的手穿过父亲的手臂按住他的手背："爸，你怎么比新娘子还紧张？"

"等你为人父母就懂了。"父亲垂着头，神色戚戚然，忽又抬头看她，眼里冒着光，"你现在反悔还来得及！爸爸带你走，没人敢说什么。"

连韵觉得有一点好笑，沉着如父亲竟说出这样孩子气的话。门后就是所有的亲友，她若在这一刻落跑，必然会成为家族里永远的笑话。

连宏益看她在笑，也知道自己说了蠢话，懊恼之余更觉得无力："你婆婆不是个好相与的人……"

见父亲手足无措的样子，连韵眼眶发热。他是有多爱她，才能让一个成熟稳重的男人失去理性，宁肯被人戳一世脊梁骨也不想让她受半分委屈。

"爸，放心。宗绍对我很好。我们一定会过得幸福。"连韵歪头靠在父亲肩膀上，"而且，您永远是我的骑士。"

门后响起钢琴弹奏的《结婚进行曲》，厚重的雕花木制教堂大门从两边被拉开。老骑士带着他已经不再弱小的公主逆着光站在那里。在万千瞩目中，父亲眼里的泪花悄悄隐在了眼角的褶皱中。

连韵挽着父亲的手，拖着八米长的大拖尾婚纱缓缓走过红毯来到宗绍面前，像个真正的公主一样对他莞尔微笑。宗绍竟似个情窦初开的毛头小子，按捺不住想拥吻她的冲动。

按流程安排，此时新娘父亲需要对新郎说一段交托的话。现场督导递上来一个话筒，连宏益拿着话筒沉默了几秒，然后轻咳了一声，可能是接触不良，话筒里传出电流刺耳的噪音，让很多来宾忍不住捂着耳朵。

连宏益索性关了话筒，趁四周有些纷乱，小声而坚定地同宗绍说："其实我不愿意将女儿嫁给你……"

连韵和宗绍都是一惊，没想过一向随和的老丈人会说出这样强硬的话。

"事实上，如果可以，我不愿意将连韵嫁给任何一个男人！因为我知道没有人会比我更爱她。她这一生好胜骄傲，却愿意为了你低头弯腰，你要好好珍惜她。还有一点，她是该翱翔于天际，引吭高歌的凤凰，即使你不能做那阵托她上青云的风，至少不要折断她的翅膀。我绝对不允许任何人违背她的意愿，以家庭的名义，将她囿于厨房厅堂之间，哪怕是她的丈夫孩子也不可以。你明白吗？"

宗绍觉得岳父的话似有千斤重，他喉头翻滚一阵，开口时声音居然有点发颤："我向您保证，终其一生我会努力像您一样疼惜她，保护她和她所有的梦想。"

连宏益直到这一刻才深深呼出一口气，他知道他的使命到这里就告一段落了。父亲拉起连韵的手放到宗绍手心。

连韵没忍住，捂住嘴，侧头无声地落泪。余光中她看到站得最近的连佳家竟然哭得比她还凶，那张小圆脸像个熟透的苹果。这个多年未见、身无所长的小堂妹此刻在她眼里居然有那么一点可爱。

宗绍接替连宏益挽起连韵的手，转过身与她并肩而立，教堂里响起亲友们的掌声。连佳家和宋江站在离他们三步远的前方，引着他们走向神父。

这本该是个完美的婚礼，直到他们在神父面前宣誓后，打开连佳家递上来的戒指盒。

几乎在宗绍打开戒指盒的同一秒，连韵按着他的手飞速合上了盖子。宗绍的脸上写满困惑，连韵倾过半个身子靠近他耳边小声说：“这里面没有我的戒指。”

宗绍把戒指盒转过来朝着自己又打开看了一眼，两人都不敢相信这里面的对戒竟然少了一只。

站在一旁的樊异注意到了异样，而其他不明缘由的亲友们都在因为新人迟迟不交换戒指而窃窃私语。

樊异千算万算没有想到，在这最重要的一刻，最最重要的信物出了问题。她脑子嗡的一声成了空白。

“I do I do, All I am, All I'll be...”在这令人尴尬的时刻，乐队突然开始演奏一首二十世纪九十年代的经典英文情歌，Josh独特的磁性嗓音穿透整个教堂。他一边唱一边摇摆，来宾们都被他感染跟着音乐一起律动。

樊异很快明白过来，Josh是在拖延时间帮新人解围。她低头看到自己手上的装饰戒，灵光一现。谢天谢地她今天戴了戒指，虽然只是锆石的装饰品，胜在够大够闪，离得远应该能糊弄观众。

樊异趁观众注意力集中在Josh身上，摘下自己手上的戒指悄悄送到连韵手里。连韵知道这并不是她的婚戒，还是不动声色地将戒指放入戒指盒中。

“I do cherish you, for the rest of my life. You don't

have to think twice, I will love you still from the depths of my soul...”(我愿意用尽我的余生珍爱你，你不必思量再三，我将发自灵魂深处地永远深爱你……)

现场的气氛逐渐热烈，随着 Josh 歌声的结束沸腾到顶点。欢呼与掌声让刚刚短暂的尴尬被抛到九霄云外。

“送给 Yun & Shao。”Josh 操着并不标准的中文，脱帽向一对新人遥遥地鞠了一躬。

“Thank you very much.”连韵由衷地感谢 Josh 的挺身而出。假戒指让接下来的仪式有惊无险地度过。

化妆室里，连韵褪下厚重的婚纱，换上待会跳舞穿的小礼服。化妆师正在给她换装，而那枚假婚戒已经被脱下来放在梳妆台上。宗绍靠在化妆台的镜子边，樊异忐忑不安地立在一旁，而连佳家宋江夫妇则拘谨地坐在后面的小沙发上。

“你们谁能告诉我戒指到底去哪儿了？”连韵面色不善地问出这个问题。显然，答案能在现场的五个人中找出。

“你把戒指给我以后，我就交给婚姻引路人。后来他们去前排就位，把戒指盒落在他们妈妈那里，伯母又交给了我。我就送去给连佳家……”

“你什么意思？意思是说我偷了吗？”连佳家腾地站起来，声音不自觉提高了两个八度。她产后本就情绪不稳，一受刺激就容易爆炸。

“嘘。”连韵示意化妆师停一下，转过椅子盯着连佳家，“听她说完。”

她的声调不高却有一种震慑力，连佳家不敢出声，呆呆站着。宋江拉了她一把，她就势跌回沙发上。

“樊异，你给连佳家之前检查过盒子里有戒指吗？”

“时间紧急，我没有看。但第一次交给他们之前，我打开看过，戒指还在。”

连韵又问连佳家夫妇：“那你们看到过戒指吗？”

“我承认我打开看过。后来我去上洗手间，把戒指盒交给我妈。刚坐回来，这个女生就叫我去就位，我一下子走得急，忘拿了。是她后来送过来的，谁知道这中间有没有什么岔子？”

樊异也是个暴脾气，听到连佳家想把脏水往自己身上泼，差点骂人。还好连韵并不吃对方这一套，比起久未谋面的亲戚，她更相信自己的朋友：“不可能是樊异拿的。不如我们叫伯母过来问问。”

“你这是认定我们一家人偷了你的戒指？没错，我们是你看不起的穷亲戚，但这点骨气还是有的。谁稀罕你那破戒指！”连佳家一边说已经一边哭了起来。

“破戒指？连韵的戒指是 D 色彩钻，价值三十万元。你哪来的自信说这是破戒指？”樊异忍不住替连韵抱不平。

听到这个价格，宋江倒吸了一口凉气。他之前还和岳母打赌，说这个戒指至多四五万元。

“你如果不信就报警吧！”连佳家最恨别人冤枉她，不惜撕破脸皮。宋江拉了她一把，示意她不要冲动。

一直不发一言的宗绍见情势越来越糟，出来打圆场：“小韵，算了。钱财都是身外之物，大喜日子没必要闹得不愉快。外面还有宾客等我们去跳开场舞。本末倒置就不值当了。”

连韵深吸一口气，脸上恢复了笑容。“没错，不值得。”

她走出化妆室前，带着这样和煦的微笑俯身对连佳家说：“但是你要记得，是你毁了我的完美婚礼。”

即使最终宗绍夫妇决定不追究，连佳家依然觉得委屈：“教堂里有监控吗？没有的话，我们去找目击证人。”

“人家已经说不追究，你就别惹事了！”宋江不耐烦地扯住她的胳膊。

“我惹事？这么大的屎盆子扣在我们头上，连同妈妈都背上黑锅，你可以忍，我忍不了！”

连佳家挣脱他的手，两人争执间，宋江动手甩了她一耳光。还没从化妆室出来的樊异正巧撞到这一幕，她和连佳家一样都呆了。以前宋江再大男子主义，至少从来没有动过连佳家一根手指头。这一巴掌让她大脑一片空白，眼前的人仿佛不是她爱了十年的初恋，而是一个陌生男人。

“如果不是为了你，我何必受这个气。你自己好好反省一下！”宋江先发制人，把错误都归到连佳家头上，继而愤愤转身离开。

樊异赶紧跑过去扶住连佳家：“你没事吧？他怎么敢在这样的公众场合就对你动手！”

“他以前不这样的。是我的错……”宋江的道德绑架起了作用，连佳家首先从自己身上找原因，“是我胡闹，让他面子上挂不住。如果一开始不是我粗心大意，戒指也不会掉。”

“你别为他找借口，打女人的男人都是垃圾！”樊异极度鄙视这样的男人。

“宋江他不是！”连佳家好像丧失了是非判断，她从樊异的搀扶下挣脱出来，“谢谢，但我的家事你不要出去乱讲。”

樊异两手一摊，表示无语。连佳家垂着头失魂落魄地离开。

“好人也不总那么好当，不是吗？”樊异听到一口英国口音，不用回头也知道是Josh。“今天的事，谢谢你。”

“是我欠你的。中午出去找灵感，没想到那里手机没有信号。

给你们添麻烦了。”Josh 顺手拿过樊异捏在手里把玩的装饰戒指，向她摊开手心：“May I?”

樊异愣了一下才反应过来 Josh 是要帮她戴戒指，这泡妞的段数十分明显但不惹人讨厌。棋逢对手的感觉很有意思，樊异配合地把手放在他手心，他十分绅士地替她戴上戒指：“可惜待会要演出，不能和你共舞一曲。”

“我后天就要回英国。”Josh 翻转过她的手心，变魔术一般在上面变出自己酒店的房卡，“希望有机会再见到你。”

“看缘分。”樊异勾了勾天生上扬的笑唇，将房卡放入自己的口袋。两人礼节性地亲吻脸颊，相向而去。

童舟拿着两颗棒棒糖站在一边目睹了一切，转头把棒棒糖扔进垃圾桶。

他上前拉住樊异：“你答应请我喝酒，就今晚。”

“今晚？这边结束都快十一二点。我快累死了，你放我一马吧。”樊异跟他讨饶，童舟却不依不饶：“没有精力陪我喝酒，却有精力爬上别的男人的床？”

往日这种玩笑话也不是没有说过，但这次他表情严肃，话也显得很刻薄。

“你发什么疯？”樊异伸手去探他的额头，努力把气氛调回正常。童舟却一副铁了心要和她撕破脸的架势，拍开她的手。

“他们乐队过不了两天就会回英国，他根本就是想玩玩你。这你也愿意？”

樊异的耐心已经被他消磨殆尽，纵使是多年的交情，他未免也管得太宽。“童舟，大家都是成年人。一夜情什么的，你敢说你没有过？你情我愿，何必大惊小怪？”

这样无所谓的态度在童舟眼里简直不可理喻：“我以前以为你

只是没碰到让你有安全感的男人，所以迟迟不愿意安定下来。我愿意等，等到你发现我一直都在。但原来你根本就是滥交！你是什么样的人，就会碰到什么样的人。你这样游戏人生的态度，一辈子都不会等到一个真心相待的男人！”

“Who cares？”童舟的话简直快把她气笑，男人不带感情的性爱只会被说风流，而女人追求纯粹的性爱却要被指责滥交。最可笑的是，当这样的男人想安定下来时，人人都说是浪子回头金不换。而同样的女人想安稳时，会发现自己已没有回头路，成了大家口中的“破鞋”。说白了，不过是一种生活态度而已。有人追求一生一世一双人，难道就不允许别人追求今朝有酒今朝醉了吗？

“我最怕男人跟我谈什么真心。最好是每天起床穿好裤子，大路朝天，各走一边。男人对我而言，也只是空虚时的一个工具。大家各取所需，我不觉得自己掉价。你也别忙着自我感动，我从来不需要你在背后等着我。”樊异自认说得算客观，童舟却觉得对方是在狠狠地践踏他的自尊。

“很好。我童舟也从来不缺朋友。”

童舟要走，樊异一句挽留的话都没说，只当他小孩子赌气，并没有放在心上。

晚宴结束后，樊异累极了，她本来确实打算做完收尾工作就回家睡大觉。但上了车，摸到口袋里的房卡，突然念头一转。

那晚，Josh 很卖力，但她没有想象中尽兴。因为她脑中不断在回想和童舟的对话，终于在破晓来临的时候，她想明白原来自己也和他一样幼稚地在斗气。这让本应享受的一切变得索然无味。

因为丢戒指的不愉快，连佳家一家没有参加 After party 就提前离场。就连连韵父母提出要派车送他们回酒店休息也被连佳家严词拒绝："我们回酒店拿行李，今晚就回老家！"

不知情的连母一路都在埋怨连佳家不懂事，俩母女在计程车上吵得不可开交。宋江坐在副驾驶上始终阴沉着脸，心思全然不在这对母女身上。他裤口袋里有一枚硬物始终滚烫发热，硌得他坐立难安。

戒指是在他和连佳家争吵动手后找到的。当时他赌气回到座位，喜喜正好要换尿布。岳母让他帮手抱着欢欢，他没好气地接过孩子，动作粗鲁弄疼了欢欢，孩子下意识举起小拳头在他脸上捶了一下。

奶孩子的拳头并不重，他却觉得脸上有些火辣辣地疼，好像被什么东西划破了脸。他掰开欢欢的拳头，发现她手里紧紧攥着的正是那枚引起风波的戒指。大概是之前他们保管戒指盒时偷偷打开来看，被孩子顺手抓起来一个，却谁也没注意到。

宋江先是一惊，第一反应是要告知连韵戒指已经找到。但他的屁股还没离开凳子，脑海中突然闪过樊异的一句话，这枚戒指价值三十万元。

宋江缓缓坐回椅子上，思绪千回百转。宗绍已经开口不再追究，没人会去调查戒指的下落。而且连韵已经认定这件事是他们做的，就算现在还回去，更像是做贼心虚。既然已经背了黑锅，从中间拿些好处也不过分。

这个大胆的想法在他心中一经生出就无法抑制。三十万元是他不吃不喝多少年才能赚到的钱！但道德的制约与被发现的恐惧同时在脑中盘旋。

直到连佳家回到位置上拍了一下他的肩膀，宋江被吓得一激灵，下意识把戒指塞进了裤口袋。

"我们现在走！我一秒钟也不想再待在这里。"连佳家的倔脾气在此刻起了关键性作用，只要离开这里，这枚戒指的下落就永远是个谜。

随着计程车离婚礼现场越来越远，最初的紧张恐惧都化为兴奋，这两种情绪十分相似，表现到具体都是心跳加速，思绪混乱。宋江已经开始思考卖掉这戒指换来的钱可以为他的生活带来多大的变化。

他也有过那么一秒的内疚，可很快就被私欲击倒。这对于宗绍、连韵这样的富人而言不过是少了一件装饰品，却可以给他的家庭带来翻天覆地的影响。宋江越发觉得自己做得没错。殊不知这枚戒指引发的蝴蝶效应在往后漫长的岁月里如同滚雪球一般越来越一发不可收拾……

第三章

1

连韵婚后和丈夫一起搬进了靖州最好的小区之一——望江壹号，这里的房子以一线江景和开阔的大平层出名。每平方米均价将近八万元，可以媲美北上广深。连韵的婚房有三百多平方米，是实打实的豪宅。

房子是宗家全款买的，婆婆不允许连韵在房产证上上名。连韵倒是无所谓，她自己婚前在望江壹号也买了一套小房子，虽然是个六十来平方米的小户型，却给了她足够的安全感。

宗绍要了个小心眼，在开发商通知他去签合同那天谎称自己做手术没有空，临时要连韵过去办手续。为了防止一房多卖，现在房地产商签合同都要求当场刷身份证。宗绍没到场，只能刷连韵的身份证。如此一来，业主和房产证上的名字也只能登记为连韵。

连韵觉得不妥，打电话给宗绍希望他能抽时间过来办理。宗绍却推说名字反正之后都能加，婚姻法规定都是婚后共有财产，不分你我。这只是个走过场的形式，让连韵放开手去办。

连韵没把这红本本当回事，但宗绍向着她的态度让她很是受用。那套留作退路的房子便也显得不是那么重要。

她晚上给妈妈打电话说起这件事，妈妈还责怪她“不懂事”，但话语间都是为女儿找到个真心实意疼她的人感到骄傲。

反倒是父亲“小心眼”在一旁听到，忍不住插嘴：“小心你婆婆知道又作妖。”

“爸！你别这么说……”毕竟那个女人是宗绍的母亲，她不想让丈夫成为一块夹心饼干。

“妈，你不是已经办好内退了吗？爸爸身体也不好，你们干脆早点退休，到靖州来和我住，方便照顾。我自己那套房子还空着，所有东西都是现成的。就是面积稍微有点小，要委屈你们两老。”

“这有啥委屈的。不过我和你爸现在还能动，能吃能睡就不去麻烦你们小两口。你和宗绍平时工作都忙，有空回老家看看我们就好。但你那房子空着确实浪费，不如租出去额外还有个收入。”

“我全屋家电家具都是买最好的，租出去可不划算。而且这望江壹号的房子，一般小白领也租不起，有钱人又不会租房。我还是自己留着吧。以后如果和宗绍吵架闹离婚，我还有个地方去。”

“呸呸呸！胡说些啥呢？赶紧吐两口口水。”妈妈啐她，那严肃的样子让连韵在沙发上笑成一团。宗绍擦着头发从浴室走出来，在沙发背后挽住她的脖子：“笑什么呢？”

“和我妈打电话。”她回头亲了宗绍一口。

“是小宗吧？让我和他说两句。”连韵把电话递给宗绍。

岳母发话，宗绍马上端正态度一板一眼地回答岳母的日常问候：“嗯。好，好……妈，放心。向爸爸问好，再见。”

不用听也知道妈妈在嘱咐宗绍照顾好自己，注意身体云云。老年人来来去去都是那么几句，耳朵都听出茧子，可是听不到这些唠叨又好像不习惯。

挂断电话，宗绍从电视机柜旁的立架挑出一部《东京暮日》的碟放进 DVD 机。两人平时工作都忙，难得有机会同时在家休息，窝在沙发里看部老电影是一种默契。

烂熟于心的情节已经不需要费心去看，只需要用心去享受这段依偎在一起的静谧的时光。

看到电影里关于二女儿怀孕的情节，连韵揉捏着宗绍身上的羊绒衫衣领：“你有没有想过要一个孩子？”

“我们婚前不是讨论过这个问题吗？你明明那么讨厌小孩。”

严格来说，他们算不坚定的丁克主义者。主要是连韵太讨厌那些挂着鼻涕呆头呆脑的小孩，自认为现在是拼事业的阶段，也没有精力去养育一个孩子。所以他们婚前就有约定，五年内不考虑孩子的事。

“讨厌是没错，但有时候看电影里的孩子长得可爱也会心动。”

“只是看着可爱，我们儿科的同事每天都被这群‘小恶魔’折磨得生不如死。”宗绍在孩子这件事上，也一直不太感冒。

“可如果我们愿意要孩子，你妈妈应该会很开心吧？她一直明里暗里提醒我年纪不小了。”

“不必理会她，她也只是嘴上说说。婚礼上我答应过你爸，让你一辈子能按你的意愿活，不要受委屈，至少不要为了我受委屈。”

“你真是我的一百分老公。”连韵搂着丈夫的手更紧了，宗绍低头亲吻她的发顶：“我也不是你想象中那么完美……”

“我不管。我连韵的，都是最完美的！”

宗绍眼神黯了一下，岔开话题：“对了，妈这周末让我们回家吃饭。你有空吗？”

连韵查了手机上的日程表：“唔……应该没问题。把联信的饭局移到中午就可以。”

“辛苦了。”

自古以来，婆婆安排的饭局都是鸿门宴。这一点，连韵非常了解。结婚后八百年没有交往，恨不得当她透明人的婆婆突然喊他们回家吃饭不外乎两件事：房子和孩子。

婆婆果然没让她失望，两件事都正中红心。

连韵一进家门就发现公公不在家，这更加佐证了她的想法。宗绍显然也注意到这点，主动问道："爸呢？"

"你爸去瑞士参加一个什么国际医疗大会。"

"癌症研究设计与分析前沿国际会议？"宗绍对这个会议有所耳闻，但资历尚浅，没有与会资格。

"是这个吧。我也搞不清楚。"这些乱七八糟的名词在外行人眼里都是天方夜谭。

连韵原以为宗家作为一个医生世家，婆婆林美仪也该是个杏林圣手。嫁进来才知道，婆婆娘家是卖医疗器械的，因此结识了宗家。而林美仪本人年轻时在巴黎学艺术，对医学一窍不通。她毕业后通过父母安排直接嫁进宗家，一天也没有工作过。

对于养尊处优的婆婆，连韵这样的职场女性并没有什么值得敬佩的，她反而像是天敌，从头发丝到脚指头都透着不合的气场。

果然饭没吃完，林美仪就耐不住性子，直接拿出一份协议文件，推到连韵面前。

"我前两天在商场逛街碰到望江壹号的总经理，他直夸我开明大方。我被他夸得一头雾水，一问才知道原来你们望江壹号的房产证上只有连韵一个人的名字。我倒不知道我宗家全款买下的房子，为什么写上了你的名字，有且仅有你的名字？"

连韵早知会有这一出，表面还装着惊讶看向宗绍："你没跟妈妈说吗？我还以为这是爸妈的意思呢。"

宗绍连筷子都没有放，继续夹着菜："妈，您别想着那老一套的思想。现行的婚姻法不管写谁的名字都是夫妻共有财产。您要那些小心思都没有用。”

“你们别当我是老古董。法律我也懂得，看看。”林美仪的手指头在协议上点了几下。

连韵不得不拿起协议，上面写的是“赠予合同”。文件中明确写明望江壹号的婚房属于宗家赠予儿子的个人财产，不属于夫妻共有财产。

“关于这一点我本不想挑明说，但你心里应该很清楚，这套房子就是我买给我儿子的。你要怎么居住、使用都可以，但所有权不属于你。我希望你能在这份合同上签名，代表你事先知情。”不愧是商人家出来的女儿，林美仪就算一天班也没上过，心里那本账依然清清楚楚。

宗绍直接从连韵手里拿过合同瞟了一眼就放到一边，不等连韵开口，首先回绝了母亲：“妈，你别折腾了，这合同我们不会签。不是小韵不愿意，是我不愿意。从她嫁给我那天我们就不分你我，我的就是她的。”

婆媳之间的所有矛盾最聪明的解决方式就是由丈夫出面，这是他们婚前就达成的默契。宗绍在这一点上从来没让她失望过。

“小绍，你要知道，这房子既然是我和你父亲送你的，我们就有权收回。”林美仪最接受不了的一点就是丈夫和儿子都向着这个儿媳妇，瞬间把矛头对准儿子。

“如果这是你们的意愿，我完全尊重。刚好小韵婚前买的房子也在望江壹号，我相信她很愿意接纳我搬过去住。”

“你……”林美仪被气得不轻，她试图以经济命脉掌控宗绍，像她父母原先对她那样，却发现这一套对成年的宗绍毫无作用。

连韵见火候差不多，该自己出马了。她拿过合同仔细看了一遍：“妈，这个合同我可以签。”

这反将一军的招数让婆婆一时不知如何反应。

“不行。”宗绍第一个反对，“当初我们想贷款买个面积小一点的房子，是您一定要买这么大的。如果您现在坚持要我们签这份赠予合同，我们宁愿自己按揭还贷。”

林美仪沉默一阵，自找个台阶下 :“我们做长辈的，不是非要和你们计较这点钱。如果小韵你肯为宗家传递香火，就算再送一套房给你也没问题……”

婆婆念叨抱孙子是常态，连韵能体谅她的心情。虽然暂时并没有打算要孩子的想法，她也不想和婆婆正面起冲突。“等时机到了，我们会考虑的。”

“时机不是等来的，是自己创造的。你年纪也不小了，再不生也不知道以后能不能生……”

“妈！你干涉得太多了！”宗绍把筷子往桌上重重一放，脸色十分难看。他一向是注重长幼秩序的孝子，从来不曾对母亲甩过这样的脸色。这回他反应之激烈超过了连韵和母亲的预料。

连韵在饭桌子底下拍了拍他的手背，宗绍顺势抓住她的手心。“我们吃饱了。妈，就不陪你，先走了。”

连韵几乎是被他拖着走出家门的，一直到上车宗绍脸色仍旧严肃。连韵长叹了一口气 :“何必呢？”

宗绍没说话，一脚踩下油门，车子疾驰而去。连韵有种隐隐的感觉，宗绍生气并不仅仅是因为妈妈的唠叨，但具体是什么，她没有头绪。

2

连韵的婚礼后，童舟真的就消失在樊异的世界里。

有几次婚礼合作樊异找过他，童舟都摁断了她的电话。直到他消失后，樊异才发现原来这对她的生活……根本没有任何影响！

有些朋友就是这样，走着走着就散了。生活仍在继续，没有谁离不开谁。

而且有件事童舟猜错得很离谱，那个爵士乐队的 Josh 对她并不是玩玩而已。相反，为了樊异，他频繁往返中英两国之间。这么打飞的跨国交往两个月后，Josh 提出希望樊异跟他回英国。

樊异当即吓得花容失色，好像对方不是在跟她请求正式交往，而是要分手一样。樊异清晰地向 Josh 表示自己并不向往一段稳定的关系，两人最终和平分手。

Josh 回英国后，甚至为她写了一首歌叫《Different》(异)。他说她是他见过最特别的女孩，他会永远记得她翻白眼竖中指的可爱模样。

樊异听到这首歌后，第一反应想转发给童舟炫耀，顺便嘲讽一下他的小人之心，不过发现对方已经直接把她拉黑。

樊异的事业蒸蒸日上，赚了不少钱。不过她每个月开销也大，攒不下多少钱，一直在外面租房住。

连韵的乔迁仪式请了樊异来做客。见识她家的豪宅后，樊异不禁感叹："这才是生活啊！"

连韵笑她："你也快来买一套，和我做邻居。"

"这里房价吓死人。你还不知道我有几斤几两？"

“你呀，就是花钱太大手大脚。我跟你说个真理，女人不谈恋爱不结婚都可以，但一定要给自己买个‘窝’，那可是你以后遮风挡雨的家。”

对连韵的说辞，樊异有些心动。父母离异，樊异本就缺少原生家庭关爱，看上去未来也指不上另一半，更别说子女。能靠的只有自己，她也想有个家。

“短时间内是买不起了，我努力努力！你们这有房出租吗？户型小一点的。”

“我倒是有一套，但我想接我父母过来住。你要真想搬过来，我帮你留意下小区里别的房子。”

本来是一时兴起的谈话，没想到连韵真给访到一套，就在她自己那套小房子的楼上，一样六十来平方米两房一厅的户型。

虽然比不上连韵的大平层，价格也超出她的预算，但樊异一看到那能将一线江景尽收眼底的圆形小阳台当即拍板决定要了！

跟房东签好合同，拿到钥匙那一刻，樊异站在阳台上看着日落江中，觉得自己的生活即将翻开一个新的篇章。三流房子选价格，二流房子选位置，一流房子选邻居。这才是樊异搬来望江壹号的最大动力。

金秋十月是婚礼旺季，樊异每天都有活，忙得连轴转。国庆前七天有好几天连家都没回，一想到那高昂的房租樊异就心疼。

不知是否工作强度太大，她身体出现一些不适的反应，例如下腹一直隐隐作痛，樊异算算日子，“姨妈”差不多到时间造访，她吃了粒镇痛片，便也没放在心上。

在樊异策划的国庆最后一场婚礼上，她在酒店过道撞到许久未见的童舟。童舟在同一家酒店另一个厅的婚礼做司仪。她还没想好要不要摆摆谱，给他个下马威，对方直接装作没看见她，径直捣进男厕所。

不知是不是被这小兔崽子气到，樊异觉得肚子痛得更厉害了。她靠着墙壁在包里翻找止痛片，手机突然震动起来，从包里掉落在地上。

她手忙脚乱蹲下去捡手机，还未看清楚来电显示已经不小心按下接听键。

“Yi，是我。”

樊异听到对方说英文还以为打错了，又看了眼来电显示，一个 0044（英国区号）开头的号码。她反应过来是 Josh，心中还纳闷这家伙没事打什么跨洋电话，不知道电话费多贵吗！

“什么事？”

“我现在在医院。”Josh 的声音有些沉重，听得樊异心里也是一紧。

“你怎么了？”

“我……说不出口。”Josh 深吸一口气才开口，“我这周体检时，我的私人医生告诉我，我身体携带 HIV 病毒。我之前有过几个同性伴侣。我不确定这病是和你交往前就染上的，还是在这之后。”

樊异第一次领会到什么叫晴天霹雳，她开始努力回忆和 Josh 交往的过程。作为情场老手，樊异一向很会保护自己，避孕措施是一定要有的。但两个月对她来说已经算一段“长关系”，她自己也不确定在这期间，有没有避孕套滑落或是其他意外情况。

“Hello？你还在听吗？”Josh 在电话那头催促道，“你最好尽快去医院做个体检，让我知道我有没有把病传染给你……老天保佑，希望你没有事。”

樊异很想问候对方祖宗一句，但理智告诉她，这件事上 Josh

也是无辜的。她说了句“多谢提醒”就挂断了电话。

腹中的疼痛越发明显，樊异几乎直不起腰。她也顾不上来往人群奇怪的眼光，就这样蹲在角落里，用手机查 HIV 病毒相关知识。

樊异在搜索框里输入“HIV 传染方式”，打字的手止不住在颤抖。有人在背后拍了她肩膀一下，樊异手一抖，手机跌落在地。

“你没事吧？”童舟见她脸色苍白，捡起她的手机，同时也瞟到屏幕上的字，他脸色陡然生变，樊异一把夺回手机。

“你查这个做什么？你哪里不舒服？”他刚刚从洗手间出来就看到樊异一直靠在墙边，后来甚至蹲了下去，缩在角落瑟瑟发抖。

印象中的她从来都是凛凛生风，从不曾见过她这样脆弱的模样，童舟脚步迟疑了一下，还是忍不住走向她。

“不用你管。”樊异想甩开他的手，腹中的疼痛让她战斗力大不如前，居然被童舟反抱在怀里。

樊异一直挣扎想推开他：“别碰我，我可能有艾滋。”

搂着她的怀抱一僵，樊异从他怀里退出来，强颜欢笑：“还好我们最近没有一起吃过饭。”

“你以为我在乎的是这个吗?！”童舟仿佛受到冒犯，一拳砸在墙上。那句“我早就和你说过，你不听”在看到樊异像哭一样的笑时，他生生噎在喉咙里。

“我陪你去医院。”

“可是这边工作还没结束……”樊异指了指旁边的婚礼大厅。

“这个点，应该只剩些收尾工作吧？我找人替你弄好。”童舟不知道给谁打了个电话。

总之在医院检查期间，樊异就收到了新娘的致谢信息，说是非常满意这场婚礼，很感谢她的辛勤付出，同时痛快地支付了尾款。

这笔钱对现在的樊异而言，总算是点慰藉。要是真的染了病，之后还不知道要花多少钱。

是什么病不好，非得是艾滋。樊异想都不用想就知道，如果打电话告诉母亲，对方会把自己骂得狗血淋头，说她不自尊自爱都是自找活该，骂到最后只剩痛哭一场。

检查结果需要一周后才出来，他们只能先回家等待。

宁愿得的是癌症啊，樊异有点自暴自弃地靠在副驾驶的椅背上想。“童舟，你说这是不是报应呀？”

“别胡说八道。”

“因为我对每份感情都不认真，只想逃避。以为游戏人生，其实是被人生游戏了。”

“你犯不着内疚。和你谈恋爱的也没几个走心，都是走肾。”

樊异自嘲地笑了，童舟说得没错，她是什么样的人就会吸引什么样的人。大家半斤对八两，都不是什么好货色。

“别想了，这不还没确诊嘛。很可能就是虚惊一场。”童舟揉揉她的头顶，被她拍开手：“没大没小。”

“如果呀，我是说如果……这次我平安度过这一劫，你还愿不愿意跟我在一起试试？”

童舟不可思议地看着她，樊异撇开头看向窗外，仿佛不想承认刚刚的话出自她口。

“我不愿意。”童舟很坚定地回答，樊异浑身一颤。

真是再糟糕不过的一天。莫名其妙可能患上艾滋不说，居然还被童舟拒绝了。樊异把脸埋在膝盖里，放声大笑起来。

3

双胞胎的体质一般都不如单胎，而且只要一个生病很快就会传染另一个。这天夜里，欢欢、喜喜又发起高烧，已经是这个月第二次，连佳家疲惫不堪地收拾背包想送她们去医院，但宋江的电话怎么都打不通。

墙上的钟已经指向九点，工厂每天朝九晚五的工作在宋江这成了“九九六”。仔细想来，好像是在连韵的婚礼后，宋江就变了。

这一年来，他在家的时间越来越少，时常以赚外快的理由逗留在外。对此的回报是他一改之前节约的本色，时不时回家会给欢欢、喜喜和她买些小礼物。

而且宋江还多了一个爱好就是和同事打牌，从一块两块打到十块二十块，有时候一晚上输赢几千块也是常有的。

最夸张的要数宋江花了十来万元在他的乡下老家给他爸妈砌了栋小洋楼，甚至都没有同连佳家商量一声。

要说平时的小恩小惠和娱乐打牌还在他的经济能力范围内，乡下砌房绝对超出了他们家庭的承受能力。为此，连佳家和宋江大吵一架，质问他的钱从哪来?

宋江坚持说是在老同学那投资的收益外快，连佳家对此将信将疑。他读的体育大学又是半途辍学，哪里来的做投资的老同学。

女人对这种事天生敏感，他外面是不是有人了?这样的猜测在她心底盘桓已久。但哪个包养女人还能赚钱呢?难不成是倒贴的富婆?

妈妈劝她说男人能赚钱是好事，让她以后抓紧财政大权才是真。

公婆更是逢人就夸自己儿子出息，指着尚未完工的土砖房到处说是儿子非要给他们砌的。整个村里都知道宋家的大儿子发了大财。

可这一切在连佳家心里都比不过多一刻的陪伴，她宁愿宋江是原来那个到点回家的穷鬼。就算他疲于应对孩子，再不济还有个依靠。不像如今，孩子病了，连个人影子都见不着。

连佳家翻着电话簿给原来在厂里工作的同事挨个打电话问宋江有没有在他们家打牌，最后还是爸爸原来的一个老同事告诉她，宋江刚刚在厂门口的牌馆打牌被公安抓赌博带局子里去了。

连佳家头晕目眩了一秒，撑了一下桌子才不至于倒下。欢欢、喜喜还在摇篮里哭闹，连佳家手足无措地打电话给妈妈求救，同一时间公安的通知电话也打到家里。

最终是妈妈带着两个孩子去医院看病，她去局里赎人。

年底的寒风肃杀，加上派出所自带的严肃氛围，让连佳家走到门口就觉得格外寒冷。她裹紧大衣，把整张脸都埋进枣红色的毛线围巾。进局子的时候，正好碰到扫黄大队带着一群刚抓来的嫌疑犯，她站在最后，被接手的办案民警当作抓回来的犯人。

“哎。警察叔叔，我真不是那啥……”

“还叔叔，不会未成年吧？先去做笔录再说。”

“我是来局里领人的，和前面那些女的不是一起的。”连佳家使劲想挣脱民警的钳制。

大概是见惯了想尽办法抵赖的犯人，民警并不吃她这一套，威胁道：“再抵抗加告你一条袭警罪！”

“嫂子？”一个犹犹豫豫的声音从旁边的长椅冒出来。

连佳家偏头看见一个和她年纪相仿、个子很高的小姑娘，总觉得有点面熟，可是想不起在哪见过。

“我是佟乐，宋科长同科室新来的打字员。上次你来车间给宋科长送饭的时候，我们见过一面。”

她这么一说，连佳家有了点印象。宋江好像是提过一句。

佟乐是个活泛的人，见连佳家还在拉扯，马上帮她和民警解释：“警察同志，这是我们同事的妻子，来办保释手续的，就之前你们抓进来打牌那四个人。”

民警核实情况以后，让连佳家进去交罚款办手续。佟乐也跟着过去。

“对了，你怎么会在这儿？”

“我们科今晚聚餐，吃完饭几个同事就说一起打麻将。我闲着没事在旁边看，没想到碰到公安检查，就被一块带到局子里。但因为我没有参与赌博，例行审问后就放了。其他几个同事刚刚家人都来保释走了，只有宋科长一个人还在里面。我想着也不能放他在这不管，就一直等你来。”

“真不知道该怎么感谢你。”连佳家握紧佟乐的手，在这个时候，任何一点支持都是她渴望的温暖。

民警说了些关于禁赌的法律法规，又给她解释了一遍保释手续。连佳家听得似懂非懂，只知道一个劲点头。一直是佟乐代表她在跟民警沟通。

一番折腾，到夜里将近十二点，宋江才被从里面带出来。看到连佳家和佟乐站在一起，他的表情有些微妙。

交罚款的时候，连佳家发现自己出门匆忙，身上的现金不够，支支吾吾问民警可不可以明天来补交？

“那你不如明天再来领你老公，让他在这儿过个夜好好反省一下。”

“连佳家，你成心的吧？明知道来保释我，怎么钱都不带？”宋江听到自己可能要在派出所住一晚，瞬间就急了。

连佳家看他颐指气使的样子，又想起现在还在医院不知情况的一对女儿，情绪又一次崩溃。她哭着质问宋江：“你到底做对了什么在这冲我嚷嚷？两个女儿发烧，我等着你回家带我们去医院。你不仅帮不上忙，还要我反过来帮你。早知道我就不该来，让你好好在里面接受再教育！”

“你！”宋江想要发难，又碍于一旁的民警不敢发作。

“宋科长，嫂子。你们别急，我身上还有些钱，凑一凑应该够了。”佟乐适时地站出来替连佳家解围。

连佳家一把抱住她，头枕在她肩膀上抹眼泪：“谢谢你，谢谢……我明天一定把钱还给你。”

“一家人不说两家话，平时宋科长那么照顾我，应该的。”佟乐搂着连佳家的肩膀，看了一眼宋江，宋江偷偷转开头去。

最近严抓“黄赌毒”，宋江算撞到枪口上，连着其他三名科员一起受了厂里的处分。宋江作为杀鸡儆猴的那只“鸡”，首当其冲从副科直接打回普通职员，调去最苦最累的车间做体力工人。

宋家一时之间愁云惨淡，往日里在他家跑得勤快的小年轻们都消失无踪。只有佟乐还会三五不时上门来陪连佳家说说话，照顾孩子。

连佳家将她引为知己，无话不谈。两人迅速升温为闺中密友。

这一天，佟乐忧心忡忡地上门来找连佳家，告诉她宋江在厂里和别的工人发生口角打架，又要被处分。而且对方还被打进医院，说是要起诉宋江。

“怎么会搞得这么严重？”连佳家知道宋江虽然看上去人高马大，实际上是个绣花枕头。他在外一直与人为乐，对外人比对自家人都好，又怎么会和别人打架呢？

“好像是昨晚他们几个在打牌，对方身上没零钱就欠了宋科几十块钱没还。中午吃饭宋科长提了一句让他还钱，对方冷嘲热讽说他原来当科长的时候打牌输赢几千都不眨眼，现在是几十块钱都追着要。宋科长一听就急了……”佟乐直到现在还没改口，一直叫他宋科长。也难怪宋江每次看到佟乐上门都有些窃喜，谁不喜欢被供着捧着的感觉。

“等等，你说他昨晚又在打牌？”连佳家的关注点并不在打架原因，而是这个从派出所出来信誓旦旦和她保证要戒赌的男人又一次爬上了牌桌。

“你……不知道？”佟乐自觉失言，小心翼翼地试探。

“他跟我说是厂里电器检修所以要加班。”

“嫂子，我老实跟你说。科长一直没戒赌，尤其是下放到车间后，更加自暴自弃，平时工作时间都会和其他工人躲在休息室里打牌。你有机会劝劝他。”

当晚被打的工人家属就找上门来讨医药费，拿着一摞连佳家看不懂的票据加起来有小两万块钱，说是宋江承诺会赔的。

连佳家被围在中间拿不出钱，只能一遍遍求饶：“等宋江回来你们问他要。我什么都不知道，求求你们走吧……”

一群人围在她家一下午，到了快吃饭的点才骂骂咧咧散去，还顺走了她家茶几上的水果。

连佳家瘫坐在沙发上，没一会儿铁门外传来转钥匙的声音。宋江就像算好了一样，闹事的人一走就回来了。

他进门看到一地狼藉，骂了句脏话：“至于吗？不就是两万块钱。”

“不就是两万块？宋江，我嫁给你后，这是我听你说过最豪气的一句话！来来来，你拿两万块出来给我看看。你要真有，就不用缩头乌龟一样躲到现在。”

宋江被她的话激怒，冲进卧室拿出一本存折扔在连佳家面前：“你睁大眼睛好好看看！”

连佳家打开存折，看到五万多元的余额。再往前翻，这一年里密密麻麻的取款记录加在一起竟然有超过二十万元的支出，第一页开户存款记录是二十七万元整，存款日期是连韵婚礼后的半个月。

连佳家自下而上斜着眼睛瞪着他：“这些钱哪来的？”

“我不是跟你说了，是跟老同学投资赚的。”

“是吗？哪个老同学？投资什么赚的？只有这一笔？你要投多少钱才可以一次性拿到二十七万的回报？宋江，你别以为我没读大学就什么都不懂！”

“懒得和你说。爱信不信。”宋江脾气比她还大，但这些举动在连佳家眼里都不过是虚张声势。

“你答应我不再去赌的！你这次和人家打架又是因为赌博。”

“谁告诉你的？”

“这重要吗？这次厂里给你的处分是什么？停职还是开除？”

“去他的狗屁电厂，老子自己辞职不干了！是我炒了它。”宋江下午被厂长叫去办公室谈话，说他接二连三犯事，影响恶劣，要他停职一段时间回去休息。厂长和他岳父是老同事，本来这事也不是不可转圜，但宋江仗着存折上那仿佛“取之不竭”的存款，直接甩狠话要辞职。

“你辞职了？这么大的事你都不和我商量？你知道我爸当初为了把你弄进厂里花了多少心思吗？”

“你爸你爸，你是不是觉得我都是靠着你爸才有今天，我宋江离开你们家就活不下去？”

“你说辞职就辞职，我们一家四口以后吃什么喝什么？”

“去靖州啊！你妈不是一直说你堂姐多么厉害，靖州多么好。我要去靖州重新开始，闯一片江山。”

男人心理年龄永远滞后于生理年龄。宋江好像还活在十几岁青春年少的时候，脑门一拍就做出这么大的决定，仿佛他现在还孑然一身，无牵无挂。

“你去靖州？那我和欢欢、喜喜怎么办？你是不是太幼稚了！”

“我不出去怎么赚钱养你们？佟乐说她家有个亲戚在大酒店做厨师长，可以帮我谋个差事。”

“不准去！要去也要带我和欢欢、喜喜一起去。”

“你能赚钱吗？靖州开销那么大，你一分钱收入都没有只能干吃我的。”

“我……”连佳家一时语塞，浑然忘记当初宋江如何甜言蜜语说要养她。在她放弃经济独立权的同时也放弃了话语权。

“我可以找我堂姐！”被逼无奈下，她竟然想到当初发誓死也不要联系的人。但为了能跟宋江一起走，她已经顾不得那么多，“我堂姐在靖州那么多房子，我们至少不用愁住的地方。”

宋江眼珠一转，突然换了副脸色，上前搂住连佳家：“如果你堂姐愿意给我们提供住处，我就带你和欢欢、喜喜一起去。”

连韵接到母亲电话找她要房子钥匙时，还以为是父母想通了要过来住。没想到母亲支支吾吾解释半天，原来是要给她那个“本性不良”的堂妹一家住，而且还答应不收房租。

“妈，我的钱也不是大风刮来的。你当老好人的时候也心疼心疼我。”

“小韵，你三叔一家对我们有恩。当年要不是三叔辍学进厂工作供你爸上学，他哪里能走出那个乡下，还能读大学当老师。这个恩我们一世也还不清。我知道你看不上佳家，但她也可怜，书都没读完就嫁人生子又没有工作，她老公最近也被厂里开除。如果我们不帮帮她，他们一家就活不下去了……”

母亲总是菩萨心肠，连韵禁不住妈妈的眼泪，最终松了口：“好吧。那他们要住多久？”

“具体也没说，不过我想等她老公工作稳定就会搬。放心，他们水电费会自付，也承诺一定保持你家整洁。佳家还答应我，如果你需要，她可以每天去你的婚房帮忙做饭打扫就当是抵房租。”

“别。她不来打扰就是对我最大的帮助。”

宋江和连佳家顺利搬入望江壹号的第一天就被这个小区的设施和景色所惊叹。连韵的房子虽小，但装修十分精致高档。

宋江双腿搭在茶几上，环顾四周感叹道：“这才是人生啊！”

连佳家把他的腿从茶几上扫下去：“这是别人家，要爱惜一点。”

宋江不满地撇撇嘴，倒也没说什么。多亏连佳家的面子，他才能分文不出住上这样的房子，所以现在连佳家说他什么，他都不在乎。

连佳家搬着纸箱子进卧室收拾，宋江心情很好地在客厅逗弄刚刚学会走路的欢欢、喜喜。

过了一阵子，卧室里传出连佳家的吼声：“宋江，你过来！”

宋江的好心情一瞬间破灭，他觉得连佳家自从有了孩子，就像变了一个人。原来是小鸟依人，对他千依百顺；现在动辄发火，要不就哭闹寻事。他不懂什么是产后抑郁症，只觉得连佳家小题大做。

宋江翻了个白眼拖拖拉拉朝卧室里走：“又怎么了？”

“这是什么？”连佳家手里举着一张黄色的收据，抬头是珠宝行，数额正是二十七万元。

宋江慌了，一把夺过收据：“你怎么乱翻我东西？”

当初卖完戒指，收据随手夹在某处，他自己也忘了。找过几次无果还以为是丢了，没想到在这个当头被连佳家发现。

“你像个老大爷一样躺在沙发上让我一个人来收拾行李的时候，怎么不嫌我乱翻你东西？”连佳家质问他，“这是卖掉连韵戒指的钱对不对？”

“你听我说……”

“所以这一年来，你四处挥霍，在老家给你爸妈建房子，在外面赌博打架用的都是偷来的钱！”

“别说得那么难听。我没给你和欢欢、喜喜买过东西吗？”

“我和欢欢、喜喜不要用这种肮脏的钱。”

“这不能怪我。这戒指当时被喜喜抓在手心里玩，我也是在回乡的车上才发现。那时候我们已经离开靖州，我最多是拾金未还，算不上偷窃吧？”

“是啊。拾金未还，还去变卖换钱，还骗我说是你投资赚来的，让我直到现在都在堂姐面前抬不起头。你可真是男人啊！”

“这钱不花也花了，你说怎么办吧？你现在就是杀了我，我也吐不出来这么多钱。”

“宋江，你就是个无赖！”

宋江上前试图搂住连佳家，被她甩开后又搂紧：“老婆，现在没人记得这件事，也没人说是你做的。你睁一只眼闭一只眼就过了，剩下的钱我全部上交给你。”

“我说了不要你的脏钱！人家不计前嫌把房子借给我们住，我们还昧人家钱，这说得过去吗？我们上门当面跟连韵夫妇道歉，请他们原谅！还剩多少钱，我们全部退还给人家，剩下的我们再慢慢还。”

连佳家翻出存折，被宋江抢过去。“你是不是有病？还？拿什么还？二十多万元，你说还就还？你为这个家赚过一分钱吗？”

宋江的话字字戳中她的软肋，连佳家面色冷下来：“你不还是吧？好啊，我报警。这存折和收据就是证据！”

宋江想抢，但连佳家捏得紧，他撕下一半，转身就想走。连佳家跟着追出去，宋江个子高，她一路小跑在后面才勉强没被甩掉。

两人边吵边跑到马路边，连佳家拽住他的衣袖：“你跟我回去找连韵道歉！”

宋江不耐烦，甩开她想走。连佳家越是拼命拉扯，他就越使劲想向前冲。最后连佳家坚持不住手滑，松开了他的衣袖，他一个惯性埋头向车流中冲去。

连佳家听到一声急刹，宋江已经滚到车轮底下。

一切发生得太快，连佳家整个人都傻了。她连滚带爬凑到车底盘下去找宋江，他躺在血泊中，双脚以一个诡异的角度扭曲着。

司机下车拨打120，围观的群众有人扶起她：“你还好吧？”

她脑中全是嗡嗡声，听不太清旁边的人说什么，最后被一起送上了救护车。

救护车车门一关，将外面的喧闹隔绝出去。连佳家像突然清醒一般，拍着车门大喊：“我要下车！我的孩子还在家里！”

“你孩子多大了？你丈夫现在的伤情也不能没人管啊！你需要跟我们去医院走一趟。你还有没有亲人在这里？快通知家人去看管小孩。”

连佳家颤抖着手，从手机联络簿里翻出连韵的手机号：“韵姐，帮帮我……”

连韵一边听她哭哭啼啼说清楚事情原委，一边已经在玄关穿鞋准备过去照看欢欢、喜喜：“我现在马上去你家。你问下救护车上的医护人员，你们是去哪个医院？”

“是靖州二院。”也是凑巧，送去的正是宗绍所在的医院。

“是我老公上班的医院。我打电话让宗绍在医院接应你。孩子我会看好，你处理好医院的事情再给我回电话。”

“谢谢谢谢。”连佳家这时候才觉出亲情的重要，连韵也并非像她想的那么冷酷，“姐，对不起……戒指的事……”

“现在别跟我扯这些有的没的，把自己的事顾好再说。”

连佳家扫了一眼旁边昏迷不醒的宋江，硬生生把坦白的话给咽了回去。原来承认错误真的不是自己想得那么简单。

救护车到医院的时候，宗绍已经在门口等候。他帮着医护人员把宋江的担架抬下来，看到还坐在原位惊魂未定的连佳家，他伸手扶了她一把：“放心，没事的。”

温暖干燥的大手给了连佳家一些力量。

手术进行了两个多小时才结束，医生出来跟家属交代情况，说车子是从腿上压过，双腿粉碎性骨折，万幸没伤到别的脏器，休养复健一段时间，理论上不会影响以后的行走。

“宗医生，是你家亲戚吗？”主刀医生看宗绍从头到尾陪着，想必应该是重要的人。

“嗯，我妹夫。还请秦医生多上心。”宗绍自然的介绍让连佳家心头又是一暖，说白了只是八百年没联系的远房亲戚罢了。

冲着宗绍这层关系，秦医生又详说了很多。主要是跟宗绍在解释伤情和术后康复的注意事项，连佳家听得一知半解，但看到宗绍的背影就觉得很安心。

宋江被推出手术室，连佳家需要去办入院手续。她一摸口袋，只有半本撕坏的存折。她为难地站在原地，犹豫怎么跟宗绍开口。

宗绍和秦医生交代好情况，回头就看到她摩挲着裤口袋的窘迫模样，主动跟她说："你先跟护士去病房安顿。医院我比较熟，你把你老公的身份证号告诉我，我去办手续。"

"那个钱……我回去就还你。"

"嗯。小事。"

宗绍和连韵越是这样毫无保留地相助，连佳家就越觉得他们一家像是生活在暗处的寄生虫，做着肮脏的勾当偷偷蚕食着对方。

她有些怨恨地看着病床上让她陷入如此境地的罪魁祸首。宋江打了麻药还没醒，只会无意识呢喃两句，像是在呼痛。看他皱起的眉头，连佳家又愧疚又心疼，再也埋怨不起来。

连韵主动跟她视频，她才想起手术结束后忘记给连韵回电话。已经到了晚饭时间，为了照顾欢欢、喜喜，恐怕连累着人家也没吃饭。她手忙脚乱接起电话，第一句就是道歉。

见她诚惶诚恐的模样，连韵有些无奈："你怎么这么喜欢道歉。我有那么凶吗？你那边一切顺利？"

"多亏姐夫……哦不，是宗医生帮忙，手术很顺利。"

"那就好。刚刚欢欢、喜喜喊饿。我把她们带回我家，用破壁机弄了点苹果泥给她们吃。复杂的辅食我也不会弄。等你回来，再到我家来接她们。"连韵把摄像头对准孩子，双胞胎正扶着茶几一步步向前挪去摸桌上的陶瓷娃娃摆件。

"欢欢、喜喜！"连佳家打起精神挤出一张笑脸逗弄孩子，"你们有没有想妈妈呀？"

欢欢、喜喜听到妈妈的声音，马上松开去够玩具的手，摇摇晃晃朝连韵手机的方向走过来。喜喜走路还不稳，啪嗒一下摔在木板地上，她也不哭，嘴里一直叫着："妈妈妈妈……"

连韵放下手机扶起孩子，一手一个把她们抱在身上，再拿起手机让她们看妈妈。

"你们要听姨姨的话，妈妈马上来接你们回家好不好？"

两个孩子见到妈妈手舞足蹈，好像恨不得爬进手机屏幕里去，满眼都是她们的妈妈。

连韵突然有些羡慕这样全世界只有你一个的感情，这样纯粹而完全的爱除了自己的孩子没人可以给予。她甚至忍不住幻想如果怀里的孩子是自己的该有多好。

第四章

1

樊异从病房门口经过，似乎听到连韵的声音。她探头进去看了一眼，看到一张有点熟悉的侧脸，回忆了几秒，才想起是婚礼上连韵的那个堂妹。

她正坐在病床前和连韵视频，而病床上躺着的是她的丈夫。

上次她们分开得不算愉快，樊异思索着该不该进去打个招呼。最后想想还是作罢，如果被问起，自己来医院的动机也不便同人明说。

她还没走远，连韵的电话就追过来："你在医院干什么？"

"你怎么知道的？"樊异左右回顾，怀疑连韵是不是在哪里装了监视器。

"刚和连佳家视频，看见你在病房门口探头探脑的，最后又没进去。你没事去医院做什么？"

"哦……我来拿体检报告。"樊异心中安慰自己这样也不算撒谎。

"以前我劝你每年至少去做一次体检你从来不当回事，突然转性了？真没什么事吧？"女人的第六感总是那么准确，尤其是对这个知根知底的闺蜜。天塌下来她都只是翻个身继续睡的人，怎么无端想去做体检。

樊异不敢跟她多聊，怕被再问几句就要露馅：“拿到报告才知道有没有事啊。先不跟你说了，我到医生办公室门口了。”

童舟比她来得早，坐在门口的长椅上，看到樊异远远朝他招手。

“我说了你不用来的。”樊异看到他有些不自然。上次表白被拒以后，她还没想好以什么身份面对他。

“让我早点知道结果也安心。”童舟指了指办公室的门，“我去拿吧？你在外面等。”

樊异知道他是怕自己承受异样的眼光会难堪，她深呼吸一口气，挽住童舟的手：“一起去。伸头一刀，缩头也是一刀！”

见她还能开玩笑，童舟也松了一口气。不过报告拿在手里远没有刚刚说的那么轻松，两人并排坐在长椅上，樊异的手死死压在报告上始终不敢打开。

“你帮我看！”一番挣扎后，樊异干脆把报告扔在童舟身上。

童舟侧过身挡住她的视线才打开报告，樊异见他半天没吱声，表情也很严肃，心中一沉：“是不是很严重？”

“有点严重……”

“你说，我准备好了。”

“报告里说你是雌性激素分泌失调，导致子宫内膜增厚，月经不调，严重会导致不孕。建议你去做进一步的妇科检查。”

“……”樊异有点蒙，“那 HIV？”

“是阴性！”童舟把报告展开给她看，同时给了她一个大大的拥抱。

樊异的头靠在童舟肩上，脑子还有点反应不过来。她又仔细确认了一遍体检报告，确实如童舟所说，只是些妇科问题，劫后余生之后竟有一点淡淡的怅然若失。

因为检查结果最后一句写的是："情况严重者可能导致不孕。"

樊异甩甩头，把这些莫名其妙的想法赶走。明明从没有想过要孩子，为什么会为了不孕而感到失落？反正自己也不可能带得好一个孩子。

她按医嘱即刻下楼挂了妇科，预约检查。童舟一直坚持陪着。妇科检查室男士免入，他就拎着樊异的包坐在外面等。

因为妇产科在一块，有大着肚子的孕妇走过来，童舟立马给人家让座。孕妇道谢后与他闲聊："陪媳妇来产检啊？真年轻。应该是头胎吧？"

"啊？不是不是，我是陪朋友来检查。"

孕妇望了一眼妇科检查室，一副了然于心的表情。

"你女朋友可真幸福。别说妇科检查，就算是产检，你看看这走廊，多的是女人独自来的。真不知道怀的是谁的种。"女人有点愤愤地轻拍了一下自己肚子。

这种丧偶式育儿让童舟不寒而栗，他想起樊异口中的父亲，也是一早就抛弃了她们母女。如果身为丈夫一开始就不想参与育儿，为什么坚持要一个孩子呢？就为了延续香火？可是香火究竟是个什么玩意儿？童舟现在也想不明白。

检查室里，戴着口罩的女医生面无表情地扯了一张蓝色垫纸铺在床上："躺上去，腿张开。"

樊异不知道为什么有些想笑。她听过这句话很多次，第一次是一个女人对她说。帘子后面还排着几个中年妇女，大家都一副见怪不怪的样子，也没有要避一下的意思。

她脱下内裤躺上去，双脚呈 M 形踩在脚蹬子上。这姿势莫名让樊异感到羞耻。她看着医生给一根棍状的仪器戴上套，招呼都不打一声，径直把仪器深入到她体内。樊异浑身战栗了一下，肌肉下意识缩紧。

医生皱眉，这才开口："放松点。这样看不清里面。"后面有人咯咯在笑。

樊异终于知道为什么所有女人都恨妇科检查，躺在这里就像一头没有尊严的野兽。

"多少岁？"

"二十六岁。"

"还没有生孩子吧？"

"没有。"

"打算什么时候要？"

"……暂时没这个打算。"

"那现在吃药意义不大。你是不易受孕的体质，等你想生的时候，来医院开点药调理下身体。没别的大毛病，可以了。"

樊异整理好衣物，一走出检查室童舟就凑过来。"医生怎么说？"

"没什么问题，可能就是以后难怀上孩子。"

"那就好！要不要去哪庆祝一下？"童舟完全没有注意到她隐隐的失落，或许在他的潜意识里，樊异和怀孕两个字毫不相干。

"我搬新家你还没去过，不如我回家下厨请你庆祝一下。"

"好呀！那我要买瓶酒。"

"加拿大冰酒。"两人异口同声。

其实童舟和自己有很多共同点，他年轻，也爱玩爱喝酒，两人喝酒的品位都是偏甜，都喜欢吃辣喝冰可乐，嗜甜食。童舟阳光帅气，长相身材都是樊异的菜，和她又是同行，碰到婚礼季能陪她一起忙得不分昼夜。

如果不是童舟对待感情的态度太认真，他们早就在一起了。

她不忍心伤害一个认真的男人。

嘣一声，香槟的瓶塞被打开。冒着气泡的黄色冰酒被倒进玻璃杯里。童舟举杯敬樊异："祝贺我们樊总无病无灾，度过一劫！"

樊异取笑他："如果不是这个小插曲，你还打算多久不理我？"

童舟摸了摸鼻梁，假咳两声避免尴尬："一开始只是和你赌气。后来发现没我你也无所谓的样子，一时找不到台阶下。"

"上次我和你说的事……"樊异觉得既然要继续做朋友，就需要把话摊开说清楚。她本来想说，上次是她一时心乱随口胡说让他不要当真。没想到被童舟打断："我也一直想跟你解释，我上次拒绝你是因为我想做你真正喜欢的人，而不是一根救命稻草。我知道你当时只是一时情急把我当作救命稻草而已……"

"我喜欢你。"这句话樊异几乎是脱口而出。

"嗯？"童舟愣了一下，自嘲地笑了笑，"怎么总觉得这后面要接一个但是，'我喜欢你，但是是对弟弟的那种喜欢'。"

"是男女之间的那种喜欢。"樊异说得很坚决。童舟看着她的眼睛，确认她不是在开玩笑。空气突然变得静谧，这好像是他梦中出现过无数次的场景，樊异亲口对他说喜欢他。

"大二那年的大学生运动会，我就注意到你，和我们同一个中学出来的小学弟。那年你报了 4×100 米的田径接力赛。我看你穿着一件橙色的运动背心像小火箭一样从我面前冲过去，我还跟连韵说：'咱们这个小学弟很帅，就是有点傻。'跑到终点你才发现自己接错棒，我还以为你会很懊恼或者发火，没想到你笑嘻嘻地说：'帮隔壁班赢个奖杯也算是体现友谊第一的体育精神。'"

听樊异说起自己当年的糗事，童舟脸上浮起一层薄薄的粉红。

他没想到自己从中学起就崇拜的学姐，原来也曾默默关注过他。

樊异又给他倒了一杯酒："从第一次见你，我就知道你是我喜欢的型，但那时候我有男朋友。等我空窗期的时候，和你已经不知不觉成了好朋友。我不对朋友下手，因为我珍惜朋友。这么说或许你会觉得有点假，但正因为我最喜欢你，所以我没想过和你在一起。"

"我懂！真的。我明白你怕伤害友谊，但是不试试你怎么知道呢？"童舟激动地握住樊异的手。就像电视剧里的大结局一样，所有真爱都需要经历误会、磨合，最终解开心结才能终成眷属。

但是剧情的走向好像和他想的有点不一样。樊异冷静地从他双手间抽离出来："你知道我的家庭情况。可能因为见到了我父母那个样子，所以我从来不相信自己会心甘情愿地将一个完整的自己托付给别人，也不相信有谁会完完全全地属于我。我和你不一样，我不信一生一世一双人这一套。你懂吗？"

童舟的神色渐渐黯淡下来，作为一个二十几岁的男孩子，他本该比谁都明白樊异这种不想安定下来的本心。但自从遇见她，他明白如果那个人足够好，是可以填满心中的不安和空虚。

"是我不够好，不能让你相信我能带给你幸福。"

"我最怕你这么想。小舟，问题不在你，在我。是我有病。我不能理解人世间最美好的那些亲情、爱情，我觉得这些都很虚。我不明白这个世界上形形色色那么多人，那么多不同的际遇，为什么有人甘心在一棵树上吊死？我害怕当我决定定下来的时候，又遇到更喜欢的人怎么办？人生也好，婚姻也好，对我而言都是不能回头的一锤子买卖，所以我不敢做决定。我想尝试不同的人，不同的路，每天都有不一样的新鲜感。你可能会觉得我这样很渣，但我不觉得有什么错。"

见童舟沉默，樊异以为她已经表述得很清楚，他该明白他们生来就不是同一种人。“你信奉爱情里的独一无二，可我不是。所以我们还是做朋友比较好。”

“不，我还是想跟你在一起！”童舟的眼眸比以前更亮了，“你答应过我的不是吗？你说如果这次你逃过一劫，我们就在一起试试。”

“你知道……那是因为我当时一时昏头。”

“不是一时昏头，在你最绝望无助的时候，你想到的依靠是我。这至少证明我比你认识的别的男人要特别，不是吗？”

这一点樊异无法否认，童舟和连韵一样是她不想失去的朋友。看到童舟坚定的眼神，她长长地叹一口气：“哪怕我不能给你任何承诺，只能和你维持着开放性的情侣关系，你也不介意？”

“介意，但我愿意。”童舟笑了笑，“因为我知道不管你未来遇到谁，你最终都会选择我。”

童舟打从心底感谢 Josh 和这一场乌龙，让他了解到真正的樊异。无非就是一场旷日持久的车轮战，他想赌一把。

2

连韵一边在开放式厨房里洗破壁机，一边注意着客厅里的孩子。欢欢、喜喜就放在地毯上玩，周围铺了一圈软垫不让她们爬出来。

连韵家里没有玩具，本来还很担心她们哭闹。没想到小孩子很容易满足，给她们一包抽纸、一两张旧报纸就可以玩得很开心。

好不容易折腾完晚饭，连韵擦干手从房里拿出笔记本电脑准备处理下午没来得及回复的邮件。

从孩子们身边经过的时候，她也不觉得这个场景特别违和，好像她们本就是摆放在沙发旁的一个瓷器狗或者绿植。不过她们更加生动更有鲜活气息，给这个略显冷淡的房子增添了一分色彩。

“姨姨。”一个孩子拉住她的裤脚。其实她现在分不太清哪个是欢欢，哪个是喜喜。上次见她们还是襁褓中半岁大的孩子。

“怎么啦？”连韵蹲下来和她们平视。让她自己感到奇怪的是，对这两个尚算陌生的孩子，她有着从未有过的耐心，孩子们对她也一样亲近。这或许就是血缘的力量。

“噗噗。”孩子不安分地扯着自己的裤头。

连韵思考了一会儿，明白过来是孩子拉了，仔细闻还可以闻到空气中隐隐的臭味。下一刻她又意识到自己家里没有纸尿裤。连韵想了想，拿起手机给李乘风打了个电话：“现在送两包婴儿纸尿裤、一桶奶粉和两个奶瓶过来我家。什么牌子？不知道，就选最贵的。”

一个好的秘书必须做到随叫随到，以及从不多问。但是对一个未婚甚至未谈过恋爱的大男人而言，看着超市货架上品种繁多、码数不一的选择，他觉得比处理那成千上万的金融数据都难。

“您的宝宝多大了？我来给您推荐。”超市的推销员及时解救了他的困境，但又给他抛出新的难题。

“不同年龄有什么区别吗？”

推销员笑了，一看就是没有任何经验的新手爸爸。“当然有区别，奶粉分一段、二段、三段，纸尿裤也一样，分NB、S、M、L码。看您这么年轻，孩子应该刚生吧？”

“等等，我打电话问一下。”看着推销员那一脸“连这都要问，还算哪门子爸爸”的神情，李乘风不得不解释：“不是我的孩子，帮别人买的。”

连韵那头没比李乘风好哪里去，听到这么多选择也是两眼发黑。“大概是一岁半，不到两岁的孩子，你问问该用什么码数？不确定的话就两个都买。”

李乘风在热情的推销阿姨攻势下，买了一大堆婴幼儿产品，大包小包提到连韵家中。进门看到地毯上两个爬行的孩子，他虽然好奇，还是克制地没有多问。就算此刻连韵告诉他，这是她的孩子，他也不会吃惊。这是个让万事皆有可能的女人。

“我侄女。”连韵注意到他的目光，主动解释了一句。

她从超市购物袋里翻出尿不湿，拆开以后才发现自己不会用。她求助地看向李乘风：“会用吗？”

对方两手一摊：“这个真不会。”

就在两人面面相觑的时候，救星赶到。宗绍打开门走进来，看到地上、沙发上一片狼藉，还以为遭劫了。“你们在做什么？”

“你回来得太好了！换尿布会不会？这个小鬼头拉了。”

“换尿布之前需要给孩子清洗，我一个人搞不定，你进来帮我。”李乘风见宗绍回来，两脚抹油麻利地溜了。

还好李乘风耳根子软买了一大堆有用没用的东西，其中就有洗澡盆。两人简单帮孩子清洗了一遍，垫了块浴巾放在洗手池上换尿布。

宗绍以前在妇产科实习，跟护士们学过几招，所以这对他而言不算难题。喜喜手里抱着个小海马玩具，安分地任他折腾。

连韵抱臂站在一边，通过镜子看自己的老公。她以前以为只有认真工作的男人是最性感的，现在竟然觉得宗绍带孩子的样子也十分可人。

她从后面环住他的腰，需要稍稍踮起脚尖才能把头抵在宗绍肩膀上：“看上去好像也不是很难。”

宗绍轻笑，这个十指不沾阳春水的女人对换尿布这种事居然表现出跃跃欲试的态度："要不你来试试？"

连韵真的上手要帮忙，宗绍握住她的手腕："还是我来吧。你的手不是用来做这个的。"

连韵摊开双手翻来覆去地看，这双用来翻金融报表、审核计划书、操盘股票的手现在是不是可以开始尝试一些新的东西？

孩子们一直闹着要妈妈不肯睡，连佳家快到 12 点才赶回来接走欢欢、喜喜。她站在门口连声道谢，又不停地为孩子的叨扰道歉。

"你丈夫怎么样？"

"打了麻药一直没醒，医生说明天早上再去也没事。今天多亏你们，不然我都不知道该怎么办。刚搬进城里就发生这种事……"

"你别太担心，我问过他的主治医师，所幸只压到脚，康复是时间早晚的问题。"宗绍很贴心地一直安慰她。

身为堂姐的连韵反而显得比较冷淡，救急不救穷。她的人道义务已经尽到，要她再表现得关怀备至实在强人所难。她承认她对连佳家有偏见，不仅仅是丢戒指那件事。连佳家大概就是她最看不起的那一型，遇事六神无主，只知道依赖别人的女性。

"姨姨，再见。"欢欢、喜喜手牵着手，奶声奶气地跟她告别。

连韵脸上的冷淡因为孩子而破开一条裂缝，从中间挤出一丝温柔的笑意。她蹲下来摸了摸两个孩子的头："再见，下次来玩。"

连佳家母女刚走，宗绍转头看到客厅还摆满了孩子的玩具和婴幼儿用品："刚刚应该把这些东西给你妹妹拿回家的。我们又用不着。"

连韵一边弯腰收拾地上的玩偶，一边自言自语："谁说用不着？以后可不一定。"

“你说什么？”宗绍好像没听清。

“我是说……住这么近，以后欢欢、喜喜可能会经常来玩。”

“我还以为你不喜欢孩子，嫌她们吵闹。”

“我是不喜欢孩子，但她俩挺可爱的。”连韵的态度模棱两可，宗绍也没有就这个话题再深聊。

第二天上班，还没进办公室，就听见一群女孩在大办公区叽叽喳喳开着玩笑。连韵一跨过转角就看见李乘风被她们围在中间。

会计部的张小慧手里拿着一张长长的购物小票：“李特助，看不出呀，年纪轻轻就当爸爸。有喜事也不跟我们分享。私人用品公司可不能报销哦！”

“别拿我开涮了。我真是不小心把这张小票夹在发票里送上去的，没有想占公司便宜。”李乘风老实，生怕被人说他私账公报。

“你婚都没结，买那么多婴儿用品干吗？怎么着？瞒着大家偷偷养了个私生子？”会计部另一个年纪稍长的大姐说话就口无遮拦得多。

“看我们小李这么老实也不像，是不是帮你Boss买的哟？”路过的人事部经理付娜顺嘴搭了一句。

“你们说连总？怎么可能？她那种没血没泪的女强人，最可能的人生轨迹是一路拼搏到事业巅峰。四十五岁以后，才在家庭压力逼迫下考虑要孩子，却发现自己已经怀不上，最后只能做丁克或者领养。美剧里都是这么演的。”张小慧总结得头头是道。

“我也觉得她不是那种会把重心放在家庭的人。现在可是她的事业上升期，怎么会停下脚步去回归家庭。你们以为每个人都跟我一样傻吗？”付娜半倚在办公位上喝着刚泡的即食燕窝。

她算和连韵同期进公司的同事，只是二十五岁的时候意外有了孩子，就在岗位竞争中被挤下来，等她怀孕休完产假回来，就只能眼睁睁看着连韵越爬越高，远远将她甩在身后，心里难免有所比较，但她从不认为自己是落败的那一个。

母亲的身份在一个女人的人生成绩单上举足轻重。只要手里还握着孩子这张王牌，付娜知道没人敢说她不如连韵。

“小慧你还是太年轻。女人事业再成功又怎么样？没有孩子的人生是不完整的。就算强硬如连总，她也躲不过她爸妈和公婆要抱孙的‘魔音’。生孩子可是脱层皮的差事，既然早死晚死都得死，还不如早死早超生。趁年轻有精力带，等老了带孩子出去就跟带孙子似的。多丢人！还是娜姐看得透彻。”会计部大姐也不知是拍付娜马屁还是真心这么想，说话夹枪带棒的，丝毫没注意到就站在拐角处的连韵。

“这张小票是我的。有什么问题吗？”连韵从张小慧手里抽走了那张小票。

看到连韵，围观的人立马作鸟兽散，大姐转过去椅背，付娜默默低头装作若无其事地搅拌着杯中的燕窝。张小慧手足无措地想解释：“连总，那个……我刚核对发票发现这张单子内容不对，所以过来问下李特助。”

“我们公司最近打算投资一条婴幼儿产品线，所以我让李乘风买些样品回来比较。还有什么需要跟你汇报吗？”连韵说谎眼睛眨都不眨，偏生也没人敢质疑她。

“不敢不敢。连总，我马上拿回去报。”张小慧逃也似的走了。只有李乘风还面色尴尬地站在原地。

“跟我进来，把门关上。”连韵先一步进办公室，大家都同情地看着李乘风。

李乘风想任谁听到她们刚刚这样的议论都会生气，以为连韵要找他算账，一进门就忙着道歉：“连总，对不起，是我的疏忽……”

“小李，我很老吗？”连韵突然问了个无厘头的问题。

“嗯？绝对没有。”不是李乘风拍马屁，以连韵的底子和保养的状态，说是二十三四岁绝对有人信，但也不会显得太稚嫩，毕竟气质和经历写在脸上。

“那你觉得我的工作和婚姻不够出色？”

“当然不是。”别说女人了，就连他身为男人都会羡慕她的人生。

“所以能让那群女人居高临下地在外面议论我的原因就是因为我没有孩子？”连韵用的反问，却是肯定的语气。

“她们不是那个意思……”李乘风想为她们辩解，却发现这话很无力，她们就是这个意思。

“小李，你也认为一个完美人生必须拥有孩子吗？”

李乘风想了一下决定诚实回答：“老实说，作为男人，有没有孩子我真的无所谓。但如果是女人的话，最好还是生吧？不然那些世俗的眼光，七大姑八大姨的唾沫星子都够受的。”

连韵冷笑了一声，让他下去忙自己的事，自己打开电脑准备开始一天忙碌的工作。李乘风不知道自己的回答是不是正确的，但他说的都是实话。什么女人的天职，母性的光辉，并非他打心底里这么认为，事实上他一个大男人根本不在乎这些。只是说的人多了，他便当作了真理。

连韵和宗绍结婚一周年纪念日，因为第二天宗绍要值班，两人本来约定提前一晚庆祝。结果连韵公司有一个大客户临时来了靖州，总部点名要求连韵去作陪，烛光晚餐的计划不得不取消。

纪念日当天，宗绍特意跟人家换了个班，准备下午早点回去陪连韵庆祝。连韵也很配合地关掉工作手机，早早去超市买了牛排和红酒准备亲自下厨。结果宗绍的车还在半路，又接到医院急召，来了个病重的患者，现在需要马上手术。他不得不半路打道回医院。

“小韵，对不起……实在是情况紧急。”

“没事，谁让我是白衣天使的家属呢。况且我昨晚不也放了你一次鸽子吗？扯平了。”连韵吹灭刚刚点燃的香薰蜡烛，“刚好我也回公司再加会班。”

“别太累着自己，我会尽早赶回来陪你。”宗绍隔着电话亲吻了她。

“嗯。开车注意安全。”连韵说话间已经穿好鞋，拎着车钥匙和手提包往车库走。

虽然承诺连韵要早点回家，但宗绍从手术室出来已经晚上十点半。他紧赶慢赶往停车坪走，走到车前忽然闻得医院大门外摆摊小贩的叫卖：“馄饨，新鲜热乎的手工馄饨。”

一阵阵馄饨伴着紫菜葱花的香味从门外飘进来。宗绍肚子饿得咕咕作响，作为医生，他一贯是不会吃这些食材不干净的路边小摊，不过想起家里空空如也的冰箱，他犹豫了一会儿还是拔腿走向小摊。

宗绍提着两碗馄饨回到家里正准备掏钥匙开门，突然听到身后传来高跟鞋声：“巧了，真是心有灵犀。”

没想到连韵也加班到这个点，两人时间掐得正好，完美地在家门口相遇。连韵朝他扬了扬手里刚从便利店买的一提啤酒：“你有夜宵我有酒，恰恰好。”

结婚有时就像两个志同道合的伴儿搭伙过日子，只有两个齿轮的方向和脚步都一致才能完美地咬合。

两人搬了张日式小台几放到主卧的飘窗上，席地而坐。月光就着馄饨和啤酒咽下肚，连韵满足地打了个饱嗝。

墙上的时钟马上快要指向十二点，宗绍和她碰了一下杯：“一周年快乐！宗太太。”

“同乐，恭喜你成为连韵的先生一周年。”

虽说这和他们想象中浪漫的结婚纪念日不太一样，但连韵觉得这样的相处很惬意。

这一晚他们喝了很多酒，啤酒喝完又把下午买的红酒喝了。最后两人晕晕乎乎也不知几点上的床，难得的是还有余力来了一次十分愉悦的性爱。

第二天，连韵睡到快中午才醒，头痛欲裂。一打开床边的手机，短信和未接电话快要挤爆。她使劲搓了搓脸，坐起来一边回信息一边从衣柜里拿衣服。

宗绍今天轮休，在床上翻了个身，艰难地睁开眼睛：“今天还去上班？”

“嗯，不去不行啊。公司那帮人，我不去能上天。”连韵从洗手间出来已经画好了淡妆，把头发全部束上去挽成一个髻，和刚刚凌乱糟糕的样子宛如变了个人。

“我上班去了。”她俯身亲了一下宗绍。他趁机故意挑乱她一根发丝：“我还是觉得你乱糟糟的样子比较可爱。”

“幼稚鬼。”连韵嘴里抱怨，却笑得很甜。

成年人的爱情里，难得的是有人陪你幼稚。

来到公司，她就必须收起所有其他的心思，全心投入到工作里。投资行业是一个洪流一般的行业，不奋力向前游到上游，就会被激流冲得无影无踪。

一个会议一开就是一下午。连韵也有些讨厌这冗长无效的会议制度，每年年底的意见征集表里都有人向她提议减少会议次数，缩短会议时间，好像会多会长全是她这个老总的错。

连韵不禁腹诽，你们倒是学习精炼语言，组织逻辑，出了事别忙着丢锅分锅啊。

从会议室出来已经是晚饭时间，有些别的部门加班的同事已经点好外卖在茶水间吃饭。连韵进茶水间想泡杯咖啡提神，闻到一股重油的麻辣味，突然反胃捂着嘴冲向洗手间。

茶水间里的几位同事面面相觑，不知道刚刚发生了什么。一向是以完美小姐形象示人的连总怎么会这么失态？

同样来茶水间泡茶的张小慧和付娜同时对望了一眼，好像明白过来什么。

付娜拿着马克杯进洗手间冲洗，连韵刚刚从隔间出来，也在洗手台前补妆。

“连总，没事吧？看你脸色不太好。”付娜借机问。

“没事。”连韵拿出香奈儿 99 色号的口红把惨白的唇重新武装起来。

“我刚怀上的时候也吐得厉害……”

付娜突然没头没尾地冒出这么一句，连韵的手一滞，口红画到了唇外。她赶紧拿抽纸细细擦干净。

“咱们这个年纪也是该有个孩子了。”付娜小心翼翼打探着她的神色。

“我没怀孕。”连韵斩钉截铁地打断她，转身走出了洗手间。

“最好是……”付娜冷笑，甩了甩杯子里的水。这个选择题哪个职场女人能逃得过？当初她不也是这么被拉下马的吗？你连韵凭什么和别人不一样。

连韵坐在办公室的皮椅上，不禁好奇地摸了下自己平坦的小腹。真的有了吗？她仔细回忆，最近好像确实忘记做防护措施。

运气这么好，这就中彩了？

越是这么想，胸口那股反胃的冲动就越强，连韵忍不住又一次冲进了洗手间。这次目睹的人更多，一直守在办公室外的李乘风见状不禁皱起了眉头。

流言蜚语总是传得很快，第二天整个公司已经在风传连韵怀孕的事。两天后，连集团老总都打电话过来关心："小连啊，听说你最近有喜事，怎么都没告诉我们一声？"

"没影的事，贺总别听他们胡说。"连韵回答得模棱两可，不敢把话讲得绝对。

"如果真有可不能瞒着我们，公司对你可是寄予厚望。下个月我回国巡察，主要也是想看看你们业绩最好的华南部。"

"靖州分公司随时欢迎您来调研巡察。贺总放心。如果我真有好消息，第一个请您吃喜糖。"连韵觉得集团的态度有些奇怪，按理来说这样的风言风语远不值得贺总亲自打电话来过问，除非集团最近要有什么新动作。

李乘风在办公室外敲门。

"进来。"

"连总，有件事我觉得有必要跟您汇报。"

"你说。"

"我有个学长在法国的杉木资本做经理，他和我们集团总部的人平时私下也有往来。据他说，因为大中华区最近几年效益不佳，方舟资本总部正在物色新的大中华区总经理。"

"你的意思是……"

"学长说，方舟资本在欧洲的总部已经传遍了，最有竞争力的候选人就是咱们效益最好的华南区的头儿——你。"所谓一人得道鸡犬升天，作为连韵的助理，如果她升职，李乘风自然能沾着点甜头。学长也是未雨绸缪，想借着他的口先卖个人情给连韵，将来好办事。

连韵还来不及欣喜，突然意识到贺总刚刚那通电话的试探意味。在这个紧要关头，任何一点消息都可能改变局势。

“要说候选人，不止我一个吧？”

“还有……朱建明总。”

朱建明，华南区副总。事事不如她，但有个特点就是会出风头，稍做出点成绩就搞宣传公关那一套拍总公司马屁。

这次她“怀孕”的消息传得这么快，想必少不了他的功劳。

“我知道了，出去吧。”连韵捏了捏鼻梁，所谓身正不怕影子斜，但如果这孩子真来了，她这身子可正不起来。

李乘风走后，她悄悄抚摸着自己的肚子，明明这里面可能什么都还没有，她却突然生出一种怜爱不舍之情。

稳妥起见，连韵拿起手机预约一个相熟的医生，下午就去抽血做检查。

工作狂连总突然请假半日去医院，这好像更加坐实公司的传言。眼见她一走，办公室的人就坐不住开始八卦起来。

“看来这回十有八九是真的。你们说连总怀孕会不会休产假？”张小慧趴在付娜的工位上小声问。

“当然啊。她再女强人也不是铁打的。你以为怀孕都跟电视剧里演的那么轻松啊，扑通一声孩子就会自己落地。她如果保持现在这种工作强度，十有八九会流掉。”

张小慧吐了吐舌头：“我以为她会不一样。毕竟是连韵欸。”

付娜不以为然地翻了个白眼：“有什么不一样，还不是一个女人。硬扛了几年，还是得结婚生子回归家庭，早晚的事。你也不看看她嫁进个什么样的人家，宗家又是彩礼又是豪宅，你以为是那么好赚的？有钱人家，没落个子，不行的。”

张小慧觉得付娜说得颇有道理，不过这样的人生离她十万八千里，她在乎的只是如果连韵休产假，她工作会不会轻松一点？今晚还约了男朋友去庆祝一周年，不过男友好像嫌她订的西餐厅太贵。两人总是为了钱的事吵架，她有点厌烦……

3

连佳家拿着刚刚洗干净的不锈钢饭桶从厕所走出来，迎面差点撞上风风火火冲进病房的两位老人。

看清是她，公公狠狠瞪了她一眼：“看你做的好事！”

婆婆根本没空搭理她，直奔宋江的病床，就像唱大戏一样嘴里喊着：“我可怜的儿哟。”

“爸，妈……”连佳家乖乖跟着公婆挪到病床前，“你们怎么过来了？”

“我再不过来，我儿子岂不被你折磨死！”婆婆想起接到儿子电话说车祸的事，心脏到现在还怦怦跳个不停，“你有没有脑子？什么事不能在家好好说，非得到大马路上吵。好了吧。现在刚进城就闹出这档子事，我看你们之后这日子怎么过？”

连佳家自认理亏，低着头不敢顶嘴，但心里有隐隐的不忿，你怎么不问问你儿子做了什么好事？

她万万没想到这时宋江会替她说话：“妈，你别怪佳家。这夫妻吵架是两个人的错。今后有什么困难，也该我们两个人一起面对。你说是吗，佳家？”

宋江将深情款款的目光投向她，弄得连佳家突然从心底涌上来一阵自责。如果不是她执意报警，宋江现在也不会躺在这里，一下子好像所有的过错都是由她而起。

“嗯！爸妈放心，我一定会好好照顾宋江。”

“照顾？你拿什么照顾，你现在连自己都养不活，还有两个孩子。对了，欢欢、喜喜呢？”做爷爷的这时才意识到两个孙女不在医院。

“今天周末，她们在我堂姐家玩。”

“就你那个有钱的堂姐吧？”婆婆眼珠子滴溜溜一转，抓住了关键，“实在不成，你也可以开口找她借点钱。”

“不行！”连佳家想都没想就拒绝，“我们现在免费住在别人家里已经麻烦她很多了……”

“你看你，我这还没说啥呢，反应这么激烈，好像生怕我们占她家什么便宜似的。你要知道，你嫁进我们宋家，就是姓宋的人了。”

旁边的公公也不赞成老婆子的意见：“老靠着别人也不是回事。我看等小江出院你们还是跟我乖乖回老家。小江给我们在乡下砌的那小洋楼也足够你们住的。”

他们才刚刚卖掉电厂的房子举家搬过来，新生活还没开始就要打退堂鼓，连佳家打心底里不愿意。好在这回宋江和她站在同一战线：“爸妈，你们别急。是出了点小意外，但也不至于即刻就要走，再等等。”

“等啥？你俩都没工作，喝西北风啊？”

“我可以出去工作！”连佳家被逼急了，脱口而出，得到的是一声冷笑。先是婆婆一声不屑的冷笑，然后公公和宋江都笑开了，好像她说了什么笑话一样。

“佳家，你从来没有出去工作过，连高中都没有毕业，到哪去找工作？”宋江一句话就给她全盘否定，“我们还有几万块钱积蓄，应该能撑到我出院。边走边看吧。”

提到存折里那几万块，连佳家心里又被刺了一下，那是偷连韵戒指换来的钱啊！不过她什么都没说，她知道自己现在没勇气还掉那笔钱，两手空空地在这个陌生城市里讨生活。

“早猜到你们两口子是这个反应。没法子，那我和你爸这把老骨头也只能受累留下来照顾你们。”

“妈，你们准备留在靖州？”连佳家直觉不好。

婆婆斜了她一眼：“那不然呢？你能照顾好我儿子吗？还有那两个小拖油瓶。”

公公、婆婆就这样招呼都没打就直接提着大包小包住进了连韵的房子，那阵仗竟是准备长住。连佳家苦恼不知怎么和连韵交代，拖来拖去最终什么也没说。

为了省钱，宋江没住满一礼拜就出院回家休养，只定期回医院复查。

医院说他的腿恢复情况不错，骨头慢慢在长好，但是时间一天天推移，他始终没法走路。

“我根本感受不到自己的腿！”又一次复健中，宋江摔倒在地愤怒地捶着双腿。连佳家哭着抓住他的手：“医生他到底怎么了？”

医生说可能是神经问题，又送去宗绍的科室做了个详细检查，可还是查不出什么名堂。

宗绍把连佳家拉到医生办公室谈话：“这种情况之前也出现过，患者身体机能恢复后，可能是自己心理暗示太强，一直不能正常行走。换言之，这是心病。我建议你回家多开导他，不要刺激他，兴许哪天他自己心结解开突然就能走了。”

连佳家推着宋江回家，公婆殷切地迎上来看着他们：“怎么样？”

宋江垂着头坐在轮椅上不搭理他们，连佳家默默摇了摇头。婆婆满怀期待的表情变成了怨恨，一手拿着锅铲一手推搡她：“都怪你！你把我儿子害成了残废！”

连佳家被推得一踉跄，绊到轮椅脚跌在地上，客厅里玩耍的欢欢、喜喜见状大哭起来，嘴里喊着“妈妈”。

“哭什么哭，两个赔钱货。”婆婆丝毫没有愧疚之意，恶狠狠瞪着两个孩子，似是想将怒气转移到她们身上。连佳家顾不上崴脚的疼痛，爬过去抱住两个孩子哄她们：“妈妈没事……别怕……”

厨房里传出一阵煤气味，婆婆嗅出异样大叫：“不好，给儿子煲的汤潽了。你们可回来得真是时候。”

宋江无心去处理这场闹剧，看向一边的父亲：“爸，推我进去。”

公公叼着老烟杆推儿子进房，还嫌弃地看了一眼自己的老婆和儿媳妇，嘴里嘟囔着：“婆婆妈妈，都是没用的废物。”

客厅里只剩下连佳家和还在啜泣的两个孩子，她默默抹了一把眼泪，去开窗通气，省得孩子煤气中毒。

站在窗前她看到楼栋前面有一个熟悉的身影，女人提着一袋水果向楼上张望。看到她时，女人脸上疑惑的神色散开变成欣喜，摇晃着手臂跟她打招呼：“嫂子，你家是几楼？”

“9楼。902。”连佳家愣了一下才回应，心想她怎么来了？

门铃声很快响起，连佳家一瘸一拐过去开门。对方一见她走路的姿态就发现异样：“嫂子，你腿怎么了？”

公公、婆婆听到门铃声都出来了。连佳家不便多说，只说是自己不小心摔的，接过佟乐手里的水果，拿了拖鞋迎她进来。

“叔叔、阿姨好，我是宋科长以前的同事佟乐。你们叫我小佟就行。听说宋科长前阵子出了车祸一直想来看看，也没找到合适机会……”佟乐落落大方地向两位长辈介绍自己。

听说是儿子的同事，两老很客气：“快进来坐。”

连佳家把佟乐提来的水果拿去厨房切了，端出去的时候听到佟乐在客厅和公公有说有笑。这很难得，因为她公公一向看不起女人，是所有女人。

“这么说小佟以后是打算在靖州发展了？”公公异常亲切地问道。

“爸爸是这么说的，让我先跟着舅舅学习。”

“真是听话的好孩子。听爸爸的话总是不会错。”公公赞赏地点点头，又吸了一口旱烟，呛鼻的烟味熏得欢欢、喜喜不停地咳嗽。

“爸，您少吸两口……”连佳家忍不住出声劝阻，意识到公公脸色不好，她赶紧补充了一句，“对身体不好。”

“我去喊小江。”公公起身不耐烦地把烟杆往桌上敲了敲，还带着火星的烟灰落在茶几和地板上。连佳家怕家具被损，赶忙扯了张纸蹲下去擦。

“嫂子小心。”佟乐的话音未落，连佳家已经被烫伤了手，烟灰的高温还将纸巾燃起。还好佟乐反应迅速，将茶水倒上去熄灭了火，只是弄得现场一片狼藉，她赶紧道歉：“对不起，把你家弄脏了。拖把在哪，我来擦。”

“小佟，你别管，上一边坐着。我来。”婆婆瞪了连佳家一眼，自己去厕所拿拖把。

佟乐有些尴尬，连佳家装作无事，拉着她去餐厅坐。

“你家好漂亮啊。”佟乐环顾四周，试图找到话题。

“哪里是我家，只是暂时寄居在别人家而已。”连佳家苦笑。

“我听宋科长说过，嫂子的姐姐对你们真好。”

“是宋江告诉你我们住在这儿的？”连佳家终于找到机会发问。搬离老家后，除了母亲，她没有和别人说过新住址。这个小区太高调了，让不知情的亲戚知道还以为他们发了什么大财。

“是我多嘴问了一句。之前宋科长说你们要搬来靖州，我不是有个舅舅在靖州吗？宋科长想让我帮忙问下工作的事，就留了地址和联系方式。”

连佳家确实听宋江提过佟乐舅舅的事，不疑有他。“刚听你和我爸说，你也要留在靖州？”

“嗯。刚过来，准备去舅舅那个酒店上班。”

连佳家听到“上班”二字有些心动，现在宋江没办法出去找工作，一家六口坐吃山空不是办法。“小乐，你在酒店做什么？还有没有岗位可以介绍给我的？”

佟乐露出为难的表情：“我是做会计……”

连佳家神色一黯，她连大学都没读过的人，做会计对她而言简直是天方夜谭。

“不过我知道酒店有在招上菜的服务员，会不会太委屈姐了……”

“不委屈！你可以帮我打听一下我这样的符不符合条件吗？”

“服务员没什么要求的，只要勤劳肯干就行。”

“那行，你帮我问下你舅舅？”

“包在我身上。”佟乐爽快地答应。说话间，她的目光突然看向连佳家身后，脆脆地喊了一声：“宋科长。”

“嗯。”宋江低沉的声音让连佳家不寒而栗，他刚听到了自己求职的事吧？不会又阻止自己吧？该不该反抗，会不会刺激到他？连佳家一瞬间想了很多。

奇迹一般，宋江什么都没有说。反而是佟乐看出她的犹豫，主动帮她跟宋江说情："宋科长，之前我不是说我舅舅在一家大酒店工作吗？他们酒店现在缺人，想请嫂子过去帮手，工资待遇不错的。你看怎么样？"

"她能做好什么？"宋江不屑地从鼻孔里轻哼一声，不过终是没有反对。

佟乐的出现就像个贵人，给连佳家黯淡无光的生活撕开一条希望的口子。

第五章

1

樊异家洗手台上的牙刷从一支变成了两支，门口的拖鞋从一双变成了两双。衣柜里还专门分出一格位置放进了男士衬衣和运动短裤。

童舟自从拿到“交往许可证”后，似乎要把这项权益进行到底，慢慢一点一点入侵樊异的生活。

刚开始樊异有些害怕，就像害怕那些一夜情的男人跟她开口谈承诺。她没法忍受在同一个人身边待太久，但也许是做朋友太久，童舟出现在她的生活空间里没有让她感到排斥。

多了一个人吃完饭以后刷碗，多了一个人陪她窝在沙发上看深夜电影，当然还有必不可少的“买可乐”环节。一切都出乎意料地和谐。

她还是会偶尔出去喝酒，轻车熟路地找到艳遇。只要她说今晚不方便，童舟就识趣地不会来她家。两人心照不宣地维持着这样的开放关系。

有一晚，他们躺在床上用投影仪看《探索》的纪录片，那一集的主题是非洲历险。他们跟着摄像机一起穿越卡拉哈里沙漠、稀树草原、刚果雨林，投影在樊异脸上的色彩斑驳变幻，最原始的动物搏斗和最繁茂的植物生长让她看得入了迷。

“我想去这里。”樊异每年在婚礼淡季的时候都会给自己放假，消失几个月时间去旅行。

得益于这些走南闯北的经历，她的婚礼策划才总是透着一股灵气，是外面千篇一律的策划无法比较的。

相比起“世界这么大，我想去看看”的理由，樊异想得更多的是“我能为这里做什么”？她会挑一个从未去过但很喜欢的地方，有时候会即兴参与当地一些公益组织的活动，例如保护濒临灭绝的动植物、清理海洋垃圾、照顾留守孤寡老人，用另一种方式去了解这片土壤。

“好啊。我也没去过非洲。我陪你一起去。”童舟兴致勃勃地响应她的计划。

樊异却皱起眉头，直接拒绝他的陪同：“不用了，不是所有事都非得有个伴的。”

“可是你一个人去那里很危险。”

樊异笑着对他眨眨眼：“那是你不知道我以前还去过哪。”

童舟本来以为樊异只是一时兴起，没想到她真的说走就走，只留了一个短信就消失在他的视线里。

在他以为自己已经慢慢融入她的生活，她就像一阵风似的又从指缝间溜走。

两个月时间，童舟每隔两天去樊异家里替她给植物浇水，打扫卫生。他每次开门前都幻想门一开，可以看见樊异站在厨房做饭，回头对他说一句：“你来了？”经过一次次失望，他已经渐渐麻木，甚至有一种樊异不会再回来的错觉。

所以当他在樊异家打扫，又一次听到门外传来她的声音时，并没有第一时间去开门。童舟手里握着扫把静立了一会儿，好像听见她在和什么人说话，他这才半信半疑去开门。

樊异显然没想到他在家，门突然打开，吓得她钥匙都落在地上。“你在家啊？吓我一跳。”

樊异拍着胸脯，一边背起硕大的登山包往屋里走，童舟马上拎起她的行李箱跟上去。她以肉眼可见的程度晒黑了，头上用彩绳织了很多小辫子，看上去更有异域风情。靖州今天只有十来摄氏度的天气，她还穿着背心热裤，只是外面罩着一件防风外套。

“你刚跟谁在说话？”

“一个……不速之客。”樊异说这话的时候，眼波流转有一种羞怯的喜悦，这让童舟感到隐隐不安。

“你和他一起去的非洲？”

“不是。在那边遇到的，一聊发现他也是靖州人。回来我们坐的同一趟航班，下飞机本来他说送我一程，没想到他家也住望江壹号。你说巧不巧？”

“男的？”

“嗯，一个大叔，年纪和我爸差不多。”

童舟听到这稍稍放下心，还是有点酸溜溜地问道：“你们在非洲怎么认识的？”

“说来很惊险。我在非洲博茨瓦纳的野生保护区参加了一个‘无国界大象’保护活动。那一片一直是盗猎的重灾区，最严重的一次盗猎组织杀了八十七头大象。你想象不到，近十年间非洲消失了30%的大象，其中坦桑尼亚甚至达到60%……”

“所以你是在这个公益组织中遇到他的？”童舟并不关心非洲一年到底死了多少头大象，他只想知道这个让樊异谈起来面带羞涩的男人是怎么出现的。

“不是。老程是国际猎人。”

“嗯？那你怎么会……”这个词从樊异嘴里出来有些违和，她一向嫉恶如仇，最恨这些不义之徒，又怎么会和一个盗猎的人做朋友，还一路有说有笑？

“在博茨瓦纳第一次遇见他们端枪在瞄象，我以为是盗猎者。但当地动物保护组织工作人员跟我说，旁边有野生动物官员陪同狩猎的都是拿了政府颁的大象狩猎许可证。所以我们无权干涉。”

当地政府认为野生大象数量过多，已经侵占了人类生活资源，所以用抽奖形式授予一百多个狩猎许可证给当地及国际猎人。八百美金的费用就可参与抽奖，但所猎象牙制品不可买卖。眼前这群亚洲人，就是合法狩猎的国际猎人。

“我没听工作人员劝阻，擅自闯进围猎区挡住那只大象。老程从瞄准镜里看到有人，就放下枪，还过来和我攀谈。我们就这样认识了。”

“你怎么说服他的？他千里迢迢奔赴非洲，不可能因为你一两句话就放弃狩猎吧？”童舟始终觉得这个老程不安好心。

“他很严厉地斥责了我，问我为什么要挡在他枪口前，不知道这样很危险吗？我说我是动物保护组织的义工，大概是我的中式英语太明显，他听出我是中国人，语气也和善许多。他跟我自我介绍说他姓程，平时业余爱好就是狩猎。这次赶在狩猎季拿到许可证特意过来，希望我不要妨碍他们。”

“然后你就走了？”

“当然不是啊。我跟他科普大象的珍稀，杀死大象有多残忍。希望他能放过大象，去狩猎一些其他的小兔子、小羊之类的。他就反问我小兔子、小羊不可怜吗？猎杀兔子和羊就不残忍吗？我被他问住了，意识到自己之前思维多狭隘。”

“你就这么被他说服了？”童舟有点不相信，樊异那么固执的一个人为什么把这个老男人的话听进心里。

“没有，他最后还是放弃狩猎那头大象。因为我告诉他，那头大象的孩子就在不远处，如果亲眼看见它母亲被杀会痛苦一辈子。老程说这让他想到自己的孩子，最终作罢了。”

故事告一段落，樊异先去厨房给自己倒杯水一饮而尽坐回沙发上。童舟这才意识到对方回来后一口气都没歇就被自己缠着问东问西，这个老程也许真的只是他们生活中的一个不速之客，实在无须多问：“我去给你做饭，今晚想吃什么？”

“哦。不用了，我今晚约了老程出去吃饭。安全回到祖国故土，好好庆祝一下。”樊异起身拖着行李箱去房间准备洗个澡换身衣服。

“那我呢？”童舟脱口而出，语气像个怨妇。

樊异在洗手间已经脱得只剩一条内裤，她探出头来狡黠地对他眨眨眼：“田螺姑娘，麻烦你自己回家解决咯！赶明儿叫上连韵夫妇，咱们再好好聚聚！”

她的神色里有他从没见过的少女一般的雀跃。不同于之前任何一次勾搭上小帅哥的兴奋，那是一种期待、崇拜和渴望的眼神。

那一刻，童舟可以肯定，她喜欢上了那个男人。

2

总部派人来华考察之前，华南分公司出了件棘手的事。七年前，他们曾在一家叫易查做浏览器的 IT 公司早期 A 轮融资中投了两百万美元。

易查在七年间不负众望，发展迅速，成了市场头部的浏览器，给方舟资本带来了巨大的收益。后来 B 轮融资，他们又加投了一千万美金。迄今为止，易查可以说是华南分公司每年最大的利润点之一。

然而就在最近，易查的创始人易向前为了开发新的通信技术，想要出售股份的消息传出。另一家IT行业的巨鳄——尚德想要趁机收购易查，如果尚德成功收购超过50%的股权，方舟资本会彻底失去在易查的话语权。

贺总给连韵打电话说会推迟来华巡察的计划，等他们处理好易查被收购的问题再行安排，还特意嘱咐让朱建明协助她一起处理。

这摆明就是一份出给她和朱建明的考卷，谁能在这场考试中胜出，谁将得到大中华区总经理的位置。

本来最该放手一搏的时机，连韵却在这时候突然请了一周的年假，这比她过去三年加起来请的假都多。

这下更证实她“身子不适”的传闻，还有人信誓旦旦说在洗手间看到她用过的两条杠验孕棒。

总之，朱建明好像已经不战而胜，雄心壮志说要拿下易向前，然后去总部领功。

李乘风急得像热锅上的蚂蚁，到处联系连韵都无果。真真是皇帝不急，急死太监。情急之下，他只有打电话给宗绍。

宗绍对此毫不知情：“她只说想休息几天，现在应该在家。你知道的，她工作上的事我从来不过问。”

“宗医生，冒昧问一句，你们是不是真的有小宝宝了？”

“嗯？”宗绍没想到他会突然问出这样的问题，“没有的事，小韵如果真怀孕不可能不告诉我。”

李乘风舒了一口气：“那就好……啊。我不是那个意思……我是想说现在正好是连总事业关键期，错过这次机会太可惜了。”

“我明白。你放心吧。她可能只是单纯累了，想休息一阵。我会照看好她。”宗绍最了解连韵，她才不是知难而退的人。她这么做肯定有自己的安排。

话虽如此，宗绍还是提早下班亲自去超市买了菜回家，想好好陪陪她。

连韵看上去和平日没什么不同，只是放假变得更懒散，穿着灰色的居家服，披着头发架着一副框架眼镜，懒洋洋地窝在沙发里看书。

餐桌上摆着一个药店塑料袋，宗绍瞥了一眼，看到里面躺着一盒已拆封的验孕棒。他不动声色地一边从食品袋里掏出西红柿和玉米，一边试探地偷瞄连韵："李助理今天给我打电话了。"

"哦。没什么急事吧？"

"他很担心你。"

"他就是爱瞎操心。"

"怎么突然想休长假？"宗绍收拾好蔬菜坐到沙发上，环住连韵的肩膀。连韵从书本里抬头看他，又看了看餐桌上的药品袋："你刚看到了，怎么不直接问？"

宗绍喉咙有些发紧，咽了一口口水："你是不是……"

连韵笑了，悄悄趴在他耳边说了一句话。

连韵的年假最终还是没休完，第六天总部的贺总亲自追电话过来，她不得不现身在公司。

贺总逼得这么急是因为朱建明把事情搞砸了。朱建明以为只要搞定易向前，这件事就稳了。所以他花了大量时间精力和易向前接触，软磨硬泡就差没跪下来叫爹。

事实上，就算他给易向前跪下来叫爹也无济于事。连韵在给易向前做初创投资的时候就知道，这个人是个油盐不进，一心钻研技术的 IT 男。这次他出售股权是为了开发新技术，方舟作为投资方要么给钱，要么放手，别无他选。

这笔钱也不是什么小数目，易向前提出需要近两亿美金的投资。这个价格是方舟不可能给的，除此之外，再许诺别的好处对他都没有用。显然朱建明没有看清这一点。

总部紧急召回连韵接手，也是看清朱建明没有这个能力解决。连韵临危受命显得有些进退两难。公司上下都在说这是个死局，连韵当初请病假就是为了把这个烫手山芋丢出去，现在还是逃不过最终各打五十大板的命运。

结果连韵接手工作的第二天就飞去了日本的尚德公司总部，还带回来一份股权出售协议书。不是易向前同意出售股权给她，而是她出售了一半股份给尚德。

朱建明听说此事后，气势汹汹冲进她办公室："你怎么敢！易查是公司每年最大的盈利点，你说给一半就给一半出去。我看你怎么跟总部交代！"

恰在此时，贺总的电话打进来。连韵冲他扬了扬手机："你说得对，我现在就要跟总部交代，但不需要跟你交代。请出去，带上门。谢谢。"

朱建明碰了钉子，面色发青地从连韵办公室走出去。外面的员工都在看热闹，不知道"大中华区总经理"的位置最终会花落谁家。

"小连，总部刚刚收到你发过来的协议。你是不是该给我解释一下？"

"贺总，您应该也看了我放在附件里的，易查近五年的财务报表吧？虽然每年盈利在增长，但涨幅越来越小，和市面上一些后起之秀同质化越来越严重。这也是易向前坚决要改革开发新技术的原因。他很有前瞻性，可惜我们方舟目前的资金不可能放到他这一个筐子里，帮不了他实现他的雄心壮志，但尚德可以。”

“这就是你决定出售一半股份给尚德的原因？”投资公司不是做慈善，虽然他们被叫作天使投资人，但本质还是逐利。为了帮助创始人实现梦想，牺牲自己的利益不是一个资深投资人会做的事。

“当然不是。您知道从传出易向前要出售股份给尚德到现在有将近三个月时间，为什么雷声大雨点小迟迟敲定不下来吗？”

“听说是易向前只肯出售30%的股权，而尚德想要50%，双方争执不下，所以一直没谈拢。”

易查的原始股权分配是易向前占63%，方舟占20%，其他所有散户加起来占17%。

“易向前想留下33%的股份是不想易查被尚德这样的大公司彻底吞并，他要保证自己掌控局势，而尚德肯定不会花这么大笔钱只买个参与权，他们也要决定权，所以双方一直在拉锯。但是以易向前对技术革新的渴望，这场拉锯战不会持续太久，这次收购在我看来尚德是势在必得，所以不如我提前去卖个人情。”

“你给了尚德10%的股权，他们统共会拥有40%，超过易向前的33%，成为易查最大股东。”

“没错。尚德为了拿到这关键的10%，给了我们非常优厚的价格。”

“但易查每年给公司上缴的分成是笔可持续收入，长远来看，不一定合算……”

“贺总，表面上来看，我们少了10%的股权，收益也会相对缩水一半。但实际上，考虑到易查被尚德收购后的发展前景，我们持有的这10%也许相当于以前的20%，甚至100%！”连韵说得信心满满，“尚德有巨大的财力和技术背景来支持易查的改革，这次革新无论从商业角度还是社会角度都是非常有利的投资。”

贺总之前并不了解这个项目的具体情况，听连韵说完才豁然开朗：“如果真如你所说，这样既能帮助易向前实现理想，又能帮我们实现收益，还能和尚德建立良好关系，确实是一举三得。”

“倘若改革成效并不如我们预期的好，甚至将易查带入衰败，至少我们在鼎盛时期全身而退，光这笔股权收购费都够我们大赚一笔。”连韵补充道。

既然参与了考核，这份答卷她不要九十分，要的是一百分！从这盘棋一开始她每一步都想好了对策和退路，真正的算无遗策，让人无可挑剔。

电话那头，贺总笑得很爽朗：“我就知道你连韵不是畏难的人，看来是准备好担起更大的担子了。”

“随时准备好。”

贺总安排好下周来华巡察，届时也会正式下达人事任命。连韵是内定的下一任大中华区总经理已经毋庸置疑。

那几天，朱建明脸黑得不行，但嘴里还是逞强，暗地里放狠话：“让她风光一时。她不是怀孕了吗？看她还能坚持多久？只要她的屁股一离开那张凳子，这位子就属于我！”

3

连佳家正式入职酒店保洁，月薪两千五百元。这在靖州算是最底层的工资水平，但她很高兴，这薪水比起她在电厂做女工时已经高出不少。更重要的是，这是她第一次做顶梁柱赚钱养家。她觉得自己现在回家看到公婆，腰杆子都能挺得直一些。

唯一不放心的是欢欢、喜喜。自从她们出生，这是她第一次离开孩子。这对双方都是一场巨大的考验，而且爷爷奶奶并不喜欢她们，连佳家担心孩子的日子不好过。

不过就像那句网络流行语说的 :“当我搬起砖头，就无法拥抱你。”为了支撑起这个家，她没有更多的选择。

还好这陌生的地方有佟乐在，虽然佟乐的办公室在她去不了的七楼，但每次在大堂或是走廊间碰到，佟乐总是笑眯眯地挽着她叫姐。

有好奇的同事问她们是什么关系，佟乐说是老同事的老婆，家里遭逢变故急需用钱，她便顺手介绍来酒店工作。同事们都夸佟乐好心，只是旧同事都这么帮衬。连佳家对她也一直感恩戴德，久而久之，佟乐在她心里已经超越了同事朋友的存在，成了恩人。

连佳家亲手做了两个珍珠发卡准备送给佟乐和连韵。结婚前她很擅长这些小手工活，做出来的小饰品是可以直接售卖的水平。只是宋江不喜欢她做这些事，觉得浪费时间。生了孩子以后她更是无暇分身。这次多得连韵和佟乐的帮助，她才得以在靖州立住脚跟。她没什么送得出手的，只能用这点小心意表达自己的感谢。

第一个月发工资，去掉五险一金还有两千两百多块钱。连佳家把两千块单独用信封收好，剩下的两百四十五块盘算着今晚回家买些好菜，安抚离开妈妈的欢欢、喜喜，也请佟乐一块吃顿饭表达谢意。

接到邀请，佟乐没有扭捏，欣然赴约。临到楼下还买了一箱纯牛奶说是不能空手上门，只当是给孩子的一点小礼物。这更让连佳家觉得不好意思。

许是原先工作岗位上的积累，在待人接物这方面，佟乐永远做得滴水不漏。反观自己，小时候爸爸是电厂领导，在那方闭塞的小天地里她从来是被众星捧月的小公主，根本不需要学习向人示好，以至于后来一些再正常不过的人际应酬，要她主动去做总是觉得不自在。

唯一的一次主动放下身段，是遇见宋江。不需要学习，爱情自然让人学会低头。

见到佟乐来家里，宋父宋母都很高兴，连忙招呼连佳家去多买几个菜。连佳家正有这个打算，鞋都没脱，直接从鞋柜里抽出一个环保袋又塞了几个塑料袋进去，看样子是准备大买几袋回来。

“欢欢、喜喜跟妈妈一起买菜去吧？”连佳家朝两个女儿招手。

“买个菜还带孩子去干什么？让她们自个儿在家玩。”公公有些不乐意，好像连佳家带孩子就不是去买菜，而是出去玩一样。

孩子们眼巴巴望着她，站在门口不敢动。这回倒是婆婆破天荒地帮腔：“让她带去吧。你去去去，快去快回。”

连佳家松了一口气，蹲下来给两个孩子穿鞋。临出门前，还听到婆婆在客厅里同公公抱怨：“整天看着这两个拖油瓶，她带走让我歇口气也好啊。”

婆婆并没有刻意压低音量，佟乐也听到了，有些尴尬地看着她。连佳家假装没听到，用哄小孩的兴奋语气同欢欢、喜喜说：“快跑。看我们谁先跑到电梯口按亮电梯！”

孩子们“哎呀”一声，嘻嘻哈哈就往电梯口跑去。连佳家跟佟乐告了别，转身关上门。

牵着欢欢、喜喜走到小区门口，连佳家犯了难。望江壹号是个高档小区，附近配备的都是大型超市，最近的菜市场需要穿过三条大马路，带着两个孩子并不安全。她一咬牙，决定带孩子去马路对面的连锁超市买菜。

连锁超市里明亮暖和，放着轻柔的背景音乐，还配备了能同时供两个孩子坐下的购物推车。欢欢、喜喜从没来过这种大超市，坐在购物推车里好奇地东张西望，满脸兴奋。这让连佳家心情舒畅，觉得自己做了个正确的决定。

不过等她看到商品的价签时，心情就不是那么愉快了。这家超市的蔬菜价比外面贵了一倍以上，最便宜的一个卷心菜标价要“12.8 元”，上面贴着“特供 HK”的标志。模样倒是特别翠绿讨喜，大概是同事们口里提过的有机蔬菜。

连佳家再三比价，选了最便宜的两样蔬菜——一个卷心菜，一袋土豆。

好在肉类相较菜场没有贵得太离谱，连佳家感慨这世道菜竟比肉贵。殊不知在这附近生活的人群中有一大半是所谓的“食草族”，蔬菜沙拉永远是这个超市里最受欢迎的商品。

买完菜，连佳家推着孩子在超市里随便转转。超市有三层，第二层是生活用品。连佳家瞥到美妆护肤区在售一款广告里经常推送的保湿面霜。

靖州近海，到了秋冬季，夹着海腥味的冷风吹在脸上跟刀割似的。她的脸上已经起了一层薄薄的像茧一般的白皮，她想买一瓶试试是不是真能拥有广告里模特那样吹弹可破的皮肤。

刚推着推车走近柜台，销售员就十分热络地走过来：“小姐想看面霜吧？这个牌子很不错的，看过广告吧？哦哟。那个女明星的皮肤不要太好呀！来试试吧？”

说着销售员已经在试用装里挖了一手指想给她的手背擦上。连佳家第一反应是缩回手，并且悄悄打量了一眼价签。三百二十元，已经远远超出她的承受范围。

“不用了，家里还有没用完。”连佳家撒了一个小谎，“我是想问下儿童玩具区在哪？”

“哦。在那边。”销售员意识到这不是自己的客户，语气陡然间冷下来，有气无力地指了下右手边，然后慢条斯理地把手指上那已经开始凝固的面霜缓缓在自己手背上推开。

连佳家逃似的推着欢欢、喜喜拐进了玩具区。本来只是想找借口脱身，却把自己陷入更大的为难。因为欢欢从货架上随手抓起了一个小鸭子玩偶不放手，可怜巴巴地朝她喊：“妈妈……买。”

连佳家习惯性地去看价签，这样一个其貌不扬的小鸭子居然要一百六十元。她由衷地想给孩子买份礼物弥补这段时间的缺席，但实在开不了口说出那个“好”字。

“你看喜喜都不要，你也不要了。好不好？”她放柔语气想劝欢欢放弃，但欢欢丝毫没有让步的意思，将小鸭子抱得更紧了。

“喜喜，你也想要的，对不对？”她气鼓鼓地问身边的小姐妹。喜喜看看姐姐，又看了看妈妈，抿紧嘴唇不说话，但连佳家从她的眼睛里读出了渴望。

欢欢、喜喜马上就要满两岁了，她想给她们买一份生日礼物，但没想过要买这么昂贵的玩具。两只小鸭子，三百二十块，正好是一瓶面霜的钱，这也可以给她们买很多衣服和鞋子。无论哪一样都比一只鸭子实用，所以连佳家陷入了纠结。

“妈妈今天带的钱不够，欢欢听话，我们换个别的好不好？”连佳家说的是实话，两百四十五块的额度，除去菜钱只剩下七十块，连一只小鸭子的尾数都买不起。她试图从孩子手里抢回玩偶，欢欢大哭起来。

旁边的路人听到孩子的哭闹声都往这边看，兴许是每个家长都经历过这样的无奈，大家眼里都是同情。

“妈妈给你们买这个 Hello Kitty 的糖果好不好？你看，上面的 Kitty 猫会发光。”连佳家卖力地给她们演示这个糖果小玩具有多好，但就连她自己心里也清楚这个看上去制造粗糙的 Kitty 猫眼睛发光时并不好看，甚至点吓人。

欢欢一个字都没听进去，沉浸在自己的世界里哭得伤心。倒是喜喜接过了妈妈手里的糖果玩具说：“我要蓝色……”

欢欢被妹妹的反应弄得愣了一下，马上不甘示弱地喊道：“那我要粉色！”

孩子的心思最简单也最难猜。本来以为还有一阵闹的脾气就这么无声无息地过去了。

她推着欢欢、喜喜走到结账口，前面排着一对同她年纪差不多的年轻父母带着个四五岁的小男孩。他们的购物车里满满的都是各种进口零食和水果，有些她见都没见过。比如那盒白草莓，她刚刚路过瞟了一眼，一盒十二颗卖八百四十元，平均下来每颗七十元。这是她想也不敢想的价格，简直疯了。

“妈妈，今年生日真的会带我去日本迪士尼吗？”小男孩挂在爸爸脖子上同妈妈撒娇。

“当然了。不是答应过你，每年生日都要带你去一个不同的迪士尼吗？”

“可是爸爸要上班……”

“爸爸刚好要去日本出差，带你和妈妈一起。宝贝生日那天就陪你去迪士尼好不好？”男人揉了揉孩子的小脸。

“耶！你们是全世界最好的爸爸妈妈！”小男孩嘴跟抹了蜜似的，逗得他爸妈都笑个不停。

连佳家记得自己在怀着孕的时候，也曾暗暗发誓，以后一定要给孩子这个世界上最好的。可是什么才是最好的？

这些对欢欢、喜喜而言遥不可及的东西，在别的孩子那也许只是再寻常不过、唾手可得的玩意儿。意识到这一点让连佳家心里很不是滋味，口中都带着苦涩。

前面的夫妇已经结完账，小票打出来长长一叠需要折几次才能放入袋子。

收银员小声提示：“后面的顾客，轮到您了。”

购物车轮子向前滚动了一步，陡然停住。

“等等，我想起还有些东西没买。”连佳家急匆匆退出结账的队伍，推着车往二楼走去。她一刻不停地拐进玩具区，拿起两只小鸭子径直塞到欢欢、喜喜怀里：“我们还是买这个吧！”

“好耶！”欢欢马上丢开了糖果玩具，果然心里还是想着这只小鸭子。喜喜低头摩挲着鸭子毛茸茸的头顶，脸上是藏不住的欢喜。

虽然拿到糖果玩具也是快乐的，但最想要的东西，无论找再多替代品，还是会念念不忘，最终成了难以弥补的缺憾。

虽然有些家长觉得孩子三分钟热度，得到的新玩具玩不了多久就丢在一边，花太多钱实属不值当。但孩子获得它那一刻的喜悦是真真切切，千金不换的。

三百二十块是贵，但这是她能给得起的“最好的”。这一次连佳家挺直了腰杆走向收银台。

门外响起敲门声，宋母一边嘴里抱怨着怎么买个菜这么磨蹭，一边走去开门。门一开，内外两人皆是一愣，又同时开口，说的话出奇一致：“你是谁？”

大概是门外的女子说话语气太理直气壮，宋母不怒反笑：“这丫头真有意思哈，跑到我家敲门，问我是谁？”

公公也走到门口，拄着拐杖上下打量这个女人。连韵注意到家里到处都是老人带来的东西，这明显不是短住两天的架势。

“这是我家。”女子非常平静地陈述这个事实，“连佳家呢？”

主卧内，宋江和另一个女人同时走出来，看到门口的连韵，宋江脸色剧变："堂姐，你怎么来了？"

另一个女人很适时地推出他的轮椅，宋江顺势跌入轮椅，装出体力不济的样子。连韵瞥了一眼他还包扎着绷带的腿，心中冷笑，这未免也太此地无银三百两。

宗绍之前跟她说过，宋江的腿生理上已经没毛病，但可能是心理原因作祟，一直不能站立行走。现在看来不是心理问题，是他心里有鬼。

"堂姐？"连佳家带着两个孩子大包小包从电梯里出来，看到门口围了一圈人。

"解释一下。"连韵靠在门边，脸上看不出喜怒。

连佳家知道她是指公婆擅自搬到她家的事，这事也没什么好辩驳的，她只能实话实说："我老公腿脚受伤，我又要出去工作，孩子没人看，只能请来公婆。是我擅作主张，对不起，之前没有跟你商量。"

"原来是佳家的堂姐啊！一场误会，快进来坐。"婆婆见状，马上变了副嘴脸，热情地欢迎连韵。但她一副主人公的模样，完全忘了这本来就是连韵的家。

"我落了点东西，取完马上就走。"连韵鞋子也没换，径直往卧室方向走去。宋江和那个女人还呆站在主卧门口，连韵冷声道："麻烦让让。"

佟乐马上闪身给她让出一条路，连韵走到书柜边翻找一番，取出一个文件夹，又径直走出去，全程就当他们是空气一般。

走到门口，欢欢、喜喜还坐在地上脱鞋。她们抬头朝她甜甜叫了声"姨姨"。连韵难得地挤出一个笑容，然后朝连佳家招了招手："跟我出来下。"

两个女人站在电梯口说话，连韵知道连佳家的婆婆还贴在门边偷听，但她并没有避忌：“我不喜欢陌生人住在我家。如果不是我妈……”

“我明白，姐。我会处理好的！”连佳家忙说道，生怕连韵一个不高兴连她也一起扫地出门，“我现在最担心的是欢欢、喜喜没人照顾。我老公的情况又一直不见好转，你给我点时间。”

“如果宋江的病情照顾不过来，你们不如回乡。”连韵冷静地替她分析。并非她冷血，靖州是个逐梦之都，也是吞噬人不吐骨头的城市，连佳家并不适合这里。

“再多给我点时间……”连佳家恳求道。

连韵瞥了一眼贴在门边可怜巴巴看着她们的欢欢、喜喜，最终没说什么。电梯叮地响了一声，到达她的楼层。连韵拿着文件夹大步迈入电梯，连佳家一直站在电梯前恭敬地目送她。

电梯门眼看就要合上，连韵伸手挡了一下：“刚屋里还有个女孩是你什么人？”

“哦。那是宋江的老同事，也是她介绍这份工作给我的。我请她来家里吃个饭表示感谢。”

“自己长个心眼。”连韵本不是多事的人，但看刚刚那一家子没有一个省油的灯，毕竟是三叔的女儿，她忍不住点了一句，能不能醒悟就看她自己的造化了。

第六章

1

樊异从非洲回来后一直想约连韵两口子聚一次，但这两个大忙人总是凑不到合适的时间。聚会一拖再拖，眼看就要到年底，11 月 23 日是樊异的生日。她威胁连韵再放鸽子就绝交，这才换来对方的保证到场。

聚会在樊异家里，连韵夫妇带着生日礼物和一瓶红酒上门。

樊异开门第一时间接过她手里的酒："好东西呀！"

连韵回头笑看宗绍："我说了吧。生日礼物都多余，一支好酒就能打发她。"

"谁说的。礼物也要。"樊异回头抢过她手里的小礼品袋，放在吧台上，"谢啦！"

"你们再坐一会儿，马上开饭。"开放式厨房里传出童舟的声音，他系着围裙正在炉灶前和一锅牛腩酣战。

"哟。灌了什么迷魂药，让我们小学弟甘愿洗手做羹汤。"连韵挤对她。樊异推着她的双肩往客厅走："有这么多吃的，还堵不住你的嘴！"

"我先去醒酒。"宗绍知道两闺蜜要说些体己话，找借口去厨房帮童舟打下手。

"非得喊我们一起来家里吃饭，是想正式给我们介绍小学弟的新身份？”

樊异身边的男伴不断，但能以男朋友自居的寥寥无几。这次樊异正儿八经弄个四人约会，由此可见，童舟对她的意义不一般。

“不是你想的那种关系。我们是开放式的情侣。”

“开放式关系？”这个名词听上去不陌生，只是身边还真没遇见过。在连韵看来，这就是把“脚踏两条船”说得清新脱俗一点而已。不过说到底连韵也是个偏私的人，这个人是自己的闺蜜，她便下意识觉得问题不大。这种事一个愿打一个愿挨，外人又能说什么呢。

“其实我最近遇到一个很倾慕的男人……”樊异刻意压低声音，说的时候眼睛向上偷瞟童舟。由此可见，她也并没有对他们所谓的“开放式关系”觉得理直气壮。

“什么意思？想甩了小学弟，另结新欢？”那折腾这一出是为了什么呀？连韵摸不透樊异的想法。

“当然不是，我喜欢童舟，和对那个男人的感情不同。一时半会很难和你解释，一会他来了你就知道了。”

“什么？”这回彻底把连韵整蒙了，樊异要让童舟和那个男人同桌吃饭？这个画面想想就让人窒息，她有点后悔来赴这个饭局，这是个罗生门。

“菜好了，准备盛饭吧。”童舟在厨房喊道，樊异起身去帮忙布置餐桌。

宗绍见连韵脸色不太好，走过来握住她的手：“怎么了？没事吧。”

“我没事，就是不知道待会会出什么事。”连韵担忧地盯着门口，好像那里随时会闯进来一只洪水猛兽。

樊异摆在吧台上的手机响起，她看了一眼来电显示，马上放下碗筷去接：“喂，到了吗？”

“这样啊……”不知那边说了什么，她雀跃的表情一点点消失，“没事，你忙。也不是什么特殊的日子。”

樊异挂断电话，捧着碗筷到餐桌边：“大家开吃吧！”

“他不来了？”连韵小声问了一句。

“嗯。说是临时有个工作会议走不开。”

“你没告诉他今天是你生日？”

“没说，搞得像特意讨礼物似的。他那么忙，这种小事也没必要提。”

连韵见童舟端菜上来便打住不再说，默默拿起筷子，只剩一脸茫然的宗绍。

“等等，等等，吃饭前先拆礼物！”终归是年轻，心里藏不住事。童舟准备了许久的礼物终于可以上场，他一刻也等不及，献宝一样地捧到樊异面前。

樊异拆开外面一层包装纸，里面露出一本剪贴簿一样的东西。她翻开第一面意外地看到自己中学时的照片，是从班级大合照里剪下来的，照片里的她还留着土土的齐刘海，旁边站着的正是连韵：“看，小韵，这还有你。”

连韵不想去追忆自己的“非主流”时期，摇摇头拒绝过去分享。反倒是宗绍饶有兴致地起身绕到樊异身后：“我看看，还真是。小韵那时候好可爱。”

“我鸡皮疙瘩要掉一地了！”樊异白了他一眼，照片里的连韵寡淡严肃，无论哪一点都和可爱扯不上关系吧？还真是情人眼里出西施。

继续往后翻就都是樊异的照片了，在教室看书的，在操场跑步的，上大学以后晚会上表演的，社团活动出去郊游的，还有穿学士服的毕业照，工作后第一次搭景，第一次签下大单，第一次得奖的照片，每一帧都是宝贵的回忆。

樊异对童舟有印象是在大学，熟络起来是工作以后，但她没想到原来在这么早之前，他就已经在默默关注着她，做她成长的见证者。

“有些照片我也没有，都是联络了好多老同学找学长学姐们东拼西凑找齐的。喜欢吗？”童舟殷切地看着樊异。

樊异合上相册，轻轻点头：“喜欢，谢谢你。”

虽然得到肯定的答复，童舟总觉得她表现得没有他想象中那么开心。连韵看着身在其中不得其法的童舟，同情地在心里叹了口气。

平心而论，这是份十分用心的礼物，只是送错了时候。如果他们现在还是读高中或大学的学生，这份礼物足以让人动容。但成人世界里有解决不完的烦恼，樊异需要的是更实在一些的东西。

“快看看我的。”连韵看出童舟还想探究的眼神，赶紧把自己的礼物推到樊异面前给她解围。

一个小小的绒面盒，精致程度一看就价值不菲。她打开看到一对色泽饱满、形态圆润的珍珠耳环。“这是我们上次在日本旅游看中的那一对！”

“是啊。你在那柜台叽叽歪歪磨蹭半天想买又舍不得。我这不就只能托人给你代购回来。”

好闺蜜和男朋友的区别就是，你多看一眼的东西闺蜜都会记在心里，而男朋友只有等你明明白白说出来才会知道你想要的是什么。

“爱死你了。”樊异大方送上香吻。

旁边的童舟看上去有点吃味，明显樊异更爱这对珍珠耳环。

早知道这么容易可以买她欢喜，自己又何必做这么多。在她们眼里，他现在大概像个没头没脑的大学生，傻极了。

樊异手机又响了，这回是个陌生号码。怕是客户的电话，樊异走到一边去接。

“请问是樊小姐吗？”

“我是，您哪位？”

“我这边是泽农花舍的花农，听说您要找瑟兰玫瑰的代理商。我这里还有一些存货，您有空可以过来看看。”

“真的吗？”瑟兰玫瑰就是连韵婚礼上点名想要的花，但不知道是气候还是别的原因，这种花近一年在市场上销声匿迹。当时连韵给她下了死命令，她一路联系到比利时才空运了一些过来，完全是亏本买卖。

后来接过几场婚礼的客人，看了连韵的模板，都点名要这种花。但她哪里还经得起这样的折腾，为此损失了好几单大客。随着客户品质越做越高端，她一直烦恼这个稀有鲜花供应问题，没想到天上落下个大馅饼。

“我们还有经营多种珍稀花卉，如果您有需要，我们可以签一份长期合作的协议。”

“那太好了。我明天就去您那一趟！”

稀有花卉一向是供不应求，花农主动找上门合作实在不合常理。樊异忍不住问道：“请问您是怎么知道我在找瑟兰玫瑰的？”

“哦。是程先生打电话来关照的。我们花舍承蒙程先生照顾，他嘱咐的事自然要办到。我会把详细地址发到樊小姐手机号上，那就明天见了！”

“多谢。”樊异大概知道是自己无心的抱怨，老程上了心。

父亲离开后，她这么多年一直习惯只依靠自己。突然有个人出现，如兄如父默默替她解决生活上的烦恼，让她有种莫名的安心感。

樊异回到饭桌边，在桌子下偷偷发信息，想了很久打了又删，最后只发出两个字："谢谢。"

对方很快回了："今天是西方的感恩节，这是我送你的感恩节礼物。感恩遇到你。"

樊异盯着手机笑得很暖，童舟注意她很久了，她浑然不觉。连韵在桌下偷偷踢了她一脚："快喝汤。小学弟煲这么久的汤都快凉了。"

樊异这才回过神来喝汤，心里想的还是老程那句"感恩遇到你"。

吃过饭，樊异一个人在厨房刷碗，连韵觉得她状态有异过去关心。

"刚吃饭前的电话是那个男人打来的？"

"不是，是一个上门问合作的花农。"

"那你笑得一脸花痴？"

于是樊异把前因后果都和她解释了一遍。连韵听完对这个老程也生出一些好感，像小学弟这样的大男孩天真烂漫适合谈恋爱，但老程这样的老男人稳妥可靠。樊异明显更需要后者。

"如果真对那大叔有意思，就和小学弟说清楚吧。这孩子怪可怜的，一整顿饭都巴巴盯着你，你连瞟都没瞟他一眼。"

"小韵，老程今年五十六岁了……"

连韵沉默了一阵，终于知道樊异在犹豫什么："年龄倒不是问题，他有妻子吗？"

"结过两次婚，听说上一个几年前因病去世就一直没再婚。"

"你自己怎么想？"

“我觉得他给我的感觉更像……爸爸。”

樊异的父亲和平庸的母亲像两个极端，他追求与众不同，浪漫自由。他会给她说不知从哪听来的世界各地的知识，陪她去图书馆教她看百科全书，带她去公园抓蜗牛，买蚕宝宝看它破茧成蝶。

为了这些事，母亲不知道跟父亲吵了多少架。说她被教得一点都不像个女孩，反而像个野孩子。每次妈妈骂人，父亲总是背着妈妈对她做鬼脸，两人躲着咯咯笑。母亲便更加生气，说他俩站在一边对付自己。

这无休无止的争吵，注定了他抛妻弃女的结局。

不过比起抛弃家庭，樊异更愿意说父亲是去追求自我。父亲走时曾跟她说：“婷婷，做人如果和大家都一样还有什么意思呢？爸爸想去试试另一种人生。”

年幼时那些浅薄的怨怼在岁月的冲刷中慢慢变了味，反而成为一种向往。父亲现在变成什么样子呢？她经常在心里想这个问题。

那些不好笑的冷笑话，他还会继续说吗？那件绣了雪花的高领毛衣，他还在继续穿吗？那个不一样的人生，他追求到了吗？

老程的出现让她的所有想象成了具体，如果父亲还在，现在大概是他这个样子。留着拉碴但并不邋遢的胡子，喜欢穿高领毛衣，虽然到了一定年纪却总在挑战极限运动，明明已经五十几岁，看上去像个三十出头的人。

与其说喜欢，不如说老程满足了她幼时对父亲的美好幻想。所以想要赖在他身边，无论遇到什么困难，都想第一个跟他诉说。她知道自己这样的想法很自私，甚至是畸形，但她离不开。

2

这次方舟集团总部来人巡察，大家都知道是走过场。连韵在处理易查的项目上功绩突出，这个大中华区总经理已是她的囊中之物。所以整个行程都很轻松愉快，除了朱建明一直耷拉着脸。

贺总到达靖州当日，连韵安排在苏州舸为他接风洗尘。苏州舸是靖州最好的杭帮菜饭店，而贺总老家正是杭州。

这番安排颇得贺总欢心，连连夸赞："女人到底细心些。我移民这么久，很多人都不知道我老家是杭州。"

"有心自然会知道。"

酒店经理亲自引路带着他们往包厢走，一边在耳麦里小声喊："三号包厢准备迎客。"

包厢厚重的木门被人从里面拉开，连韵看到门后的服务员时愣了一下。连佳家也是一脸愕然呆立在原地，她没想到会这么巧服务到自己的堂姐。

连韵张了张嘴想说什么，连佳家却先一步错开眼神，回身去小隔间为他们拿茶水。她故意装作不认识自己，是怕她面子上过不去。连韵也就势坐下，把注意力放回公事上。今天最大的任务是搞定贺总，最好不要节外生枝。

饭席间，朱建明想尽一切办法对连韵劝酒，她都找借口推拒。朱建明不得不搬出贺总："连总的酒量我们大家都是知道的，贺总一年好不容易来咱们华南区公司一次，一滴酒不沾有点说不过去吧？"

席上喝得热闹，贺总附和道："我记得小连上次去法国喝了不少红酒，今儿高兴也陪咱们这些老家伙喝一点。"

按理说，总部领导开口，再为难也该喝几口。连韵却十分坚持：“我最近身体出了点问题，医生说滴酒不能沾。实在是对不住。贺总，我以茶代酒，感谢您这么多年的栽培。”

贺总脸色有点僵硬，朱建明见状不忘添油加醋：“连总找这种托词就没诚意了。是真的身子抱恙还是有别的原因？难道真像办公室里传的那样，你有喜了？”

在一旁为宾客添酒的连佳家听到“有喜了”三个字，手一颤，酒洒了两滴在贺总的衣服上。她连声道歉，想拿纸巾给贺总擦干净。

朱建明呵斥道：“你这个服务员怎么回事？粗手粗脚的。这酒味渗到西装里怎么清洗！”

看连佳家诚惶诚恐，一张小脸吓得煞白的样子，贺总摆摆手，示意算了：“小事，下次小心一点。”

“别用纸巾，去拿条干毛巾来吧。”见朱建明还想发难，连韵赶紧为她找了个台阶，支开她。

连佳家一走，朱建明的矛头马上又对准连韵：“连总不厚道，有好事都不与我们大伙分享。今儿当着贺总面，你一定要实话实说，不然大家可不饶你。”

口口声声喊着大家的名义，其实就是他追问着不放，目的是想逼她承认自己怀孕，让公司总部重新考虑人事任命的事。

“真没有的事。朱总要实在不信，我就舍命陪你们喝一杯。”连韵高声叫服务员为她添一盅白酒再拿个白酒杯过来。

连佳家听到连韵的召唤，犹豫了一会儿，在小隔间里迅速寻了个空的白酒盅倒了一壶冷水端过去。

连韵为自己斟了满满一杯，先敬贺总再敬朱建明。“白酒”下肚的时候，她微微皱了眉，偏头瞥了连佳家一眼。连佳家像做错事一样，低下头不敢看她。

“好酒量！”贺总拍手。

朱建明没想到她真的会喝，后面想好步步进逼的招儿一下子无处可使。他有些阴狠地冷笑道：“这一杯白酒下肚，连总肚子里要是真有宝宝，我可就罪过了。”

他这么一说，反而像坐实连韵怀孕的事。连贺总都小心翼翼打量着她：“是啊。小连，如果真有了，可别逞强。孕妇喝酒可不是闹着玩的事。”

“别说我没有，就算我将来有了孩子也一样为公司鞠躬尽瘁，死而后已。公司总不会因为我怀孕就质疑我的能力吧？”连韵此问颇有试探意味。

贺总听出她的话外之意，马上安抚道：“当然不会，刚开始总部确实有过犹豫。因为女员工结婚生子对工作产生的影响，我们吃过太多亏。但通过这次的事，我们绝对相信你的能力！小连，你和普通女人不一样。只要能给公司带来盈利，这些外在因素都不重要。就算你真怀孕了，属于你的位置我们也会一直留给你。”

“贺总谬赞。”连韵要的就是贺总这句话，让朱建明完完全全死了心。

饭席接近尾声，连韵出去上洗手间，刚从卫生间出来，迎面碰上朱建明守在门口。她故意甩甩未干的手，把水珠甩到他身上：“朱总好雅兴，喜欢站在卫生间门口蹲人。”

朱建明抹了一把脸，阴狠狠地出言讽刺她：“连韵，我一直知道你狠。只是没想到你对自己的孩子都能这么狠。你别以为喝杯酒就可以瞒过贺总，可是有人在洗手间看过你用的验孕棒！”

连韵脸上没有出现他想象中的惊慌，反而问他：“付娜是吗？”

“你怎么知道？”朱建明一不留神就出卖了“队友”。

“因为是我故意留给她看的。那是假的。”

“你为什么要这么做？”

几天前，同样的问题，宗绍在家里的餐桌上发现验孕棒时也这么问过她。

“因为我要掌握主动权！不管将来我要不要孩子，都不会影响我的事业发展。公司会意识到，非我不可。”

“你……之前在公司吐得昏天黑地都是演的？”朱建明不敢相信。

连韵晃了晃口袋里的养胃含片：“吃错东西，肠胃炎而已。”

一开始偶然的肠胃炎，公司传出谣言后，连韵索性将错就错，故意让付娜坐实自己怀孕的事情。又特意请假把先机让给朱建明。她在赌，赌朱建明是个草包，赌总部会为她开绿灯。只要她有能力把工作处理好，即使在她怀孕的情况下，依然会把大中华区总经理的位置留给她。

身为女人，总离不开结婚生子这些事。一旦有了孩子，退居二线似乎成了最好的结局。她也想过反正宗绍和她都不喜欢孩子，不如干脆放弃，成全自己。但思前想后，连韵觉得即便她不要孩子，这也得是她自己心甘情愿的选择，而不是生活所迫。她不甘心让自己沦为被选择的那个。

连韵回包厢看到连佳家候在门口，一脸关切：“没事吧？我看他们总在逼你喝酒。”

连佳家没进过职场，也没人逼她喝过酒，对这些酒桌文化很是反感。连韵也不打算和她解释太多，不懂挺好的。她只是拍拍连佳家的肩，真心说了句：“谢谢你。”

怀孕是假，但肠胃炎医生不让喝酒是真。多亏连佳家把酒偷换成白开水，让她少吃点苦头。就冲这点，连佳家在她心中的形象发生了改观。

3

连佳家午休的时候和同事在苏州舸附近的小吃街吃饭，吃完饭回酒店的路上，她路过一家卖翻糖的小摊子，停住了脚步。

这种麦芽翻糖是她老家的特产，小时候一毛钱一个，小朋友们每次看到都馋得厉害。长大后有钱买了，卖翻糖的老爷爷却消失不见了。

前几天佟乐还和她聊起过想吃翻糖不知哪有卖，她买了两支，想给佟乐一个惊喜。

午休时间还有五分钟结束，她匆匆跑上七楼的会计办公室，办公室里却不见佟乐的身影。

连佳家怯怯地敲了敲门："请问佟乐在吗？"

"哦。佟乐呀。她身体有点不舒服，下午请了假。这不，男朋友刚来接她，前脚才走。"

"谢谢。"连佳家想着要不要打电话关心一下她身体情况。办公室里的人注意力却集中在她男朋友身上。

几个女人聚在落地窗前，对着酒店楼下的一个男人叽叽喳喳讨论着："佟乐男朋友长得还挺帅的。"

"这么远你也看得清帅不帅？高倒是挺高的。"

"看气质呀！这体格得是做运动员的吧？远看就知道长得帅。"

"你别看佟乐长得一般，是个心比天高的主，眼光肯定毒。"

连佳家禁不住好奇，也跟着走到窗边撩开帘子去看。此时，佟乐刚好走到楼下，男生搂着她背过身往一旁的的士走去。单看背影竟和宋江有八九分相似。

连佳家突然冒出这个恐怖的念头，马上又摇摇头，不对，宋江现在还在坐轮椅，怎么可能健步如飞。

但不知是不是出于女人的第六感，她脑中突然闪过连韵的话：“自己长点心眼。”

连佳家拿出手机，按下1号快捷键，“老公”两个字跃然屏幕上。与此同时，楼下佟乐刚刚从后座上车，男人站在车边正准备抬脚，动作突然顿了一下，从口袋里掏出手机……

“你看，她打电话来了。我就说不要到酒店门口来，太容易露馅。”宋江把手机拿给佟乐看，自己心虚地前后左右看了一圈，又匆匆坐进后座。

“对不起。我这不是怕自己一个人去医院，万一路上出什么事可怎么办？你知道现在是特殊时期……”佟乐像个小媳妇一样委屈地低下头。

电话一直响，宋江无奈接起，连佳家问：“你在哪里？”

“怎么了？”他下意识反问，而不是回答她的问题。

“哦。没事，我想跟欢欢、喜喜说话。你把电话给她们。”

“欢欢、喜喜不在我身边。我现在在去医院的路上，做复健。”

“今天不是做复健的日子。你前天不是刚去过吗？”

“哦。前天医生不在，临时改了时间。”宋江撒起谎来出乎意料地顺溜，还有些得意地朝佟乐使了个眼色。

佟乐挽住他的手，把头枕到他肩上。宋江为了挂电话随口诌了个理由：“不说了，医生叫我过去。”

连佳家听到电话里嘟嘟的忙音，眼睁睁看着的士越走越远，甚至从后车窗里还可以看得清两个相依偎的人影。

连佳家以为自己会暴跳如雷地在电话里揭穿他的谎言或是直接冲回家带走欢欢、喜喜。但事实上，她什么都没有做，甚至老老实实上完了下午的班。因为她根本不知道该怎么做，她这辈子都信奉爱情，但没了爱情她的婚姻还剩什么？

连佳家失魂落魄地回到望江壹号，在小区里看到刚刚买完菜回来的公公、婆婆走在前面。这是个新鲜事儿，因为买菜这种事公公一向是不管的，今天居然破天荒陪婆婆一起来买菜。

想起今天的事，连佳家心里憋屈，不想叫爸妈，就保持着不远不近的距离走在他们后头。

“你说这回会是个男娃吧？”

“我在公园请的老中医把过脉，肯定是！”公公咂巴咂巴嘴，烟瘾又犯了。

连佳家听着纳闷，家里哪个亲戚又怀孩子了吗？以公婆这种事不关己的性格，怎么会突然这么热心。

“是就好了。我总算是要抱孙子了！”婆婆脸上露出一种满足的笑容，掂量着手中的黑色塑料袋，“这两条鲫鱼拿回去炖汤，给她发发奶。”

公公皱起眉头，似乎听到什么极其不雅的事：“你们女人家的事就不要拿到台面上来说，也不嫌丢人。”

“话说回来，眼看她这肚子也有四个多月了。江儿到底准备啥时候跟佳家说离婚的事？佟乐那边可不是好说话的主儿。”

“急什么？等孩子生下来再提也不迟。这房子是佳家她姐的，现在提离婚，你让我们住哪去？佟乐再厉害，现在肚子里有一个，她腰杆子也直不到哪去。如果不求着我们江儿娶她，她挺个大肚子回乡不得被唾沫星子淹死？横竖都得给我等着。”公公一副胸有成竹的样子。在他眼里，一个未婚先孕的女人哪还叫卖得起价，不都得任他们摆布。

公婆的身影在前面越走越远，连佳家愣在原地，一时竟不知该同情佟乐还是同情自己。四个多月，岂不是从他们还在老家的时候就已经在一起？所以佟乐突然出现在靖州市，突然给自己介绍工作都是早有预谋。

宋江的腿早就好了，只不过尝到她赚钱养家的甜头就赖在家里享受齐人之乐。就连公公、婆婆也早就知道佟乐和宋江的关系，眼睁睁看着她跟个傻子一样伺候着全家，甚至包括小三！

凛冬的寒风吹得她头脑发木，匆匆赶路的行人从后面撞了一下连佳家。听到“对不起”三个字的同时，人已经走出老远。这个城市庞大而冷漠，没有人会关心她的喜怒哀乐。

连佳家挪动着僵硬的脚步坐到一旁的长椅上。这个季节已经没有大爷大妈会推着孩子在小区里闲聊，她得以获得片刻宁静。

如果注定被抛弃的命运，是不是她主动出击会输得不那么丢脸？她给母亲打电话，一五一十说清楚来龙去脉，包括自己想要离婚的想法。

没想到母亲劈头盖脸把她骂了一顿：“你是不是傻子？你如果提离婚才是真的输得彻头彻尾。那个小三不费吹灰之力把你赶出这个家，不知道躲哪偷笑呢！你想想欢欢、喜喜，以后没了家，她们怎么办？那个贱女人肚子里的孩子已经四个多月，宋江还没有打算离婚再娶，证明他根本不想跟你离婚。你不要自己先当逃兵。”

“我能怎么办？等着他哪天把我利用干净再甩到一边？”

“傻闺女，你还没发现吗？关键点在于……孩子。”

“孩子？”

“不管是你公婆还是宋江，忌惮的想要的无非是她肚子里那个孩子。你是他打了结婚证的老婆，真要闹离婚，他不得剐一身皮才能脱身。如果这时候你也怀上个男孩，你觉得他会选谁？”

“我不愿意。”连佳家没有想过这个选择。现在是宋江出轨，反而弄得像是什么光荣的事，需要她绞尽脑汁来给予奖赏。

“你就别轴了，妈是为了你好。说句不好听的，男人会出轨，家里的老婆也该找找自身的原因。如果你一胎生个男孩，如果你一开始不放弃工作，如果你当初不是一头栽进去，现在至于被他捏住命门吗？”

“妈！”连佳家羞得脸都要滴出血来，她想不明白，怎么一切就变成了她的错。

“只要这个男人一天没有离开这个家，你就是胜者。你别忘了当初你爸反对你的婚事，为了和宋江结婚，你是怎么和我们说的？你说你是嫁给爱情，没有人可以打败你们的爱情。现在只是出轨而已，还不是世界末日。”母亲说这话的时候，像个斗士，带着一种过来人的经验。

连佳家想问妈妈年轻时是不是也曾和小三大战过三百回合。不过爸爸人已经不在，她可以回忆起来的都是爸爸为这个家遮风挡雨的背影，她不想破坏这个印象。她也希望欢欢、喜喜将来想起她们的爸爸时，是个顶天立地的男人。

给他最后一次机会，就当是为了孩子，连佳家心里这么想。

第七章

1

托老程的福，樊异最近接了不少大单。他的朋友非富即贵，在孩子身上更是舍得花钱。婚庆本就是干一单吃半年的活儿，年关又是忙季，她这个月已经连着几天在靖州最豪华的五星级酒店君悦布场婚礼。累是累了点，但想想账户里的数字哗啦啦地涨，所有辛苦也变得值得。

虽说客户都是老程的朋友，但不知道是不是为了避嫌，他从来没有出现在樊异策划的婚礼上。而最近工作实在太忙，她也顾不上联系老程。

樊异心里隐隐觉得有点可惜，好像自己精心设计的作品没能得到他的检阅，她想得到他的肯定。

于是当晚收工后，她躲在酒店洗手间给老程去了个电话，在电话里小心地试探："明天是你那个桥牌老友女儿的婚礼，也是年前我在君悦办的最后一场婚礼，你会不会来？"

"你希望我来？"老程问得有些暧昧。

老程的电话那头有催促登机的广播声，樊异趁机岔开话题："你没在靖州？"

"这半个月都在出差到处飞，年底公司事比较多。"

"所以最近这几场你朋友儿女的婚礼，你都没来是因为出差去了？我还以为……”一不小心就泄露了小心思。

老程失笑，故意打趣她："以为什么？以为我故意躲着，不想被他们知道我们的关系？"

"嗯。我们只是朋友关系，我不想你被他们说闲话。"樊异实话实说。

他们这个年纪走在一起，无不被指向"老牛吃嫩草""吊金龟婿""包养"这些难听的词，何况这中间还有个童舟。你想解释"灵魂伴侣"这种关系，在别人听来就是个笑话。

"傻丫头，我还怕你不愿意承认认识我这个糟老头子呢。"老程之前确实有过这样的顾虑，这孩子还小，要是坏了名声可是误了人家一辈子。

"怎么会？我想让你来，来亲眼看看我的设计。"

"好，明天我会去。看看我们小丫头的大作！"老程向她承诺，"你现在快回去休息，已经很晚了。到家给我发信息报个平安。"

老程老父亲一样的口吻让樊异心里甜丝丝的。她自觉有些病态又无法自拔。

次日的婚礼是和童舟合作的，樊异本来想提前跟他通个气，介绍老程给他认识。但直到婚礼仪式开始老程迟迟没有露面，加上现场事务实在太多，就没顾得上。

今天的婚礼很传统，新郎新娘宣誓后是父母发言。新娘的父亲是个不善言辞的人，他拿着话筒支吾了半晌，只说了谢谢各位来宾赏脸，然后请上了另一位来宾。

"小女大婚之日，我们有幸请到她的领导，也是从小一直看着她长大的长辈——久丰集团董事长程董为他们献上祝词。"

正在跟酒店经理沟通上菜时间的樊异听到这个名字马上回头看向舞台。老程款步走上台，仿佛知道她在哪里，朝她的方向轻轻眨了眨眼。

老程在台上大概说了不到两分钟时间，既不是照稿宣读，也不是胡天海地乱吹。从新娘的成长历程说到对新人的祝福，是婚庆人最喜欢的那种有料、时间又不长的演讲稿。有些人天生就有鼓动人心的能力，老程是这样，她爸也是。

他的致辞完毕后，还有敬酒仪式。樊异没顾得上去和老程打招呼。等她忙得差不多回头准备找老程时，主席上却没看到他人影，同时消失的还有童舟。

樊异在后台转了一圈，发现老程和童舟在新娘的化妆间里说话。新娘已经出去敬酒，所以化妆间现在空无一人。两人不知说了什么，童舟情绪有些激动，老程伸手拉了他一下，被他重重甩开。

樊异怕童舟动手，老程会吃亏，直接冲了进去："你们在干吗？"

"小异，你怎么过来了？"老程看到门口的女孩，装作什么都没发生，先一步走到她身边。

"小异？"童舟听到这个亲切的称呼，眉心皱在一起，"你们认识？"

老程的眼里也有同样的疑惑。樊异最怕就是现在这种场面，毫无预兆地撞见，尴尬得让她想找个地洞钻进去。

"这是我男朋友——童舟。这是我和你说过的，在非洲遇到的忘年交——老程。"樊异硬着头皮如是介绍。

老程的神态变得很玩味，身体不自觉同她拉远了一步距离。而童舟更加激动，直接指着老程的鼻子："你一直挂在嘴边的老程就是程久丰？"

这下樊异再迟钝也能看出这两个人之间有"旧仇"，而不单单是因为她而起的敌意。“你们之间……是不是有什么误会？”

“小异，我没想到你是小舟的女朋友。如果早知道，我是绝不会接近你的。”老程虽然冷静，口气却是拒人于千里之外。

“你少来这一套！姓程的，我是不是上辈子欠了你的。你祸害了我妈，现在又故伎重施来害我女朋友。你想做什么？”童舟一把揪住老程的衬衣领子，作势想揍他。老程也有些动怒，反握住他的手掌一点点掰开。童舟虽然年轻，气力却敌不过常年锻炼的老程，被他占了上风。

眼前的场景让樊异彻底摸不着头脑：“你们到底是什么关系？”

老程推开童舟，理了理自己被弄皱的西装，语气严肃：“我是童舟的继父。”

这话对于樊异而言，无异于晴天霹雳。纵使她再开放，也没想过会同时陷入一对父子的感情三角关系。

“呸。别恶心我。从你害死我妈的那一刻，我和你就没有半点关系。若说有，也只能是仇人。”

“你现在情绪太激动，不适合说话。我先走一步，你如果经济上有什么困难，随时回来找我。”老程的话可能是好意，却又一次将童舟的自尊心摔碎踩在脚下。

母亲离世的时候，他刚考上大学，没有任何经济来源。纵使知道程久丰和母亲的死脱不了干系，却不得不接受他的资助完成学业。

毕业后童舟并没有像那些励志偶像剧一样奋发崛起，只是过上了勉强糊口的日子。他也想一飞冲天给程久丰一点颜色看看，但他心里始终被愤懑和抑郁填充，无法专心在学业上。

虽然工作后没有再从程家拿过一分钱，但他不是不知道老程一直在暗中帮他，介绍工作或是暗中给他房东打钱让他得以获得多年不变的房租。他一直告诉自己，这是程久丰欠他的，睁一只眼闭一只眼就接受了。

可老程的话无疑不是在清清楚楚告诉他，你口口声声说毫无瓜葛，不还是在仰人鼻息?

童舟转背将怒气发到樊异身上："你和那些害死我妈的贱女人没有什么区别！你看中了程久丰什么？不就是钱吗？我对你再好也比不过他给你买个包吧？"

"啪。"在樊异自己都没有反应过来的时候，手已经先脑子一步狠狠赏了童舟一个耳光。

她想过很多人会对她和老程的关系有所置喙，更难听的话也预设过。只是没想到这话会出自童舟嘴里，是被最亲的人捅了一刀。

原本已经准备离开的程久丰见状，怕童舟一时冲动还手，赶紧把樊异护到身后："童舟，你成熟一点！我无意和你争什么，但是你要是对樊异不好，我也绝对不会坐视不管。"

童舟看着眼前两个站在一处的男女，他们同气连枝，自己像个十恶不赦的恶人。童舟冷笑一声，推开程久丰："祝你们百年好合。不过樊异，别说我没有提醒你，论玩弄感情，你不是他的对手。"

童舟走后许久，樊异依然捂着脸站在原地无法面对。程久丰皱着眉头在一边，头一次觉得手足无措。

有急促的脚步声靠近，发现樊异在化妆间，对方舒了一口气："樊姐你在这。新娘子到处找你，说要问下After party的安排。"

"我马上过来。"樊异抹了下眼睛。程久丰看到她双眼红通通的，心里有种说不出的酸涩。

等樊异完成所有收尾工作走出酒店时，看见老程的那辆奔驰停在门口。老程也看到了她，朝她招招手。樊异踌躇一会儿，朝车子走过去，却站在副驾驶门口不上车。

“上来，我送你回家。”樊异脚步不动，老程无奈地叹了口气，“你总得给我个解释的机会吧？你看你现在的脸色，还跟我逞强吗？”

樊异拉开车门有点赌气地坐进去：“童舟说你害死他妈妈到底是怎么回事？”

“他妈妈是我第二任妻子，当初带着他一起嫁进来的。八年前死于抑郁症自杀。”

“你跟我说是病逝！”

“自杀也不是什么光荣到要和外人到处说的事。”老程耸耸肩，“希望你能理解。”

说到底自己也只是个外人，樊异心想，他确实没必要和自己交代得那么详细。

老程敏锐地察觉到这个小姑娘的想法：“我不是说你是外人，我只是想为她保留最后一点尊严……”

这样的说法让樊异稍稍慰藉，语气也不自觉放柔：“如果是自杀，那童舟为什么对你这么大的怨气？”

“其实童舟小时候我和他的关系还不错。他从小活泼可爱，我很喜欢这孩子，他也总喜欢缠着我问东问西。但和他母亲结婚那几年，正是公司高速发展期。我每天都有各种应酬，很少有空回家陪他们母子。她妈妈是个很敏感的人，每次饭局上只要有女人在，她回家就歇斯底里地逼问我对方的身份。每个女人她都怀疑和我有一腿。解释多了，我也没了耐心，随她去想。久而久之，她就钻进牛角尖，童舟和他妈妈都认定我是有外遇，最后他妈走了歪路……”

程久丰的坦诚让樊异反而放下心来：“既然是误会，总有机会可以解释清楚。”

“人已经不在了，没必要去强行解释。我不想说已去世的人不好。再说，这件事上我并非完全无辜，既然娶了她，又没有善待她，导致她最终想不开，这都是我的错。”

气氛霎时变得有些沉重，介于童舟和程久丰这层关系，于情于理，他们都不该再有瓜葛。

樊异默了一阵，下定决心说道：“我不想伤害童舟。”

“我明白。”有件事童舟并没冤枉他，他程久丰在情场确实是阅女无数的老手，要说樊异有多特别也算不上。老程可以感觉到她与其他女人最大的区别在于，她一直在他身上索取的不是金钱，更不是爱情，而是一种更深的依赖。

“这阵子新别墅装修好我就会搬走，望江壹号的房子就此空置，你不介意的话可以搬进去。”

樊异听出来老程是想补偿她，可是他们之间又何曾有过亏欠。“不用了，我现在的小房子住得很好。”

就此，一路无话。临了到樊异楼下她下车的时候，程久丰突然想起什么似的摇下车窗对她说：“今天的婚礼策划和布置都很有新意。小异，你确实有才华。”

樊异的鼻头一酸。够了，都够了，她从小到大希望得到的，不就是父亲这样一句肯定吗？

樊异回头从车窗探进半边身子轻抱了程久丰一下：“谢谢，再见。”

2

临近春节，天气骤然转凉。最近流感暴发，人人上街都蒙着一张口罩。樊异不喜欢这样，总觉得本已经十分疏离的都市人类，再蒙上一层口罩，就像科幻片里冰冷的未来机械都市一样。

当然她特立独行的下场就是突如其来的低烧、咳嗽伴随着胸口抽痛。前两者还算可以忍受，后者就真是不堪其扰。

前两年，她左侧胸部查出有纤维瘤，为了预防瘤子长大病变，医生建议做手术切除，当场把天不怕地不怕的樊异吓哭了。胸上要留个刀口，想想都让她头皮发紧。

医生安慰她说这是二十来岁的姑娘常见的良性肿瘤，手术也是小手术，如果实在不想做，可以暂时药物控制，等准备受孕之前再动手术（因为孕激素会让纤维瘤迅速长大）。

这病是情绪病，压力大生闷气都是病因。中医讲究个调理为主。樊异抱着侥幸心理，决定用中医的法子治疗。针灸、推拿、吃中药都试过。但长出来的瘤子没法用物理方式消除，只能控制着不长大，这也在她心理上留下了一道阴影，时刻忧心着病变。

每次坐地铁看到“粉丝带”的宣传，或者公益广告上关于乳腺癌的科普，她总觉得是对她的一种警示。

流感咳嗽有时也会伴随肋骨痛，刚开始樊异还没往这上面想，带病坚持完春节前接的最后一场婚礼。

第二天本来打算在家休息，卧床时胸部的抽痛愈加明显，每隔两分钟就要抽痛一次，终于让她忍不住抓起钱包钥匙去医院挂号。

在医院排队问诊检查，为了求个安心，胸透抽血轮番查了一遍。最后医生说是普通流感，只开了几盒感冒药和消炎药。

樊异不放心，追问纤维瘤的问题。医生不耐烦地摆摆手：“我这是普通门诊，你看纤维瘤得挂专科。不过依检查结果看，你胸部肋骨痛是感冒引发的炎症而已，回去吃点药就行。”

“我还在发烧，不用打点滴退烧吗？”

“39℃以下打什么针，过两天就自愈了。你们以为打点滴是什么好事？回去多喝点热水。”见她一脸不放心，医生又开了一盒退烧药，嘱咐道：“38.5℃以上再吃。”

樊异提着装满西药的袋子和 DR 片子打的回家，不知是不是心理原因，从医院回来的路上胸痛缓解了不少。

果然人不花点钱，总是不安心。樊异一边自嘲一边就着温水吞下几颗感冒消炎药。

正如医生所说，两天后低烧自然退了，感冒也在一个礼拜后痊愈。生活有条不紊地向前推进，原本这只是生活中一个再小不过的插曲。

自从上次的争吵，童舟和程久丰父子渐渐淡出她的生活。童舟发过信息来道歉，承认自己偏激，不该把对老程的怨气迁怒于她。樊异没回这条信息，因为她还没想好这段关系应不应该继续。童舟于她而言还是太幼稚，一时悸动也敌不过三番五次的争吵消耗。

眼看就快小年，母亲罗凤卿打了好几个电话催樊异回家。她虽然对这个妈妈没什么深厚感情，但算上来已经大半年未见一面，年关就当走个过场也得回去陪陪她。樊异索性订了火车票，回老家待上半个月。

樊异怕在老家一个人待着无趣，打电话问连韵今年过年会不会回老家？连韵说刚搬新家，前三年会把父母接过来在新家过年。

大概初五以后才会回一趟老家走亲戚。樊异这个年便过得越发无趣冷清。

大年三十晚上，母亲拾掇了五样硬菜，就母女两人坐在电视机前边看边吃。电视机里春晚热闹的画面，和电视外沉默的氛围形成一种诡异的对比。

罗凤卿一直偷偷打量着她，樊异假装不知，盯着电视机：“妈，有话直说。”

“哦。没什么，就是想问问你，年纪也老大不小了，怎么还没见带个男朋友回来给妈瞧瞧。”

“刚分手了。”

“哦。”樊异说的是实话，但总能轻易把天聊死。母亲又扒了两口饭，设法开启一个新话题：“隔壁家郭阿姨的女儿去年刚结婚，今年第一回带女婿回家过年，我见着大包小包提了可多东西回娘家……”

樊异突然放下筷子看着她，把罗凤卿吓得不敢往下说。她从睡衣口袋里摸出早就准备好的红包塞到她妈手里：“我懂您意思。差点忘了，新年快乐。”

红包鼓囊囊的，差点撑破口子，今年多得老程提携赚了不少，给妈妈的红包自然也加了一倍。罗凤卿有些诧异这个红包的厚度，悄悄拆开看了一眼，嘴角不自觉上扬，嘴里却还说：“你这孩子……妈不是这个意思。我还不是关心你终身大事吗？”

“妈，您放心。不管有没有男朋友，别人家女儿女婿孝敬娘的，我一样不会少您的。我的事您也别操心。我敬您一杯，祝您身体健康！”樊异起身从旁边的矮柜里拿出一瓶瓶身沾满灰尘的白酒。

“唉！别……”母亲话音未落，酒已经被启封，樊异给自己先倒上一杯。

罗凤卿从不喝酒，这酒还是父亲走之前留下来的。小时候父亲就教她品酒："这酒是越陈越香。我要给咱们婷婷封一壶好酒，等你出嫁时拿出来喝，到时候这酒飘香十里，让所有人都知道我婷婷要出嫁了！"

"妈，别痴心妄想了。他不会回来的，至于我结婚，也是没影的事。不如今朝有酒今朝醉。"樊异一口干尽，抹了下嘴。

罗凤卿听到她提起父亲，刚刚还挂着喜色的脸迅速阴沉下来，背过身去不讲话。樊异心里有一丝内疚，不该在本该喜庆的日子提起让母女都不高兴的人。其实那话不是对母亲说的，是对她自己说的，不要再对父亲抱有妄想，他不会回来了……

樊异心里发愁，还想再给自己倒一杯酒，肚中突然一阵锐痛。她放下酒杯跑去洗手间，发现内裤上有一小片棕红色的污迹。算算日子，例假期已经过了两周，因为一向月经不调，她也没放在心上。这会终于来了，樊异松了一口气，马上又是一阵焦躁。

她提起裤子走出去问母亲："家里还有'姨妈巾'吗？"

"你来那个了？"母亲回头看着她，摇了摇头，"我早就绝了。家里没有，你去楼下小卖部看看吧。"

"大年三十这个点能有商店开门吗？"

"街口你霍叔那个小药店总是开的，去看看。"母亲说完从鞋柜里掏出一个黑色塑料袋："给，兜着。别被人看到。"

樊异觉得有点好笑，这年头买卫生巾还整得跟走私似的。她记得自己读中学时就很流行一种小碎花的"姨妈巾"包包，像零钱袋一样。每个女孩人手一个，要是碰到特殊时期，她们上洗手间每个人都得揣上一个碎花小包。

碎花小包本意是为了遮掩"姨妈巾"，但其实早熟的男孩们都知道那里头装的是什么。樊异没有买这玩意儿，但是连韵有一个，有一回连韵的小包被后排的男生拿走捉弄她。

男孩举着小包跳到桌上让穿裙子的连韵来抢，目的是想偷看连韵的裙下风光。连韵当然不会着道，抱着臂问他：“你下不下来？我数三下，不还给我，我就告诉老师。”

“你除了会打小报告，还会什么？”男孩对连韵做鬼脸，就是不肯下来。

从旁边经过的樊异，猛地踹了一脚桌子。男孩没站稳，从上面跌了下来，头磕在前排的课桌上，肿起一个包。

口口声声最看不起别人打小报告的男生捂着额头哭着喊着要去告老师。当然最后在好学生连韵的偏袒“包庇”之下，樊异并没有受到过多苛责，只赔了点医药费。她和连韵还因此从普通同班同学成为莫逆之交。

在樊异的影响下，连韵也没再用过碎花小包。用樊异的话来说，月经是女孩正常生理现象，没什么好羞耻遮掩的。对此抱有不雅想法的人才是不正常。这个观念后来被她沿用到避孕套上，同理可得。

霍叔是个鳏夫，近亲也都不在人世。他一个人守着的小药店，果然夜深了还在营业。他躺在躺椅上一边看春晚，一边喝着瓶廉价小酒，嗑了一地的花生壳。

药店里没有她平时用的品牌，樊异随手挑了个眼熟的牌子，拿去收银台结账。

“霍叔，买单。”樊异点了点玻璃柜台。

霍叔抬眼见是她，起身给她结账：“新年好呀。大半年不见，婷婷又变漂亮了。”

樊异不太习惯回应这种夸奖，嗯了一声，假装低头选货架上的东西。她看到收银台旁边摆着一排避孕套，下面一排则是验孕棒，真是一条龙服务。略过这些东西，她随手拿了一支旁边的口香糖。

“就这个吧。”樊异摸到母亲强行塞在她羽绒服口袋里的黑塑料袋，还是没有把它拿出来。

“好嘞。”霍叔扯了一个大红塑料袋，把她买的东西装进去，突然问道，“你妈最近怎么样？”

“嗯？”樊异大概是没想到他会提到妈妈，摸不着头脑地随口回道：“挺好的。”

“那就好。她平时不说，但心里很想你的。有空你多回来看看她。”霍叔突然语重心长起来。

“她呀，只要每个月生活费准时到账就好。”

“你别这么说……”

樊异扫了一下柜台上贴着的二维码，电子报账声音响起。“叔，查收一下，我先走了。”

霍叔看着樊异的背影摇了摇头：“做儿女的永远不知道父母的心。”

樊异垫了两天姨妈巾，发现每天都是洁白如新，居然不是来例假。念及自己之前检查出的妇科毛病，樊异决定再去医院检查一下。

新年里随母亲走了几天亲戚，一直拖到初五才有空去医院挂号。她把症状同妇产科医生说明，对方问了她的年龄，每个月例假时间，有没有结婚或者交男朋友，还有上次同房的时间。樊异都一五一十地回答。

“去验个血吧。先查下 HCG 值，看是不是怀孕？”

“怎么可能是怀孕呢！”樊异第一反应是荒谬、可笑。

“你例假时间都过了这么久，有什么不可能？”

“可是我例假时间一向不准确。”

“先去查查再说，拿到结果到我这来。”妇产科医生每天要应付无数这样的病例，有些孕妇可能到五六个月还不知道自己怀孕了，实在见怪不怪。

等待结果的这两个小时，樊异一个人坐在医院长凳上出神。她回忆自己上次发烧打针吃药，还有喝酒泡吧，过年又每天不停地走亲访友。如果真有宝宝，大概也留不住了吧。

樊异盯着自己平坦的小腹出神，一边心理安慰自己不可能是怀孕，一边又暗自懊恼怎么可以这么粗心大意。她甚至没有发现自己竟从未生出不要这个孩子的念头。

结果出来后，她拿着报告单去医生那，得到四个字的回复：“你怀孕了。”

“那之前流血是……”

“最近过年走动很多吧？那是漏胎。最近注意休息静养，尽快来医院建档。”

樊异浑浑噩噩地拿着结果回家，经过霍叔的小药店时，她突然冲进去拿了一盒验孕棒……

樊异呆坐在马桶上，手里握着两条杠的验孕棒。这类似某种仪式感。从怀上这个宝宝开始，所有症状都在她的知识范围外，没有一样和电视里演的相同。她没有突然的呕吐，没有嗜睡，也没有对油烟反胃或是想吃酸的。原来怀孕是这样的感觉。从小到大，没有人教过她这些。

母亲在门外催促她快些出来，饭菜都做好了。手机铃声突然响起，是连韵的来电。她木然地接起。

“喂。在哪儿呢？我回来了。晚上出来聚一下啊！我还带了个神秘人物……”

樊异截断她的话，径直说出口：“我怀孕了。”

电话开的是外放，连韵的笑容僵在脸上，扭头看着旁边的已然石化的童舟。

3

连韵晚上躺在床上翻来覆去，竟比自己怀孕还激动。她翻转的动作惊醒浅眠的宗绍，宗绍从后面环住她的腰：“怎么了？睡不着？”

“樊异怀孕了。你敢相信吗？我从来没想过她会怀孕，我的意思是……她怎么看都像是准备一辈子潇洒仗剑走江湖的女侠。”

“也许是缘分到了吧。”

“看来是我的子女缘太薄……”连韵有些失落地抚摸着自己的小腹。她和宗绍婚后虽然一直在避孕，但也有好些时候粗心忘记，却一直没有“意外中招”。没想到樊异竟然碰到这种情况。

宗绍强行把她身子转过来，抵住她的额头：“你最近怎么了？你不是一向不喜欢小孩子吗？”

“我也不知道怎么回事。上次肠胃炎我误以为自己真的怀孕了，想到要为了升职不要这个孩子，我就觉得心好痛。明明都不存在……”

宗绍不知道该怎么安慰她，只能把她搂进怀里，拍着她的背。两人都睁着眼，各怀心思到天光亮。

好在第二天早上没有出去拜年的任务，丈母娘都宠着女婿，任两个年轻人睡到中午才起身。

连韵和宗绍洗漱后下楼的时候，客厅里已经聚了一堆亲戚。

除了亲近的几个，其余大多连韵都只是脸熟而已。其中连佳家一家人算是最熟悉的了。

“姨姨……”一个娃娃突然抱住连韵的腿，另一个长得一样的小娃娃跟在后面也踉踉跄跄跑过来。

“喜喜，你又长胖了呀。”连韵抱起喜喜亲了她脸颊一口，宗绍顺势抱起后面赶来的小可爱。

一旁的连佳家听到，有点惊讶：“你居然分得清她们两个。她们爸爸有时候都会弄错。”

“很好区别啊。喜喜活泼好动，欢欢更内向。还有欢欢的头上有两个旋，喜喜只有一个。”连韵对孩子的了解甚至出乎她自己的意料。

“姐这么喜欢小孩，赶紧和我姐夫生个。”连佳家打趣道。连韵看了宗绍一眼，对方没有回应，反而岔开话题，朝着宋江过去：“腿脚这是好利索了？”

宋江见是宗绍，态度很是客气：“托宗医生的福，最近才能恢复正常走路。”

连佳家听到宋江脸不红心不跳地撒谎，忍不住翻了个白眼，连韵全看在眼里。

“过来吃饭啦！”父亲端着一碟鱼头站在客厅喊。亲戚们陆续往客厅里拥，依次入座，位置不够坐，连佳家就陪着欢欢、喜喜坐在旁边的沙发上。

“韵儿这次升职，事业又上一层楼！大中华区总经理呢。可真是给我们连家争光。”一开席，姑姑就忙不迭地表扬连韵，“你看凯凯的事，韵儿能不能帮衬一下？”

姑姑的儿子小凯大学刚毕业，自己和同学弄了个做软体的小公司，想通过连韵这层关系找方舟资本注资。提了几次都被连韵挡回去，这回趁过年，他妈又不死心来纠缠。

“姑妈，你让小凯提交个正式的提案上报到公司，如果符合资质，公司一准会批。”

找连韵这条捷径，自然是因为资质不够。姑姑碰了个软钉子，脸上挂不住，还想再磨磨：“韵儿，既然是自家人，就不用这么麻烦了是不是……”

连佳家突然走过来，插在姑母前面向连韵敬酒：“姐，谢谢你这段时间这么照顾我们一家。这杯酒我先干为敬。”

“是啊。小韵，佳家回来一直跟我说你对他们的照应。你三叔不在了，本来我也不好觍着脸来麻烦你，但你爸妈都这么客气，我真的很感动。”连佳家母亲也站起来向她敬酒，还推了旁边的宋江一把，让他一起敬酒。

被他们这么一打岔，姑母就不好再把话题引回来，愤愤地抱怨道：“老三都不在了，还来攀哪门子关系？”

连韵假装没听见，悄悄往准备给欢欢、喜喜的红包里又添了些钱。

在连韵家的主场，加上连韵如今事业和婚姻上的成就，所有亲戚都对她和宗绍赞不绝口，所以奶奶突然冒出来的不满就显得有些突兀：“女孩子那么要强做什么？按我说，婚后就该好好在家相夫教子。你看你们都成婚一年了，也没见添个喜。家里就欢欢、喜喜两个娃儿，太冷清了。”

连韵的脸色一下子就耷拉下来，她可以在别人的夸奖下稳如泰山，但面对从小到大奶奶那刺一样的话头，她就忍不了。

眼见她要发难，宗绍在桌下按住她的手背：“奶奶，都是我的错。我工作太忙了，所以只能委屈小韵再等等。”

“哼，随你们便吧。反正也是跟你们姓宗的。”奶奶不耐烦地用筷子戳了戳面前的饭，“反正女人哟，一辈子不生个娃儿还算女人吗？”

“按奶奶这么说，男人一辈子不工作啃老还算男人吗？”连韵直接顶了嘴，话头直指奶奶最疼的五叔。

五叔是奶奶的小儿子，从小到大不管做什么都被宠着护着。护着护着就在她胳肢窝下护了一辈子，五叔没出去工作，也没做什么正经事，吃喝嫖赌惹麻烦倒是好手。就这样，奶奶还勒令所有的兄弟姐妹必须帮衬着五叔，养着这个废人。

不知道五叔是没听出来还是不在乎，连韵就差指着他鼻子骂他，他也毫不在乎地啃着鸡腿。

“没大没小！”奶奶把筷子一摔，在场所有人都放下筷子不敢作声。

母亲连忙从厨房拿了双新筷子递给奶奶：“小孩子不懂事，奶奶消消气。”

“小韵，没听见欢欢、喜喜在哭吗？过去给佳家帮把手。”爸爸借故支开连韵，其实是护着她省得再受奶奶气。

连韵起身，宗绍自然也跟着。她走两步又想起什么似的，折返到奶奶身边掏出一个大红包放在她面前：“新年快乐。祝奶奶长命百岁，活着看到我生孩子那一天。”

应酬完所有亲戚，晚上回到自己卧室。关上房门，执行力满分的连韵丢了一张表格到宗绍身上：“来，选个良辰吉日，我们造个娃吧！”

宗绍看清楚是她的经期排卵表，有些哭笑不得：“你什么时候打印这些的？”

“我想得很清楚，我们现在什么都有了。我的工作暂时也到一个天花板的位置，职位近几年内都不可能再升。通过之前给公司打的预防针，此时正是要一个孩子的绝佳时刻。”

“这些都是客观条件，主观上呢？你为什么想要个孩子？”

“奶奶的话虽然说得难听，但有一点没错。一个完美女人少了孩子就不够完美，总能给人找到话柄诟病。”想起办公室那些风言风语，连韵就气不打一处来。工作上她努力做到最好又怎么样，不结婚不生孩子都是罪。

“就因为这个？”宗绍放低书本摘下眼镜，将她搂在怀里，“小韵，你知道一个孩子会给我们的生活带来什么吗？”

连韵在脑中构想了一下有孩子后的生活，男孩女孩都无所谓，最好是像欢欢、喜喜那样可爱的女孩子，她可以每天给她们打扮得漂漂亮亮。

“当然知道，一柜子的漂亮童装，成箱的尿布奶粉，还有满地的玩具。我觉得以我们现在的精力、智力和财力都足够应付。加把劲！三十岁之前，宝宝来了，我们就能拥有一个完美家庭！”

宗绍见她不像是说笑，干劲十足。他暗暗叹了一口气：“我以为我们结婚前已经达成共识，不想要孩子。”

连韵认为宗绍只是暂时没转过弯来，他那么有责任心的一个人，将来绝对会是个好爸爸。她缠着他的脖子撒娇：“想想有个孩子眉眼像你，性格像我，还有比这更有意义的事吗？”

看似是连韵中途变了主意，其实仔细想来她从没有变过，她一直想要做完美的那一个。只是他曾经以为自己可以做她的完美丈夫，但原来还是不行。

宗绍把连韵挂在他脖子上的手拿下来，正色看着她：“小韵，我生不了孩子……”

宗绍的病起于大学第五年，他是七年制本硕连读的医学生。高考成绩已经算一本里拔尖那一拨，但父母觉得他没能考上八年制的本博连读就是失败，从大学入学以来一直督促他去套磁申博。

宗绍的志愿是想硕士毕业后尽快进入一线岗位积累实习经验，奈何拗不过父母，只能一边准备申博，一边忙着自己的医院实践。医学生学业压力本来就大，加上心情积郁和过度紧张，病症开始出现端倪。

那时候宗绍有个同校的女朋友，平时忙学业没时间陪她，那年圣诞好不容易挤出一个平安夜答应陪她一晚，结果是不欢而散……

那时候他还天真地以为是太过疲累，一时状态不好，没想到失常反而成了常态。医生对此的诊断是精神压力过大所致，让他自行调节。

对这方面的事，宗绍也不是那么执着，那时候他心里装得满满的都是他的医学事业。于是他就此和女友分手，成了学妹们口中的禁欲男神，直到遇上连韵。

遇上连韵时，宗绍已经空窗了好几年。起初他还有些心虚，没想到和连韵在这方面意外和谐，他那时候松了口气，以为这心理疾病已经不药而愈。

没想到婚前检查又给他当头一棒，体检报告显示他的精子活力过低，可能导致不孕。这也许和他前几年的病症有关，也许无关，可以确定的是这已经是个不可逆的过程。

宗绍几次想和连韵坦白这件事，但连韵不断强调她的婚礼、她的伴侣、她的人生必须是一百分。显然，他已经不能算她的一百分男人。

宗绍不敢说，只敢拐弯抹角试探她对孩子的渴望。彼时，连韵全心扑在工作上，哪里有心思考虑小孩。这让宗绍稍稍感到慰藉，如果他们都不打算要孩子，这就不算个事。

可女人心海底针，说变也就变了。不管出于什么目的，她现在想要个孩子。而他给不了，也无法再继续欺骗她。

连韵听完他的解释，铁青着一张脸坐在床上。宗绍的脸色也是一片苍白，承认这样的缺陷对男人而言并不是件轻易的事。

“这段婚姻是建立在我的刻意隐瞒之上，你如果想离婚我可以理解。我们夫妻间所有的财产都留给你，但如果你不介意……”

“我们离婚吧。”连韵说得斩钉截铁。

宗绍原以为还有转圜的余地，没想到她那么决绝。这几年的感情甚至没能让她多犹豫一秒，一百分真的那么重要吗？

一阵漫长的沉默后，宗绍慢慢吐出一个“好”字。

“宗绍，我知道你在想什么。我介意的不是你的病！如果你一开始坦白告诉我，我不会有一丝芥蒂。但你选择欺骗我，因为你打心底里就不相信我对你的感情。我气的是你对我感情的质疑。我不能容忍一段建立在欺骗基础上的婚姻。你明不明白？”

“明白。”宗绍自知理亏，连韵说得一句都没有错。是他从一开始给这段婚姻埋下了定时炸弹。

“初七民政局上班，我们就去。”

“一定要这么急吗？”宗绍忍不住反问。说一点都不失望是假的，他选择坦白的时候，心里还抱着一丝侥幸以为连韵会原谅他。

“不然呢？我们初六回靖州，初八就要上班，还得赶着办复婚……”

“你说什么？”宗绍怀疑自己听错了。

“复婚呀。怎么着？你光想着离婚，就没打算复合？”连韵的语气充满戏谑，像在开玩笑。

宗绍有点跟不上她的脑回路，这到底唱的是哪出啊？“那为什么要……”

“你想问我为什么要离婚？是不是多此一举？我说得很清楚，我不能容忍一段建立在欺骗基础上的婚姻，所以我必须结束它。真真正正地结束。至于为什么要复婚？你是我的一百分丈夫，我怎么能错过你？”

“小韵，你知道的，我从来不是一百分……”

“你对一百分是不是有什么误解？我选择了你，那你的缺陷，你的疾病，你的一切都是一百分。因为你本身就是满分标准。”连韵抵住宗绍的额头和他双眼相对，看着他渐渐泛红的眼眶，心中泛起一阵怜爱。

女人对男人的爱总有一部分来源于天生的母性，即使她从没做过母亲。不管这个男人在外面有多么强大，当一个女人爱上他，总是不由自主地将他当作无法抵御危险保护自己的孩童。

“可是你想要个孩子，我……”宗绍第一次觉得这么无能为力，很多事情努力都有回报，但生老病死没办法。

“亏你自己还是医生，现在医学那么发达，能治咱就治。治不了还可以做试管婴儿，还有很多其他方法。”连韵的人生信条是办法总比困难多。不管工作还是生活，只提问题，不考虑解决办法都是耍流氓。

宗绍不吱声，并非他不知道试管这条路。正因为他是医生，他心里清楚利用医疗手段介入，这个过程对连韵而言会是多么困难和痛苦。

说来有趣，宗绍在医院见过很多因为生育问题吵架甚至离异的夫妇，无一例外都是女方检查出身体问题。如果是男方身体有问题，气氛会缓和得多，至多是夫妻抱头痛哭，妻子还要倒过来安慰丈夫。

女人的韧性越是在困难的时候，越是彰显得淋漓尽致。

初七办好离婚手续，连韵把离婚证发给樊异看。樊异马上一个电话秒打过来：“今天是愚人节吗？还是你疯了？”

“不是愚人节，我也没疯。”

“那就是你出轨了！”樊异的语气很确定。

连韵翻了个白眼，这人真是她的亲闺蜜：“你为什么就不猜是宗绍出轨了呢？”

“你比较像负心的那个。”

“嘁。”连韵十分不屑地哼了一声，“谁也没出轨。我们现在是离了，但马上会去复婚。”

“啧啧啧，现在年轻人都是这么追求刺激的吗？”

“去你丫的。我正儿八经跟你说……”连韵把前因后果和樊异说了一遍，樊异听得似懂非懂。

“所以你不计较他欺骗了你，但必须要给他一个惩戒，就象征性地离了个婚？”

“差不多吧。离婚和结婚一样，是个需要仪式感的事。”

“连韵，我还是得说一句，你真是吃饱了撑的。亏得宗医生愿意陪你这么胡闹。”连樊异这样的新新人类都觉得她脑回路异于常人。

“复婚是为了爱，离婚是为了原则。你还是小孩子，不懂。”连韵故作成熟打趣她。

“我还小？我都快生个小孩子出来了！”

樊异要不提这茬，连韵都快忘了：“对了，童舟那天来找你了吗？”

“童舟？”

“对啊。他没去找你吗？我回老家那天晚上，他找我问你家的地址，说想清楚了，要和你复合。我说直接约你出来吃夜宵，结果你就告诉我这个爆炸消息。他当时也在旁边，我以为他会去找你。”

“……”樊异想过这个孩子的事要不要告诉童舟，没想到童舟已经通过这个方式知晓。“他没来找过我。”

没出现就是一个答案。

第八章

1

连佳家和宋江在老家的房子去靖州前已经卖掉，过年临时回来探亲就借住在岳母家。所以这几天宋江格外夹着尾巴做人。

连佳家一进家门就把钥匙摔在玄关上，在连韵家宋江对宗绍脸不红心不跳地撒谎让她心里硌硬得慌。

母亲从后面推了她一把，让她别耍性子："欢欢在哭呢。赶紧去帮她换尿布。"

"他女儿，让他去。"连佳家斜了宋江一眼。

宋江堆着笑脸："妈，我去吧。"

见宋江走进卧室，母亲才将连佳家拉到一边，训斥她："你做这样子给谁看？老公是你自己选的，既然决定要原谅，就把过去那些事彻底当粉笔字抹掉。我看宋江最近表现比以前好多了。天下男人不都这样，出去拈花惹草回来才发现老婆最好。"

连佳家不知道天下男人是不是都这样，起码她和宋江带着户口本欢天喜地去民政局打结婚证的时候，她没想过宋江会这样。这更像是婚姻失败者一个自我安慰的借口。

连佳家发现宋江出轨的那天，在小区的寒风中坐了两个小时才回家。她做好揭穿宋江，甚至大干一架的准备。

没想到推开家门，婆婆正端着一大碗鲫鱼汤从厨房走出来，看到她甚至热情地打招呼："佳家回来啦？赶紧来坐，汤刚刚热好。"

那条本应该被送给佟乐的大鲫鱼，现在出现在她家的饭桌上。这让连佳家有种最后一餐的错觉。

宋江紧接着从厨房里拿了空碗筷走出来，是自己走出来。那架笨重的轮椅被收起放在角落。

"你的腿？"连佳家的语气是疑惑大于震惊，怎么突然连戏都不演了。

"你先坐下来吃饭，听我慢慢跟你说。"宋江把连佳家按在椅子上，亲自给她盛了一碗鲫鱼汤。

欢欢、喜喜爬到连佳家旁边的宝宝椅上坐好，连佳家把自己的汤一人一勺喂给了孩子。

"其实我的腿脚前段时间就开始慢慢恢复，我想给你个惊喜，就一直没说。"宋江这个理由听起来很没有说服力。

在发现佟乐的事后，他的话连佳家权当笑话听。她专注地喂着孩子："哦。那恭喜你了。"

见她不冷不热的嘲讽态度，宋江和自己父母尴尬地对视了一眼。婆婆赶紧接过连佳家手里的碗："我来喂吧。你先吃。"

连佳家觉得这一家三口今天态度着实奇怪，几个小时前，他们还在计划着如何体面地把她踢出家门，迎接另一个女人。现在又百般讨好是为了什么？

"佳家啊，我和你妈商量过了，我们来靖州也有一段日子。现在宋江的腿脚利索了，我们没必要继续待在这妨碍你们小两口。明天我就和你妈收拾收拾回乡下。"公公也发话了，无疑也是个大好消息。

连佳家不明所以地看着宋江，想知道这一家子葫芦里到底卖的什么药。

“我知道你担心什么，你怕爸妈走了，欢欢、喜喜没人照顾。我已经想好了，我出去工作，你就不用在外面那么辛苦，我看你每天起早贪黑地上班我都心疼。你以后就留在家里享清福。”

享清福？连佳家不禁冷笑，如果他把全职妈妈每天照顾一家四口二十四小时无休的工作当成享清福，那这种福气她也享够了。

“你进来。我和你说两句。”连佳家不想在公婆面前撕破脸皮，让宋江随她进房。

卧室门一关，老两口都忧心忡忡地看着那头。婆婆很是懊恼，今天买菜回家路上不该说那些露骨的话。她走到楼栋门口发现刚买菜的小摊贩少找了她两块钱，正打算回去理论，一回头就瞥见连佳家跟在他们身后不远处。她吓得赶紧拽着老头子往楼栋里钻，心中暗猜他们的对话连佳家大概听了个八九不离十。

“她不会真的把咱们江儿扫地出门吧？”

“哼，她敢？我宋家的媳妇哪有把老爷们赶出去的道理。”公公抿了一口劣质的高度白酒，虽然嘴里这么说，心里却也在打鼓。

“唉，都怪那姑娘不争气……”

佟乐这几天都感觉不舒服，今天下午宋江陪她去医院检查，医生说她是胎相不稳，建议住院保胎。宋江没有急着办住院手续，而是第一时间在附近找了个小诊所，打红包让诊所医生帮忙看看男女。结果是个女孩。一下子，孰轻孰重、舍谁保谁的决定就显得很容易。

“你和佟乐……”关上卧室门，连佳家正打算发难，宋江在她身后扑通一声跪在地上：“老婆，我错了！”

宋江一路膝行到连佳家面前：“那个孩子真的是意外，我已经要她打掉了。今天下午你给我打电话的时候，我就是陪她去医院处理这件事。除了你，我不可能和别的女人生孩子！”

“是吗？你爸妈可不是这么想。”

“他们怎么想我不管。我们既然结婚了，在我心里，最重要的就是你和欢欢、喜喜。”宋江信誓旦旦的样子真看不出是个会出轨的男人，自己被这画皮骗了这么久。

“说得倒像是那么回事。你要自己不偷腥，人佟乐能逼你？”

“老婆你相信我。我那时候不是手里有点钱吗？花钱没个数。她刚来单位可能以为我底子厚，马上贴上来科长前科长后地献殷勤。我去哪应酬她都跟着，连我来靖州她都追上来。我内心一直是拒绝的！但有一次我和你吵架，喝醉酒才让她有可乘之机，还意外有了这个孩子，我这才被缠上。”

连佳家默不作声，她从没想过这个一直大嫂前大嫂后，被她视为贵人千恩万谢的女人其实早就觊觎上她的丈夫。是她自己引狼入室还浑然不觉。

“你还装瘸这么久，让我一直于心有愧。我努力出去赚钱，你就在家和她鱼水之欢！你还要点脸皮吗？”

“佳家，我不是装瘸。我只是需要点时间处理好她的事，我瞒着你是不想伤害你。你知道我是个有责任心的人。她有我的孩子，我怎么能不管？但我不能背叛你，这几个月我一直都在做她的思想工作，希望她拿掉这个孩子，从此退出我们的生活。”

“她同意了？”连佳家不相信佟乐处心积虑一路跟到靖州，还有了孩子，会这么容易放手，“条件是什么？”

“我把我账户里剩下的那五万块一次性都给了她，当作赔偿，她这才松口答应我拿掉那个孩子。”

“你真行！宋江！偷我姐姐的戒指卖钱挥霍，又在我姐姐家和别的女人厮混，最后还能把仅剩的一点家底全部给她。你怎么不把你自己卖了呢！”

“佳家，你别这样。爸妈还在外头听着呢。我这不是没办法吗？只能拿钱消灾，我这都是为了保护我们这个小家啊！”宋江抱住她的腿恳求道，“我爱你，真的。佳家，我们从中学这么多年走过来，我只爱你一个，你不明白吗？我们以后好好过日子成吗？我会出去工作。我答应你，戒指这笔钱，我一定赚回来让你挺直腰板，也让你和欢欢喜喜都过上好日子！”

“我爱你”是对付连佳家这种女孩最好的魔咒。当初结婚没要彩礼，没要车房，要的不过就是这丁点可怜的爱意而已。

连佳家知道不该相信他的鬼话，但也抱有一丝侥幸心理。万一他真的浪子回头改过自新，万一他说的一切都能实现呢？

“宋江，我就信你最后一次。”连佳家咬牙切齿，不知道是在跟自己较劲还是跟他较劲。

佟乐的事情连佳家原以为会把家里闹得天翻地覆，没想到就像一阵细雨过境，悄无声息地结束。公婆如约回了乡下，宋江出去工作，她辞职回家照顾孩子。生活像回到正轨，但她心里始终留下一根刺，时不时就要伸出来刺一下宋江，也刺一下自己。

第二天一早，连佳家出来买早餐。电厂门口有一家出名好吃的肉蛋粉铺，每天早上都聚了一堆人排队，绝大多数都是他们电厂的老熟人。

一个以前同车间的女工见到连佳家兴奋地跟她打招呼：“好久不见，听你妈说你和你老公去靖州发财啦。”

“别听我妈瞎吹牛，都是打工。”

“出去好。窝在这有啥意思？”

旁边另一个同行的女工听了不乐意，驳了她一句：“窝在这小地方至少安稳啊。你没看之前辞职说要出去闯的那佟秘书走的时候多神气啊！不到一年，人没了……”

连佳家听到这个熟悉的姓，心头一跳：“人没了？怎么回事？”

“具体我也不太清楚。听说是跳楼，从她打工的酒店顶层跳下来的。人家酒店可倒大霉了。没办法，大城市压力大，谁知道她怎么就想不开。”

听到这个话题，大伙纷纷加入讨论，你一言我一语聊起来：“佟秘书是三车间那个佟乐吧？外地来的小姑娘。”

“就是她。之前跟着佳家老公后头混的。佳家，你有听你老公说什么内幕吗？”话题不知道怎么又转回到连佳家身上。

“没听说过，我跟她不熟。”她点的肉蛋粉刚刚出锅，连佳家提上三碗粉赶紧逃离这是非之地。

身后还有隐约的窃笑声：“她当然不知道了。她老公和佟乐有一腿，能跟她说这些吗？”

连佳家捏紧手里的塑料袋，加快脚步往家里冲。

2

樊异不想要这个孩子。原因很简单，她没钱，没精力。如果要开个 Excel 表格列出原因，她可以随随便便举出一百个。

虽然定了主意，不过出于道义，她觉得需要当面通知童舟一声。

“我是个体面的人，开始和结束都要清清楚楚。”这是樊异给童舟发的信息。

他们约在大学门口的一家咖啡厅里见面，这画面实在有够俗气，好像所有电影里男女主热恋分手都发生在这同一个地方。樊异一走进去就后悔了，这不符合她凡事都要“异”的生活哲学，但当下她也没有别的备选。

说完就走吧，这地方俗气得一刻也不想多待。抱着这样的心态，樊异说话本就快的语速变得更不耐烦。

“我怀孕了，你知道吧？”

“嗯。”很平静的语气，童舟都没有想要隐瞒自己早已知情的意思。

“医生说九周之前得决定要不要，现在已经是第八周。”

“哦。”童舟一直低着头，手指无意义地卷着雅座沙发上陈旧的坐垫流苏。

来续杯的服务员听到他们之间的零星对话，有些厌恶地瞟了一眼童舟。十几岁的小姑娘很容易产生共情，自然对这样“不负责”的男孩感到生气。

“什么嘛。看着长了一副好皮囊，没想到却是这种人。”小姑娘愤愤地放下托盘和水吧里的同事抱怨道。

“所以说你们小姑娘千万要懂得珍惜自己啊！”年长一些的店长完全领悟成另一个意思，话锋一转把矛头指向了樊异。

樊异自然不知道水吧里的服务员为了他俩的事正吵得火热，她也没有为童舟的心不在焉而生气。可怜的孩子，这时候完全不知所措了吧？大概是体内大量分泌的雌性激素作祟，樊异居然同情起童舟的处境。

“我决定打掉……”

“我决定对他负责，不对，是对你们娘俩负责！”樊异开口说出决定的同时，童舟抢先一步，声音大到完全盖过樊异的话。

“欸？”樊异一时没有听懂。

童舟突然单膝跪下来，从沙发坐垫下拿出个戒指盒：“我知道我还不够格，但能不能给我个机会？让我有幸成为你的丈夫和孩子的父亲。”

这动静不仅震惊了樊异，水吧里的争执也随着这一幕暂停。

搞什么？原来是这种走向的狗血偶像剧啊！服务生小姑娘心中一边腹诽，一边又好不欢喜地看着这出狗血剧。

“童舟，你这是什么意思？”原来他刚刚的心不在焉都是在为筹划这句话，戏剧效果倒是达到了，可惜结果未必如他所愿。

童舟以为自己表达得已经很清楚，樊异的表情却像他说的都是外星语。“我在求婚呀。樊异，嫁给我。我会对你和孩子负责！”

“你以为我找你出来是为了让你对我和孩子负责？”

“嗯？”这个回答好像和想象中有些不一样。从他知道有孩子的那一刻起，童舟一直在给自己做心理建设。从逃避到决定求婚，他以为这会是樊异最想要的结果。樊异口中所谓的成熟稳重难道不是这样吗？

“你还是老样子，喜欢自我感动。”樊异提起包，在桌面留下一张红钞票就往外走，吧台里看热闹的人马上转过头装作忙自己手里的事。

童舟愣了一会儿才起身追出去：“你到底想要我怎么样？是不是我做什么都是错的？只有程久丰才是对的。还是说这个孩子根本就是程久丰的！”

樊异猛地转过头盯着他，盯得童舟心里发毛：“你拿什么对我和孩子负责？用程久丰的钱养我们吗？”

这话不可谓不毒，狠狠戳中童舟的痛点。

“老实说，我根本没打算要这个孩子。叫你出来只是通知你一声。”樊异直接给肚中的孩子判了死刑。

“樊异，你有什么资格说我，你永远只知道逃避。你这辈子注定谁也留不住，只能一个人孤独终老！”

樊异脚步一滞，嘴角带着一点冷笑：“那正好，如我所愿。”

樊异走得很潇洒，回到家却烦躁不安。童舟的话就像一个诅咒回荡在她脑海里，谁也留不住吗？亲人、爱人、孩子，最后一个都留不住。

“你妈妈嘴上不说，心里还是很想你的，有时间回来多陪陪她。”霍叔的话突然钻进她脑中。

她不是什么都没有，至少她还有妈妈。樊异像汪洋中的溺水者抓住一块浮板，她二话不说拿手机订了回家的高铁票。

感谢科技的发展，从前翻山越岭的回家路如今只要一个小时的高铁就可以到达。樊异掐着时间，算好回到家还能赶上晚饭时间。

罗凤卿一向吃得晚，从街坊邻居那打牌回来就要六七点，再随便拾掇一点饭菜就得八点。现在这个点大概饭菜刚上桌，如果看到她突然回来，不知道母亲是惊讶多还是惊喜多。

樊异第一次以这样轻松甚至期待的心情回家，看着老居民楼上那一点如豆的灯光，她心中仿佛有了归处。

樊异拿出钥匙打开门，意料之外的是客厅开着灯却没有人，桌上也没有饭菜，连灶台都是冷的。难道是在外面打牌没回？

身后的大门外突然传来大声的说笑，是母亲熟悉的大嗓门。然后一阵窸窸窣窣的声响，门被打开，说笑声戛然而止。

罗凤卿手里提着几个 ×× 饭店的透明塑料袋，里面装着打包回来的饭菜。身后跟着的霍叔手里提着个黑色大行李箱，行李箱上印着某某旅行社的 Logo，坏了一个轮子，边角都磨起白毛。

站在屋外的两人和站在屋内的樊异面面相觑，一时不知道谁是主人谁是客人。

“你怎么回来了？”半晌，还是母亲先开口打破沉默。这话说得，好像她不该回来似的，她回趟家还需要有理由。

“霍叔，您这是？”樊异不答反问，将问题抛到在场唯一的老实人身上。

霍叔面上是肉眼可见的紧张，像是被抓个现行的嫌疑犯：“我……那个……你妈说……”

大概是看不过眼他吞吞吐吐的样子，罗凤卿抢过话头：“哦。忘了跟你说，我把你的房间出租出去了，你霍叔从今天起搬到我们家住。”

“什么？”罗凤卿理所当然的语气让樊异怀疑是自己理解错了意思，把她的房间出租出去，竟然忘了跟她说。

“你霍叔的房子卖了，要找个落脚处。我就让他搬过来……”

“我没问霍叔的事。我问的是，你凭什么把我的房间出租出去？”

“你一年回不了一次，这房间空着也是空着，我拿来赚点钱有什么关系？”母亲不以为意地把菜摆在桌上，“你吃了没？我把打包回来的饭菜给你热一下。”

“你们是不是搞到一块了？”樊异没打算让她一笔带过，问出口的话既直接又尖锐。

“你有没有点礼貌？我就是这么教你的？”母亲脸色变得铁青，但没有否认她的话，只说了句暧昧不明的“大人的事小孩少管”。

“你们的破事我懒得管，但这房子当初是我爸单位分的。你们那些肮脏事不要搞到我爸的房子里，更不要在我房间！”

樊异不提她爸还好，一提起来，她妈就像只炸了毛的斗鸡，声音瞬间提高几个八度："你爸的房子？你爸把这当家了吗？他一走就是十几年，他抛弃咱们了！抛弃你懂不懂？"

"他是抛弃你，不是我。"樊异不服气地喃喃。

"你说什么！"罗凤卿说话间，耳光就要上脸。霍叔握住了她的手腕："别吵了。都是我的错，我还是去找别的地方住吧。"

"你别走。要走也是她走。"母亲指着樊异的鼻尖。

"要走也是她走……"这句话就像一根针倏地扎进她的心里，刚开始只是酥酥麻麻的一点痛感，然后越扎越深，化成一摊血水，痛得她快喘不过气来。

她推开两人，径直走了出去。身后是霍叔的呼喊和母亲的骂骂咧咧，她头也不回，因为她怕那不争气的泪水代替她向他们认输。

樊异没有方向地一直走，不知不觉走到了一个码头。她坐在码头旁的石椅上，望着漆黑海面上渔船发出的点点光亮。她曾以为自己回老家回到母亲身边是寻找到港湾停泊，万万没想到这只是她幻想出来的一个空港。没人等着她，没人属于她。

童舟的那句诅咒适时地冒了出来："你留不住任何人。"

不知是不是今天走了太多的路，小腹处突然有一丝坠痛感，樊异一下子紧张起来。她摸着自己尚未隆起的小腹，心中冒出一个奇异的想法：不是什么都留不住的，至少有一个人百分之百属于我，永远不会抛弃我。

3

连佳家原以为宋江说出去工作只是嘴上逞强，毕竟在此之前他的工作都是靠着岳父的脸面挣来的。在工作上，偷懒耍混的习惯他一样不少。在老家那种小地方或许他这德性还可以得过且过，可靖州这样的大城市不吃这一套。

可宋江不仅没像她预料那样碰一鼻子灰回来，反而第一月就拿回不菲的工资。一万块在靖州或许算不上什么，可对连佳家夫妇都是天文数字。

宋江只是大学肄业的文化背景，职场经验也算不上丰富。连佳家想不通他找了一份什么工作可以一入职就赚这么多钱？

“你不会去……卖身了吧？”连佳家犹犹豫豫挤出来这句话。

正在喝水的宋江差点一口水喷出来：“你想什么呢？你就这么看不上你老公？”

“不是，我只是听说靖州有些男色会所在富婆圈里很流行。”虽然听上去荒唐，但这是她能想到的最合理的可能性。宋江这人虽然一无是处，但生了副好皮囊，学体育的，身材又好。他要真进了那种会所，搞不好还能当个头牌。

“你这倒给我提供了个新思路。”宋江故意逗她，见她面有愠怒，又反过来哄她，“骗你的。我进了个培训机构，现在还是实习培训阶段，等正式当上讲师提成更高。”

“培训机构？你还能辅导谁，小学生还是体育生？”听上去就很扯淡，他高中的时候考英语还要抄她的卷子，除了体育没有一门及格。

“你别管那么多。每个月我会按时把钱交到你手里，你就乖乖待在家照顾宝宝。”宋江揉着她的头发，把她拥入怀中。

这样亲昵的姿态许久未曾出现在两人之间，曾经那些浓情蜜意一下涌上心头。她想起中学时期自己是如何渴望和这个男人白首偕老，那时候不需要他做任何事，只要他多看自己一眼，都够她幸福一整天。

这些可贵的回忆都被生活蹉跎成碎渣，她伏低身子去拾才发现原来每一片碎渣都曾是记忆银河中闪闪发亮的星光。

一定可以重新拼凑出幸福，以后和他好好过日子！连佳家把头埋进宋江的胸膛蹭了又蹭，暗自下了决心。

都说贫贱夫妻百事哀，一旦解决了贫这个字，很多表面问题就显得不那么尖锐。

至少孩子的玩具终于舍得买了，偶尔还可以给自己买一身新衣服。这些甜头短暂地掩盖了她依旧过着每天洗衣、煮饭、带孩子的旧生活。

有天，连佳家买完菜牵着两个孩子回家。在小区门口碰到发传单的，穿着印有健身房 Logo 的 T 恤、身材健硕的小伙一口一个姐姐叫得亲热："姐姐，看一下吧。新开业的健身房，就在小区对面。开业大酬宾，充五千送五千元，私教一对一，可划算了！"

"不用了。"连佳家避着他走。

大学生模样的年轻人却不肯轻易放过她，一路跟在她身边："姐姐看着还很年轻，就有两个孩子了？宝宝真可爱，不过生完孩子的女人，身体更需要修复。现在健身是大潮流，投资在自己身体上绝对不会吃亏！宣传单您拿着，先看看。"

为了摆脱他，连佳家只有接过宣传单，连声说谢谢。

小伙子锲而不舍地游说："姐姐你听我说，女人一定要保养身材！现在外面的小姑娘那一个赛一个地勾人，一旦结婚生子放松保养，老公铁定禁不住外面的诱惑！健身不光为别人，也为了自己啊。自己变得更好走出去才更有自信。"

本来只是对谁都一样的套路说辞，对连佳家却是正中红心。她心中一动，正准备咨询详情，另一个高级白领模样的女人和她擦肩而过，小伙子瞬间转移新目标，追着她走了。

连佳家看着宣传单摇了摇头，牵起欢欢、喜喜：“走，我们回家。今天吃红萝卜糊糊好不好？”

在她身后，还在发传单的小伙子被同事拉住悄声耳语：“小许，你有点眼力见儿。刚刚那个女的一看就是没钱的，八成是谁家看孩子的保姆，你跟她费那么多劲干吗？”

“谁都有想变得更好的权利。”被称作小许的男生无所谓地耸耸肩。人真是奇怪，大家都是出身不好的孩子，却还要互相瞧不起。

宋江下班回来，连佳家在厨房做菜。她突然听到客厅里传来杯子砸在地上的声音，两个孩子被吓得哇哇大哭。

连佳家急忙拿着锅铲跑出来：“怎么了？怎么了？”

她看到宋江手上拿着她买菜回来顺手放在桌上的健身房宣传单，宣传单上是一个穿着黑背心一身腱子肉的男教练和一个穿着健美服曲线玲珑的女教练。宣传单被宋江甩得哗啦作响：“连佳家，你想干吗？”

连佳家一脸莫名，先跑去哄住两个孩子：“这是我在小区门口接到的宣传单，你发哪门子火？”

“你想去？不然干吗留着。”

“是有想法，现在开业酬宾半价，很划算……”

她话音未落，宋江突然冲过来掐着她的脖子一路把她抵到墙壁上：“我出去辛苦上班赚钱，就是给你拿去勾野男人？”

刚刚被哄得收住口的两个孩子见到这个场景，哭得更厉害了。她们虽然不知道发生了什么事，可是爸爸的神情变得好可怕。

连佳家双手使劲掰宋江的手指，掰得关节发白，宋江手上的劲却一点都没松。两个孩子出于本能想保护妈妈，摇摇晃晃走过去一人一边抱住爸爸的腿。

“宋……”连佳家艰难地从喉咙里挤出一个音，就像摁到某个开关一样，宋江猛地松开手，她靠着墙壁滑坐在地上。

“再说一遍，你想干什么？”

连佳家捂着脖子大口喘气，不敢随便回答他的问题。宋江的眼神就像镭射灯一样射过来，逼着她说话。

“我想和你商量……你周末休息看着孩子，我可以去健身一个小时。”连佳家声音沙哑，不自觉放低了声音，好像自己是在提什么过分的要求。

“不行。”宋江一口否决，但语气稍作缓和，转头和她解释，“你看看这宣传单上的男男女女，一看就不正经！我自己就是学体育的，我太了解这些男教练了，你如果穿这么少去健身房，我不放心。”

“那我就不去了……”连佳家瑟缩在角落，抱紧自己，生怕宋江突然又冲过来打她。

见连佳家害怕的模样，宋江变脸一般马上换上一副温柔的神情，蹲下来抱住她轻声安慰：“宝贝，对不起。我不是故意打你。你这么可爱，我是怕你被人抢走。我太爱你了。你如果想锻炼，平时在家做做操，小区跑跑步也可以，还可以照顾着孩子。你说是不是？”

连佳家浑身发抖，把头扭向墙壁，不敢看他。以前她总埋怨宋江大男人，对家里事不上心。现在他倒是上心了，但强大的掌控欲压得她不敢呼吸。宋江就像个分裂的男人，她分不清他哪句是真哪句是假。

她怕他，但也在心里告慰自己去信好的那部分。他是在乎自己、在乎这个家的，他只是不知道怎么调节自己的情绪。毕竟在外面工作那么辛苦，他才会回来朝自己发火。正因为自己是他最亲的爱人，亲人才需要承受他的脾气。

何况，他不是知道错了吗？

连佳家是典型的吃软不吃硬。宋江抚摸着她脖子上被掐红的地方，低下头用舌头轻舔。一阵酥麻的触电感让连佳家丧失了理智。

“在我看来，你根本不需要健身，我就喜欢你肉嘟嘟的模样。”宋江咬着她的耳垂，连佳家忍不住低吟一声。

如果我爱的人喜欢我这样，我又何必做出改变呢？她满足地闭上了眼睛。

第九章

1

茶几上的手机一直在震。樊异看着屏幕上那个闪烁的“妈”字只觉得讽刺。原本应该最让人感到亲密的词，她如今只想逃避。

她大概真的天生和罗凤卿八字不合，才会每次下定决心想重新靠近她的时候，又被狠狠推开。

手机停止震动，不过短短数秒又锲而不舍地开始响。樊异不耐烦地接起来，对方劈头盖脸的吼声从电话中传来：“你霍叔说你可能怀孕了，是不是真的？”

“是。”

“孩子谁的？”

樊异犹豫了两秒，只说不知道。以她妈的性格，如果听到孩子爸爸是童舟，大概会去拍着人家门板叫他负责。

“造什么孽哦！你连孩子是谁的都搞不清楚，早就跟你说女孩子要自尊自爱，你不听。现在好了……”

“自尊自爱”这四个字她已经听得耳朵生茧，以至于忘记这个词的本意。樊异觉得冤枉，她的第一次实在不算不珍而重之。

那是她大学的学长，学生会主席，各种意义上都很优秀的男孩。而她是音乐社玩乐队的，一个别人眼中的不良少女。两个八竿子打不着的人因为一个中秋晚会擦出火花，交往一阵子后自然而然发生了关系，她实在算得上是精挑细选，可惜还是所托非人。

那一夜，学长惊讶地说："对不起，我没想到这是你第一次。"言下之意，她每天化着烟熏妆，穿着铆钉皮衣的模样怎么都不像还是个雏儿。

她后知后觉才发现原来学长有个外校的正牌女朋友，就是那种留着黑长直、衣服都是浅色淑女裙、家里奖杯摆满一柜子的女生，是和他一条路的优质女生。而她只不过是他众多个填补空隙的"创可贴女孩"之一。

为此，童舟知道后还打了学长一顿，差点落个开除的处分。在她看来，实在没必要，还白白让别人看了笑话。

樊异没有后悔，再来一次她还是会为学长虚伪的温柔所折服。不过经此一役，她从学长那学到一个道理：露水情缘最怕碰到"第一次"，那意味着纠缠不清和必须要负的责任，所以学长那晚吓得嘴唇都发白了。

可是她从来没想过要谁负责，她实在不明白第一次、第二次、第三次又有什么区别呢？

从那次以后的每一次她都是和真心喜欢的人一起收获愉悦体验，并没有比第一次廉价。母亲口中的自尊自爱更是无稽之谈。

"总之这个孩子不能要！你都不知道是谁的。"母亲坚决地说。

"为什么？我知道孩子是谁的，他是我的！我要生下来。"

樊异听到那边深呼吸的声音，以罗凤卿这种暴脾气到现在还没破口大骂实属难得。大概孕妇的身份多少让她有所顾忌。

"婷婷，你不要和我置气。这事不是开玩笑，你知道生个孩子意味着多大的责任吗？你听话，我陪你去打掉他。"

"就像你当初想打掉我那样吗？"樊异冷笑，黑暗中像一条毒蛇吐出芯子，她知道这话有多毒，伤人伤己。

爸爸曾以开玩笑的语气告诉她，当初她妈妈怀着她的时候，已经六个月还想打掉，就因为她是个女孩。如果不是爸爸一直拦着防着，她大概不能来到这个世界上。对这件事，母亲从未否认。

也是从知道这事后，母女间生出丝丝嫌隙。这嫌隙随着父亲的离开裂成一条无法跨越的大鸿沟。

"……"每次一提到这事，她母亲总是无言以对。樊异把这样的沉默理解为心虚。

"就这样吧。我不想我的孩子也变成一个不被欢迎来到这个世界的孩子。"

樊异为自己抢先挂断电话感到一丝得意，不过这小小的得意很快被更大的焦虑所覆盖。自己连猫猫狗狗都没有养过，这可是一个孩子啊。

她觉得心中烦躁，坐电梯到楼下去透气。

晚上七点半，正是饭后散步的时候。小区里绿化很不错，多是些老人和带小孩的家长在游戏健身。

她走到一个较偏远的垃圾桶附近，习惯性摸出一盒烟，烟叼在嘴里正准备找打火机，樊异突然意识到今时不同往日，她现在是个孕妇。她赶紧把烟塞回盒子，想了想索性一整盒烟都丢进垃圾桶。

今时不同往日，这个词听起来好像发生了翻天覆地的变化，不过落在现实生活中，变化微乎其微，以至于自己常常忘记肚中还有另一个小人。

目前为止，她对孩子还没有任何感应。连孕吐都少得可怜，尤其是刚怀上不知情的时候，她又喝酒又吃药，生怕对孩子造成什么不可逆转的影响。

她详细咨询过医生，药物和酒精对怀上一个月内的孩子影响是 0 或者 1，也就是说要不自然流掉，如果存活下来，就没有什么影响。

不过这种东西都是概率问题，即使只有 1%，对于母亲和孩子而言都是 100%。所以樊异现在就跟得了疑心病一样，时时怀疑这个孩子是否已经不在。

她正想得出神之际，一个小男孩踩着滑板失控地朝她的方向撞过来。樊异下意识后退并伸出一只手推开小男孩，另一只手护着自己的肚子。

小男孩被她的手阻了一下势头，从滑板上跌下来。而樊异因为反作用力后退踩到石板地的边界崴了一下脚，跌坐在草地里。

小男孩父母在后头追着他过来，孩子被石子擦破膝盖哇哇大哭起来，妈妈赶紧去抱他，爸爸则冲到樊异面前质问她："你这人怎么回事？我刚看到你伸手推孩子，害孩子摔一跤。你心肠怎么这么毒啊！"

樊异总算见识到什么叫恶人先告状："我也摔了，你儿子撞的。你没看见吗？"

"我看得清清楚楚，他碰都没碰到你。明明是你自己踩空摔倒的。"他爸话音刚落，他妈就一唱一和："就算是孩子先撞到你身上怎么了？你扶一下就好了。是你推他才弄得两个人都跌倒。现在孩子受伤了，我要求去医院检查！你别想跑。"

孩子爸爸生怕她跑似的，大力拽住她的胳膊，掐得她生疼。

要是换作以往，她大概反手一个大耳刮子过去了，但现在顾及肚子里那个，她不敢和人动手。

樊异冷眼瞅着那男人："我怀孕了，你放手。我不会跑。正好，我也想去医院检查看看。"

这一家子皆是一愣，连小男孩都不哭了，夫妻俩对看一眼。

孩子爸手下的劲松了一些，但还是没有放开她。

“你唬谁呢？孕妇大晚上一个人在外面跑？”

“再说了，是孕妇就可以乱推小孩？”孩子妈妈眼神闪躲，却梗着脖子说，“看你是孕妇的分上，赔三百块钱，这事咱们就私了，不去医院折腾。”

樊异看出来，这夫妻俩就是讹上自己了。就膝盖磕破点皮的事，开口就要三百块。她正想给他们点颜色看看，一个矮小的身影从旁边蹿出来，把樊异从男人手里拽开。

“你们这俩公婆怎么这么不要脸啊？我刚明明看到是你孩子滑个滑板撞过来的，人家是保护自己，何况她是孕妇，如果出事，你们负责吗？真是猪八戒吃西瓜——倒打一耙。”

“你哪冒出来的啊？”夫妇俩被骂得一愣，男人首先不干了。

“连佳家？”樊异之前听说连佳家住在连韵以前的房子，但大概是两人生物钟不一致，从来没在小区碰过面。

“你们认识？难怪帮她讲话。”孩子妈妈阴阳怪气地指着她。

“不需要认识，长眼睛的人都看得到，除非你们就是瞎了眼的，要不就是猪油蒙了心。为了几百块钱，这样颠倒是非，也不怕教坏小孩子。你们要还不服气就去查监控。”

连佳家个子小脾气不小，和这些住高档小区死要面子的“上等人”不同，连佳家在厂区长大，什么话都说得出口。夫妻俩自诩高级白领，哪里落得下面子去争，心里倒是骂了无数次脏话。

“泼妇！懒得和你们计较。”夫妻俩抱着孩子要走，连佳家还在后面添油加醋：“别走呀。如果我朋友肚子里的孩子出什么问题，我们还会找上门的！”

听到这话，夫妻俩跑得更快了。连佳家啐了一口：“真是欺软怕硬。”

“你没事吧？”她转过头问樊异。

“没事，谢谢你。”她的出手相助让樊异颇感意外，毕竟上次在婚礼上她们不欢而散，闹得可以说是撕破脸面。

“不客气。一直欠你一句对不起。你那时候明明是关心我，我还反过来骂你。”连佳家不好意思地挠挠头，婚礼上她以为是樊异故意冤枉她，把气都撒在她身上。

“有吗？我不记得了。”樊异给她台阶下，连佳家哈哈一笑，这恩怨就算正式翻篇：“你什么时候结婚的？这么快孩子都有了。恭喜恭喜。”

“我没有结婚。”樊异说得坦荡，反而弄得连佳家不好意思，好像说错了什么话：“这样啊。不好意思……”

“没关系，这个孩子是我想要的。这句恭喜没说错。”

“对了，光顾着说话。你刚还摔一跤，现在肚子痛不痛？”

樊异神色紧张地摸了摸肚子：“好像没有什么感觉。需不需要去医院照B超看看？”

“这个点照不了B超，你别急。经常跑医院对孩子也不是好事。你先回家观察，如果有腹痛见红再去医院。你下次常规产检是什么时候？”毕竟是生过一胎的妈妈，连佳家在这方面有经验得多。

“下周一。医生说如无意外，下周就可以听到胎心。”

“那到时候我陪你一起去。”连佳家表现得很仗义。

“不用了，你不是还有两个孩子要照顾吗？”樊异连忙拒绝。别看她平时吃得开，在感情上其实是慢热的人，所以这些年真正的交心朋友也只有连韵一个。她并不习惯别人突如其来的好意。

“下周一孩子爸休息，在家带一会儿没事。你一个孕妇自己不安全，到时候打我电话，我在小区门口等你。”

2

这些日子，宋江陆陆续续拿回些钱。连佳家留下日常开销，把剩下的钱和自己的积蓄凑了凑，勉强凑了个三万整送去连韵家。

连韵看着茶几上的钱："这什么意思？"

"在你家白住这么久，宋江他现在好不容易工作有点起色，是时候该回报你。我知道这点钱不够抵房租，以后有多少我就会给你多少。"

她实在无法对连韵说出宋江偷戒指的事，思来想去，决定以补房租的名义慢慢把钱还给她。

"房租就不必了，有个事我想拜托你。"

"一码归一码。钱你收下，如果有帮得上忙的地方，你尽管开口。"

这钱收不收都是可有可无，连韵也不和她纠结这些。"我听樊异说，上次你在小区里见义勇为帮了她，还陪她去了医院。"

"别说她是堂姐的朋友，就算是陌生人，也应该帮手的。是那家人欺负人。"

"你现在还是辞职在家全职带孩子吧？我是想樊异一个大肚婆不方便，尤其是肚子到时候越来越大，需要找个人照顾她。她很喜欢你，你热心，有经验，又住得近，是最好的选择。每天给她做两顿饭，搞搞卫生就行，不耽误照顾欢欢、喜喜。"

"不，这个我不行……"

"是不是担心工资太低？你是我堂妹，樊异肯定不会亏待你。工资你随便开，只要不离谱我都代她答应。"

"不是这个原因。宋江他不喜欢我出来工作。我现在只想带好欢欢、喜喜，别的都没考虑。”

连韵本来想劝她，女人无论如何都得有自己的工作，经济独立是拥有话语权的基础，不过话到嘴边又咽了回去。甲之蜜糖，乙之砒霜。她的选择未必是连佳家所想要的生活，何必将自己的想法强加于人。

“那好吧。你如果改变想法再告诉我。”

连佳家从连韵家里出来，心情有些复杂。她不是没想过重新出去工作，而且连韵给她开的工资肯定不会低。但她用脚指头也可以想到宋江听到她要出去工作时的态度，肯定会质问她，自己赚的钱是养不活她吗？继而开始数落她身无所长出去能做什么？又会以那套我养你的甜言蜜语哄她，软硬兼施将她锁在家里。

光是想想就已经让人筋疲力尽。

回到家里依然是日复一日地做家务、带孩子、伺候老公，和在老家时没什么两样。宋江又有些旧态复萌的倾向，她见过几次他偷偷躲进浴室打电话，对方分明是个女声。不过每次问起都说是工作上的事，有了前车之鉴，宋江很小心。她也抓不到真凭实据。

打电话和母亲谈及此事时，母亲还是那套老说法。如果妻子留不住丈夫，要从自己身上找原因。

“这怎么能怪我？我有什么问题？”

“任性、臭脾气不是你的问题吗？你爸就是以前太宠着你，把你宠得不知天高地厚。现在你爸不在了，轮到咱们看人眼色。照我说，还是那个老法子——你要想保全这段婚姻，只有再生个儿子！”

母亲言之凿凿让连佳家也开始动摇，或许再生个儿子一切问题都会解决。

连佳家在原工作单位的群里听膳食部的同事闲聊提到靖州有个老神医，号称吃了他开的送子药，百分百可以生儿子，甚至双胞胎都没问题。

本来她对这种老神医将信将疑，可群里好几位同事都说听过这个神医的盛名。客服部还有个从前与她相熟的曹丽芳说自己妹妹就是吃神医的药得了个儿子。

连佳家抱着死马当活马医的态度私聊曹丽芳："曹姐，有空能不能带我去你说的神医那看看？"

"有空，随时有空。怎么？你们家那口子给你施压要个儿子啦？"中年妇女都乐得操心别人家婚丧嫁娶的事，立马应承下来，"不过我听我妹说神医的号难挂得很。"

"神医还要挂号的？"

"那当然。别看人是老中医，看病问诊也是现代化流程。你先别急，等我约好了再通知你。"

"太感谢了，见面一定请您吃顿大餐！"

就这么等了半个月，连佳家都快忘了这事。曹丽芳的电话打过来说给她约好明天下午去见神医："神医的地址有些偏，你下午到酒店门口等，我交班后带你过去。"

自从辞职，连佳家就没有再踏足过酒店。没想到原来门庭若市的酒店现在冷冷清清，大厅里只有几个值班的前台和清洁阿姨在走来走去。

曹丽芳匆匆从电梯口走出来，还没有换下工服。连佳家看到她，嘱咐欢欢、喜喜待在沙发上玩，不要动，自己连忙迎上去："曹姐，今天辛苦你了。"

"没事，横竖下班也是闲着。"

"怎么今天这么早就下班了？我看酒店生意大不如前是怎么回

事？”

曹丽芳摆出讳莫如深的模样，压低声音说：“你不知道吗？就是跳楼那事闹的。”

连佳家头上犹如劈下一道闪电，脑子蒙了。佟乐就是从这家酒店跳楼的，她一直选择性遗忘这件事，却没想到在这被点醒。

“我们走吧！”她现在只想尽快离开这里，好像佟乐的魂魄就躲在酒店某个角落盯着她一般。虽然她也是这件事里的受害者，但不知道为什么，她就是心虚得很。

“等等，我换了衣服就走。你在大厅坐着再等我一会儿。”

“那我到门口去等你吧！”连佳家是一分钟也待不下去，牵着欢欢、喜喜往门外走。

她站在酒店门外总觉得闻到周围空气中飘浮着若有似无的烧纸钱味，连佳家差点以为自己起了幻觉，直到听到保安的骂声：“你们要烧也走远点啊！酒店还要做生意的。”

连佳家循声望去，就在不远处的角落有一对老夫妇在烧纸钱，旁边还站着一个头发花白的中年男人，正是佟乐的主厨舅舅。

“给个面子，我们马上走。”佟乐的舅舅将保安拉到一边，让了一根烟给他，“老人家心里难过，不来送女儿一程心里不安。”

保安勉为其难地接下烟：“我知道你们家的事，但你也别让我难做啊。快点弄弄就走。”

“好好好。”舅舅勾腰给保安点烟，余光瞟到了站在酒店门口的连佳家母女。

他脸色一变，回头和正在烧纸钱的老夫妇说了句什么。三人齐齐地看向她，连佳家就像被那目光钉在原地，动弹不得。

佟乐舅舅大步流星走过来：“你是连佳家吧？”

当初佟乐给她介绍工作的时候，见过这个舅舅两次。明知无法否认，却还是下意识逃避：“我不是，你认错人了。”

连佳家转头想跑，被赶上来的佟乐母亲拉住：“求求你，求求你，帮帮我女儿。”

“我不认识你女儿，帮不了她。”连佳家狠下心想甩开她的手，越挣扎就被拽得越紧。

欢欢、喜喜不知道发生什么事，以为妈妈被欺负哭着去抓她的手：“你们放开我妈妈！”

“是我女儿对不起你，可是她已经付出代价。这个代价太沉重了，我不能眼睁睁看着我女儿冤死。只有你能帮她！算我们老两口求你。”佟乐的父亲痛心疾首。

“你别害怕。我们不是来找你麻烦的。”佟乐舅舅是最冷静的一个，他从裤口袋里掏出一个信封，“这里面是五万块钱的银行卡，当初你老公给乐乐的。至于为什么给她，想必你已经知道。还有一封信是乐乐写给你的，你愿意就拿回去看看。”

他以不容拒绝的姿态将信封塞进连佳家的手心，她拿着信封几乎是落荒而逃，身后还传来佟乐父亲苍老的声音：“小姑娘，乐乐绝对不是自杀。你如果置身事外，你就会是下一个……”

3

连韵和宗绍决定一起再去做个不孕不育检查，搞清楚问题在哪，再决定怎么处理。宗绍自己是医生，全家都是医疗系统的，为了避免被家人知道这件事，两人特意开车去邻市的私立妇产科医院检查。

私立医院虽然医资力量比不过宗绍所在的三甲医院，但胜在环境好服务好。相比起宗绍他们医院每天人声鼎沸，说话都恨不得拿个扩声器的环境，私立医院就像个五星级酒店，舒适又安静。

一个年轻的护士站在接待台，看到他们进门，马上九十度鞠躬：“欢迎光临。请问有什么可以帮到您？”

连韵揶揄宗绍：“你们医院要有这服务，也不至于医务科每天打得头破血流。”

宗绍苦笑：“我们要是见人就鞠躬，这一天腰都不要直起来了。”

见护士走近，连韵收起调笑的神色：“我们预约了徐医生。”

“徐主任啊？知道了，您跟我这边来。”护士把他们引进医生办公室。

戴着眼镜的老医生和蔼可亲，之前的预约电话里已经说清楚情况，所以她也不急着问诊：“你们比想象中年轻很多，要孩子的事不用太心急。”

“我做了计划表，综合生产季节、宝宝星座，还有我的工作日程。今年五月怀上是最完美的。”连韵态度很坚决。

徐医生听得瞠目结舌，半晌才笑道：“怀孕这事不像工作可以做计划。除了相信科学，还要靠几分缘分。你们先做检查吧。看了检查报告，我们再做下一步打算。两个人都做检查吗？我需要事先跟你们解释，输卵管造影对女性身体有一定伤害，相当于一个小手术，需要打麻醉的。你们确定要做吗？”

“其实我一个人做检查就够了。”宗绍知道输卵管造影需要往子宫注入碘油，即使打了麻醉也是很不舒服的体验。

连韵拍拍他的肩：“生孩子是两个人的事，当然要确保我们两个人身体情况都 OK 才行。别磨磨唧唧了，医生开单子吧！”

虽然连韵不说，但宗绍明白她是为了维护他的自尊心才要求一起检查。这样不至于让外人猜测他的隐私，对他评头论足。其实她委实不必要受这个罪。

连韵没给宗绍犹豫的机会，抓起医生开的单子就走。

男女是分开检查，男性的检查相对来说要简单很多，所以他结束得也早。宗绍本来想去陪连韵，被告知手术中无法进入。

他在专属休息室里坐了一个多小时，连韵才出来，面色有点苍白。宗绍连忙跑过去扶住她，一脸紧张地问她："感觉怎么样？"

连韵面露尴尬的神色，附在他耳朵边小声说："他们问我打局麻还是全麻？我想着全麻伤脑，就选了局麻。可没人告诉我局麻是从下面打进去的啊！那酸爽……"

她龇牙咧嘴的样子逗乐了宗绍，虽然她故意搞笑让气氛轻松些，却是实打实受了罪。宗绍心疼地搂住她："你辛苦了。"

"护士小姐，检查报告几天能出来？到时候需要自取，还是你们邮寄？"

"检查报告很快就会出来，不用你们再多跑一趟。请在这再稍等一会儿，徐主任拿到报告马上就会过来同你们讲解。"护士端了两杯温水过来，还给连韵单独上了一份精致的小蛋糕，"做这么久检查肯定饿了。您先吃点甜品填下肚子。"

"啧啧，这服务、这速度真是绝了。"看护士出去，连韵连连夸赞。

"这收费也是绝了。"宗绍把护士刚给他打印的详细收费单据拿给连韵看，看到后面四个零，连韵也做出哇的嘴形。"我们医院要也是这个收费，90% 的病人就只能在家等死。"

宗绍年纪虽轻，已是科室的名医。早两年就有过私立医院想挖他去坐诊，工资比现在至少高出十倍。宗绍拒绝了，理由是私立医院接触不到这么多病人。

“宗医生悲天悯人，吾辈楷模。”连韵正是爱他这份仁心，抱着他的脖子在他脸上亲了一口。

徐主任推门而入正看见这一幕，连韵赶忙松开宗绍的脖子坐正。

“看你们小两口感情这么好，我也放心些。”徐主任手里握着检查报告，坐到他们对面的沙发。听到她这样的开头，连韵和宗绍都屏住了气。

“结果怎么样？我先生的问题很严重吗？”

“宗先生的检查报告显示身体没有问题，至于您之前在电话里沟通提过的心理因素可能要再找专业的心理医生问诊。不过据我的经验来看，只要你们能有正常的夫妻生活，怀孕应该没问题的。”

“那为什么我们结婚这么久，一直没有怀上？”连韵急了。

徐主任面露难色看了宗绍一眼，宗绍心里大概猜到问题所在：“徐医生，有什么问题您直说，我们有心理准备。”

“报告显示太太这边输卵管堵塞，这也许才是你们一直无法怀孕的原因。”

这就跟陪朋友去看病，朋友没事，自己检查出癌症的感觉一样。连韵不知道该喜该悲，只能长长“哦”了一声。

这时候全靠宗绍支撑起她，宗绍马上问徐主任：“据我所知，输卵管堵塞是可以通过手术‘造口’或者直接切除堵塞的那一段来治愈的。是这样吗？”

“理论上来说没错，如果堵塞的部位在末端或者中端都可以通过手术治疗。但是您太太堵塞的位置太靠近子宫，那一截输卵管非常细，洞口只有针孔大小，手术很难做通，即使做通，很快又会粘连，意义不大。”

休息室里一片沉默，只留下几乎轻微得听不到的呼吸声。

“那我是不是永远不可能怀孕了？”连韵颤着声音问。

“这种情况下，如果想怀孕，我建议你们直接做试管婴儿。”

连韵本以为他们还会在备孕这条路上纠结很久怎么走，这下徐主任算是给他们一锤定音。试管婴儿是条道阻且长的路，女方要承受的心理生理上的折磨都难以估量。

搁以前以为宗绍身体有问题的时候，连韵觉得自己很伟大，可以“不计前嫌”地包容对方。等这病因到自己身上，她才知道患病的这个心理压力有多大。完美小姐原来从不完美。

从医院出来的一路，连韵都捏紧了包带没有说话。“原来是我不能生，你介意吗？”这句话她问不出口。

宗绍像是看出她的心思，握住了她的手：“如果你不想要孩子，我们完全可以不要。双方父母有什么压力，我顶着。”

宗绍的话给了她很大的信心，连韵的眼神变得坚定：“不，我想要！我的事业、我的家庭、我的孩子缺一不可，这才是完美。”

宗绍皱着眉头，欲言又止，他想说孩子从来不是构成完美家庭的必要条件，也绝不是装点人生履历的工具。但显然连韵现在听不进这些，她言出必行，绝不回头。

第十章

1

连佳家回到家鞋子都没脱，径直跑进卧室将信塞进内衣盒子最底层。就好像将一个烫手的山芋抛了出去，她长长吁出一口气。

“妈妈……”欢欢、喜喜怯怯地站在门边打量着她，脚上还穿着外出的鞋子。

连佳家这才回过神来，一手揽着一个孩子往门边走：“来，我去帮你们脱鞋。”

刚帮孩子们换好鞋，带进卧室休息，手机又响个不停。连佳家看到屏幕上曹丽芳的名字才猛然想起今天去酒店的目的。

电话一接起，她就忙不停地道歉：“曹姐，真的对不起。我刚突然有急事走了，没来得及和你说一声。”

“你这人，也真是的。再怎么急也打电话告诉我一声嘛。害我站在酒店门口傻等这么久，电话也不接。神医那边都催了我好几次！”曹丽芳感觉自己被耍，很是生气。

连佳家自知理亏，下意识撒了个谎：“我老公刚打电话问我死哪去了，也不回家做饭，他辛苦上一天班回来还要饿肚子。说如果半个小时内吃不上饭，就要跟我离婚。我没办法，只能赶紧跑回家买菜煮饭，所以没听到你电话。”

你的好消息不一定有人真心愿意听，但悲惨的八卦大家一定乐意听，还会设身处地地给你出主意。这一点从连佳家父亲去世时，她就已经深有感触。

以前爸爸当领导如鱼得水时，厂里人闲话不断，反倒是他去世了，那些往日里根本不熟的人都像亲姊妹一样成日陪着母亲，还特别热衷听母亲诉说她们孤儿寡母的难处。

果然曹丽芳听到她这么说便不再指责，而是帮她指责宋江："男的就是站着说话不腰疼，让他自己回来带孩子做家务试试！神医那你还去吗？"

"你能帮我联系下神医再约个时间吗？"

"好，刚好明天我轮休，我们早点去。省得你老公再啰唆。"

"实在是太感谢了。"

连佳家这边电话还没放，门口传来钥匙转动声，宋江进屋一边换鞋一边问："和谁打电话呢？"

"没谁，以前老同事。"连佳家赶紧挂掉电话，反身去厨房穿上围裙摘菜。

提起老同事大概是想到佟乐，宋江有些心虚，不再追问。

他眼角余光瞟到门口摆放凌乱的几双鞋子，连佳家每次回来都会把自己和孩子的鞋子都擦干净放鞋架上摆放整齐。因为她总说这是别人家，要爱惜干净。眼下这明显不是她的作风。

"你今天出门了？"

"嗯，出去买菜。"连佳家想也没想回答道。

"孩子呢？"

"在卧室里玩。"

宋江不动声色地去把卧室门关上，又走到冰箱前打开冰箱门看了一眼，声音迅速冷下来："冰箱里还是前天一样的菜。"

他把冰箱门重重一甩，冲进厨房将连佳家手里正在摘的青菜一把夺来扔进水池："你到底去哪了？"

连佳家脑海中闪过佟乐父母那悲恸欲绝的脸，她张了张嘴没有说出话来。这欲言又止的沉默更让宋江认定她有问题。

"你是不是外面有别的野男人？我就说你之前怎么突然想着去健身，原来是为了取悦别的男人！"

"你发神经。"连佳家懒得和他争论，自顾自捡起水池里的青菜低头摘菜。她以为冷处理可以平复宋江的情绪，没想到是彻底惹怒了他。

连佳家感觉到后颈突然被一只大手捏住，然后整个头被栽进水池里。飘着青菜叶子的水一瞬间灌进她的耳朵、眼睛和嘴里，水压打得耳膜生疼。她在水中无法叫出声，双手不停扑腾想抓住什么。

下一秒她被从水里拎出来，挣扎着刚发出一个"宋"字，又被摁入水中。如此反复三四次，她已经发不出声音。最后一次被拉出来的时候，整个人软得像一条鳝鱼，双腿已经撑不住身体，全靠宋江的手拽着。

"想清楚怎么跟我说话了吗？"宋江拽着她的头发，强迫她抬头对视他的眼睛。

连佳家没有力气说话，但是强烈的恐惧让她用尽全力点了点头："对……对不起。"

"这还差不多。你要记得，是我辛苦赚钱养活全家，我是一家之主，也是你的主人。你不要试图挑战我的权威。"宋江拍拍她的脸蛋，"你今天到底干什么去了？"

"我去……求子。"连佳家没有余力，也不敢再去想另一个谎言。

"什么意思？"

“我妈说我应该给你生个儿子。我听原先的同事说有个老中医送子很神，就托同事带我去见他。”

“哪个同事？”

“曹丽芳。”

宋江将信将疑拿起她放在一边的手机，下午的通话记录里确实只有曹丽芳一人。他这才相信连佳家说的话。

“既然是这事，你直说不就好了，非要惹我生气。”

“我怕你说我事多，不同意我去。”

“你能这么想就对了。不只我，我爸妈都很想抱孙。你要是真能给我生个儿子，也不枉我这么辛苦养着你。”宋江突然笑了，变脸就像翻书一样。

“妈妈，你头发怎么全湿了？”欢欢不知什么时候出现在厨房外，揉着眼睛问连佳家。

连佳家见状胡乱抓了两把，勉强算整理好头发：“妈妈没事，妈妈刚洗完头发。”

宋江似乎心情大好，抱起欢欢往客厅走：“宝贝，妈妈再给你生个弟弟好不好？”

欢欢并不理解爸爸话里的意思，天真地回答：“我已经有妹妹了。”

“妹妹和弟弟不一样……”

直到宋江离开她的视线范围，连佳家这才感觉自己真正从水里出来，终于能呼吸。

晚上，宋江给了连佳家一次异常激烈的云雨之欢。他喘着粗气抚摸她的头顶：“宝贝，你要相信，我是因为在乎你才会这样。我太在乎你了……”

可是当他把她粗鲁地翻过来骑在她身上时，又变了一副口气：“荡妇，你不就喜欢男人对你这样吗？离了我，你什么都不是！”

她就在这样反反复复的态度里，一遍又一遍地被浸入无垠深水中。

睡前她模模糊糊听到的最后一句话是：“乖，给我生个儿子。”

连佳家做了一个梦，她梦见自己被困在一个蝶蛹里。她拼命地蠕动想要挣破这层束缚，撞得遍体鳞伤终于才看到一丝光芒从裂开的缝隙泄入。她欣喜地张开双翅准备迎接破茧成蝶的一瞬间。

在这时却突然感觉腹中一阵剧痛，她眼睁睁看着另一只和她长得一模一样的蝴蝶从她的肚子里飞出来径直飞出蝶蛹。那只蝴蝶回头怜悯地看着她，而她已经是死在蛹里的一具虫尸。

连佳家从梦里吓醒，下意识摸了摸自己的肚子。

2

望江壹号的房子要补交契税，物业贴了公示，但连韵和宗绍的工作都太忙，几次要去银行办理都被别的事岔开。

眼看集体去办房产证的日子要到了，物业经理知道他俩这情况，索性绕开小两口直接打电话给连韵婆婆林美仪催她去办理。

为了预防突发情况，林美仪那里有他们家钥匙。平时林美仪没想过要去看看，今天借着这个由头，她突然起了去“突击检查”的心。

她特意选个上班时间去，蹑手蹑脚地打开大门，确认里面没人才松了一口气。同时她又为自己的小心翼翼感到可笑，这是我买的房子，我怕什么。

林美仪环视一周，暂时挑不出什么毛病来。连韵虽然自己不做家务，但请了钟点工把家里收拾得一尘不染。加上两人工作忙，几乎不在家里开餐，整个房子干净得像样板间一样。

“啧，没点人气儿。”干净如斯，林美仪还是不满意。

她打电话给自己儿子问交契税的单子放在哪？顺便唠叨了几句家里跟个酒店似的，连韵作为女主人一点都不会操持家务云云。

宗绍对母亲不请自来，还对他们的生活指指点点的行径有点不高兴。但他正准备去做手术，顾不上细说，只说单子就放在主卧床头柜里，让她自己去找。他说完就挂了电话，换衣服消毒进手术室。

“哎，这孩子……话都没说完，父子俩一个德性。”林美仪抱怨着自己儿子工作忙到多说句话的时间都没有，话锋一转又挑刺到儿媳妇身上，“一个家有一个忙的人就够了，另一个更有过之而无不及。这还过什么日子？”

她边抱怨着边蹲下身拉开床头柜的抽屉，契税单和身份证就放在最上面，连韵一直没来得及去银行，资料都准备好用透明文件袋套着。

林美仪拿出文件袋，正准备关上抽屉，眼角余光瞄到了压在下面 ×× 妇产医院抬头的病历本。“妇产”两个字一下就把林美仪的好奇心燃烧到极点，莫非这小两口有喜了准备给自己一个惊喜?

一想到也许有小孙子，林美仪哪里还顾得上隐不隐私的事，激动地打开病历本。她嘴角的笑容随着一行一行的诊断报告渐渐消失。别的医学名词她还似懂非懂，但最后那一行“自然受孕可能性极低”重重给了她一击!

宗绍做完手术已经是晚上七点，他回到办公室从白大褂里摸出手机。屏幕上瞬间蹦出十三个妈妈的未接来电，还有一个是连韵打来的。

他想了想先给连韵回了个电话："小韵，你找我？"

"你妈今天来我办公室找我。"

"为了契税的事吗？"

"为了我生不出孩子的事。"连韵的声音低哑，虽然职场的多年磨砺已教会她喜怒不形于色，但今天的事对她的尊严打击很大。面对自己的爱人，她忍不住委屈。

"她怎么知道……"宗绍刚问出口的一瞬间就想通了，妈妈翻了他们的床头抽屉。是他忙昏头，压根忘了病历本那一茬。"对不起，小韵，是我的疏忽。你现在在哪？我马上回家。"

"不用了，我临时出差，要一周才回。"

"去哪出差？"

"杭州。"

"好吧。那你一路注意安全。"宗绍大概也猜到她是借着出差的由头出去避避风头，等他处理好他妈的事再回来。

今天在办公室，林美仪委实没有给连韵留面子。

她还在开会，李乘风就面色尴尬地闯进来跟她耳语："有人在公司前台找您。"

"没看到我在开会吗？哪家公司的客户？引到休息区招待着就是，你第一天出来工作？这还要我教？"

"是您婆婆，她说必须马上见您。"

林美仪虽然看不惯连韵，但碍着宗绍，还有自己有头有脸的身份，从来不会直接杀到办公室找她麻烦。这让连韵隐隐感觉不妙。

但工作不能说停就停，连韵打发李乘风先去稳着："无论如何，让她等到会议结束。”

这半个小时的等待时间不仅没让林美仪冷静下来，反而把她的怒火烧到极致。在她眼里，连韵就是故意晾着她，给她下马威。既然如此，她也没必要给连韵留脸。

林美仪直接站在会议室门口守着，虎视眈眈盯着连韵。会议室是透明的落地窗，所有同事都可以看得一清二楚，林美仪那眼神分明是要吃人。

张小慧侧头和坐在她旁边的付娜耳语了一句：“有好戏看咯！”付娜则是把目光投向坐在办公桌对面的朱建明，两人对视一眼露出不怀好意的笑容。

会议结束，连韵第一个走出会议室。后面识趣的同事知道避讳，都故意放慢脚步。只有朱建明抱臂倚在门边，一副看好戏的姿态。

“妈，走，去我办公室说。”连韵抓住林美仪的手臂想拉她离开这是非之地。林美仪直接甩开她：“没大没小，有没有家教？”

这话是一点面子都没给连韵留，顺带连她父母一起骂进去。

连韵脸色铁青，但也没说什么，跟着林美仪走进办公室，砰地关上门。

朱建明在后面阴笑：“我赌一百块，要离。”

付娜笑嘻嘻地推了他肩膀一下：“你贱不贱啊？”

张小慧凑过来加入话题：“你们说是什么事？”

“还能什么事？媳妇这个脾气，哪个婆婆受得了。早就说了，女人职场上爬得高不是什么好事，乖乖回家相夫教子大家都舒服。”朱建明言之凿凿。

付娜和张小慧听了都不作声，虽然她们也不喜欢连韵，但同为职场女性，多少有点兔死狐悲之感。

门内，林美仪直接把检查报告摔在桌上：“这是什么？”

连韵瞳孔震动，不知这东西怎么就到了她手里。“妈，你没有权利乱翻我东西！”

“你不要避重就轻。我没有权利？你们现在住的房子是我买的，用的阿姨是我请的。每天买米买菜、水电煤气全是我在管，你家连一卷卫生纸都是我添的。你说我有没有权利知道我可能永远抱不上孙子？”

连韵被戳中痛处，依然逞强：“这是我俩的事。”

“别的事我也就依着宗绍那倔脾气算了，可这事我绝对不会任他胡闹。”

连韵冷笑：“那您想怎么样？”

“要么离婚，要么你接受宗绍和别的女人生个孩子。孩子可以领回来由你抚养，你也还是我宗家名正言顺的儿媳妇。一切都不会改变。你做不到的事，总要有人来做。”

连韵笑不出来了，这是她活了快三十年听过的最荒谬的话。简直可笑，她想不到二十一世纪还可以有人这么堂而皇之地说出这种话。

“宗家有皇位要继承吗？”

“你说什么？”

“如果没有的话，那你宗家的血脉有什么重要的？别说我现在生不出，我就算生得出来，孩子也要跟我姓。”

“你！你……连韵，我一定会让我儿子和你离婚！你等着！”林美仪气得把那一沓检查报告直接甩在连韵脸上，夺门而去。

李乘风就站在门外，看到林美仪气冲冲地跑出来，门内一地狼藉。他赶紧进去帮忙收拾，目光落在检查单上“不孕”二字，他的手一顿，突然明白今天这闹的是哪出。

“连总，你要不要……”

“谁要你进来的？出去！”连韵一把夺过他手里的文件，把李乘风赶了出去。

所谓好事不出门，坏事传千里。当天下午收工之前，整个办公室已经传遍连韵不孕的消息。

“她这样都不算个完整的女人。”公司某小群里有人说了句这样的话。连韵盯着屏幕上这句话，每个字都透过屏幕灼烧着她的眼睛。

原来不管她工作如何尽善尽美，只要无法生育，她甚至不算个完整的人。

“连韵退出群聊”，系统弹出提示。整个群里静默了一分钟，然后突然爆发。

“啊啊啊啊啊！刚谁退出了群聊！！！？？？”

“你是不是不知道连总也在这个群里？”

“你死定了！”

3

怀孕第九周，是医生给樊异的堕胎最后期限。

樊异预约了医生去做胎心监测，如果这个胚胎没受酒精和药物的影响，此时应该已经萌生出胎心和胎芽。

樊异不太懂胎芽是什么，只觉得这个词听上去有种蓬勃的生命力。可惜的是无人与她分享。

原本连佳家坚持要陪她去医院，可是前两天却突然打电话来说临时有事不能出门，再三向她道歉。

其实她心里很清楚连佳家没有义务陪她，只是每次产检看到别的孕妇要不就是丈夫陪着，要不就是父母围着，千人宠万人爱被捧在手心的模样，她也有一点羡慕。所以对于连佳家的失约有一些失望。

樊异收拾心情自行准备妥当出门。一拉开门一个高大的人影背对着她站在她家门口，吓得樊异往后退了一步，不自觉握紧手里的雨伞。“你是谁？”

对方也被她的声音吓了一跳，转过身，脸上带着肉眼可见的紧张：“婷婷，是我……”

樊异疑惑地看着眼前这个陌生的男人，他看上去有四十几岁，却穿着不符合年龄的皮衣和破洞牛仔裤，打扮得有种二十世纪八十年代过时的时髦感，仔细看眉眼里还有点熟悉的痕迹。

她心里有个很荒谬的答案，但因为太过荒谬而不敢相信。男人似乎知道她心里的答案，忙不迭地点头：“我是你爸爸樊天阔啊！婷婷。”

樊异张了张嘴，一时不知道说什么。她下意识想逃避，于是推开眼前的男人快步往外走：“让让，我要出门，有事等我回来再说。”

樊天阔没想到她是这样的反应，愣了一下，马上一路追出去：“你去哪？爸爸陪你啊。”

“我去医院，你别跟着。”

“去医院做什么？你生病了？哪里不舒服？”

“没生病，常规孕检。”樊异心烦意乱不能思考，只想快点甩掉他。她招手拦了一辆亮着空车牌的的士。

她刚坐进后排，自称她爸的男人就从另一侧拉开门，死皮赖脸凑上来：“闺女，你怀孕啦？那我岂不是要当外公了！”

樊异本想要赶他下车的话语被他的一脸雀跃塞回嗓子眼。他是第一个听到她怀孕的消息感到开心的人。

她的妈妈只会一味斥责她不自尊自爱，而她孩子的父亲甚至在怀疑孩子是谁的。就连她最好的朋友连韵也劝她不要感情用事。

除了她，这个世界上没人期待这个孩子的来临。从父亲雀跃的表情里，她知道现在又多了一个。

樊天阔一路上叽叽喳喳问着她的近况、孩子的情况。自来熟得就好像他只是离开一个周末，而不是缺席了女儿十几年的成长时光。

下车的时候，樊天阔快步绕过车屁股为她开门，还主动要拿她的包。樊异有点不适应这突如其来的殷勤，略微用劲拽着自己的包带："我自己来就好。"

"那不行！我闺女不能累着！你现在怀着孕呢。可得小心。"樊天阔不由分说地抢过她的女士托特大包挂在自己肩上，一点都不在意别人的目光。

樊异谈恋爱的时候遇到过很多死皮赖脸献殷勤的男孩子，帮她提包拎水，各种关怀备至，但她对这种男孩一直不怎么感冒。不然童舟也不至于追了她这么多年。但樊天阔只是帮她拎了一下包，毫不夸张地说，她居然感动得有点想哭。

樊异不得不承认，她内心有种强烈的渴望，渴望再次见到父亲，渴望得到他的关心。这种渴望她自以为藏得很深，却在见到樊天阔的第一秒就像开了闸的洪水倾泻而出，所以她才会慌忙想逃。

"走呀。"樊天阔不懂她内心的起伏，见她停在原地，过来拉她的手。

上一次父亲拉自己手是什么时候呢？是九岁最后一次放风筝，还是上学陪她过马路？父亲走得毫无征兆，就如同他现在回来一样。樊异心想，没错，这才是他的作风嘛。她突然有种如释重负的感觉。

“咚，咚，咚…… .”像小火车驶过一样的声音从B超机器中传出来。樊异第一次听到，还不确定这是宝宝的心跳还是机器的杂音，反而是经历过一次的樊天阔兴奋地说：“这是我乖孙孙的心跳吧！跳得这么强，一定是个小男孩。”

樊异有点不敢置信地看向医生。

“没错，这是宝宝的心跳。平均每分钟140次，很健康。”医生笑着跟樊异说。

他很健康地存活下来了，虽然不知道最终结果会不会如她所愿，至少她赌赢了一半。

从医院出来，樊天阔拿着那张黑白B超单看得津津有味：“我小孙孙真可爱。”

“连个人形都看不出来，哪里可爱？”樊异故意刺他。

“只要是我女儿生的，那必须可爱！他可是有我四分之一的血统。”樊天阔很臭屁地拍拍胸脯。

“你就不问我，孩子爸爸是谁？”

“为什么要问？不管是谁，他都是我的乖孙，没跑了。”与罗凤卿喋喋不休的抱怨和指责相比，樊天阔就开明许多。这种无所谓的态度让樊异轻松不少。

樊异惊觉自己身上的盲目自信和我行我素完全遗传于这个爸爸。

晚上樊天阔提出自己刚到靖州，没有地方住。樊异自然留父亲住在客厅。她面上装着不悦，心里却暗自窃喜可以和父亲多相处些时间。她迫切想知道父亲离开这些年发生了什么精彩的故事，要足够精彩到让她觉得放弃自己和母亲也是正常的。

然而正如樊异绝口不提孩子的由来，父亲也绝口不说为什么突然离开和出现。父女俩默默吃着外卖，保持着诡异的和谐。

“晚安。”樊异洗漱完，走进自己的房间。与平常不一样的是，今天客厅里住着一个需要她说晚安的人。

樊异原以为自己会激动得彻夜难眠，没想到却睡得异常香甜。梦里她的父母围着摇篮，里面躺着一个可爱的婴儿。她家庭幸福，应有尽有。

客厅里，樊天阔躺在沙发上悄悄给某人打电话：“哪有这么快？我先要取得她的信任。放心，不会要多久。”

第十一章

1

杭州的会议两天就开完了，但宗绍那边还没有任何回音。显然说服林美仪并不是件容易事。涉及生子的问题，恐怕这回连一向明事理的公公都会站在婆婆那边。

连韵以前看过一个新闻，说是无法生育的妻子主动提出离婚，大度地让丈夫另娶，所有的家人，包括邻里街坊都夸她是懂事的贤妻。媒体恨不得给她颁一个感动中国十大人物的奖。能不能感动中国不好说，反正连韵是给恶心坏了。

离一周的期限尚早，连韵索性回娘家躲几天清净。

连韵自从去靖州上大学后，不是逢年过节都不会回老家，尤其是升职以后，更是难得抽出空来。所以两老对她突然的造访感到很惊喜。

当妈的不管三七二十一，扯上菜篮子就要出门张罗加菜。连韵丢下随身行李懒洋洋地把自己扔进沙发里伸了个懒腰，随手拿起妈妈摆在茶几上的 iPad 看屏幕里未播完的综艺，心思却不知飘到哪儿去了。

连宏益敏锐地察觉出女儿的反常，连韵平时恨不得分身出十个自己来处理工作，怎么会在正常工作日突然回老家？又怎么会百无聊赖地在这看妈妈未看完的综艺？

毕竟女儿大了，做父亲的也不好单刀直入问她出了什么事，只有故作轻松地问道：“最近怎么样？”

“还行。”连韵头也没抬。

“今天怎么突然回来了？也没提前告诉我们一声。”

“到杭州出差，顺路就回家看看你们。”连韵从 IPad 里抬起头，这才看出父亲眼中的探究，“我没什么事，宗绍还让我代他问你们好。”

“没事就好，没事就好。”连宏益嘴里喃喃两句，心里却是不太相信。

连韵在家住了三天，每天晚睡晚起，总要到午饭的点，才看到她穿着睡衣睡裤，睡眼惺忪地从二楼下来。和以往那个勤勉自律的连韵判若两人。

而这三天宗绍除了给她照常的短信问候早安晚安，别的一个字也没多说。越是这样，连韵越能猜到那边情况的焦灼。

纵使母亲再神经大条，这时候也看出来连韵的反常。老两口和她说话都有些小心翼翼的意思。

“小韵，今天煮了你爱吃的茄子，多吃一点。”母亲往她碗里夹了根茄条。

“嗯，谢谢妈妈。”

“你打算多久回靖州啊？”父亲状似不经意地问。

连韵讪笑：“怎么？老爸要下逐客令？”

“哪里的话。你什么时候是客？你永远是这个家的一员。”连宏益严肃的表情让连韵有点莫名感动。

出嫁的时候，她听身边的亲戚说得最多的一句话就是：“嫁出去的女儿泼出去的水。你以后就是宗家人了。”

父母却用实际行动在告诉她，她永远是连家的宝贝女儿。

手机叮响了一声，连韵拿起手机看到宗绍的微信名，心里有些莫名不安。宗绍知道她平日里很忙，没空看微信。两人沟通从来都是电话，这次却用了微信，是有些什么话说不出口吗？

“连韵，咱们好聚好散。”他先是说了这么一句话，然后发过来一份文件。

宗绍发来的是一封律师拟的离婚协议，委托人那一栏已经签上他的大名。

连韵心慌了一下，她起身走到窗边，给宗绍回拨一个电话。他手机却是关机状态。

妈妈见她脸色不是很好看，担心地问道：“怎么了？”

“爸妈，我可能要离婚了……”到这个时候，连韵说的还是“我要离婚”而不是“他要和我离婚”，永远把主动权掌握在自己手里是她的原则。

她把宗绍发来的信息给他们看。

“这个小兔崽子！怎么回事？他怎么欺负你了！”一向斯文的老连忍不住骂人，“婚礼上他答应我的话都是放屁吗？”

“不是宗绍，这是他妈。”连韵稍微冷静下来就发现端倪。宗绍一直叫她小韵，而信息里连名带姓叫她连韵。签名虽然很像，仔细看却不是宗绍的笔迹。手机这么巧又关机，八成是在做手术。而他妈大概就是通过什么途径趁他手术中登录了他的微信发给她这个文件。

“那你……”连韵父母不解。

“如果他说服不了他妈，我们还是逃脱不了离婚的结局。”宗绍虽然不是妈宝，但连韵丝毫不怀疑林美仪一哭二闹三上吊的本事。宗绍也绝做不到真不管他妈。

“到底是怎么一回事？”连宏益沉着脸，下决心这回一定不让女儿打马虎眼过去。

沙发上，父母各坐一边，一人执着连韵一只手将她围在中间。连韵说出整件事的来龙去脉，只是隐去宗绍的心理问题。父母听完静默了一刻。

母亲斟酌着开口："韵啊，这不是你的错。但咱也不能怪别人，亲家母的想法我多少能理解一点……"

连韵母亲是老实人，这个时候还在替对方着想。要是按"不孝有三，无后为大"那一套，她大概要自写休书才对。

可连韵不是清朝人，她和宗绍是为爱结婚，又不是为了繁殖，搞得跟原始动物似的。即使是宗绍母亲也没资格对他们的婚姻指手画脚。

但连韵怕的从来不是别人，而是自己。从前不想要孩子倒也罢了，但现在她想要当一个母亲。不想生和不能生是两个概念，早两年连韵还可以十分不屑地说出："是我不想生孩子。"可如今她只能眼巴巴看着身边的人一个个怀孕生子，只有艳羡的份。她不确定自己能不能扛住这种压力。

连韵很沮丧，完美小姐也有无能为力的时候。"爸妈，我是在气自己。"

一直不发一言的连宏益突然想起什么，从沙发里站起来："你等等。"

他跑进房间从书桌抽屉里摸索出一个透明的塑料袋，袋上已经布满灰尘，里面装着零星的各色玻璃制的五角星。

连宏益从里面拿了一颗，献宝一样拿给连韵："这是奖励你的。还记得这个吗？"

连韵失笑，这么久远的东西没想到老爸还留着。她有些怀念地抚摸着一颗蓝色的水晶星星。

这种星星在当年她们小学门口文具店里都有卖。老板娘会告诉你这叫水晶星星，长大才知道其实都是玻璃做的。现在看来是廉价的小玩意儿，可那时候小姑娘们都稀罕得不得了。可一袋十颗要三十块钱，对零用钱只有五角的小朋友而言价值不菲。

连韵跟爸妈流露过一次很想要。爸爸没有直接给她买，而是偷偷给她买回来，用一种特殊的奖励机制一颗一颗把星星送给她。

这些星星不是用来奖励成功，而是用来奖励失败的。

连韵从小就争强好胜，凡事一定要争做第一名。即使父母再怎么教育她，“不拿第一也没关系”，但在连韵的字典里容忍不了输字。

小学的课程不难，只要用心，稳在第一并不是难事，但除了学习也总有她力所不能及的地方。比如说文艺方面，连韵并不像其他小姑娘那样能歌善舞，她唱歌跑调，跳舞四肢僵硬。所以所有的文艺晚会，连韵都躲在后面不参与。

有一次六一活动，班上原本报了歌曲联唱节目的小女孩生病了。班主任软磨硬泡让连韵顶上。连韵拿着话筒唱了一首音调全无的《蜗牛与黄鹂鸟》，也因为她的失误，他们班只拿到一个安慰意义的优秀奖。

其实并不是多大的事，但在初尝失败的小连韵心里是惊天动地的大事。她必须承认，原来我不是十全十美。同学们在旁边的窃窃私语都被她当作对自己的嘲讽。那一刻，对她而言用天都快塌下来形容也不为过。

小连韵回家后将自己关在房间不肯出来，父母和彼时还在世的外婆轮番上阵才把她劝出来。她走出房间的第一句话是：“爸妈，给我在青少年宫报个班，我要学声乐。”

连韵的信条是没有不能做到的事，只有不愿去做的人。连宏益却不同意这样的说法。他拉着小连韵在阳台上促膝谈心："韵儿，我送你一个小礼物。"

连宏益拿出一颗粉色的水晶星星给她，毕竟还是小孩心性，连韵眼睛一亮，赶紧接过来在手里把玩："怎么只有一颗？"

"这是奖励你今天的勇敢。即使不会唱歌，你还是鼓起勇气上台，尽你的全力做到最好。"

"有什么用？还是安慰奖。爸，你送我去学声乐好不好？"

"可是你并不喜欢唱歌。"连宏益不认为在自己并不热爱的事情上花时间有任何意义。

"我不想再被人嘲笑。"

"宝贝，人无完人。我们要学会接受自己的不完美。"

"可是我的理想就是做个完美的人。"连韵很执拗。

连宏益语滞："韵儿，这样你会很累……"

他知道自己一时半会改变不了女儿的想法，只有在她成长过程里为数不多的失败体验中，送她一颗水晶星星，奖励她拼尽全力。希望能潜移默化教连韵学会认输。他大概是第一个鼓励自己孩子不要努力的父亲。

连韵有一个透明的塑料文具盒，里面装的就是这些年父亲给她的星星。在连韵眼里，这些星星叫失败之星，是记录所有她做不到的事。现在文具盒里只有三四颗星星，其实早年间远不止这些。但这些年里每克服一件她做不到的事，她就会丢掉一颗星星。她的所有动力就是清零这盒星星，做一个完美小姐。

连宏益大概做梦也想不到女儿会这样解读自己的星星，和他的初衷背道而驰。

而现在连韵拿着父亲刚刚给她的星星，心里五味杂陈。这颗星星是"奖励"她的不孕。她能成功丢掉这颗星星吗？

2

樊异今天七点就醒了，起床时感到孕期里难得的神清气爽。她拉开窗帘推开窗，深深呼吸了一口清晨新鲜的空气。想到久别重逢的父亲就睡在客厅，樊异走路的脚步都变得轻盈。她一边用手机准备点早餐外卖，一边打开房门：“你想吃点什么？”

她打开门时被门外的场景给吓到，客厅就像被强盗洗劫过一样，稍微值钱一点的东西都不见了。当然那个父亲也不见了。樊异感到一阵天旋地转，周围突然变成她小时候家徒四壁的样子，因为父亲的出走，母亲又毫无生存技能，为了养活她能卖就卖，直到那个家不像家。

“不要！”一声惊叫，樊异从梦中吓醒。她匆匆下床胡乱间拖鞋都穿反，因为拉门用力过大，门板撞到墙上。樊天阔惊讶地回头看着披头散发的樊异：“咋的？做噩梦了？”

樊异看着他，有一瞬间分不清现实和梦境。直到樊天阔提着一个塑料袋子兴冲冲跑到她面前：“婷婷快来吃早餐！你最爱的巨无霸汉堡。”

樊异看着大大的汉堡盒有点无语：“谁拿这个当早餐啊？”

“这不是你小时候最喜欢吃的吗？你妈说这些是垃圾食品不让我给你买，只有你下补习班我去接你才能偷偷买一个。”他苦恼地挠一挠头，好像还不能接受樊异已经不是一个孩子的事实。“那……我重新出去买？”

“算了。别浪费。”樊异嘴上说着不喜欢，却老老实实坐下来打开汉堡盒咬了一大口。二十岁后为了保持身材，已经很久不曾碰过这些垃圾食品，味道似乎没有儿时记忆中的好吃。小时候为了吃汉堡她可是跟母亲吵过无数架，现在想来也不知道到底是因为喜欢吃，还是单纯想反抗母亲的强权。

汉堡里沙拉酱的油腻让她没吃两口，胸口就涌出一阵恶心，樊异疾步冲去厕所吐了个一干二净。

樊天阔愣了一下跟上去，站在厕所门边不敢凑近："怎么还吐了？啊，都怪我，忘了你是个孕妇，怎么能给你吃这些垃圾食品！要不要去医院？"

樊异脸色惨白，扯下一截卫生纸一边擦嘴巴，一边摆摆手，示意他不要介怀。"早孕反应，都是正常的。"

"正常的吗？"樊天阔在这方面的知识完全空白，"你妈怀你的时候，我每天在外头上班，也没见过她这个样子。"

"这才哪跟哪？我朋友说后期水肿、耻骨分离、妊娠纹一堆破事等着呢。"樊异说这话时莫名有些骄傲。能挺过这些痛苦孕育出新生命的女人都是勇士。

"那为什么还要生？"樊天阔惊讶地问，"我一直觉着女人怀孕就是肚子大一点，等十个月一到，扑通就下崽儿了。"

"还扑通，你以为是母鸡下蛋呢？"樊异翻了个大白眼。

"那不差不多吗？"樊天阔不是轻视女性，只是没人告诉过他怀孕是件多么艰辛痛苦的事。或许也曾听过"鬼门关前走一圈"这种说法，不过说到底没法感同身受，就像一句戏文。他听得多，又觉得虚得很。

别说樊天阔，就连樊异自己在怀孕之前，也觉得生孩子是件再简单不过的事儿。入了这个门才知道，用九九八十一难来形容都不为过。每次站在妇产科走廊里，听到各种胎停、胎畸形、妊高症，她都吓出一身冷汗。

"难怪程总这么心疼你。"樊天阔顺嘴提了一句，樊异敏锐地捕捉到这个信息：“程总？你见过程久丰？”

樊天阔意识到说漏嘴，闭紧嘴巴想默默开溜。被樊异提溜着后衣领拽回来，见她一副势必深究的表情，他露出懊恼的神色：“我坦白从宽！其实是他找到我，让我来说服你打掉这个孩子。”

樊异默然，她没想到程久丰退出她的生活后，还在默默关心她的事，甚至找到她这个失踪十几年的老爸来当说客。但他不想要她留下这个孩子的原因，究竟是担心她的未来呢？还是担心他的继子童舟给他整出些不明不白的麻烦？

比起程久丰的心思，她更好奇父亲的想法：“那你怎么不劝我？”

“我看你这么喜欢这个孩子，也很享受做母亲的感觉。我想不到用什么理由来说服你。”樊天阔说得实在。他没说出口的那部分理由是，他认为这是程久丰的孩子。

“你来这不会只是为了说服我打掉孩子这一个目的吧？”想到今早那个梦，樊异仍然一身冷汗。让她相信这个消失多年的父亲突然良心发现回来要上演父慈子孝的戏码，是不可能的。多年浸染社会教会她的道理就是无利不起早。

“瞧你说的。我还能图你啥似的。”樊天阔心虚地擦了擦鼻子，“其实……爸爸还真有那么个事要求你。我为了来靖州，找以前工地里的工友借了五千块钱路费，说好的一找到女儿就还给他……”

“你把支付宝账号发给我。”他话还没说完，樊异就爽快地回应。让还在想怎么措辞的樊天阔愣了一下，立马连声应道：“好，好的。你的手机号码是？”

两人交换了手机、微信和支付宝账号。她爸在这点上还是很赶得上时髦，换作她妈，大概只会问她，什么宝？

樊天阔找她要钱这件事不仅没让樊异反感，反而心里踏实了许多。樊异觉得自己有点心理扭曲，因为她打心底里就相信什么都需要等价交换，父母的爱也不例外。

但她不知道樊天阔提这五千块钱其实只是试探一下她的经济状况。五千这个数字很讲究，多了让人怀疑动机不纯，少了又试探不出经济水平。目前看来，这个女儿现在过得很不错，或者说程久丰把她养得很不错。

樊天阔喜滋滋地把刚收到的五千块转账转给了一个叫“紫蔷薇”的微信账号，并留言“一切顺利”。

怀孕十六周有个唐氏筛查，主要是检查染色体是否缺失，是否患有唐氏综合征的胎儿。樊异去检查的时候很轻松，她没想过在这一关会出任何问题。

结果四天后，她接到医院的电话：“麻烦您尽快来医院一趟，您的唐筛检查结果显示是高风险。”

樊天阔本来跷着二郎腿在沙发上吃零食，突然看见女儿握着手机站在窗边，眼泪吧嗒吧嗒地掉。

“这是怎么了？”他赶紧丢下手里的零食跑过去扶住樊异，“都快当妈的人了，怎么还随便哭。”

樊异慌了，拉着爸爸的手问：“你知道唐筛高风险是什么意思吗？妈妈当初怀我的时候有没有做过这个检查？”

“糖什么？高血糖吗？咱们那个年代哪有这么多检查？再说，产检都是你妈自己去的。我也不清楚情况啊！”

樊异没有心思追究他为什么没有陪妈妈去过产检，她第一时间想到打电话给连韵求助。

连韵从没见过樊异哭，当下知道事情的严重性。“你先别急，二十分钟后下楼。我开车带你去医院。”

樊天阔见樊异去收拾病历本，围在她身边打转：“你刚是不是打电话给程久丰？对了嘛，孩子的事两口子还是要有商有量。”

樊异抬头瞪了他一眼：“孩子不是他的。”

“你少蒙我。程久丰那么大的老板，没点关系会这么关心你和孩子。不是他是谁的？听爸的，你们就算有天大的矛盾，看在孩子的面子上也别闹脾气。”

“爱信不信。”

樊天阔只当樊异是闹小脾气，跟在她屁股后面，想陪她去医院，却被樊异一把推回去：“你在家等我。”

“为什么呀？我是你爸！”

“我不想让我朋友知道你在我家。”樊异的话有点伤人，让樊天阔一时不知如何回应。

樊异下楼就看见连韵的车已经停在楼下，后座还坐着一个人。她打开车门才看清是连佳家。

连韵解释道：“这事我没经验。想来想去，就拉了个有经验的来。”

“嗯。谢谢。”

连佳家拉着她的手安慰：“别太担心。这个唐筛检测的准确率只有 60%，你知道你的具体比例是多少吗？这个也有差别的。”

樊异摇摇头，她接到电话以为孩子肯定保不住，光顾着哭去了，哪里知道这里面还有这么多道道。

“没事，咱们先去医院问医生。不行就做个无创，再不放心的话，羊水穿刺是最准的。”有连佳家这个“过来人”在，樊异感到安心许多。

检查结果显示她的唐筛比例是 1∶135，高于 1∶275 这个临界值一倍。医生建议她先做个无创。

“不是说羊水穿刺结果准确率才是最高吗？”无创的价格很

高，樊异是自由职业又没有买医保，连佳家想帮她省点钱。

“是这样没错，但羊水穿刺属于侵入式检查，有可能对胎儿造成感染。所以我们建议先做无创，它的准确率也有90%，如果无创没过，再考虑做羊水穿刺。”

“那就做无创，你把身份证给我，我先去缴费。”连韵替她做了主，直接伸手找她要证件。

“我自己去吧。”

“你个孕妇还跑上跑下干什么？跟我讲哪门子客气。我缺你这几千块钱吗？”连韵的口气一如既往地噎人，这是富婆独特的表达关心的方式。

樊异身上确实没带这么多现金，也没带银行卡，只得老实地把证件交给连韵。

“佳家，你陪她先去排队。我待会过来找你们。”连韵电梯都懒得等，利落地踏着高跟鞋走向楼梯间。

无创抽血室门口还排了三四个孕妇，连佳家压低声音同樊异说：“看见没？这都是唐筛没过的。唐筛检查准确率太低了，你别当回事儿。”

听她这么说，樊异心思稍放轻松一些。

连佳家去前台讨了杯热水给她：“你坐在旁边等吧。我来排队。”

“我没事，站一会当锻炼了。”樊异坚持和她一起排队。

连韵交好钱拿着单子上来时，她们前面还剩一位孕妇。这个孕妇自己一手拿着缴费单，一手提着个大单肩包。医生让她填保单时，她手忙脚乱，单据掉了一地。

连佳家见状，马上蹲下来帮她捡单子。连韵赶紧搀住也想蹲下去的孕妇：“你大着肚子就别蹲下来了。”

“谢谢。”

“你老公呢？没有家属陪你一起来吗？”

“我是远嫁到这来的，老公和公公都要上班，婆婆不舒服，也没别的亲人。”年轻的孕妇腼腆地笑，笑里都是苦涩。

连佳家太懂这一套。当初知道她怀的是女儿后，她公婆也是各种借口玩消失。好在她还有个亲妈为她跑前跑后。

“算了吧。这些男的来了也是摆设。”樊异指了指大厅里坐着的那一片跷着二郎腿、低头玩手机的男人。“也真好意思，老婆大着肚子在旁边站着，他们玩得可开心了。要这种男人来有什么用？”

“这时候知道闺蜜的好了吧？比男人顶用。”连韵逗她，樊异却是真的打心底里感谢现在陪在她身边的两姐妹。

樊异刚抽完血，突然接到派出所的电话：“你是樊天阔的女儿樊婷婷吗？”

“我是。”

“也是童舟的女朋友？”

这问题问得蹊跷，她爸怎么会和童舟扯上关系？樊异愣了一下才答：“曾经是。”

“你现在来一趟莲湖区派出所，你爸和你前男友打架。你前男友报警告你爸私闯民宅，你爸要反告他故意伤人。”

樊异听了半天才搞清楚状况。她不禁扶额，谁说男人没用？在惹麻烦这件事上，他们的表现格外出色。

怕樊异一个人搞不定，连韵陪她一起去派出所。在去派出所路上，樊异不得不跟她坦白父亲的事。

“你可真行。你那个失踪十几年的父亲回来了，你居然憋得住一个字都没跟我说！”连韵参与了樊异整个中学到大学的青春，自然知道父亲这两个字对她的影响。他突然造访，对樊异的世界无异于一场山洪海啸。

“我当时以为他露一面就会走，谁知道他在我家住下来了……一直找不到时机跟你说。”

“没得到你的允许，他能住下来？别以为我不知道，你就是个榴莲，外头看着刺多又硬，里面心软得一塌糊涂。”

樊异被她这个比喻逗笑了：“你在说我臭吗？”

“别跟我嬉皮笑脸。你不怀疑他这次突然回来是别有所图吗？”

“他找我要了五千块钱。”

“真要是五千块钱能满足他就好了。”连韵对这种没有责任感的男人只会抱以最坏的猜测。

连佳家不知道这些过往，只从她们的谈话里听出了个大概。她能理解樊异的决定，想到自己去世的父亲更是悲从中来，不禁说出来一句：“毕竟是自己的爸爸。”

三人听到这句话都沉默了。

3

连佳家重新预约了老神医，本来她是想带着两个孩子一起去，但还没走出小区她就后悔了。她跑去求子这种事，是不是不该给欢欢、喜喜知道。她们会不会以为自己在嫌弃她们？

思来想去，她决定去拜托连韵替她照看一下孩子。连韵一直很喜欢这两个孩子，放在她这，自己也放心。只是没承想连韵没在家，开门的是她的丈夫。

她和宗绍算有过几面之缘，便厚着脸皮打招呼：“宗医生好。

这大周末的，我堂姐没在家吗？”

“她回娘家探亲。有什么需要帮忙的吗？”宗绍的声音温柔，让人如沐春风。连佳家想，做他的病人一定很幸福。

“是这样的。我有急事需要现在出门，不方便带两个孩子，我老公也没在家。本来想问下堂姐有没有空帮我照看一下，但她没在家，就……”

“没问题。如果你放心的话，就把她们交给我吧。”宗绍一口应承下来。

“啊？这怎么好意思……”连佳家有些踌躇，一方面她不想给并不熟稔的宗绍添麻烦，另一方面逼近预约时间，她又实在想不到第二方案。

“欢欢、喜喜，进来吧。别嫌叔叔家里乱。”宗绍主动牵过两个孩子的手，招呼她们进门。两个孩子懂事地站在原地看向妈妈，等连佳家点头她们才蹲下身自己脱鞋。

宗绍让开半个身子，连佳家这才看到他家里堆满了纸箱。很多东西已经被收入纸箱，所以显得房子有些空荡。她惊讶地问道：“你们要搬家吗？”

“嗯。大概率是的。”宗绍回答得模棱两可。

“还有比这更好的房子吗？”贫穷限制了连佳家的想象力，别说这套城堡一样的大平层，就算是她现在住的连韵婚前的小房子，她都舍不得搬走。“这么大、这么漂亮的房子，你们好像也才搬进来没多久。”

“也许就是因为太大了……”宗绍苦笑。

连佳家看出其中另有不便明说的苦衷，识趣地不再追问。“我下午五点前一定来接她们。麻烦宗医生了。”

连佳家压着点匆匆赶到与曹姐约定的地点，老神医看诊的地方比想象中要简陋一些，并不是正儿八经的诊所，而是一个小平房。平房门外摆了三张条凳给来看病的人排位，条凳早就坐满，还有不少人挨着墙根站，队伍都快排到拐角。曹姐就站在队伍的中半截朝她招手。

她跑过去少不了被曹姐一顿抱怨："你再不来我还以为你又要放鸽子。你看看这乌泱泱排队的人，多亏我早些过来拿了号。"

连佳家看了一眼曹丽芳手中手写的 28 号纸条："咱们不是预约好了吗？"

"你看到的这些人都是预约好的。你以为预约了就不用排号吗？我再来晚一点，咱们今天下午还不知道能不能排得着。"

这排队的长龙让连佳家心里稍稍有了底，这么多人信得过的神医总不会单骗她一个人。

连佳家和曹姐在门外站了一个多小时，终于被叫到号。她们跟着一学徒模样的中年人穿过一个挂满各种破破烂烂布条的棚子。

连佳家随手扯过一张红色的布条，看见上面画满看不懂的符咒，小声问道："这什么鬼？不是中医吗？怎么整得跟通灵师一样。"

曹姐马上拍了一下她的手背，嘘一声："不懂别乱说。"

走在前面的学徒不悦地回头盯着她们："对神医要有敬畏之心！不然你们也没必要见他老人家。"

"别呀。我们大老远跑来，预约了好几次才约上。您大人不计小人过，别跟年轻小姑娘一般见识。"曹姐赶忙帮她说好话，又朝她使了个眼神。连佳家会意，悄悄拿了一百块钱塞进学徒手里。他的脸色当即缓和许多："跟我来吧。待会记得见着神医说自己的情况就行，别的不该说的别多说。"

连佳家赶紧点头称是，默默心疼白花出去这一百块钱。之前光挂号都花了五百，比大医院专家号还贵。

几经波折连佳家终于见到了传说中的老神医。是个和想象中差不多的花白胡子老头，半眯着一双眼，有些神鬼莫辨的意思。

她谨记着学徒大哥刚刚的嘱咐，只简单说明自己来意："大师，我想求个儿子。"

"嗯。你这不是第一胎了吧？"老神医眼皮都懒得抬一下。

"对。您怎么知道？"连佳家和曹姐对视一眼，两人都有点兴奋，感觉自己没有找错人。

老神医问了她的名字和生辰八字，掐掐手指算道："而且我还知道，你有不止一个孩子。"

连佳家藏不住心思，连连点头："我有两个女儿，双胞胎。"

"嗯。你不必多说，一切尽在我掌握。不止你，你母亲，你外婆应该一脉都是生的女儿。"

"真神了！"连佳家的母亲只有她一个独生女，外婆生了四个也全是女儿，所以她家像个女儿国。外婆常挂在嘴边的话就是，没有生儿子的命。

"我就说咱没找错人吧！老神医的本事通天，什么都瞒不过他。"曹姐骄傲得仿佛能批命的是她。

老神医摆摆手，打断曹丽芳的吹嘘，看似谦逊，眉眼里却都是得意。"原本你的命是阴命，命中招女，就算再怀上也还是生女儿。但你既然找到我，我就会尽力帮你。"

"谢谢大师。"连佳家等着他继续说下文，老神医却突然缄口。还是旁边的学徒提醒："大师替你们逆天改命是要耗损自己修为的，你们就没点表示？"

曹姐推了连佳家手肘一下，连佳家连忙点头："应该的，应该的。钱我都带来了，不知道够不够，还请这位小师傅明示。"

“欸，不要误会。我们这种层次的人还需要钱这种身外之物吗？你们今天在这里捐的钱都是做功德，替自己攒福报。明白吗？”

“明白的。”连佳家犹豫了一下，从自己钱包里抽出十张红色钞票放进老神医面前的功德箱。

老头长须的眉毛愉悦地舒展开，他从身旁一个雕花的大樟木箱里拎出一小袋东西丢到连佳家面前。“回去每次数 54 颗，加水煎成一碗服下，坚持一个月。”

连佳家打开袋子偷瞄一眼，疑惑地问道：“绿豆？”

“想啥呢？这能是普通绿豆吗？这是送子豆！”学徒夸张地斥责她们没见过世面。

两人吸取前车之鉴，不敢讲话，默默接过一袋绿豆准备道谢告辞。

“等等，拿着单子到前面缴费。”学徒写了一张便签条递给她，上面写的字龙飞凤舞，她也看不懂，但肯定指的就是她手里的豆子，价格八百元。

“我刚不是……”连佳家指了下功德箱。

“想什么呢？那是你们自愿捐赠的功德。这个是药费。你去医院开药不要钱的吗？”

“哦。那这药我需要吃多久？”连佳家虽然对他说话的态度有些不悦，但已经到了这个地步，也没有退路，只有硬着头皮问。

“一个月是一个疗程，至少要服用三个疗程。”

“那如果我一直没有怀上……”

“放心，我保证，最多不超过六个疗程，一定保你怀上大胖小子！”老神医的信誓旦旦让刚刚觉得自己被宰了一刀的连佳家稍微舒心一些。如果四千八能怀上个大胖小子，算起来还是她赚了。

连佳家买了菜才去接孩子回家，回家第一件事就数了 54 颗绿豆煮上锅，半信半疑地喝了这碗绿豆水。

她一边喝一边翻看手机里一个出名的母婴社交平台，怀欢欢、喜喜的时候为了和各种妈妈群抱团学习就下载了这个 App。后来发现里面多是小广告和各种婆媳家长里短，还有怪力乱神的东西，渐渐也看得少了，只是一直放在手机里没删。

她在搜索框里输入“求男宝”三个字，唰唰弹出来一整版的帖子。各种男宝妈妈的经验总结帖，这些妈妈无一例外分享经验的语气都带着些得意，最后往往都要加上一句：“祝各位宝妈心想事成，求男得男。”

这是已经上岸的人，对还在苦苦挣扎的人们一句不痛不痒的祝福。

帖子下面毫无新意的全是“接男宝”“接健康男宝”“求女翻男”的回复。连佳家看到有一条不一样的高赞回复，是个没取名没头像的用户 7830726 说：“都中邪了吗？生男生女是染色体决定的。当这是许愿池吗？再说，女宝怎么了？在座各位宝妈不都是女的吗？怎么还自己看不起自己了。男孩女孩都是得来不易的宝贝，能怀上就该心存感恩！”

这个回答被顶到这么高，是因为下面有很多宝妈在反驳她。“一看就是自己怀不上来怼人找存在感的。”

“小姑娘，不要这么居高临下地指点别人。轮到你的时候就会懂了。”

“说得好听，男宝女宝都一样，但现实就是根本不一样！！！生女儿你公婆、你老公脸色会好看吗？你女儿工作上能得到和男人一样的公平待遇吗？你女儿晚上出门，你不用担心吗？天真。”

连佳家看着下面激烈的争论，无奈地感慨道：“其实想生男宝从来不是为了我们自己啊！”

因为生个男孩，丈夫、公婆会更高兴；因为生个男孩，不用担心他夜不归宿；因为生个男孩，他未来工作生活一切的一切都占尽优势。试问谁不想让自己的孩子赢在起跑线？

男性是这个社会的既得利益者，而每个母亲都自私地希望自己孩子活得更轻松一点，不希望下一代再重蹈自己的覆辙，吃自己吃过的苦。光是生产这一关，想到将来自己女儿还要经受一次，当妈的都会于心不忍。

即使女儿再贴心可人，女儿再孝顺体贴，还是想要生个男孩。不是为了自己，是为了孩子。这些都是未曾生育过的女人无法体会到的吊诡的地方。

如果这个世界对女孩子友好一点，我宁愿生一百个女儿！连佳家看着手机屏保上欢欢、喜喜的照片，长叹了一口气。

喝到第三袋绿豆的时候，连佳家出现早孕反应——嗜睡，想吐，连日来还有点发低烧。可是验孕棒一直显示是一条杠，所以她也无法和宋江说什么。

连佳家也有试探性开口提到自己身体不适，希望宋江能帮忙分担家务，但他不仅不关心还会责怪自己躲懒。

“你们家庭主妇每天在家就是做个饭、洗个衣服就没事了，一边吹着空调、看着电视，还口口声声说自己辛苦。世界上恐怕没有比全职妈妈还轻松的工作，你们不过是做自己该做的事，还期待所有人歌功颂德，当妈妈未免也太好命了。”

连佳家无言以对，似乎觉得宋江说得也没错。不过就是尽本分而已，自己妈妈不也是这样过来的吗？

病得难受时，她忍不住在电话里跟母亲抱怨，不知道自己怎么了，身体难受得厉害，每天还得拖着这身体照顾欢欢、喜喜。

母亲斩钉截铁地说："肯定是怀孕了。验孕棒做不得准的，有时候就这几天的事，验孕棒测不出来！你等着，妈妈明天买最早一趟的火车票来照顾你。"

病中的人特别伤感，连佳家听到这话即刻红了眼眶。尽管在成长的大多数时候，她和母亲总是意见相左，吵得不可开交。但只要她有一点小病小灾，母亲永远是冲在最前头来照顾她的那个人。

第二天，连佳家一直守在窗口，不安地看着手机。从早上七点半，母亲发信息说自己已经上火车以后，就再也没有音讯。算着时间该到了，她打过去七八通电话都没人接。

她猜想着母亲是不是不熟悉靖州，所以迷路了。或是在火车站被"黑车"师傅拐走，还是路上出了车祸？最好的猜想是手机被偷了。她开始懊恼让母亲一个年过半百，被信息时代所抛弃的老年人独自出门。

直到上午十一点，母亲大包小包出现在门口。她那颗悬着的心才终于落下来。

"你怎么不接电话呀！"顾不上去接她手里的东西，连佳家先是劈头盖脸一顿批评："你知不知道，我都快急死了。你再不出现，我都要打110报警了。这么大人了，怎么这么不靠谱？"

母亲对她的焦急不以为意，把手里的塑料袋放下，一边往外收拾带来的菜，一边笑呵呵解释道："你看看我拿的这些东西，哪还有手接你的电话。那公车上的人挤得哟，我都快站不住脚。"

"干吗不打车呀？"

"火车站打过来至少三十块钱，我一个人，浪费这钱干吗？"

"真是的。你一个人就不要拿这么多东西嘛！"连佳家气稍微消一点，过去帮她一起收拾东西，"哎呀，鸡有什么好带的啊？还有这些空心菜、茄子，超市都有得卖的。”

“你小孩子懂什么。这鸡是正宗乡下土鸡，城里有钱都买不到。小菜都是我们自己种的，没有农药，和超市那些洋蔬菜不一样。你刚怀上，要注意营养。”妈妈轻拍开她的手，“一边坐着去，这些活用不着你。”

连佳家无所事事地坐在母亲身边的椅子上看她忙碌的背影，一股暖意涌上心头。以前在家做女儿的时候，总嫌她烦，一天到晚为了鸡毛蒜皮的小事都可以念叨一整天。每天巴望着快点结婚，逃离她。

现在才发现，有母亲在身边才是最幸福的。自己哪怕成天躺着，都有饭菜喂到嘴里。

又一阵反胃的感觉冲上喉咙，连佳家赶紧跑向厕所。等她从厕所出来，母亲拿着拧好的热毛巾站在门口，一脸热切：“这回反应这么凶，肯定是个儿子！”

“有没有还不一定呢。”连佳家测了几次都是一条杠，但月经迟迟没来又给她一丝希望。她决定再过两天如果月经还不来，她就去医院验血。

“相信妈妈，肯定是有儿子了！”母亲的笃定让连佳家有些不悦。虽然他们就是想求个儿子，但这么毫不掩饰地说出来总让她觉得粗俗。

母亲浑然不知，哼着小曲回厨房去摘菜，嘴里碎叨叨：“你终于要有点好日子过了，我也可以喘口气了，不然总觉得在小宋面前抬不起头。”

连佳家默然，原来宋江家的重男轻女影响的不仅仅是她，连母亲都跟着大气不敢喘，好像随时有根麻绳勒在脖子上，只有她生个儿子才能取下来。

粗俗也好，劣根性也好，母亲说到底都是心疼她。其实多个儿子对母亲有什么好处呢？无非又是伺候她月子，做饭带孩子，又一轮新的劳累。

宋江晚上回家刚脱下西装外套，转头看到岳母从厨房走出来，吃了一惊。

“妈？”他带着质问的目光看向连佳家，那眼神里都是不悦和责备。

连佳家心虚地躲避他的目光，只低头帮忙布桌：“你早上出门急，忘了跟你说，我妈过来小住几天。”

宋江俯身在她耳边小声说：“不是忘了，是故意的吧？怕跟我说了，我不同意。你现在胆子大，什么事都敢自己做主了？你知道擅作主张会有什么样的惩罚吗？”

他的话就像吐着芯子的蛇，一丝丝凉意从她耳垂爬向脊背。连佳家想反驳说房子是自己堂姐的，母亲有权利过来住，想说她身体不适，母亲是过来帮忙。但最终她想起耳鼻进水的感觉，不敢说任何一句话，身体僵硬得一动不动。

妈妈看见两人交头接耳的样子，还以为是小夫妻之间的亲密互动。她嗔怪道：“小夫妻就是感情好。小宋呀，别腻歪了，快去洗手吃饭。”

宋江轻飘飘看了连佳家一眼，见她身体微微发颤，似乎心情大好，起身去洗手。

待他坐回餐桌旁，岳母已经盛好一碗鸡汤放到他面前，又舀了一碗更大的给连佳家：“你要多补补。”

宋江疑惑地看向她，连妈妈赶紧邀功似的跟他说道：“小宋还不知道吧。这段时间你俩可不能太亲密咯。”

宋江似懂非懂地问：“什么意思？”

连佳家在桌子下轻踩了妈妈一脚，朝她摇摇头。还没确定的事，她不想跟宋江说，可母亲没有领会她的意思。

“都第二胎了还害羞。自己老公有什么不能说的？你老婆她又怀孕啦！看这回反应这么大，应该是男孩没跑了。”

“真的？”宋江的双眼瞬间发亮，是这么长时间以来，连佳家唯一见过他真正开怀的表情。

他从对面的椅子坐到连佳家身边，连佳家下意识躲开一点。“这么大的事怎么不早说呢。难怪前段时间总抱怨累，是我大意了。妈，您也是的，要早告诉我会过来，我就去火车站接您了。”

宋江变脸的速度让连佳家有一瞬间的恍惚，之前的种种是不是自己想得太多。他其实也只是个二十几岁不经世事的大男孩而已，所以才会阴晴不定。

“不用啦。你上班忙，我自己坐个公交车就到了。不过你们住的这地方太不方便，旁边都没有公交地铁站。我一路问路才找到地儿。临到门口还走错两个小区，被人家保安赶出来。”

母亲絮絮叨叨说今天来得曲折，这些之前她都没和自己说过。望江壹号是临江的高档小区，小区居民每户至少配车两辆，所以选址压根没想着要挨着公共交通。妈妈人生地不熟的，虽说现在电子科技发达，但她又不像年轻人会用手机地图导航。这一路过来不知道走了多少弯路。

难怪电话那么长时间没人接，连佳家想到母亲背着两大袋又重又大的菜被保安语气不耐地往外推搡，她的心就像被人揪成一团。

“太欺负人了！这些保安自己没妈的吗？”连佳家忍不住摔筷子，筷子反弹掉到地上。母亲和宋江对望一眼，都不知道她发哪门子脾气。

见她眼里居然噙着一点泪花，母亲讨好地替她拿了一双新筷子出来："怪我，没事跟你们说这些干吗。那些保安也是做自己分内事。哎呀，怀孕的女人真不一样，敏感得很。"

宋江温柔地摸了摸她的头："佳家，以后你和妈要出门办事，我可以开车送你们。"

"你买车了？"连佳家的注意力被吸引到另一个地方。

"嗯，单位发了年中奖金。"

连妈妈兴奋地问："小宋你买的啥车？至少得十来万吧？这大城市就是不一样啊，年中奖金这么多？"

宋江没详细回答，只笑说："业绩好。"

连佳家闷头扒饭，心里惴惴不安。第一是不安他的钱究竟从何而来，第二是不安他们还欠着连韵的钱，住着连韵的房子，现在有钱却先去买车，给连韵看到不知怎么想她。

第十二章

1

连韵眼看假期就快结束，收拾行李准备明天离开父母家。

母亲站在一边忧心忡忡地替她叠衣服："你回去打算怎么办？"

"接着上班呗。就请假这几天，公司那些人快翻了天。"

"我是说宗绍，你打算怎么办！"连妈妈知道她是故意装傻，不让她逃避问题。

连韵收拾笔记本电脑的手顿了一下，才假装若无其事："如果他想离婚，我尊重他。"

嘴里是这么说，她心里却完全不是这样想。虽然知道那条离婚的信息并不是宗绍自己发的，但是这些天他毫无音讯让连韵心里越发没底。

一向强调抓住主动权的连韵这次却把主动权完完全全交给了宗绍，好像是合是分都只是宗绍一句话的事。丧失自信的完美小姐就像没了壳的蜗牛，走到哪都没有安全感。

连韵想不通，她明明还是她，唯一不同的只是知晓自己没有生育能力。换作一两年前事业上升期，她还十分不屑那些把生育当成女人唯一使命的人，如今终究是躲不过世俗给女人套上的枷锁。

“小韵小韵，你快下来！”连宏益在楼下急切地呼喊。连韵以为父亲遇到什么意外，连忙和母亲一同从阁楼跑下去。楼梯下到一半，她就停在原地，因为她看到站在门口的宗绍。

母亲没刹住车，撞到她背上：“哎哟，干吗突然停下来？”

待她看清门口的人，和连韵一样愣住了。连妈妈扯起一个尴尬的笑容：“是小绍呀，快进来坐。”

相比起连韵的不安，连宏益夫妇显得异常兴奋。在他们看来，女婿主动上门就是来示好的。这件事还有戏。

连韵想的却是，如果要来求和早就该来了，哪怕打个电话说清楚也行。他却拖到最后一天才现身，大概是已经铺好全部退路才来同她摊牌。

想到这一层，连韵的表情瞬间冷下来。她本来平日就是个冰山美人，这脸色一沉更有种生人勿近的气质。“你来做什么？”

“来接你回家。”宗绍自然地回答道，好像两人之间不曾有这般隔阂。

连宏益夫妇喜上眉梢，赶忙又是倒茶又是洗水果。“这就对了，夫妻间没有过不去的坎。赶紧把她接回去，我们也安心了。”

“爸，妈，我想和他单独谈谈。”连韵下逐客令，两老只有找个借口出门买菜，把他们单独留在屋里。

宗绍见她这般神色，暗叹一口气：“其实没必要打扰两老的，平白让他们担心。”

“你妈都找到我公司来了，这一次没有给我们留退路。反正迟早都得离，早点让他们知道也好。”

“离婚？谁说的迟早都得离？”宗绍很诧异，不知道她怎么突然冒出这个想法。

“难道你不是这个打算吗？不然怎么会等到今天才来。”

“我那是因为……唉。算了，过程你不必知道。总之结果就是我来了，而且会带走你。谁也不能把我们分开。”

这个年纪听到这样的情话似乎有点幼稚。海誓山盟、天长地久都不是适合他们宣之于口的话。但宗绍说得很认真，带着一如既往笃定的态度。只有对自己人生百分之百有信心的人才能这样胸有成竹。

“孩子呢？你不在乎吗？”

“如果有孩子会让你开心，我们就要。如果没有更开心，我们就不要。”宗绍抚摸着她的脸颊，将一绺碎发搂到耳后，“我只在乎你开不开心。”

连韵盯着宗绍，看他说这话时一脸虔诚。她突然狠狠地将宗绍推到墙边，手撑在他耳边：“宗医生，有没有人跟你说过你认真的样子很容易让人兽性大发。”

宗绍轻笑：“现在有了。”

“不管多难，我要给你生孩子，生个足球队！”

大门从外面打开，连韵爸妈拿着钥匙呆立在门口，听到最后一句话，老两口臊得满脸通红：“那个……我们忘拿钱包。你们继续。”

连韵跟宗绍回家了。回到小区，她习惯性地往里面的楼栋走，却被宗绍拉住：“走这边。”

宗绍把她带到小区另一套房子门前，交给她一把钥匙。

“这是在玩什么花样？”连韵打趣他。

“你打开就知道了。”

连韵推开门，看到下午四点的阳光暖暖地洒满整个木地板。客厅里有一张超大的木质饭桌，还有一架钢琴。往里走有三间房，一个带独卫的主卧套间，一个充满童趣的儿童房，还有一个亲子共用的书房。

因为整个房子大量采用原木风格，面积也不大，显得十分温馨，和他们原先那个充满现代工业风的大平层完全相反。但是房子里面摆放的照片、书籍、衣物都是连韵的，就连洗发水、沐浴露都是她常用的牌子。好像她还没有搬家，只是一个神奇的魔术把她的家变了个样。

“这是？”

“这就是我们以后的家。”宗绍从后面环抱住她，“有你有我，也许还有宝宝。”

“这就是你这么久才来接我的原因？”

“小韵，对不起。之前是我太懒，工作一忙起来，就习惯性把家里的大事小事都丢给我妈去处理。这才留给她那么多由头来对我们的生活指指点点。那套房子我已经还给她了，阿姨我也辞了，重新请了一个钟点工。以后我们的日子自己过，谁也不能来插手。”

连韵想到那天办公室里婆婆对她说的话，一定是李乘风这个“间谍”都如实告诉给宗绍，他才会有这些举动。

不过以她对婆婆的了解，一贯孝顺的儿子做出这样割裂的行为，林美仪一定是不闹个天翻地覆誓不罢休，怎么最近反倒没了动静？

“你妈会这么容易放手？”连韵不相信地问。

“因为我告诉她，我那方面不行。再给我换个老婆也是一样的，只会多个人知道我的丑事。”

宗绍说完，两人同时大笑。笑完后只剩连韵漫长的深情凝视：“谢谢你，我的一百分老公。”

2

樊天阔和童舟打架的事说来有些滑稽。

起因是樊异唐筛检查出问题，樊天阔趁她去医院检查，马上打电话给程久丰报信。

程久丰觉得事情有点严重，便转告给孩子真正的父亲童舟。

童舟打樊异的电话没人接，急匆匆跑到了樊异家。樊异租的这套房子装的是指纹密码锁，童舟在这住过一段时间所以知道密码。情急之下，他没有敲门直接自己输密码进去。

一进门童舟就听到卧室里有响动，他跑进去看见一个穿着牛仔外套的中年男人蹲在床头柜翻东西。而樊异的衣柜、化妆台也早就被翻得一团糟。

童舟下意识判断是进贼，偷偷打了 110，然后顺手从阳台抄起一根铁衣叉进卧室，不由分说朝“小贼”的背部打过去。

樊天阔吃痛，大叫一声，回头看见这个陌生年轻男人。下一棍眼看又要打下来，哪里还顾得上问一句：“你是谁？”两人扭打在一起，直到警察上门。

樊异一行三人赶到派出所，就看到他们两个鼻青脸肿地抱着头并排蹲在角落。童舟虽然年轻，但社会历练远远比不过樊天阔，乍一看还真说不好两人谁打赢了。

樊异只想装作不认识这两个丢脸的玩意儿，但还是不得不硬着头皮去找警察叔叔认领两人。

“你是屋主？”

“不是，但这个房子我租了一年。”

“那两个人都认识吗？”

“认识。”樊异不得不又跟警察解释一遍三人复杂的关系，“我前男友没见过我爸，所以把他当作小偷，都是误会。”

“那你是两个人都要保释吗？是的话，去交保释金吧。”

“丫头，你要保释他？他差点没把你爸打死。我不准你给他保释。”樊天阔喊道。

“小异，他真的是你爸啊？我看到他在偷你的东西。”

“你放屁。我是在搞卫生。”两人眼看又要动手。

“你们都给我安分点！”樊异生怕警察一生气把他们关起来不让保释，抢先一步喝止他们。

两人只有埋头，安静如鸡。

“小韵，我可能还得找你借点钱。”樊异回头找连韵打商量。

连韵侧头看了那个蹲在地上的中年男人一眼，虽然年过半百，却依然吊儿郎当的，像个少年，一点儿也没有一个父亲样。

“钱没问题，但童舟说的话你也上点心，不要引狼入室。”

樊异低头不敢直视她的目光，只说：“我知道。”

办好保释手续，童舟抢先一步追出去。看着樊异微微隆起的肚子，他想摸又不敢，手脚都不知道该放哪儿。

“想摸就摸一下吧。”樊异干脆停下来让他感受一下。已经剥夺了他为人夫的权利，不能再阻止他体验为人父的感觉。

童舟手颤巍巍伸出去，摸到肚皮的时候，他感觉肚子里动了一下，吓得他马上缩回手，兴奋地喊：“他踢我。”

樊异也觉得不可思议，这是她第一次感受到胎动。很微弱又切实的触碰，她不禁摸了摸刚刚胎动的位置，猜想这是它的小手还是小脚。也许胎儿真的有灵性，知道是爸爸在摸他，才会给予回应。

樊天阔从后面冲上来，把童舟推开：“离我女儿远点！摸什么摸，摸坏了你赔得起吗？”

“这是我的孩子，我怎么就不能摸？”

“你做梦呢！这是我的孙子，程久丰的儿子，将来要继承父业的富二代。和你有什么关系？”

童舟脸色铁青看着樊异，本来就对程久丰心存芥蒂，听樊天阔这么信誓旦旦地说这是程久丰的孩子，他难免产生怀疑。

樊异没有辩解什么，只是拉了一把樊天阔：“别在外头给我丢人了。回家。”

樊天阔却不依不饶地对童舟放狠话：“再靠近我女儿，小心我打断你狗腿！”

“抛妻弃女十几年的人，现在跑回来装什么好爸爸。”童舟气上头，忍不住回嘴，却不想这话是狠狠戳中了樊异的痛处。

“我们家的事轮得到你这个外人说道吗？”

“好，好。既然你俩有聊不完的话，就在这站着聊完吧。我们走。”樊异脸色苍白，整个人勉力站着，摇摇欲坠。

连佳家见状赶紧扶住她，从包里掏出她的保温杯给她喝口热水缓一会。连韵和童舟算有点交情，推了他手肘一把示意他别说了。

童舟马上意识到她还是个孕妇，受不得刺激：“对不起，宝宝今天检查没事吧？”

“无创结果要一周后才出来。”连佳家替她回答。

樊异突然想起什么，问童舟：“你家有唐氏综合征的家族遗传史吗？”

童舟仔细思索一会儿：“据我所知是没有。”

樊天阔急了：“你问他做什么呀？难不成孩子真是这臭小子的？那程久丰是怎么回事？”

樊异冷冷地瞥了他一眼：“我早就跟你说过，孩子不是程久丰的。”

“真不是？那这孽种你留着干什么？”

“砰！”几乎在樊天阔说出这句话的同时，樊异将手中的保温杯狠狠砸在地上，几滴热水烫到了樊异的脚背。

“你刚说什么？你再说一遍！”樊异眼神恶狠狠的，一步步朝樊天阔逼近。

樊天阔这个闯荡社会几十年的混子，居然被自己亲生女儿吓到。男人永远不能明白一个母亲可以为孩子做到什么地步。

“你说什么见我开心舍不得劝我堕胎都是谎话吧？你舍不得的是程久丰这棵摇钱树！我真蠢。我以为你真的心疼我这个女儿，喜欢我肚子里没出世的孩子，原来都是假的。”樊异不知道自己什么时候掉了那么多眼泪，发现的时候，已经泪流满面。

原来过了这么久还是会失望，她一开始就不该对这种男人抱有希望。

“吵什么吵！你们当这是什么地方？是刚刚没关够吗？”值班民警听到外面的喧哗，跑出来喝止他们。

“我再也不想看到你。”樊异抹干眼泪，对樊天阔吐出最后一句话，可是还没走出两步就腿一软向侧边晕倒，还好旁边的童舟眼明手快扶住了她。

“快送医院！”连佳家看她脸色暗觉不妙，孕妇最忌讳这样大的情绪波动。

“婷婷！”樊天阔也想跟上来，被连韵拦住：“我想你刚刚听得很清楚，她不想再见到你。”

樊天阔一晃神的工夫，连韵已经开车带走了他们。

樊异在警察局门口晕倒醒来后，第一个问题是：“我的孩子没事吧？”

“孩子没事。你看看你自己，弄得人不人鬼不鬼的。”母亲罗凤卿站在病床前冷冷地看着她，“我跟你说过什么？不要相信那个男人！你总以为他是什么好人。”

“他不是什么好人，你也不是善茬。”樊异忍不住小声嘀咕，这话让罗凤卿炸了毛。

“你说什么？我让你正儿八经谈个恋爱，你不听。非得作践自己，未婚生子。我让你不要对樊天阔抱有任何期望，你又不听。现在引狼入室。都怪我咯？”

“你可以不用来。”樊异把头撇到一边，不想在这个时候再听她唠叨。

“你！”

“阿姨，小异刚醒来，让她多休息一下。饭买回来了，您先吃饭。”旁边的童舟急忙打圆场。樊异这才注意到他的存在。

罗凤卿冷哼一声，接过他手里的盒饭：“你别以为这就算过了我这关。你跟樊异的事我们慢慢算账。”

童舟自然不会和这个“未来岳母”计较，他搬了一张折叠凳坐到樊异面前：“阿姨昨晚接到消息连夜坐火车赶过来的。你就别生气了。母女俩有什么话不能好好说呢？”

老家到靖州晚上只有一趟绿皮火车，夜间十一点开，只有硬座。樊异想到绿皮火车上那难闻的味道和硬邦邦的座位，心里瞬间柔软不少。如果不是关心她，妈妈又怎么会年过半百还熬一夜硬座过来。

“我就是过来看看她有没有知错！”

罗凤卿有个“特异功能”，总可以把好意说成难听的话。

“小韵她们呢？”

“小韵陪你到早上七点才刚去上班，连佳家老公昨晚就把她接回去了。”

“哦。”

“对了，还有一件事。”童舟面露难色，“你昏迷的时候，银行来过电话说你的信用卡被刷了三万块钱。因为是在半夜的大额消费，银行觉得不正常所以打电话来询问。”

“是他？”

“应该是。我进你家的时候，看到他在翻你的床头柜。我知道你的那些重要的证件和平时不用的卡都放在那。”童舟见她脸色难看，放缓声音安慰她，“我已经让银行暂时把卡冻结了。你回去再清点看看有没有其他损失。”

“嗯。”樊异轻声应了，她在乎的不是钱。她只是想不通樊天阔怎么可以毫不犹豫地伤她一次又一次。

“你刚说什么？三万块？那个死人偷了我们婷婷三万块钱？”罗凤卿把盒饭一丢，拍着桌子站起来：“他人在哪？我要去找他拼命！这么多年一分钱没给我们娘俩，一回来就骗走三万块钱。他还要不要点脸？报警！那个姓童的，现在给我报警！”

“……你能不能让我安静一会儿？”樊异揉着太阳穴，感到头痛不已。旁边病床的病人也一脸嫌弃地看着这边。

“可不可以安静一点儿？这里不是菜市场！”巡房的护士重重地敲了下门。

罗凤卿悻悻地坐下，嘴里念叨着：“我跟他没完！这事没完！”

见她这副模样，樊异苦笑。母亲也许自己都不知道，这是她在父亲消失这些年后第一次露出这样高涨的精气神，即使这精神是留着找他算账，但也只有遇到父亲，她才活了起来。嘴里再怎么骂，她的本质和自己没有区别，都是渴望见到他。

樊异当天出院，她妈也提着行李箱住进她家。搁在以前，别说住她家，就连出她们那个小城都不愿意。

罗凤卿反对樊异出来工作，一直希望她回到小城生活，所以发过誓对她在靖州的家是半步不踏。

樊异惊奇地看着自己母亲，等她自圆其说。

“看什么看？不是为了照顾你肚子里那个，你以为我愿意在这待着啊？还要受你的气。”罗凤卿嘟嘟囔囔把行李放了，转身进洗手间拿抹布，“哦哟，你看你这一层灰！你还是个女孩子。自己住也要注意点卫生。”

许久没听她骂骂咧咧的念叨，竟有些想念。

“妈，难得来，您在这多住一阵子吧？至少等到您孙子出世。”

“那当然。不然把你丢给那黄毛小子？我要做第一个看到我外孙的人。”

樊异偷笑，母亲嘴里说着生气，实际还是关心她肚子里的孩子。

“那霍叔呢？你不管他啦。”樊异故意打趣她，却见她擦桌子的手一停，面色沉重：“我让他搬出去了。我们现在没什么关系。”

“为什么呀？”樊异很诧异，从任何意义上来说，霍叔都是个好人。

“你还问为什么。不就是因为你不喜欢吗？这世道真是反了，做妈的管不到女儿谈恋爱，女儿倒可以对妈妈的感情指手画脚。你上次回来发一顿火，我就让他搬出去了。”

母亲的声音在樊异耳里逐渐变小，她只看见罗凤卿头上的白发随着她的动作在空中飘扬。

在成长的过程中，因为父亲的缺失，母女针锋相对。她在记忆里把母亲的尖酸刻薄一遍一遍刻画，以至于忘了半夜替她盖被子的是妈妈，忘了每天一大早起来给她准备午餐便当的是妈妈，忘了受欺负时替她打回去的是妈妈。

她的特立独行和胆大妄为，一半是因为父亲的出走，另一半是因为母亲的撑腰。

“妈。”

“干吗？”罗凤卿依然没好气，但是看在樊异眼里就像闹脾气的小孩。

“对不起。”

大概是吵架吵惯了，突然整这么一出，罗凤卿反而不知道怎么接：“说什么傻话。”

她低头去收拾行李箱，却掩盖不住脸上的笑容，甚至不自觉地哼起了小曲。

老小老小，老了就跟小孩一样好哄。

樊异心情十分舒畅，拿起手机准备玩一会儿。微信突然接到一个好友验证，一个叫“紫蔷薇”的人加她，备注写的是：“我是樊天阔的现任妻子。”

她心里咯噔一声，下意识看向母亲。父亲走了这么久，她们一直以为他是孤身一人四处游荡，从来没想过他另组家庭。如果他想重组一个家，何必要抛弃她们？

鬼使神差之下，她点击了同意。

3

最近连韵经常约连佳家晚饭后一起陪樊异在小区散步，说是强身健体，其实是怕樊异一个人在家里想太多。

连佳家的小腹以肉眼可见的程度微微隆起，大小甚至超过怀孕四个多月的樊异。经不住连韵和樊异的打量，她主动承认："我怀二胎了！"

"真的假的？"

"多大了？"两人像寻常小姐妹一样兴奋起来，叽叽喳喳问个不停。

"算日子大概两个月。不过这家伙长得有些急，你看，都快比樊异的肚子还大了。"

"去医院检查了吗？"

"还没有。我妈说都是怀过一胎的人了，那些产检都知道怎么回事，没有特殊情况没必要去医院。而且现在疫情，医院还是不去的好。"

"说得也是。因为这烦人的疫情，我的产检都推迟了。"樊异附和道。

连韵却不是很赞同："还是定期去医院检查一下好，随时知道胎儿的发育情况。不过我没发言权，我一个怀不上的人。"

听她说这种丧气话，樊异和连佳家免不得又得安慰她一番。

"你说得对，至少要去医院建个档。等下次樊异产检，我跟她结伴一起去。"

三人散步到小区门口时，碰到刚下班的宋江。

宋江这份新工作也不知道到底是做什么，有时候可以一整天不出门，有时候又连续两三天看不到人，忙到半夜才回也是常有的事。

连佳家已经不像从前会对他的行踪问得一清二楚，她现在甚至觉得宋江不在家要自由得多。

宋江在小区门口一看到她，马上小跑过来，还脱下自己的西装外套罩在连佳家身上：“天凉，出来散步也不知道加件衣服。妈妈呢？”

“她在家洗碗。我下来陪韵姐和小异散步。”

因为她怀上二胎，宋江最近心情很好，对她关怀备至。他说虽然她做错很多事，但只要她做对这一次，为宋家生下个大胖小子，她以后会是最幸福的女人。

“哦哟哟，体谅一下我这个单身狗好吧？”樊异摸着自己的手臂，全是鸡皮疙瘩。

宋江好像这才看到另外两人，转头打招呼：“堂姐，樊小姐。”

“我们刚听佳家说了二胎的事，恭喜你呀！”

“也真是的，有好消息不早点分享。这下有人陪我一起养胎，我不用无聊咯！”

“是妈妈说三个月前胎儿不稳，让我们不要说出去。”宋江低头腼腆地笑，好似第一次做爸爸的大男生，让人不由得心生好感。

这一切看在连佳家眼里却是一阵恶寒，宋江就像丛林中的一条变色龙，知道自己在不同环境该伪装成什么样子可以讨人喜欢。当把猎物吸引上钩，扼住猎物的咽喉，它才会露出真正的面目。

连韵抬手看了一眼手表：“不妨碍你们二人世界，我老公也快回了。今天就先到这吧！樊异，我送你回去。”

“为什么你们都要伤害我这个单身狗。”樊异哀号。

“你哪里是单身狗？肚子里不是还有一个吗？”

“是哦。乖宝，妈妈就只有你了。”樊异夸张地摸着肚子，“对了，佳家，周三我去产检。一起吗？”

连佳家征询性地看向宋江，宋江点头：“刚好我周三休息，我开车带你们去吧。”

宋江边说边将连佳家搂进怀里，自然地在她额上亲吻了一下。

看着旁边的两个好友露出艳羡的表情，连佳家受宠若惊，不禁沉沦于这短暂的深情。

这天宗绍下班回到家，连韵正在厨房为他下面。

她把面端上来的时候，宗绍觉得她有点闷闷不乐。他拉着连韵的手，把她拉到自己身边坐下。“怎么了？不是和闺蜜下楼散步去了？怎么还不开心？”

“佳家又怀孕了。”连韵用手指无意识摩挲着原木的桌面，“我是不是有点自私？听到别人的好消息，竟然第一反应想到自己的不幸。”

“别着急，孩子的事都是缘分。”

“我以前看不起连佳家那种全职主妇，后来我才发现原来有很多事是她行我不行的。是我以前太偏见。为什么别人怀孕这么简单，我却难于上青天？”

“虽然我是学医的，但我有时也会相信灵学。你知道吗？也许就是宝宝感受到你的焦虑，所以不敢来。放轻松。本来这也不是一道必选题。”

“你等等！”连韵突然起身走进卧室。宗绍听见打印机唰唰响，不一会儿，她拿着一张 A4 纸跑出来。

“这是我们以后在家的生活作息表。”

宗绍接过来扫了一眼，从早上六点开始晨练到晚上九点睡觉，还有每个月排卵日的同房安排都给记录得明明白白。

“医生说如果想要自然受孕，夫妻双方都要多锻炼身体，增强抵抗力，不熬夜，多吃新鲜蔬菜水果。虽然机会渺茫，我们也要付出百分之百的努力。”连韵不是那种把命运交给天的人。

宗绍苦笑：“别的先不说。熬夜这一点，我们医院 On Call 都是三十六小时，不熬夜好像不太可能。”

“没关系。我们在家休息的时候就坚持这个健康饮食和作息。这你总可以做到吧？”

宗绍见她热情满满，不忍心拒绝：“我尽量配合。”

“还有我去检查的时候，医生说我是子宫后位，这对怀孕可能也有一点阻碍。这在姿势上就要求更多。”

“小韵……”宗绍被她说得脸都红了，“我不希望我们的生活完全被生孩子所支配。”

“可是一点努力都不做，我们就干等着孩子降临吗？这还是最乐观的计划，如果自然受孕不了，下一步我就考虑去做试管！”

宗绍放下吃到一半的面，十分严肃地说道：“你之前可能看一些影视作品和电视广告里演的试管婴儿都很轻松，很幸福。但站在一个专业医生的角度，我必须负责任地告诉你，试管对女性身体伤害很大，促排针会让你卵巢受刺激，增加患各种妇科疾病的风险。心理上的压力就更不用说。站在一个丈夫的角度，我更不希望你受这些罪。”

“我知道你心疼我。可是我想要孩子的决心足够我去面对这些风险，你是不是该支持我？”

连韵撒娇地摸了一把宗绍的脸，宗绍却不悦地拿开她的手，只丢下一句：“你真是疯魔了。”便默默拿起未吃完的面碗去厨房洗。

这是他们婚后第一次的争执。因为孩子。而连韵有预感，这样的争吵以后还会有很多次。

连韵正式销假回公司上班第一天就感受到全公司那种微妙的氛围，所有人见到她都躲到一边窃窃私语。以前他们对她也是避之不及，但现在的闪躲里多了一分打量和议论。

女同事看向她都是一点八卦加同情，而男同事更多是幸灾乐祸的样子，好像一雪前耻，报了之前被她训过的仇。

连韵一走进办公室，李乘风就跟了进来。

“外面那些人怎么回事？”

“那个……他们听到一些风言风语。”李乘风吞吞吐吐不敢说。

“什么风言风语？”

“就是关于您生孩子的事。上次您婆婆到公司来……”

“他们怎么会知道？”

林美仪来公司的时候，连韵在开会，但是她清楚，以林美仪好面子的个性，绝对不会把她不孕的事当众喊出来给所有人知道。

而上次李乘风帮她捡资料的时候看到了她的体检报告，所以只有可能是李乘风传出去的。

李乘风的沉默更加让她确认了这件事。

“对不起，连总。我那天喝醉了，只和一个人说了。真的只告诉了她。后来怎么会……”

“怎么会？你还问我怎么会？自己学营销的，难道不懂这些八卦就像病毒式传播一样，用不了一天全公司上下都可以知道！”连韵暴怒，抓起手边的文件夹朝李乘风扔去。

李乘风不敢躲，文件夹一角擦着他的脸飞过去，在脸上割出一条血痕。

“嘶。”大办公区有人倒抽一口凉气，好像情不自禁为李乘风在喊痛。

连韵办公室的窗帘并没有拉，透过玻璃外面都看得一清二楚。所有人都假装在做自己的事，眼睛却在瞟办公室里面的事。

连韵仍然怒气未消：“念在你跟了我这么多年，我不给你开除信，你自己去递辞职。”

“连总！我真的不是故意的。”

“职场上没有故意不故意，只看结果好不好。很显然，你粗心在前，多嘴在后。暴露上司隐私，影响我的威信，是一个彻头彻尾不称职的助理。现在唯一挽回我威信的办法就是开除你，让外面那些人看看管不好自己嘴巴的下场。”

连韵直接拉开办公室的门，做了个请的手势。

李乘风灰头土脸地走出来。连韵紧跟其后，扬声对整个大办公区说：“李乘风妄议上司，造成恶劣影响，即刻起从总经理助理岗位离职。我的子宫能不能生，你们管不着。但是你们的工作能不能保，我完全管得着。你们如果也想走，大可以再继续议论！”

整个大办公区的人连大气都不敢喘，整个画面像凝固了一样。

朱建明端着茶杯慢悠悠从茶水间走出来便撞上这样的场景。他对着手中的热茶吹了一口气，笑呵呵问道：“什么事让我们连总大动干戈啊？”

“已经解决好，不劳朱总费心。”连韵也摆出标准的职业假笑。硌硬人看谁比得过谁。

“我刚好像听见有人要裁了李乘风。他怎么说都是从一毕业就跟着你的徒弟，说裁就裁是不是太没情义？”

“朱总说笑了，公司利益永远大于个人情义。他现在就去人事交辞职信。我相信这个东西，你们每个人文件夹里早就准备好一份。”连韵又一次震慑了在场的员工。

“哦。辞职信还没递啊？那这么说就是还属于我们方舟资本咯？既然连总不要这个人，不介意我跟人事说调到我手下来做助理吧？”

“朱总，这个人是我开除的。您再捡回去不合适吧？”连韵激朱建明捡破烂。朱建明却毫不在意：“就算是废品还可以回收呢。我不介意从连总手下捡破烂。再说连总调教出来的都是人才，哪里能是破烂呢。”

连韵看着李乘风：“你愿意去朱总的部门吗？”

李乘风咬唇不语。当着旧主的面投新门是职场大忌，但不去就丢了这份工作，让他进退两难。

“您就别为难小孩了。他怎么敢得罪您。就当我强买强卖了。怎么样？小乘风，拒绝我可就没人能救你咯！”

“我去！”他一咬牙，应了下来。

连韵冷笑：“果然是没骨头的东西。你愿意去就去吧。”

她大踏步走回办公室，不再理外面的是是非非。而李乘风就顺理成章进了朱建明的小组。

宋江夫妇和樊异一起去医院做产检，医院的妇产科诊室不准男士进入，宋江只有坐在门外等。樊异和连佳家两个人一起进入B超室，樊异先做检查。

“看到这里了吗？这是五个手指头，这里是脚趾，这是脊柱。五官……现在宝宝朝里，面部看不清，等二十四周大排畸再看吧。没事，你放心，宝宝发育得很好。”医生指着B超机上模糊不清的图案给樊异讲解。

樊异仰着个脖子努力去分辨医生说的手脚，但只能勉强看出头身，头很大，身子却小，像个外星人。她皱着眉头念叨了一句：“好丑啊。”

连佳家在旁边笑道：“呸呸呸。胎儿都是头大身子小，我觉得你的宝宝很漂亮啊！健康就好。”

医生也附和：“你朋友说得没错。别以为胎儿在肚子里听不见，赶快和他说对不起，宝宝可是有灵性的哦。”

樊异接过医生递来的糙纸擦干净肚皮上的润滑凝剂，轻轻拍了拍肚子："对不起，妈妈不是在说你。别小气哦！"

医生朝连佳家挥手："你过来吧，躺下来。"

连佳家躺在台子上，掀起上衣，让医生挤凝剂。医生一边挤，一边回头翻看她的产检病历本，发现是一片空白。

"第一次产检？肚子看上去挺大，三个月了？"

"应该是两个月。我之前生过一对双胞胎，所以肚皮比较松。"

"难怪。"医生不再问，而是凑到B超机前仔细看。冰凉的仪器在肚皮上滑动让连佳家感到轻微的不适，更让她不安的是，这个健谈的医生一直不说话。

她看医生的眉头皱起，脸色很沉重，心下一沉："医生，是不是我宝宝出了什么问题？"

"你之前有没有验过血？HCG值多少？"

"没有，因为已经两个多月，肚子都大了。我就直接上来照B超了。"

"可是……你的肚子里根本没有胎儿。"医生艰难地吐出这句话，他在B超室工作这么久，也是第一次碰到这种情况。

连佳家和樊异都怔住了，谁也没想到会是这种情况。

"不可能！"连佳家先回过神来，"我月经两个月没来了，而且最近经常犯恶心，嗜睡，乳房肿痛，肚子还变大了。我怀过一胎，这些明明都是怀孕的症状！"

"医生，要不你再仔细看看？会不会是胎儿发育得太小，还看不清。"樊异也帮腔。

"这不可能，就算只是个小受精卵，我们都可以看得清楚。何况两个月，应该呈现出人形了。"

"怎么会呢？我都感觉到它在动……"连佳家盯着自己隆起的小肚子，不敢相信。

“你最近有吃什么特别的东西吗？”

连佳家突然想起什么，老实回答道：“我喝了一个月的绿豆汤。”

“一个月？每天都喝？为什么？”

“有人告诉我，这是求子的偏方。”

“我大概知道原因了……你第一胎是女儿吧？是不是很想要生个男孩？”

“不是我，是我丈夫想要。”想到宋江还在外面等着，连佳家浑身冰凉，手心还在出汗。

“你这种情况叫假孕。是因为太想怀孕导致身体激素产生变化，引起闭经、胸部肿胀、呕吐等类似怀孕的症状。你感受到的胎动是因为喝了太多绿豆汤导致的肠胃胀气蠕动，和怀孕无关。建议你放平心态，回家好好休息一段时间调理身体再备孕。让你丈夫别给你那么大的压力，这都什么年头了，生男生女都一样啊！可不能再有这种重男轻女的思想。”

医生后面还在碎碎念什么，连佳家已经完全没听见。她只知道肚子里没有胎儿，只是一团绿豆汤喝多了的胀气。比起空欢喜一场，她更害怕的是宋江知道这乌龙事后的反应。

她现在拥有的一切宁静、包容和宠爱都是建立在这个肚子上的，溺水的感觉又一次出现在她耳边。

“佳家？连佳家？你听得到吗？”樊异在旁边摇晃她的手臂，将她从溺水的感觉中一把拽出来。“我们先出去吧！下一个孕妇要检查了。”

连佳家突然抓住樊异的手臂：“我求求你！”

“什么？”

“求求你不要告诉宋江！”

樊异看着这样失态的连佳家，说不出话来。她心里升出一点异样，明明看着那么恩爱的小两口怎么会连句实话都不敢说呢？

从诊室出来，樊异一直偷偷打量着连佳家，她抹掉眼泪挤出笑容走向宋江。

宋江体贴地给两个孕妇递上刚买的矿泉水，关心地问道："孩子怎么样？"

"医生说一切都很正常。"

"那就好，再过两个月就可以来看大排畸了。"宋江神采奕奕的样子。

大排畸意味着可以清楚看出性别，樊异若有所思，刚刚在B超室里连佳家说是宋江想要儿子。究竟宋江给了她多大压力才会让她出现假孕这种事。但樊异什么都不能说，不能问。

第十三章

1

自从连佳家检查后发现自己没有怀孕，那些早孕反应突然消失得一干二净。妈妈不知情，还直夸宝宝懂事，懂得心疼妈妈。宋江对她也是格外体贴照顾。

这让连佳家进退两难，对妈妈都不敢说出实情，心情烦闷之下，只有打电话约樊异和连韵出来诉苦。

连韵还在上班，三人只有午休时间约在她公司楼下的咖啡厅见。

连韵听连佳家说完上次检查的事，仿佛听到天方夜谭。“你没怀孕？这为什么不能直接告诉宋江是乌龙？”

“不可以。宋江他……对这个孩子期待很高。你不知道他最近对我有多好，我不敢说。”

“难道说你没怀孩子，他就对你不好？那这种男人还有什么好要的？”樊异作为一个换男友比换衣服还轻快的“侠女”更是不能理解连佳家对宋江的害怕。

“唉。你们不懂……”连佳家有点羡慕，她们的不懂是因为遇到对的人。“你们就帮我出出主意，我怎么能瞒得更久？”

“这种事撑死瞒八个月，你准备上哪给他变个孩子出来？”

“我去福利院领养一个？”

“你真是疯了。”连韵摇头，“你少看点电视剧。哪能去领养刚出生的宝宝，还要买通医院陪你做戏？”

“有了！我给你出个主意，你最近多和你老公上床……”樊异话还没说完，就被连佳家捂住了嘴。连佳家左顾右盼看有没有人在听她们说话。她真是佩服樊异什么话都说得这么理直气壮。

樊异把她的手拿下来继续说：“你争取在他发现你假孕之前真的怀上。到时候时间差一两个月，你可以说是算错了，也可以告诉他真相。”

连韵却持不同意见：“我觉得你还是现在老老实实告诉他。哪有那么容易怀孕啊？别等到事情无法挽回的时候才说。”

“这事我有发言权。怀孕还不容易啊？就是那么一不小心……”樊异本来是想吐槽自己的意外怀孕，却见连韵脸色突然变得难看。想到她不孕的事，樊异自觉说错话：“对不起，我不是那意思。”

“怎么了？”连佳家不知所以然。

“没什么……”樊异想替连韵打圆场，却被连韵抢先一步。

“我输卵管堵塞，怀不上孩子。”连韵本来没打算把这事告诉连佳家，但是人家这么信任她，把自己的秘密都告诉她了。她再遮遮掩掩就没意思了。

连佳家呆了，她从没想过这个完美得如仙女下凡的堂姐会有这么大的苦恼，自己这点小事在她面前好像不值一提。

“小异、佳家，我真的羡慕你们，能拥有自己的孩子。如果我有自己的孩子，我一定把全世界最好的东西都留给她。”连韵带笑说这话，更让人心疼，“不过没关系。你俩有就等于我有！尤其是樊异你肚子里这个可是我的干儿子。他要什么我都给他买！”

“呸呸呸。肯定是女儿，我有预感。”樊异连忙否定，她一心想要生个软萌可爱的女儿。

连佳家不敢吭声，头偏向窗外。想到自己为了生个男胎做的这些蠢事，她觉得自己在这两个朋友面前连头都抬不起。

原本只是无意义地打量空旷的街道，连佳家却突然看见窗外一个熟悉的身影朝她的方向走来。

宋江的车停在咖啡店的马路边，他先走到副驾驶位拉开车门，一个高挑美丽的女孩坐进去。宋江甚至体贴地伸手为她护住头顶，他从来没有这样对她做过一次。

连佳家清晰地看到两人在车上有说有笑，还亲吻了一下。这个场景和之前她在酒店门口发现他出轨的景象如出一辙，女人的脸甚至幻化成了佟乐。

奇怪的是她此时心里竟然不再是愤怒，而是如释重负的轻松。好像她发现的不是老公出轨的秘密，而是一个可以抵消自己过错的筹码。

“你在看什么？”樊异和连韵见她半天不动，也顺着她的目光看过去。

此时宋江和神秘女嘴唇刚依依不舍地分开，他浑然不知此时隔着玻璃窗有三个女人正盯着他，发动车子扬长而去。

过了半晌，连韵才试探性开口：“刚那是宋江吧？”

连佳家扯出一个勉强的笑容：“不是，你们看错了。只是长得有点像，我刚也在看呢。”

当晚，宋江很晚才回来。他以为连佳家已经睡了，蹑手蹑脚进房，没有洗漱径直躺上床。

突然有一双手从后面抱住他，连佳家的声音嗡嗡的，像感冒或是刚哭过一样：“回来啦？”

“嗯。还没睡？”

“等你呢。”连佳家的手在宋江坚实的胸膛上游走，他依然保持着在体校练出来的腹肌。难怪那么多小姑娘对他趋之若鹜。

“别闹。你现在怀孕，不方便。再说这么晚，我也累了。快睡，乖。”宋江像往常哄小孩一样，将她拥进怀里，抚摸她的头发。

“是在外面陪别的女孩陪累了吗？”连佳家轻飘飘的声音传到他耳里，他怀疑自己是不是听错了。

宋江推开连佳家，直视着她的眼睛：“你说什么？”

“今天中午我和连韵、樊异一起在CBD的星巴克喝东西。”话点到为止，宋江是明白人。

“佳家，你听我解释。我一直没有跟你详细说过我的新工作是做什么吧？”

“难不成是给别人做男朋友？”连佳家的声音里有些戏谑。

“不是。我的工作是讲师。一个恋爱培训机构的讲师，专门给那些追不到女孩子的男生讲解约会谈恋爱的技巧。你今天中午看到的那个女孩只不过是我们的一个实验对象，通过实操帮助学员们理解技巧运用。”

他说得很官方，但连佳家听懂了，就是教人泡妞。真没想到这个世道还有人花钱去学习如何搭讪泡妞？按宋江的收入来看，这个学费还不少。他们难道就没反思过自己结交不到女生是自身心理有问题吗？

“所以佟乐也是你的实验对象吗？”连佳家不知自己为何鬼使神差提起这个禁忌。或许是中午那一幕和当初佟乐太过相似，又或者是抽屉里那封信时刻在骚动。

宋江听到这个名字脸色突然变得铁青，他靠近连佳家的脸，好似想吃了她一般恶狠狠地说：“好端端你提她做什么！想吵架吗？你这个人怎么回事？放着安乐日子不过，一直找事来吵。是我最近对你还不够好？”

宋江总是可以轻飘飘几句话就把所有过错压到她头上，偏生连佳家受用。她的态度马上软下来，可怜兮兮地拉着他的手：“不是的，你别生气。”

“你到底想要什么？”

“我只是……想要你。”

大概是连佳家我见犹怜的样子惹得宋江欲望上头，他邪笑着欺身到她身上：“那我就满足你！”

那晚又是一次激烈的体验。不知是连佳家的错觉，还是事实果真如此，好像自从佟乐死后，宋江和她每次争吵之后的体验都如暴风雨般猛烈。越是吵得厉害，事后越是猛烈。像一种发泄，或是报复。

2

自从宗绍夫妇搬出他父母买的房子后，林美仪很识趣地不再来打扰。一是看到了儿子的决心，二是对儿子的病情也感到心虚。

所以大周末早上林美仪突然又打电话给连韵的时候，宗绍感到又奇怪又生气。

连韵正在厨房里做早餐，手机就放在台面上，宗绍看到是自己母亲便直接接起。

“妈，你又想干吗？”

“你这什么态度？”林美仪有点生气，“你叫连韵接电话，我不和你说。”

“她不在，你有什么事直接和我说。”经过上次母亲偷他手机给连韵发短信说离婚的事，他对母亲的防范心很重。

“你没必要防妈跟防贼似的。我不是要害她。我就是想问下连韵今天有没有空，明莲寺住持今天开坛做祈福，我想带她去拜拜。你最好一起去。”

明莲寺是本市香火最盛的寺庙之一，它最灵验的是送子。宗绍对此有所耳闻，自然知道母亲打的什么主意。

“妈，别花心思在这些没用的事上。连韵她没空，挂了啊。”

连韵端着刚烤好的吐司上桌，看到他拿自己手机在讲电话，压低声音用嘴形问了一句：“谁？”

“我妈，她问你今天有没有空去明莲寺拜佛，我说你没空，给你拒了。”

“是那个求子很灵的寺庙吗？”

“应该是吧。”

“那去啊。为什么不去？刚好今天咱们也没什么事。”

电话还没挂，林美仪听到连韵同意去，兴奋地对电话里说：“那就这么约好了。中午十一点在明莲寺的大殿见。”

不等宗绍再拒绝，林美仪速速挂断电话。

宗绍有点委屈地看着连韵：“不是说好在家一起看部电影吗？”

“晚上回来陪你看哈。”连韵哄小孩似的，捏了捏他的脸。

宗绍还是很沮丧，他一直对孩子这件事抱着顺其自然的态度。以前只有他妈着急，现在连老婆都跟着疯魔了。

“你真相信拜拜神就可以怀孩子？咱们好歹是读过这么多书的人。”

“对咱们这种情况，能有孩子就是奇迹。奇迹是什么？就是神给的。宁可信其有，不可信其无。再说拜拜又不会少块肉。宗绍你麻利点吃完早餐收拾收拾，别在这思考人生哲学。”

连韵匆匆咬了两口吐司，一口干掉牛奶就跑进卧室去换衣服、化妆。女人出门需要男人两倍的时间，精致的女人可能是十倍。

宗绍不情不愿地跟着连韵驱车到明莲寺，母亲已经在大庙里拜佛，父亲居然也跟着来了。

搁在以前，父亲肯定不会掺和这种怪力乱神的事。而现在一生信奉科学的父亲，居然执着三炷香虔诚地站在佛前闭眼许愿。那场景要多违和有多违和。可见得他们不能生育这件事对父母确实造成了极大的困扰。

宗承明先看到他们。他从小沙弥手里拿过两炷香，走近香炉借着香头未灭的火点燃，朝他们招手："宗绍、小韵，过来。"

连韵对公公一直很敬重。她小跑两步过去，接过公公手里的香。"宗绍说您一直在国外开研讨会，您今天怎么也来了？"

"昨天回靖州的，时间太晚就没惊动你们两口子。怎么说都是宗家传承香火的大事，我理应来。"宗承明的话里没有一个字在责怪连韵，却让她红了脸。

宗家就宗绍一个独子，家里还真是有"皇位"要继承的那种。宗承明这是表明态度，自己十分看重他们是否能传承香火，简而言之就是她有负众望。

宗绍沉了脸："爸，孩子的事都是天意，勉强不来。不关小韵的事，主要是我有问题。"

"我没有要追责的意思。学医的人还不懂天命吗？我和你妈这不是带你们来请示天意嘛。"宗承明呵呵笑着，还是一如往常和蔼的模样。只有宗绍了解父亲这笑里藏刀的意思。

"住持请你们烧完香进善堂详聊。"小沙弥过来引路。连韵和宗绍匆匆拜了三拜就跟着进内堂去了。

他们进去的时候，住持正在和人打电话。看他穿着金色袈裟手里却拿着手机的模样，让人感到十分违和。

住持余光瞟到他们进来，马上挂了电话，迎着宗承明和林美仪上去握手：“宗医生、林太太，大驾光临，有失远迎！你们这次给庙里捐了这么多善款，我要代表明莲寺好好感谢你们。”

“现在的和尚都很洋气啊，会用手机，还很会来事儿。”连韵小声跟宗绍吐槽。

宗绍笑她没见过世面：“这算什么。我在烤鸭馆还见过和尚吃肉呢。现在出家人不像以前那些清规戒律森严。都是酒肉穿肠过，佛祖心中坐。你别小看这些和尚，像住持这种级别的，基本上结交的都是达官贵人。每年都有人要抢着烧他们第一炷香。”

搁以前，连韵一定会嘲笑那些抢头炷香的人封建迷信，没想到她听得双眼放光：“这么多人抢，那证明他灵呀！咱们要好好拜拜。”

真是魔怔了。宗绍看着妻子觉得有些陌生。

这边住持已经摆好沙盘，手里拿着一个“人”字犁状的木棍。“你们心中有什么疑问，现在就说。我待会会作法请神来回答你们的问题。”

“问子嗣。他们的子嗣缘。”林美仪指着小两口迫不及待地说。

“好。”住持和几个大和尚一起在佛像前念念有词。

不过一会儿，他手如扶犁在沙盘上写下一个又一个的字。连韵他们站得远，看不清。旁边有一个大和尚在纸上记下沙盘上出现又被抹去的字。

住持手停下来，大和尚拿着一张纸条走过来交给他们。“这就是你们问的问题答案。”

林美仪一看就脸色大喜，宗承明眉头也舒展开来。连韵忍不住凑上去看，林美仪直接把纸条递给她。

“你们看，大师说只要在你们的床下铺上红绸，床尾摆一把剪刀，今年内就会有孕！而且是男孩。”

“这可不是我说的。是天意。”住持笑眯眯看着他们。

“大师，我还想看下事业运。”连韵在一旁怯生生地说。林美仪不满地瞟了她一眼：“今天主要是来看子嗣运的。心诚则灵，你可别想那些乱七八糟的。”

“无妨。既然都来了，我帮你看看。”住持帮忙打圆场。

又是刚刚的仪式走一遍，大和尚拿了一张新的纸条过来给她。上面写着：“恐小人作祟，紫微星渐远，主离。但文昌帝君保佑，前途光明。近期有偏财运。”

住持替她释义：“你工作上有小人阻挠，可能会选择离职。但不用担心，你即使离开现在的公司，未来也一片光明。最近还会发一笔横财。”

连韵半信半疑地看着老公：“我有横财发？”

宗绍耸耸肩，不置可否。这话听听也就罢了。

第一个应验的还真是她的偏财运。

从明莲寺回来当晚，连韵买了一张彩票试试手气。

第二天晚上守在电视面前开奖，看到号码球一个个滚动出来，连韵直接从沙发上跳起来：“中了中了！我中了!!!”

宗绍闻声走过来，她抱着宗绍的脖子猛亲：“我真的中奖了。中了二十块！”

“邻居不知道的，还以为你中了两百万呢。”宗绍哭笑不得，“二十块值得高兴成这样？”

“你不懂。我中奖这说明什么？这说明大师说的都是真的，也就是说我今年内真的可以怀上！”

3

母亲每天盯贼似的盯着樊异，俨然成为她的生活辅导员。

“不要抬手！高的东西叫我。”

“不要过去！厕所有水，小心滑倒。”

“不要喝咖啡！咖啡因对宝宝有刺激。”

自从罗凤卿接受樊异怀孕的事，就跟换了个人似的，对肚子里的孙子宝贝得要命，一丁点危险动作都不让樊异做。

樊异仿佛回到中学时期，被母亲成天碎碎念。不同的是，这一次她很享受母亲的念叨。这隔代亲还没有生出来就已经体现得淋漓尽致。

只是因此她找不到机会和“紫蔷薇”见面，“紫蔷薇”在微信里说有很重要的话要当面跟她说。

樊异思前想后，找到个一箭双雕的办法。

“叮咚。”一大早，罗凤卿就听到门铃声。

“谁啊？这一大清早的。”罗凤卿放下手里的拖把，不耐烦地去开门。她打开门就愣住了。

门外站着的是霍普，他手里提着一只鸡和一大包中药。

“你怎么来了？不是，你怎么找到这里的？”罗凤卿下意识把他往门外推了一把，霍普局促不安地站在原地，那模样看着委屈。

“去去去，快走，别给婷婷看到。她马上就要起床了。”

“妈，是我叫霍叔来的。”樊异从鞋柜里拿出一双男士拖鞋放到霍普脚下，“霍叔进来吧。”

“哎。”霍普在罗凤卿的阻挡下挤进来，换上拖鞋，把手里的东西交给樊异，“这是给你补身体的鸡，这是几副安胎药。前段时间一直听你妈在念叨你生病住院胎气不稳。”

罗凤卿抢着接过来：“给我就行了。她一个孕妇能提东西嘛！真是的。”

“我没那么娇贵。”樊异哭笑不得，看着妈妈接过鸡走进厨房嘴里还在骂骂咧咧：“你叫他来做什么呀？我和他该说的都说清楚了。”

“妈你先别做事了，出来，我和你们说说话。”樊异给霍普和母亲倒了两杯茶，三人面对面坐在餐厅，有一丝尴尬。

“其实我今天叫霍叔来，主要是想跟你俩正式道个歉。我那天回去心情不好，加上一下子看到霍叔出现在我们家，有点接受不了，才会跟你们撂重话。”

“说这些干吗？过去就过去了。当父母的哪会真的和孩子计较。”

“可是因为我的原因，你们分开了。我妈说得对，我不让父母管我的同时，也没有资格干涉父母的感情生活。父母和孩子再亲密也是独立个体，你们有追求自己幸福的权利。”

“你的意思是？”霍普憨厚的脸上浮现出一丝喜色。他是真的喜欢罗凤卿。这些年来，看着她被老公抛弃，自己一个人拉扯孩子长大，他又心疼又佩服。

他是老鳏夫，年轻时老婆因为难产死了，就一直没再娶，一个人守着药店。认识罗凤卿很多年，也只是一条街上的邻里关系。听人说她老公跑了，说她脾气太大，说她经常和邻居吵架。于是留下个不好相与的印象。

可是那晚，外面下大雨，他见街上无人便提前了一点关店进去睡觉。他家是前店后屋的模式，一个人住倒也方便。刚迷迷糊糊要睡着，罗凤卿在外面猛敲卷闸门。

他本是不想理的，喊了一声“关门了，明天再来”。但门外敲门声不断，一声比一声响。

“听不懂人话吗？”他带着起床气拉开卷闸门，只见台阶下罗凤卿穿着雨衣，怀里抱着熟睡的孩子，孩子脸上带着病态的红。她淋得满头浇湿，孩子却滴水未沾。“我女儿发高烧，家里没药了。能卖点药给我吗？求您了！”

别人都说她泼辣，只有他看到她一个人带着孩子的脆弱和无助。

樊婷婷小时候身体不好，所以罗凤卿是药店的常客，一来二去就跟他熟了。但她心里一直放不下自己的前夫，霍普也不愿意趁虚而入。这么一拖就拖到了年过半百。

罗凤卿好不容易松了口给他机会交往试试，长大的女儿却成了另一个阻碍。霍普知道樊异对于罗凤卿有多么重要，比她表面上表现的要重要得多得多。所以樊异的支持对他至关重要。

“我的意思是，我希望我妈老有所依……霍叔你是好人，比我爸好一万倍的男人。如果你能照顾好我妈，我比任何人都支持你们在一起！”

罗凤卿和霍普两个老人面面相觑，对他们来说，在一起这种话太露骨。只是两个性格合适的人搭伙过日子。

罗凤卿抿着双唇，眉头紧皱：“婷婷，妈现在没考虑这些。我只想你和宝宝都平平安安。”

“多一个霍叔照顾我不好吗？”

“好！好！婷婷，你霍叔不会说话。我这辈子没有儿女，看着你长大，你就和我亲女儿一样。”霍普生怕罗凤卿拒绝，满口应承。

见母亲还在犹豫，樊异忙找借口离开：“我在这你俩不好聊，我约了连韵陪我做产检。我先走，你们慢慢聊。”

罗凤卿大概是在纠结霍普的事，一时没反应过来就给她溜出去了。

“你在哪？”樊异给“紫蔷薇”发信息。

“你小区对面的咖啡厅。”

本来樊异还在想，她都没说自己的特征，怎么就确定自己可以认出来她呢？她推开咖啡馆的门就知道了，因为樊天阔就坐在那个女人旁边。

“紫蔷薇”是个保养得很得体的女人，不像自己母亲人到中年五大三粗。她穿着修身的旗袍，腰间却没有一丝赘肉。这也可以理解父亲这种浪子怎么会又一次栽进他所厌弃的家庭生活，无非是色字当头。

“你就是樊婷婷吧？长得很像你爸。”紫蔷薇见到她，首先伸出了手。见樊异并没有和她握手的意思，她讪讪缩回去，自我介绍道：“我是彭蔷，你父亲现在的妻子。”

“没领结婚证吧？”

“什么？”

“如果他和你打了结婚证，那就是重婚罪。因为他从来没和我妈离过婚。你说是吗，爸爸？”樊异冷笑地看着樊天阔，他连头都不敢抬。

“因为某些原因，我们确实没打结婚证。但我们在一起生活十年，已经是事实婚姻。这个樊小姐也否认不了。”

“你们是不是夫妻和我有关吗？唯一需要有交代的那个人是罗凤卿。不过我想我妈现在也不需要你的交代了。她的新男朋友比你好得多！”

“你妈找了新的男人？”樊天阔突然抬头，这是他见面以来讲的第一句话。樊异心里有隐隐的报复快感，她当然不会相信樊天阔对母亲还有什么未了情。这种男人就是自己不要的也不准别人碰的贱德性。

“是啊，还是我给她找的。你也认识，街上开药店的霍叔。”

“霍普？”樊天阔思考很久想起这个名字，他还想说些什么被彭蔷一声咳嗽打断。

“我们今天来不是说这个的。老樊，说正事。”彭蔷一个眼神示意，却被樊异抢先打断：“刚好我也要和你们说点正事。我卡里那三万块钱是你拿的吧？是要我报警还是你自己还回来？”

“婷婷，你不会这么绝情吧？我是你老爸，老爸从女儿那拿点钱，警察也不会管的。”

“那我们就试试看警察管不管？”樊异拿出手机作势要报警。

“樊小姐，别和你父亲计较。你知道他就是这种不负责的个性。我们今天来也是想找你说这三万块钱的事。这三万块钱算我们借的行不行？我给你写欠条。”彭蔷从包里拿出一张欠条摆到樊异面前。

樊异拎起来一看，不是三万，而是三十万。“这是什么意思？”

“我们想再找你借二十七万元。”彭蔷说得那么自然，好像这本来就是她的钱，她只是在要回来而已。

樊异被气笑了：“凭什么？哦，你们偷了我三万块还不够，还有脸再来找我借？”

“樊小姐，我们也是迫不得已。你看。”彭蔷把自己手机里的一张照片打开给她看，照片里是一个七八岁的孩子在病床上，浑身插满了仪器。

“这是我们的儿子，小虎。他今年年初查出白血病，我们已经把家里所有钱都用光了。实在是走投无路，他的医药费马上就要断。本来我们也没想到你。是你的朋友找到你爸说希望他和你见一面。你那个朋友看起来很有钱，我们以为是你男朋友，才想从你这里要点钱。”

“所以呢？你们的儿子关我什么事？”樊异这才发现人不要脸真的是没有下限，“我从小就被这个男人抛弃。他和你生了个儿子，倒想到从我这个抛弃多年的女儿身上挖钱。你们会不会太没有下限了？”

“他毕竟是你同父异母的弟弟。”

“对不起，我早就没有爸爸了。”樊异把借条往桌上一拍，“这三万块钱就当我做好事捐给你儿子，以后你们一家三口是死是活不要来骚扰我！”

第十四章

1

“欢欢，你别拿你妈妈的东西玩。”母亲跟着欢欢的屁股后面从卧室里跑出来。欢欢迎面撞到抱着喜喜的连佳家怀里。

“哎哟，你小心点。妈妈肚子里现在有弟弟了！你也是的，大肚子还抱着喜喜干吗？给我来抱。”母亲从她怀里接走小女儿。

欢欢嘟起嘴抱怨：“哼！我不喜欢弟弟！”

“妈，我没事。你别老当着孩子面说弟弟弟弟的。”

“怎么啦？她们迟早要接受的。欢欢、喜喜，你们以后是大姐姐了，要照顾弟弟哦。”

“我不要。”欢欢把手里的东西扔在地上，赌气跑去客厅。

连佳家无奈地捡起来，看到是她收在柜子里佟乐的信。她下意识手指一收，将信揉在手心里。

“是什么重要东西吗？要收好。两岁的孩子翻箱倒柜，跟在背后都没用。”母亲看她神色不对劲。

“没事，废纸而已。”

连佳家拿着信走进卧室，她呆坐在梳妆台前盯着这封信。良久后，她抬头看到镜中自己的脸变成了佟乐的脸。

佟乐在镜中对她说：“打开吧。这是能救你的东西。”

等连佳家反应过来的时候，信封已经被拆开。这就是潘多拉的盒子，但她有种预感，这封信会给她现在的困境带来转机。她抚平揉皱的信纸，认真看起来。

佳家姐，你看到这封信的时候，我可能已经不在了。当然不是真的不在，但应该已经永远消失在你和他的世界。

首先我要跟你说声对不起。介入你的家庭，扰乱你的生活。

我承认是我贪慕虚荣，当初宋江是厂里最年轻的科长，长得又帅。所以他让我陪他去吃饭打牌的时候，我心里是窃喜的。直到你来派出所来赎我们那次，我才意识到他是有家庭的人。

我跟他提了分手，但是他说他爱我。他为我做过很多让我感动的事，当然现在回头看也不过是些讨好女人的小把戏。可我还是没出息地上了当。

这么说并不是想撇清自己的错误，无论如何，我都是该死的小三，甚至不要脸地跟着你们到靖州来。

宋江受伤后，说让我在靖州给你介绍工作，这样你不在家就方便我们约会。

他的那点伤早就好了，却一直在你面前装残废，骗你内疚，心甘情愿赚钱养他。

在和你相处的过程里，我意识到你是个很单纯的女孩，甚至把我当恩人一样掏心掏肺地对我好。我内疚了，也想过退缩。但此时我怀孕了。

我怀孕后，宋江对我更好了。他承诺一定会和你离婚，断干净再娶我。他甚至趁你不在的时候，带我回你家见他父母。他的父母也很高兴，口口声声说会把我当亲女儿一样疼。

也是在这段时间里，他接触了一个叫什么“搭讪大师”的机构，美其名曰教男孩怎么约会。其实就是教他们如何控制女生。他是学员中的佼佼者。

他不断强调我是他的所有物。是他带我来靖州的，我应该全身心属于他，服侍他。我无法控制地掉入他的谎言和陷阱。

一切在那次产检后变得糟糕。宋江买通了医生查性别，医生说我怀的是个女孩子。他马上变脸，甚至把我一个人丢在诊所。

从这以后，他经常对我使用冷暴力，或者一遍一遍告诉我没有怀上男孩子是我的错，他父母对我寄予厚望，我居然辜负他们的期待。还羞辱我只是个小三，不要脸地跟着他，说我是丢了就没人要的破鞋。

久而久之，我也觉得我有错。

他开始对我动手，即使我当时已经有五个月的身孕。每次激烈的争吵动手后，都是我去道歉。我对自己的懦弱生气，却又忍不住向他臣服。

终于他提出分手，我如释重负。

我知道是你发现了我们的事，逼他离开我。我由衷地感谢你让我有机会离开这个恶魔。但我又会想，那你怎么办？

所以我写下这封信，希望你能早日看清这个人的面孔。他的手段很恐怖，会让你不由自主否定自己的价值，用暴力加精神控制让你完全服从他。

这样下去你的结局不是死就是疯。所以，趁还能走的时候，快逃！！！

我已经做了太多对不起你的事，这是我唯一能赎罪的方式。请相信我。

我会带着肚子里的孩子离开靖州，今后自己好好生活，绝不会再打扰你的生活。

祝你今后一切都好。永远不会再遇到宋江和我这样的人。

连佳家看完信，浑身都在发抖。

佟乐在“快逃”两个字后面打了三个很重的感叹号，隔着信纸都能感受到她的急迫。自己却因为害怕面对现实而拖延这么久才打开这封信，延误的每一分钟都是她的生机。她几乎可以看到自己生命的倒计时漏斗，就像佟乐说的，不是死就是疯。

但如果再早一段时间，她也许根本不会相信佟乐在信里的话。她会觉得对方是为了拆散她的家庭编造的谎言。

只有亲身经历才懂得信里所说的那种潜移默化的控制，如果不是佟乐的信，她甚至意识不到自己已经被宋江牢牢控制住。

据说这封信是佟乐家人在她遗物里找到的，也就是说她还没来得及把信给自己就死了。读完信，她终于明白佟乐的舅舅为什么这么肯定她不是自杀。

她的信里充满劫后余生的庆幸和对未来生活的期许，而且她跳楼的时候，肚子里还带着一个孩子。做母亲的才知道，孩子对妈妈意味着什么。就算自己想死，也不会愿意带着孩子。

那如果不是自杀，会是什么原因呢？连佳家觉得自己好像窥探到一个巨大的黑暗秘密。

“你在看什么？”

连佳家看信看得太认真，以至于宋江走进房间都没有发现。

他带着探究走过来，连佳家心跳加速，强装镇定将信折好放进信封。“没什么。我不是有个表妹最近去广东打工了吗？她给我们寄信报平安。”

“这都什么年代了？还写信。”还好宋江对这事没有兴趣，脱下西装外套迈进浴室冲凉。

连佳家将信压在梳妆盒下，靠近浴室同他说话：“今天怎么回来这么早？”

“下午只有一节理论课，下班早。”

连佳家“哦”了一声，走向床边从他的西装外套里摸出手机。她在手机里寻找佟乐存在的痕迹，但不管微信、信息，还是社交平台，所有和佟乐有关的信息全部被清理干净。

宋江突然从浴室里探出头：“老婆，帮我拿条内裤。”

连佳家被吓了一跳，手机落在床上。她慌张地应道：“好的！”

还好她背对着宋江，没有被看出什么异常。连佳家赶紧把手机塞回宋江的西装口袋里，转身去衣柜给他拿内裤。

过了两天，连佳家偷偷去原先工作的酒店找佟乐舅舅。两人站在后厨的小巷里说话。

佟乐舅舅拿出一根烟，点燃猛吸一口，再长长吐出来，像是想把一天的劳累连同肺里的浊气统统吐出来。他扭头突然注意到连佳家略隆起的小腹，不好意思地把烟在墙上摁灭。“你是不是怀孕了？那我不抽了。”

“没关系。想抽就抽吧。”

“以前乐乐在的时候，那是一点烟味都不让靠近。就连我炒菜的油烟味，她都怕影响到肚子里的孩子。当母亲的都很伟大。”

“我知道你想说什么。我看过信了。我相信你说的，她不是自杀。但是你有什么证据证明是宋江做的？”

“我能有什么证据？但我见过乐乐的尸体，身上有伤，新鲜的。脖子上、手臂上都有被掐的手指印。”

连佳家不由自主地摸了摸自己的脖子，这确实是宋江惯用的手法。

“她跟我说过，宋江和她提分手后，两人没有再见过。这些伤却在她死后突然出现，不是很蹊跷吗？”

“这些话为什么不告诉警察？”

“我们说了。但是警方说，尸检显示死亡原因确实是高空坠落，而且从角度各方面来看，并不是被人推或扔下楼的。即使身上有伤也只能说明生前发生过伤害，并不是致死的原因。他们也找宋江问过话，那畜生轻描淡写地说是乐乐死前几天他们发生争执，没忍住动了手，但没想到她会那么脆弱跑去自杀。警方说除非我们有新证据，不然不会立案。”

“那你找我做什么？”

“我知道这样对你很不公平。可是除了你，我们不知道还能求谁。作为枕边人，只有你和宋江接触最紧密。我们希望你帮佟乐找到新的证据去立案。帮她，也是帮你自己。”

“你们说话总是拣好听的说。就像佟乐当初也一直以我的恩人自居，欺骗我说帮我找工作，却是背着我和我老公乱搞。”即使斯人已逝，她现在想起来仍然觉得愤愤不平。

佟乐舅舅沉默不语，大概是无言以对。一旦做了小三，这个名声，即使到死也摆脱不了。

还是连佳家自己打破尴尬：“算了，我也不是来追究这个的。但我真的不确定能不能帮得了你们。我昨天偷偷查了他的手机，所有和佟乐相关的东西都已经被他删除干净。”

“我们之前也想过可能是这个结果。但只要人做过的事，总会留下痕迹，而且乐乐不会是最后一个受害者。如果你以后发现什么不对劲的，第一时间告诉我，可以吗？”

“我尽力吧。”连佳家心里堵着一口气，她读书时最大的愿望就是相夫教子，和喜欢的人共度一生。可没想到有朝一日枕边的人会变成恶龙，而自己还不得不去当这个屠龙者。

“我看你都怀孕了，还愿意来帮我们，真的很了不起。”

连佳家冷笑一声：“我就算怀了他的孩子，也绝不会生下来。”

不知道是不是在外面转一天太累，连佳家坐公交车回家的路上觉得恶心。她收起手机，看向窗外。可是这种恶心感依旧没有减轻。连佳家盯着自己尚未消下去的小腹，心中暗骂这该死的假孕反应。

回家时，宋江已经在家坐在餐桌边问她：“去哪了？比我还回得晚。”

“哦。曹姐带我去上次那个神医那里看看胎稳不稳。”连佳家早就想好借口，所以说起来脸不红心不跳。

“看得怎么样？有空确实要去好好感谢那个神医。”

“挺好的，就是有点发育偏小。”

“最近肚子好像是没怎么长大。等再大点就可以去看男女了。”

连佳家撇过头去，露出厌恶的表情。欢欢、喜喜从客厅跑过来叫妈妈。她马上绽开笑脸蹲下来搂住两人：“有没有想妈妈啊？”

“超级超级想！”欢欢说道。

喜喜则是夸张地把双手张开到最大：“有这么这么这么想。”

“那你们想不想爸爸啊？”宋江兴致来了，逗弄两个女儿。

两个小孩先是笑容僵在脸上，然后求助似的看向妈妈。小孩不会说谎，答案都写在脸上。连佳家怕宋江生气，赶忙帮她们答：“当然想。”

宋江不知道是没看出来还是根本不在乎，也没跟两个孩子较真。

母亲从厨房里端出一大碗鱼汤："让一让，小心烫。这可是我今天从菜市场抢来的大草鱼，佳家吃了补补身体。"

连佳家闻到那股子鱼腥味，忍不住冲进厕所干呕起来。

母亲奇怪地看着鱼汤念叨："早孕反应不是已经过了吗？怎么又吐起来了？"

宋江倒是很高兴的样子："说明是男孩子，闹腾。"连妈妈也跟着笑起来，仿佛已经看到肚子里的孩子多了个把儿。

2

洗手池上的验孕棒渐渐显出一条线，连韵满怀期待的脸瞬间沉了下来。

这是备孕以来的第三个月，依然没有好消息。即使意料之中，依然免不了沮丧。

上次大师说她今年能怀得上，连韵的热情空前高涨，但是天不遂人愿。连韵对着镜子用冷水搓了搓脸，打起精神走出去。

听到开门声，倚在床头的宗绍抬眼望过去，眼里分明也有期待："怎么样？"

"没中。"连韵尽可能打起精神。备孕这事打的就是心理战，谁先泄气谁先输。她跨坐在宗绍腿上，摘下他的眼镜："我们再来一次吧。"

宗绍别开头，全身写着抗拒："睡吧，时间不早了。"

"别嘛，今天是排卵期最后一天。错过又要等下一个月。"

这三个月来，他们每次都是掐着日子等连韵的排卵期。连韵要先去厕所用排卵试纸确定，甚至连开始的时间都要选个所谓的"良时"，过程的姿势也固定为一个。因为连韵说这个姿势适合子宫后位的人。

如果排卵期不到，就算宗绍有需求，连韵也会劝他把力气省着到排卵期用。如此一来，宗绍觉得十分心累，好像完成作业一样感觉不到任何快乐。

“连韵，我们不要为了生孩子而生孩子！你都变得不像你了。”宗绍忍不住抱怨。

连韵隐藏起来的不悦正好找到导火索，一触即发。“你以为我愿意这样吗？只有你辛苦，我不辛苦？你那天没看到你爸妈的态度？”

“这和我爸妈的态度有什么关系？我搬出来就是为了让你不用看他们的脸色，结果你还是走不出自己的心结。你扪心自问，你着急要孩子究竟是因为我父母还是为了证明你无所不能？你接受不了自己的生育无能，所以拼了命去证明给所有人看你可以。连韵，我真的受不了你凡事要求一百分的那一套，承认自己不完美真的这么难吗？”

宗绍一向不善言辞，或者说不会如此激烈表达。这次一口气说了那么多，连韵显然也没想到：“你终于说出口了。你受不了我！你说得没错，强迫症、追求完美、虚伪、自私，这就是我！你终于看清了吗？现在离开还来得及。”

连韵从床上下来，趿着拖鞋冲到阳台。她从阳台的花盆后面翻出一包烟，默默点燃。这个习惯从中学就有了，一旦她感到压力大，到达崩溃边缘就会偷偷抽一根烟冷静一下。谁也不知道她有吸烟的习惯，所有人都以为她是个乖乖女。

为了备孕，她已经戒烟很久。现下是自暴自弃，反正她也不可能怀上。她这辈子就不配拥有自己的孩子。

她一根接一根不知道抽了多少，宗绍来到阳台的时候，整个阳台都是烟雾缭绕。宗绍似乎并不讶异她会抽烟，也没有责怪她。

他把连韵的睡衣外套披到她身上：“对不起，刚刚是我说话太重。”

连韵不说话，挑衅地吐了一口烟在他脸上。“你不是最讨厌烟味吗？你不问我什么时候学会抽烟的？”

“你以为你藏在花盆后的烟是谁放的？前几天下大雨，你的烟早就被泡了。这是我补上去的。”

“为什么？”

“什么为什么？我怕你不知道什么时候需要，就为你准备在这。其实我早就发现你有烟瘾，当年你手术住院，医院不准抽烟，你躲在天台抽，我都看到的。”宗绍拉住她的手，连韵想挣开没成功。

“小韵，我刚刚的意思其实是说，即使你不是完美小姐，我依然爱你。不管你是工作狂、爱抽烟，还是不能生孩子，别人眼里的缺点都是我眼中你的可爱之处。我不希望你为了别人的标准改变自己。我们不要孩子好不好？”

连韵见他说得真诚，也没了脾气，耐着性子同他解释：“也许一开始我是为了办公室那些闲言碎语生出要孩子的念头，但是后来我和佳家的孩子相处，还有樊异怀孕都让我发现，我是真的喜欢孩子，打心底想要个自己的孩子。”

“如果实在喜欢孩子，我们可以去领养一个。”

“宗绍，虽然我很不认同你父母传宗接代那一套，但是我希望生一个孩子，有你的眉毛，我的眼睛，身高像你，智商像我。别人一看到就知道这是连韵和宗绍的孩子。他身体里是我们的基因。”

宗绍苦笑：“我怎么觉得你在嘲笑我智商不高。”

连韵知道他这是妥协的意思，他俩之间一直是宗绍在向她妥协。“我们去做试管好不好？你说的那些风险痛苦我都了解过！如果能有个我们的孩子，我愿意承受这些。”

“话都被你说完了，我还能说什么呢？我明天去科室打听一下市里哪个医院做试管最好。”

对于试管婴儿这件事，宗绍的父母是一百个赞成。宗承明甚至一本正经地说：“从医学角度来说，试管婴儿比自然受孕的孩子还聪明些。”

全市最好的生殖中心主任是宗承明的同学。他们迅速为连韵夫妇预约了医生见面。

连韵的父母听说后却是一万个担心。连妈妈忐忑地问道：“我听说做完试管女人就废了。老得快，身体底子也弄坏了。你再考虑考虑？”

连宏益直接暴脾气，抢过电话：“是不是宗家逼你做的？告诉他们，我连家女儿不受这委屈。离婚！大不了就离婚。”

“爸，妈。真不是宗绍和他父母逼的。要说逼，也是我逼他。”连韵把手机换了一个手，继续耐心解释，“你们放心，我有一个做医生的老公，有什么风险我已经了解得很清楚。难道你们不想抱孙子吗？没事的，现在技术已经很成熟了……”

宗绍见她在阳台上打了足足半个小时的电话才进屋，调侃她道：“怎么样？不只是我一个人担心吧？”

“爸妈觉得我打个促排针就跟打毒品似的，是走上不归路。”

“是不是还真不好说呢……”宗绍一语成谶。

总有人说怀孕是一场最美的旅程，却没人告诉你，也是最痛的修行。

在做完繁冗的各项测试后，他们才算开始试管婴儿的第一步——促排。每天晚上定时由宗绍亲手为她打促排针。

为了减少她的痛感，宗绍为她选了一种进口药物，每天从腹部注射，尽管如此，打了一周针，连韵原本白皙如瓷的肌肉上还是青紫一片。宗绍心疼得不行，连韵却好似无所谓。

十五天后，去医院做B超监测，确认卵泡生长值已经达标。医生给她注射了HCG针。连韵以为打促排针已经够痛，才知道这个俗称夜针的东西才是真的痛，打得她只想骂娘。

打完HCG针三十六个小时后就可以做取卵手术，这个手术是全麻。从麻醉师到负责医生都是男的。对于医生而言，患者没有性别，躺在手术台上就是一团面团。这是宗绍告诉她的。

但不是每个患者都有这么好的心理素质，脱光了躺在手术台上，任由别人将自己的私处看得干净。连韵只有闭着眼睛，祈祷麻醉赶紧起效。

好在取卵手术很成功，医生说取出了六个卵子进行体外受精。体外培养七十二个小时后，就可以进行胚胎移植。为了保证成功率，移植了两个胚胎。这意味着如果成功，他们将拥有一对双胞胎。

走完这一套流程，连韵仿佛脱了一层皮。即使做好一切心理准备，抱着强大的决心来到这里，依然觉得十分心累。可这仅仅只是开始。

“十四天后来医院验血，确认是否妊娠。”医生面无表情地通知他们。

承受的一切痛苦换来一个希望，在所有渴望拥有孩子的夫妻心中都值了。

在医院里等验血报告的半个小时，对连韵来说比之前等待的半个月都长。她无法安静坐下来，只有来回在走廊里踱步。

“你说会不会没移植成功？如果真的没有，还要不要再做一次？”

“等结果出来我们再想这些。你先坐下来，医生说你不能劳累，要多卧床。再走来走去，小心有都被你走没了。”

“呸呸呸，别咒我宝宝。”连韵嘴里这么说，还是乖乖坐到宗绍身边，“医生还说过失败率有60%，总觉得心里没底。是不是半个小时了。你去查查报告出来没？”

“才过十三分钟。”

“是吗？我怎么觉得都过了好久。”连韵不停地按亮手机屏幕，上面的数字好像一直不动。

“放心。我看着时间，一到时间我马上去拿。”

半个小时终于到了，宗绍起身去检查报告自助机器上查结果。连韵盯着他从走廊那端走过来，他的脸色看不出任何喜悲。

“怎么样？怎么样？”结果真的到眼前，连韵却不敢看了。

“中了。”

“什么？”

“中大奖了，奖品小宝宝一个。”宗绍终于憋不住笑，把报告递到她面前。

连韵仔细看报告，HCG值显示已妊娠。她不敢相信地翻转着手里的报告：“没拿错吧？是我的名字吧？”

连韵自己都觉得自己患得患失像个神经病。

宗绍抱住她，将她的头摁在肩上：“小韵，我们有自己的孩子了。”

连韵听到这句话，眼泪终于绷不住落下来。

她第一时间将好消息告诉了父母、公婆，还有连佳家和樊异。

林美仪大改之前的态度，殷勤地邀请她晚上回家吃饭庆祝。

宗承明虽然没有像林美仪一样笑得嘴巴咧到耳根子，但也不停地夸奖连韵能干，是个好媳妇。

亲生父母的反应就更实在，父亲问她要不要回来养胎，让妈妈来照顾她。母亲还叮嘱她未满三个月不要告诉外人。连韵嘲笑她封建迷信，真不愧和连佳家妈妈是妯娌，说话都一样。

樊异大呼开心，第一时间喊着要为自己的宝宝和连韵肚子里的孩子定亲。连韵笑说都还不知道男女，定哪门子亲。

连佳家直接在三人群里给她转了五百二十块，说是给小宝宝的见面礼。还说如果连韵怀的是个女宝宝，自己这里整理了很多欢欢、喜喜的旧衣服，不嫌弃就送给她。

樊异抢着说要，吃醋怪连佳家偏心，发了一大串表情包。三人在群里聊得开心。

好像这个孩子一来，全世界的善意都扑面而来，将连韵包裹其中。

从医院回家的时候，连韵本来习惯性拉开副驾驶门，想了想，还是坐到后座。

宗绍问她："怎么不坐前面？"

"副驾驶危险，坐你后面这个位置是最安全的。现在有宝宝了，我得注意点。"

宗绍笑着摇了摇头："当了母亲真是玻璃心呀。"

"这才哪跟哪，以后还有得玻璃心的时候。"

在车上连韵就给总部打了休假报告，这三个月她只能在家办公。如果要出差，只能安排朱建明。

因为易查的改革还在进行中，总部不敢动连韵，老老实实批了她三个月假。

林美仪大张旗鼓要他们小两口搬回原来的房子，还要给她请保姆，专门负责每天给她炖营养补品。

现在的房子住得挺开心，他们还准备过阵子再攒点钱把这套房子直接买下来，搬回去是不可能了。

思来想去，连韵觉得再好的补品也没有一个好心情来得补。想到以后林美仪要成天在她面前打转，连韵还是选择回老家养胎。

连宏益夫妇知道后自然高兴得不行，倒是宗绍很舍不得。

“真的要跟我分开三个月吗？肚子里的宝宝会想爸爸的。”

“放心。等你宝宝彻底在我肚子里安顿下来，我会带他回来见你的。再说你平时工作那么忙，哪里顾得上我们母子俩。”

“这么说倒成我的不是了。我怎么觉得自从你想要孩子以来，我的地位就直线下降。”宗绍忍不住抱怨道。

“等我生完孩子，我的地位也会直线下降。到时候你满心满眼都是孩子。”

“我保证不会。”

“姑且信你吧。别这副表情，我又不是不回。一切为了孩子好嘛。”

“好吧。Happy wife，happy life。”

连韵回老家长住，爸妈恨不得搬空菜市场。公婆也追着寄了好多燕窝、海参等补品，爸妈每天换着花样给她补。

宗绍还给她买了些叶酸、维生素等保健品，叮嘱她每天按时服用，防止胎儿畸形。

连韵早孕反应大，每天吐个不停，但是又不得不把这些补品、水果和药物轮流吃下。所以她每天都在吃了吐，吐了吃的循环中度过。

樊异跟她视频都吓了一跳：“别人怀孕都胖了，你怎么还瘦了这么多啊？”

“吃不进东西，一吃就吐，难受得很。”连韵蓬头散发躺在床上，整个人脸色蜡黄，面颊凹陷进去，一点也没了原先都市丽人的样子。“我看你之前怀孕也没这么难受呀。”

“哪有怀孕不辛苦的？只是没显露人前而已。那些说怀孕简单的人，都是放屁。不过每个人症状会不同，你看上去确实比我那时候反应还大。”

“等他出来，我一定给他屁股揍一顿，害妈妈这么难受。”

“我听你吹牛。到时候你疼他都来不及。”

“对了，你上次无创检查报告出来了吗？”

“刚出来。孩子很健康，虚惊一场。”

“真是吓死人了。我不敢想象我到时候遇到这种事怎么办，我发现我现在胆子真的很小，总是幻想孩子出事。宗绍笑我是玻璃心。”

“正常。哪个当妈的不是玻璃心啊。这些事他们男的体会不到，要不然怎么说孩子是妈妈身上掉下来的一块肉呢。骨肉连心，想得自然就多了。”

连韵的手机在手中震了两下，她看了一眼屏幕：“等一下，我有电话进来。”

“好，下次聊。”

连韵接起另一个来电，脸色立马变得很严肃：“喂，你说。”

“朱建明最近在公司里有动作，他准备投资一家和易查同类型的公司。从公司流程来说，似乎没有问题。从数据上看这家新公司也是个潜力股，但我总觉得他目的不纯，更核心的东西我目前还接触不到。”

“你担心得没有错，朱建明这个人是无利不起早，而且损人不利己。他在项目饱和的情况下，还去投个小公司，肯定有问题。”

"这个项目现在在风险评估部门做审计，这两天可能就会批下来，到时候如果过会，我们就挽回不了了。我知道您现在在休假中，但是要不要考虑抽空回来一趟？"

连韵沉思了一下，低头看看肚中的孩子："算了，再观望一下。他的这个项目合规合法，我现在回去也阻止不了过会。等他露出马脚再去不迟。"

"好的。我听说您休假是为了养胎，恭喜您！公司里以前那些说你闲话的人，现在不知道脸色多难看。工作家庭两不误的女强人怕是除了您没人能做到。"

"随他们去说吧，反正我怀孕也不是为了他们。倒是朱建明，你帮我盯紧一点。"连韵嘴里这么说，脸上却还是忍不住露出笑意。

她连韵平生最喜欢的就是完成别人认为她做不到的事。现在又做成了一件。她摸了摸自己微微隆起的小腹，起身从抽屉里的"星星盒"里拿出一颗最大的丢进垃圾桶。

3

童舟陪樊异去医院拿无创的检查报告，报告显示胎儿的染色体各方面都正常。

之前因为喝酒、吃感冒药，樊异一直担心影响胎儿的发育。所以无创除了基础的七项，特意多检查了十四项，都显示正常。她这才稍稍放下心来。

童舟也非常高兴，提包递水忙得跟小二似的。"以后产检都让我陪你来好不好？总是麻烦连韵姐妹也不好。她们现在都怀孕了，身子不方便。你们三个孕妇出门，人家司机都不敢载。"

看他机关枪一样嘟嘟嘟说出好多理由，樊异笑了：“我又没说不行，你这么着急想理由干吗？”

“我这不是怕你不高兴吗？我以前说那么混账的话……”

“都过去了。何况肚子里这是你的孩子，即使我们不是夫妻，也改变不了这个事实。你有权利见证他的成长。”

一个女人抱着孩子从医院门口冲进来：“让让，让让！”

眼看着她朝樊异直冲冲撞过来，童舟赶紧护住樊异躲到一边，“再急也不能乱撞啊！这有孕妇呢。”

“对不起！对不起！医生在哪？我孩子发高烧，烧晕过去了。医生医生，你救救我孩子！”女人扯着嗓子干号。

接诊台的护士跑过来接过小孩，嘴里抱怨道：“怎么烧晕了才送过来啊？”

“孩子他爸不在家。家里又住得远，没有车。我以为吃点药就会好，没想到越来越烫……”女人抹着泪花，整个视线从头到尾没有离开过孩子。

樊异看着护士怀里烧得满脸通红的小男孩，叹了一口气。“我以前不懂当妈的滋味。怎么一扯到孩子，什么事都急猴猴的？现在才懂得一二，孩子病了比自己生病还难受。”

她想了想，心一横，拿出手机给彭蔷打了个电话：“把你的银行账户发过来。我只有二十万，其余的你们自己想办法。”

她一句话都没有多说，甚至没有听彭蔷回答就挂断电话。收到账户号后她以最快的速度，把钱转了出去。因为她怕自己会后悔。

童舟不可思议地看着她：“你怎么这么傻？你爸那个孩子跟你没有半毛钱关系。”

“可能是我怀孕母性泛滥吧。看到这个孩子，我就想起那个素未谋面的弟弟，他现在也在病床上饱受折磨。你就当我捐给慈善机构，何况还是我弟弟呢。”

“你就不怕他们骗你？”

“我也想过。如果他们真的拿这种事来骗我，那就当这二十万元是买断我和他之间的父女情吧。从此以后我对他是再无牵绊。”

“那你怎么不为你肚子里那个考虑一下？”

“放心吧，我还给他留了十万块。再说我以后还能赚嘛。”

“唉，算了吧。就你这个马大哈的性子，以后我养你们母女。”

“哈哈，什么时候我们小舟舟这个‘月光族’还能养别人了？”

“樊异，你别总拿我当小弟弟！我最近跟着程久丰做生意，也攒了一些钱。自从有了这个孩子，我就感觉到一份责任。你和孩子我都有责任。”

樊异讶异的不仅仅是童舟的成长，还有他居然愿意去找程久丰求助。

“你别这么看着我。当年的事程久丰和我已经解释清楚了。”

童舟的母亲是在生下他以后就患上产后抑郁症，所以总是爱胡思乱想，钻牛角尖。

程久丰年轻时生意还不像现在这么好做，应酬多，和一些莺莺燕燕交际都是难免的。虽然他没有实质性地出轨，但童舟母亲心里过不去，总是猜忌不断，在一次争吵后，想不开就这样了。

“这事谁也没有错。要说真有错的，就是我。我当初要是多关心关心我妈就好了。可那时候我不喜欢我母亲改嫁，为了不见到她和程久丰，我故意躲在学校不回家，成天只知道打游戏……”时隔这么多年，他想起母亲的事还是内疚不已。“妈妈的抑郁症我当初多多少少也知道一点，只是一直选择无视。其实这些年我恨程久丰不过是把对自己的怨恨转移到别人身上去而已。”

樊异见他这般模样，忍不住抱了抱他。“别这么想。要怪也是怪你的亲爸爸，在你妈妈怀孕产子时没有给她足够的关心。谁让我们都摊上这样不靠谱的爸爸。”

“所以我发誓将来不会成为这样的老公和爸爸。我一定会对你和肚子里的宝宝负责！”童舟说着还举起三根手指头，正儿八经发誓。

“瞧你，赌咒发誓的，我又没怀疑过你会不负责。”

“那我们……”童舟见樊异今日心情好，好像格外好说话，张口想提复合的事。

“童舟，这个孩子永远是你的孩子，但我们只能是朋友。”

“为什么？你不是已经原谅我了吗？你还在恨我？”

“我没有恨你，不然也不会和你做朋友。但是我们本性就不同，我追求自由，你享受安稳。我们已经试过了不是吗？我们做朋友的时候很舒服，但是强融在一起只会争吵不断。”

“我只是不知道以后怎么跟宝宝解释我们的关系。”童舟略显沮丧。他知道樊异说得都没错，可是一时半会还是接受不了。

“他只需要知道爸爸妈妈都爱他就可以了。”

“爸爸妈妈都爱他……”童舟在默念她说的话，“对了，你给宝宝取小名了吗？”

“还没有。之前一直担心他会保不住，我不敢给他取名字。今天可算是能想想这个问题了。这样吧。你来取。”

“嗯……还不知道男女，要不叫小圆满吧！男孩女孩都可以用。因为他的出现，圆满了我们的人生。”

“这个名字很有寓意，就叫这个吧！小圆满，你喜欢爸爸给你取的名字吗？”樊异摸了摸肚子，肚子里的小家伙居然动了一下。“你看见了吗？他刚刚踢了我一脚。”

“看来他也喜欢！”

“对了，给我爸转钱这事你可千万别告诉我妈。她是真的会被气出病来。”

樊异千叮咛万嘱咐，最终还是没瞒得住母亲。因为警察的电话直接打上门来。

大清早，正在给女儿煲鸡汤的罗凤卿听到电话铃声，忙不迭地跑去接，生怕吵醒还在睡觉的樊异。

“请问是樊天阔的家属吗？”

“谁？”

“樊天阔。他说这是他女儿家。这里是平祥区公安局……”

“我们不认识这个人，你打错了。”

电话又一次响起，罗凤卿不耐烦地接起电话：“都说了不认识！那个人死在外面都不关我们事。”

“凤卿，凤卿！是我！别挂电话。你让樊异来警察局跟警官们说说，这钱她自愿给我的。不是我诈骗来的。”

“什么钱？”

“樊异没跟你说吗？她借了我二十万。”

罗凤卿听到这话，差点气得心脏病犯。

“你说什么？你这个不要脸的，你怎么好意思让你女儿挺着大肚子一次次去警察局赎你。你死在里面吧！死之前把女儿的钱还回来。”

“警察叔叔！他的钱就是骗来的，千万别放了他！”罗凤卿扯着喉咙对电话里喊，希望旁边的警察听到。

樊异被这动静吵醒，走出卧室，看着母亲生气的样子竟觉得有点可爱。果然不管多大年龄的人都叫警察叔叔。

“这位大娘，您消消气。情况有点复杂，您看能不能来局里聊聊。”

“妈，我来吧。”樊异接过电话，“您好，我是樊天阔的女儿。请问是怎么回事？”

“你父亲的现任妻子打电话举报你父亲诈骗，我们查了他的银行流水里确实有一笔来历不明的大额转账来自于你，所以我们需要你来局里当面说明情况。请带好你的身份证。”

“好，我准备一下就来。”

“你疯了吗？居然背着我借这么一大笔钱给那个人。你真是你爸的亲女儿啊。我养你这么多年，从来舍不得找你要一分钱。你给你爸甩手就是几十万元。”

“妈，不是这样的。你听我解释。”樊异拉着母亲坐到沙发上，“他有个儿子，得了白血病，需要手术费。千错万错都是大人的错，和孩子无关。我也是看在小圆满的面子上，为他积点德。”

“你别拿小圆满做挡箭牌。做善事去庙里捐钱啊！给他就是肉包子打狗。你听到了吧？他现在以诈骗罪被抓起来了，八成什么白血病都是骗你的！”

“妈，你想不想见他？”

罗凤卿像听到什么好笑的事，急于撇清关系：“什么？鬼才想见他。他最好死在外面。”

“妈，我认真的。这么多年了，你不想问问他当初为什么要丢下我们？不想向他讨个说法？”

罗凤卿不笑了，她知道女儿说得没错。自己这些年心里一直憋着一口气，就等着见到樊天阔的那天狠狠地吐出来。

“我陪你去！做错事的是他，我们为什么要畏畏缩缩？我倒要看看这些年他离开我们混成什么狗样。”

在公安局，樊天阔被单独关在审讯室，而彭蔷就坐在外面的办公大厅。

“做完笔录，确认就在这里按个手印。”

彭蔷看到她们母女，一改之前温柔的样子，露出刻薄的笑容：“果然是亲生的啊。”

“到底怎么回事？”樊异看到彭蔷的态度很奇怪，把她拉到一边。

“你打给我们的钱，你爸不肯拿出来，想要私吞。钱在他账户上，我也没办法。既然这样，不如鱼死网破，谁也别拿。”

“什么私吞？这钱不是给小虎看病的吗？”

“你真蠢啊。哪有什么小虎，都是骗你的。”

“啪！”一直躲在一边偷听的罗凤卿实在听不下去，冲上前给彭蔷甩了一耳光：“你当骗子还当出优越感了？你和那个人渣怎么吵我不管，可不可以不要来烦我女儿。”

“怎么回事？吵什么！在局子里还动手。”有警察走过来问情况。

樊异连忙替母亲赔不是：“对不起，对不起！”

“要说诈骗，你也躲不掉。”樊异小声在彭蔷耳边说。

彭蔷笑靥如花，转头跟警察解释：“警察同志，没事，我们随便聊聊，给她聊激动了。没什么事我就先走了。”

“你们是樊天阔的家属吧？进来。”

樊天阔在审讯室里一见她俩进来，激动得从凳子上跳起来。

“婷婷，你替我做证啊，我没有骗你钱。”

樊异冷冷地看着他：“是吗？彭蔷都告诉我了，根本没有小虎这个人。你们就是在骗我。”

“不是这样的。唉，你过来，你过来我给你样东西。”

樊异不理他，站在原地：“你有什么话跟我妈说吧。我没什么要说的，我跟警官去录笔录。”

罗凤卿抱着满腔恨意坐下来，像是要生吞活剥了他一样。

“你要干什么？我警告你，这是警察局，你不要乱来。”樊天阔戴着手铐，自觉真要打起来，并不是她的对手。

“为什么要走？”

“什么？”

“当初我做错什么，你要抛弃我和这么小的孩子跑掉，害我沦为街坊邻居的笑柄，害婷婷从小到大都过没有爸爸的日子。”

樊天阔挠挠头，他不是没想过有朝一日碰到罗凤卿母女被问到这个问题，但是真实的理由是难以启齿的。

“你当初那么凶悍泼辣，像个男人婆一样，是个男人都受不了你这样的。”

“你娶我的时候好像不是这么说。你当时说喜欢我这样的性格，直来直去，与众不同。我当时本来自考上大学，却被你搞大肚子，哪都没去成。你说会对我负责，最后就这样负责？”

“那时候大家年纪都小，谁负得起这责啊？”

“所以你承认你是因为不想负责所以逃跑的。”

樊天阔不敢直视她的眼睛，良久才小声说了一句：“……是。我厌倦了日复一日地上班、带孩子，厌倦了每天面对着你这张脸，厌倦了每周两次规律的性生活。我当时觉得我如果这样过一生，我会疯掉。所以某天下班路上，我突发奇想，如果离开这里去一个没人认识我的地方会怎样？后来……”

“好了，我不想听你后来发生了什么。我没话跟你说了。”

“就这样？”

“不然你想我怎么样？在这里大哭大闹，打你一顿？就算把你打死也偿还不了我这些年的辛苦。”

“对不起……”樊天阔看着这样冷静的罗凤卿第一次生出真正的愧疚。

“其实我以前想过很多理由解释你的突然消失，比如说你得了绝症不想拖累家人，比如说你出了车祸身亡，肇事者找不到你的身份。”

“总之在你心里我就没有好下场。”樊天阔有些无语。

“不是，这是在我心里你最好的结局。好过现在我们这样，让我不得不面对你就是个实打实的人渣这个事实。”

“是我对不起你们娘俩。”

“你既然已经决心逃离婚姻生活，为什么又要和这个女人结婚？”

提到彭蕾，樊天阔气不打一处来：“我要是知道她是这种货色，我见她就躲得远远的！她和你不一样，她有手段得多。我是被骗了。”

罗凤卿冷笑一声：“说白了，还不是看人长得漂亮呗？下半身代替大脑做了决定。”

“小凤，你说得都对。我如果早知今日，我踏踏实实和你们娘俩过日子多好。你看现在婷婷多能干……”

“好了，我也不想跟你多废话。听到你一个确定的答案，我觉得心里舒坦多了。从此以后，你离我们远远的就是最好的报答。”

“等等！这个银行卡你拿着。里面是女儿的二十万元和我这几年攒的一点钱。”樊天阔越过桌子给罗凤卿手里塞了一张卡。

“你这是干什么？”

“我是猪油蒙了心才会同意彭蕾的提议跟她一起去骗我们女儿。我本来以为我做得这么过分，婷婷一定不会给我们钱。谁想到这个傻孩子真的掏箱底把钱给我。我越想越不对，婷婷都快生了，这钱不能拿。所以我才和彭蔷起了争执，被她设计关到这里。”

“但这事也不能完全怪彭蔷，她确实给我生了一个儿子，但孩子刚生下来不久就夭折了。她心理有点扭曲，看不得我对婷婷有感情，她觉得是背叛了我们的儿子，所以想出这个辙，拿孩子去骗婷婷。”

罗凤卿神情复杂地看着他：“我有时候不知道你哪句话是真，哪句话是假。”

“你就当我是在说假话吧。对了，这卡的密码是婷婷的生日，里面多出来的钱当作我给小外孙的出生礼。反正我也看不到他出生……”

樊异站在门外等母亲出来，罗凤卿出来时的神色没有她想象的愤怒或是平静，而是一种很彷徨困惑的神色。

她把卡交到樊异手里：“这是你爸让我还给你的二十万元，还有他给外孙的钱。”

“什么意思？”樊异和母亲一样，不懂他这是什么操作。

“大概是你对他太好，他良心发现了。你拿着，这是他欠你的。”

樊异这时才明白，彭蔷说的“果然是亲生的”是什么意思。

“你刚刚是不是跟警察说了他们合伙编故事骗你钱的事？”

“没有……我说是我自愿给的。”樊异录笔录时纠结许久，最终还是选择了不追究。本来以为母亲会骂她心软，没想到她只是“哦”了一声。

“就这样吧。让他和那女的都离咱们远远的，以后不来往就是了。咱们就当没有这个人。”

“嗯。这回是真的放下了。”

第十五章

1

“给我看看孩子。”视频里穿着白大褂的宗绍笑眯眯的。

“这才刚两个月，哪里看得出。”虽然嘴上这么说，连韵还是乖乖把手机对准自己的肚子。

“虽然我看不到他，但是他在肚子里看得见我呀。知道爸爸在关心他。”宗绍满脸的愧疚，“对不起，说好这周末来看你们的，没想到又是临时安排了两场手术。”

“谁让我老公是救死扶伤的白衣天使呢。我肚子里的天使宝宝会明白的。我爸妈把我照顾得很好，除了不能代替我上厕所，别的事都被包办了。”

“哈哈，这种公主待遇可得好好珍惜。我给你寄过去的叶酸收到了吗？”

“嗯，收到了。”

“记得按时吃，防止胎儿畸形的。对了，我今天路过小区外的母婴店看到一款婴儿车好可爱，白色，圆形的。一看就像小公主的床。”

“你又知道是小公主。”

“我就是知道。我和宝宝有心灵感应。”

“以前不知道谁说对小孩不感冒，现在还没出生，就这么眼巴巴的。”

“别的小孩是不感冒，可这是我们的孩子啊。不知道是不是被你传染，我现在特别期待这个孩子。”

“我也是。我昨晚做梦梦见他出生了，不过模样没看清……”

“宗医生！诊室进了一个新病人。”听到电话那头护士在叫宗绍。

“好的，我马上过来！”宗绍匆匆跟连韵告别，“好好保重自己。我一有假就来看你！”

连韵刚挂电话，就有工作电话进来。她的神秘线人跟她交代了一下公司最近的动向。

朱建明的项目过会以后，那个叫搜搜的公司迅速拿到方舟的三百万元投资，在各种社交媒体上展开宣传，一经上线就获得六百万的下载量。这在新软件里绝对是不俗的成绩。

总部对朱建明赞赏有加。这让不在岗位的连韵地位岌岌可危。

搜搜还自带杀毒软件，用户下载的时候就会打包下载这个杀毒软件。最恶毒的是这个杀毒软件将易查归类为垃圾软件。会自动删除用户设备里的易查。这也就意味着搜搜每增加一个新用户，易查就会少一个用户。

“朱建明打的什么鬼主意？总部如果知道他左手打右手，他也吃不了兜着走。”

“他想跟你争中华区总经理的位置，趁你休假把你赶下去，用这些下三滥的手段不足为奇。听说搜搜最近要发布一个新的大项目，我觉得有鬼。您看要不要回来坐镇？”

连韵心里莫名有种焦虑，但肚子里的孩子此时才是重中之重，她不敢去冒险。“我在有什么用？我在他还不好动作。再看看吧。”

易查的团队发现这件事后，易向前也第一时间打电话来质问连韵："我听说你们投资了那个流氓软件搜搜，什么意思？上次把股份卖给尚德已经摆了我一道，现在是想彻底培养新势力来取代我？你们的手段未免有点下作。"

"易总，你听我解释。我现在在休假，这件事我确实不知情。我一定会调查清楚给你个答复。"

"哼，你们一个团队的，说不知情？好，我看在你连韵的面子上，暂且相信你，你尽快给我个答复！"

连韵打电话给朱建明，朱建明油滑得很，一句话推得干干净净："这是他们公司的内部决议，我们也不好干涉啊。"

"你别跟我来这一套。我们如果不干涉，凭什么投那么多钱给他。这事你尽快给我解决，易查也是公司的客户，还是最重要的那一拨。如果你用恶意竞争的手段惹恼对方，别说总经理的位置，你看看公司还有没有你站的地儿。"

"连韵，你别在我面前拿架子。你刚进公司的时候，还是我的实习生。"

"所以呢？你现在不一样是我的副手？我不是在跟你商量，易向前那边在等我回复。如果你不行动，我就告诉他是你的安排。到时候他向总部告状，就不好说了。反正我在休假，撑死是个监督不力，你就不一样了。"

"你……我只能跟搜搜反馈公司的建议，至于它采纳不采纳……"

"他会采纳的。朱总出马，不是吗？"

连韵在朱建明这边拿了保证，再去跟易向前交代："公司已经警告过搜搜，他们马上会解绑这个杀毒软件。"

"那即使没有和浏览器绑定，这个杀毒软件单独下载还是会把我们易查卸载？"

“这个……程序设定这一块我不了解，但我会去督促他们将这个软件永久下架。”

“以为只有他们的 IT 能做出这种杀毒软件吗？我们也可以，让他等着。”

“易总，您别激动。这种恶性竞争不是我们想看到的结果，最后可能两败俱伤，而且这个功能作用并不大。易查有上亿的用户，而他们只不过区区几百万，动摇不了易查的地位。易查没必要为了这么个小公司自坏名声。”

“哼，我是不屑用这种手段，但是如果他们针对易查，我也不怕应战。”

“这个我当然相信。他们对抗易查是以卵击石。您现在大可不必将他们放在眼里。”

“我们的无人车大项目马上要上线，这是易查改革的第一步。我不想在这个节点生事。”

“放心。我们也会为易查的创新改革保驾护航。”

朱建明倒是很快勒令搜搜自审自查，将恶意杀毒软件彻底下架。但连韵直觉事情不会这么简单。朱建明下这么一盘大棋，怎么会就这么简单让她过去？

一番周旋，一下午就过去了。连韵最后挂掉易向前的电话，只觉得口干舌燥，甚至有点头晕。孕妇的体力果然大不如前。

她去上洗手间，发现内裤上有一点棕色的血印。

这给连韵吓得不轻，父母马上驱车带她去医院检查。

医生看过以后告诉她，胎儿还健在，但必须引起重视。她这种现象叫漏胎，漏胎是流产的先兆，一般是过度疲累所致。医生建议她这段时间都卧床休息，千万不要劳心伤神。

连韵回家就躺在床上一动不敢动。她听孕妈群里有些宝妈说当初只是轻轻抬手都流产了。这事让她做了一晚上噩梦，还不敢告诉宗绍。

半个月后的早上，连韵刚起床，正在床上用 iPad 刷新闻。突然一条新闻映入眼帘。

“IT 界新起之秀搜搜公司今日召开发布会，宣布公司将进军无人车行业，并展示了模型车的测试视频。视频中，公司 CEO 曹俊为我们详细展示了无人车的理念和工作原理。业内人士一片赞好之声。无人车技术将带领搜搜进入新的里程，甚至将我们人类社会的发展带入一个新的纪元！”

连韵详细看了那个测试视频，从车子的外观到功能介绍都与之前易查递交到公司的方案有极高的相似度。此时距离易查原本的发布会只有不到两天的时间。

这个无人车项目是易向前潜心研究三年才为公司定下的未来发展方向。而现在这个创意被对手抢先发布，他如果照以前的计划发布，只会被当作抄袭者和跟风者，彻底丧失优势。

而搜搜选在此时公布，就是为了打他们一个措手不及，让他们连修改都没有时间。

易向前怒气冲冲打电话过来：“连韵，我要你马上给我一个交代！”

“易总，您先别急。我马上回靖州。”

易向前没等她说下句话，就把电话挂断了。连韵也不气恼，她知道易向前现在比自己更焦灼。尚德那边斥巨资在易查的无人车项目上，一旦失败，对三家公司都会造成巨大损失。

“神秘线人”的电话紧接着打进来：“连总，您知道搜搜的事了吗？”

“刚刚易向前打电话给我了。这个相似度，我不信没有内鬼。”

“可是朱建明这么做是犯了大忌，别说争总经理的位置，公司追查下去百分之百会被开除的。他冒这么大险去做这个，图什么？”

“我怀疑搜搜跟他之间有利益输送。你留意他和曹俊的来往，调查他们的关系。”

“好的。”

“不过这个不是最重要的，当务之急，我们要尽快想出办法帮易查渡过这个难关。”

“可是只有两天了……还有什么办法？”

“现在帮我订一张回靖州的机票。”

“好。”

连韵挂完电话，犹豫地看了自己肚子一眼：“宝宝，妈妈现在要去打一场硬仗。你陪我一起好不好？”

思定后，她马上下床收拾行李。母亲敲门进来，看到这满床的衣服，不知所以然。

“你这是干什么？”

“妈，公司有急事。我得回去一趟。”

“可是你这肚子里的孩子还没稳，医生不是建议你三个月前一直卧床吗？”

“没办法。十万火急的情况，我必须回去一趟。不然到时候生下孩子，丢了工作也一样玩完。”

连韵从小主意就大，母亲见阻止不了，赶紧出去给她张罗早餐。“至少吃完早餐再走。”

父母一起将她送去机场，两人一路上唉声叹气。

连宏益苦着一张脸：“我这总觉得心里不安，小韵你千万得当心。那些攀高下蹲的事让手下的人去做，你就在办公室动下嘴就行了。”

“爸，放心吧，我有分寸。”

2

这天晚上趁宋江睡着，连佳家蹑手蹑脚起床把他放在床头柜上的手机拿走，走进厕所。

她坐在马桶盖子上，仔仔细细把他的手机又翻了一遍还是一无所获。毕竟不像侦探片里那些侦探可以有高超的技术破解手机里隐藏的任何信息，连佳家感到很无力。除了手机，她想不到还有什么东西可以联系起两人。

连佳家无奈起身，身后智能马桶自动冲水吓了她一大跳。她手中的手机掉落在地上。

连佳家赶紧躬身去捡，脑中电光石火般想起一件事。他们刚搬来靖州的时候，有一次喜喜拿宋江的手机玩，不小心将手机砸在地上，屏幕右下角裂了一条缝。当时宋江说并不影响使用所以一直没去修。

她仔细再看了一遍这个手机，没有任何裂痕。而且仔细看，这个手机使用痕迹很少，是个很新的手机。这说明他换了一个一模一样的新手机。

连佳家心脏狂跳，是不是旧手机有什么秘密，所以他才必须换一个？

她正在思索中，突然听到宋江的声音在门外：“佳家？”

连佳家迅速把手机插在睡衣口袋里，轻咳一声调整声音：“怎么了？”

“我起来发现你不在，看你在厕所这么久没出来，担心你出什么事。你现在大着肚子，有什么不方便的事就叫我去做。”

“没事。就是肚子有点痛，在马桶上坐得久了一点。”

“肚子痛？要不要去医院看看？”宋江正准备推门进入，连佳家已经打开门出来了。

“没事吧？”

“没事，已经不痛了。”

宋江扶着连佳家上床，眼瞅着她微微隆起的小腹：“宝宝差不多快四个月，可以去找医生看男女了。”

听到这话连佳家心里很不舒服，忍不住问道：“如果又是一个女孩呢？”

“怎么会？你不是都去看了老神医吗？”

“我是说万一，万一真是个女孩，你是不是就不想要了？”

“佳家，你讲点道理。怎么是我不想要呢？我们已经有两个女儿，再来一个女儿是不是留着就没意义了？”

连佳家不懂为什么再来一个女儿就没意义。她忍不住问出心里那个埋藏已久的问题：“佟乐是不是因为怀了一个女孩，所以对你而言就没有意义了？”

“我们不是说好不再提这个人。连佳家，你如果一直放不下这件事，我们这日子就没法过下去。”

他总是有借口把所有错都归在别人身上。连佳家不想再争辩，兀自躺下，把头埋在被子里。

她突然听到宋江问：“你有没有看见我的手机？”

连佳家心里一跳，差点忘记手机还在她的口袋里。她悄悄在被子里把手机移到宋江的枕头底下。

“没看见啊。”

“奇怪，明明记得我是把手机放在床头柜上。”宋江说着顺手掀开枕头，“怎么在这？”

宋江没有多想，躺下来刷了一会儿手机又睡了。

连佳家在一旁却是一夜无眠。

她思索着家里平时都是她和母亲在打扫，如果藏了一部旧手机没理由至今没发现。有没有可能已经被销毁了？

越想越烦躁，而身边只有宋江早已睡熟的打呼声。连佳家翻来覆去，直到天亮。

十六周一到，宋江就预约了他那个熟悉的妇产医生要带连佳家去做性别检查。连佳家慌了。

“我今天感觉不是很舒服，改天再去吧？”

连佳家的母亲紧张地扶住她：“哪里不舒服？要不要去医院？”

“妈，没事。就是有点累。”

“不舒服就更要去看看医生了。”宋江一手拉着她，一手把她的帆布包背上。

“那个我是觉得孩子还太小，现在去可能看不清。”

“没关系，吴医生和我很熟。他技术很硬，别说四个月了，三个月他都看得出来。”宋江执意拖着她往外走。

“还是晚点再去吧。欢欢、喜喜待会要醒了。”

宋江终于意识到不对，停下来看着她：“你是不是怕啊？”

连佳家目光闪烁：“我怕什么？”

“对不起，是我之前给你太大压力。你肯定害怕不是男孩，所以不愿意去。没关系，就算真的不是，我们还年轻，还可以下次再要。”

母亲也在旁边做说客：“是啦，你跟宋江去吧。我有种预感，这回肯定是男孩。”

连佳家心想，也许这是个摊牌好时机。再拖下去也迟早会被发现，不如借医生的口把假孕的事说出来。

宋江体贴地为连佳家打开副驾驶的门，还用手挡住她的头，防止与车门框碰撞，动作熟练得像是做过无数遍。可连佳家坐他新车的次数屈指可数。

她一路忐忑地坐在副驾驶不说话。经过一个机场高速的闸口，宋江让她从副驾驶前面的屉子里拿点零钱出来。

连佳家听话地打开副驾的屉子，看到里面的零钱包。伸手去够的时候，她发现许多文件下有一个手机形状的东西露出一个角。

她想到这也许就是宋江藏起的旧手机，呼吸都变得急促。

“还没找到吗？”

“找到了，找到了。”连佳家赶紧把零钱包递过去，关上屉子。

车子开到医院停车坪，宋江打电话给他熟悉的医生。吴医生诊室还有病人在，让他们在楼下过十分钟再上去。

“我们再等等吧。诊室人多不好说话。”

“那个……老公，我想喝水。”

“好，我去买。你要‘怡宝’还是‘农夫山泉’？”不得不说，宋江如果想对一个人好时，确实十分贴心，面面俱到。否则也不会有那么多女孩上他的钩。

“随便，都可以。”

连佳家确定宋江走进便利店后，才打开屉子，匆匆从文件下摸出手机。手机确实是宋江之前的那一部，HOME 键旁边的裂纹还在，屏幕上还新添了几道裂纹。她按了按开机键，没有反应，许是许久没用，已经没有电了。

连佳家拿起连在车上的充电线给手机充电，她一边充电一边盯着小卖部的出口。

两分钟后，手机亮屏了。与此同时，宋江从小卖部走了出来。

连佳家顾不上看，只能马上拔掉手机放进自己的手提包里。

手机刚放好，宋江已经拉开车门。

“在忙什么呢？”宋江把水递给她。

“没什么，就是刷刷手机。”

“咱们先慢慢走上去吧。你身子不方便，走慢一点。”

“嗯。”连佳家怀着十分沉重的心情随着他上楼，即使走得再慢，也还是到了诊室门口。

“进来吧。”

“吴医生，又是我。”

“小宋啊，你老婆这么快又怀二胎啦？上一个没要？”吴姓男医生回头看到陌生的连佳家，眉头一紧，“你老婆怎么和上次来的长得不太一样？”

“吴医生，你弄错了。那是我朋友，这才是我老婆。”宋江赶紧岔开话题，把连佳家扶到检查台上。“您快帮我看看，这回是男是女？”

吴医生意味深长地看了他一眼：“小宋啊，咱们现在可不能有这种思想，男孩女孩都一样。我要是知道你上回检查出女孩就打掉，我是绝对不会帮你看的。”

宋江塞了两包烟在医生的白大褂里：“没有打掉呢！那是我朋友的孩子。我家已经有一对双胞胎女儿了，所以想让您来看看这胎是男是女。您受累。”

“你保证如果是女孩，你也不会流掉她，不然我可不做这损阴德的事。”

“我保证。怎么都是自己亲生骨肉，怎么舍得呢？”

连佳家看着宋江虚伪的嘴脸只觉得可笑，刚刚心里那点怕被拆穿的恐惧，此刻已经消失得无影无踪。这样的人不配拥有孩子。

吴医生拿起仪器挤上凝胶在她肚子上滑动，其间他一直神情严肃地盯着机器上的画面。手上的仪器不停在动，好像在找什么。

“怎么样？这次怎么看这么久？”

连佳家知道医生是在找胎儿，可是不管他怎么找都不会有的。因为自己根本没有怀孕。“其实……”

“你的宝宝还没有满四个月吧？”吴医生突然吐出这句话。

“啊？”连佳家和宋江都是一声惊叹，但明显连佳家的惊讶更大。

“按我看，连三个月都不到。要不就是你们记错日子，要不就是胚胎发育不良。”吴医生指着B超机里不明显的手脚分支给宋江看。

“不可能记错的。她前阵子还去医院体检过，医生都说胎儿正常大小，佳家，是不是？”

“嗯……也许是我营养没跟上来吧。”

“是是是，你看你瘦成什么样了。别人生孩子都增肥，你倒好，还瘦了十几斤。”

“吐得太难受了。”

“吴医生，你看这回这么闹腾。他妈比上回怀双胞胎都辛苦，是不是个男孩啊？”

“宝宝太小，我现在看不准确，但很大可能是个男孩。你们如果不放心，大排畸时再来找我看一次。”

得了吴医生的结果，宋江就跟得了圣旨一般，从医院出来就不停地打电话给各路人马报喜。第一个，当然是他自己爸妈。然后是其他兄弟朋友，最后想起给连佳家的母亲发了信息。

相比起宋江的兴高采烈，连佳家这边是一片愁云惨雾。

老天爷也太爱开玩笑了！她求着要的时候不来，现在最不想要的时候，宝宝又来了。真是半点不由人。

3

连韵从机场下飞机就马不停蹄赶到易查的展会场地——一个大型酒店的会议中心。此时这里已经布置完毕，明天就要开发布会。

易向前看到连韵马上冲过来，见他气势汹汹的样子，连韵下意识捂住自己肚子。

感谢易向前并没有拎起她的领子。连韵看见他双眼通红，头发乱得跟一窝草一样，也知道他现在是热锅上的蚂蚁。

“易总，你放心。我既然到这了，就是来帮你解决问题的。这里人多，我们找个安静的地方谈。”

“去楼上会议室。”

两人在会议室坐下，易向前还是无法安心，双腿不停抖动。“你说你有办法，有什么办法？”

“我在来的路上粗略了解了一下无人车的技术问题。自动驾驶分为感知定位、规划决策、执行控制三个部分。其中最难的就是执行控制，这部分技术都掌握在国外那些主机厂和 Tierl 手里。对吧？那你们是如何突破这个技术瓶颈的？”

“这属于商业机密。”

“我不需要很细节的内容，我只需要一个大的方向。这将决定明天发布会的主题。”

“什么意思？”

“无人车只是个大概念，而且并不算什么新概念。通用汽车早几十年就开始弄无人车项目了。之所以搜搜的发布会引起那么大反响，不过是因为国内这方面一直没有取得很多进展。但我敢肯定搜搜不过是窃取了一个空壳来打压你们，并没有真正的核心技术。而这就是打败他们的点！”

“继续说。”

“据我所知，尚德为你们联络了一家法国老牌汽车品牌魅行合作这个项目。你们负责技术，他们负责生产。而搜搜没有，它只是个纸上谈兵的网络公司。你们应该有用来实验的实体车吧？”

“大多数在法国，靖州现在只有一台。”

“一台就够了，明天拖到会场来。现场拆解，将你们的成果展现给大家。”

“这不可能！这涉及很多机密，同行抄袭怎么办？”

“技术问题不可能一蹴而就，就算同行来现场参观短时间也模仿不出来。等他们能生产出来同等的产品时，你们已经迈入下一个阶段，要对自己的竞争力有信心。我们现在要做的是和搜搜区别化，避免媒体做文章说我们抄袭。”

“怎么个区别化？”

“这就是我之前问你的问题了，我需要知道你们是怎么突破执行控制这部分的技术瓶颈？”

易向前思考了一会儿，决定相信她：“简单来说，你可以把Tierl执行控制产品理解成一个黑盒子，控制协议都是我们付费给国外厂家来公开。但是为保证自己的超前垄断，国外厂家都只是部分接口开放，底层执行协议的开放性不足直接影响到汽车操控的可调程度，所以我们的无人车项目在实际试运行过程中一直会偏离理想路径。”

连韵尝试着跟着他的专业术语尽量去理解：“那你们这次能实

验成功，是购买了国外厂家的稀有零件？”

“如果是这样，我们就不能说自己是革新型的项目了。虽然代工的是法国的汽车工厂，但我们这次所有零部件全部是自己国内生产。”易向前提到自己的专业领域就变得十分善谈和骄傲，“我们选择使用新能源汽车的平台进行自动驾驶研究，从而绕开传统的发动机和变速箱等壁垒技术，转而替换成电动车的核心三电系统。”

“我可以理解为你们此次的革新其实主要是底盘平台框架对吗？”

“你理解得很快。”

“那你现在通知你们公司所有宣发改方向，我们的发布会是关于和魅行合作的底盘平台化开发。”

“这……”

“其实本质是没有变的，我们依然是在宣传无人车项目，只是重点具体到某个关键细节，在媒体宣传上我们可以避免与搜搜雷同。”

“这个项目直接影响易查的上市，我不知道这样的宣传效果会不会打折扣。”

“你相信我。技术靠你们，剩下的靠我。”

“好！连韵，看在你的分上，我赌一次！”

说服易向前还只是第一步，这个发布展会离开始只有二十四个小时。所有布置需要全盘推翻重来。连韵算是赌上自己职业前程来做这件事。

她当然也可以什么都不做，等着易查的新项目失败再叫上头问责朱建明，她最多承担一点连带责任，不会很严重。但连韵要的不是七十分，她要一百分。

此外，易查是她当初谈下的独角兽项目，她要对易向前负责，绝不能眼睁睁看着他失败。

连韵从会议室出来，她的新助理就过来为她递上手机："连总，您的电话。"

连韵看了一眼手机屏幕，是宗绍的电话。想必是父母不放心，把她回靖州的事情告诉了宗绍。

如果现在接电话，一定会被宗绍带回家，连韵想了想，将电话挂断，直接关机。

助理知道连韵怀孕的事，婉转地劝说她："连总，您先回家休息一会儿吧。"

"下楼去，布置我要盯着点。"

"……是。"

在家闭关了两个月的连韵，一投入工作状态就感觉完全忘记了孩子的存在。她全程一直站在展会现场指挥，中间被助理提醒才吃了一块三明治充饥。

墙上的时钟不知不觉走到一点，最关键的汽车也如期运送到场地。因为汽车太大，无法运到楼上的会议中心，连韵只能临时和酒店负责人协调，将酒店大厅中央的雕像移走，摆放上魅行汽车。

直到看着汽车安置妥当，连韵才松一口气。一松懈下来，她马上觉得头昏眼花，肚子里那个也仿佛在抗议，肚子咕咕叫。

"怀孕真是不能和以前比，完全不抗饿。"连韵随口跟助理抱怨道。

一包什锦杂果被递到连韵面前："你还知道自己是个孕妇啊。"

连韵猛地回头，看到穿着一身休闲西装的宗绍站在身后。她心虚地看着他："你怎么来了？"

“你以为手机关机我就找不到你了吗？”

连韵觉得头更晕了，有点摇摇欲坠。

“先吃点坚果，孕妇不能饿，补充点高热量食物。”宗绍搀住她坐到一旁的凳子上，“你现在胆子越来越大了。”

“我错了。”连韵的人生宗旨，该服软的就要及时服软。

“事儿做完了吗？”

“差不多扫尾了。”

“我们医院门口的面摊还开着，我让老板下了你最爱的排骨面。走吗？”

“走！”

连韵吃过一碗热腾腾的面才感觉活了过来。宗绍还带她去医院做了二十分钟的胎心监测，确认宝宝正常。

两个人听着宝宝有力的心跳声，相视而笑。原本对孩子持无所谓态度的宗绍，现在反而更期待这个孩子，已经开始在心中描绘他的样子。

连韵突然问他：“你猜这是男孩还是女孩？”

“听着这心跳声像女孩。”

“心跳可以听得出来？你可是个医生，别胡说。”

“真的。女宝的心跳普遍偏快，男宝的稍慢一点。不过这也不是完全准确，只是我希望是个女孩。”

“为什么不想要儿子呢？”

“如果是儿子，我岂不是多了个情敌。”

两人相视一笑，宗绍亲吻了一下她的手臂。

“我现在突然有点理解那些宝妈论坛里说的话了。”

“说什么？”

“每个准妈妈都在论坛里求生个男孩。我当时想不通，女孩多好。我们自己也是女人，为什么瞧不起女孩？所以我特意注册个号把她们通通骂了一遍。”

“那现在呢？想法变了？”

“也不是。以前我一心拼在事业上，觉得自己爱情事业双丰收。从我备孕以来，才更多感受到家庭的压力。你最近看到一个新闻吗？一个女人因为不孕被丈夫和婆婆活活打死。如果这个社会给女人倾注的责任只有生育，那我宁肯不要让她来这个世界受苦。”

在宗绍开车回家的路上，连韵就已经睡过去。宗绍看着她的睡颜，恍然想到结婚前有一晚她也是这样在他的副驾驶睡着。

去展会场地找她的路上，宗绍本来有点生气，气她好不容易怀孕了却一点不爱惜自己身体。但他后来想清楚了，连韵从来没变过，是个凡事尽百分之两百努力的人。自己当初爱上的不也是她身上这股劲儿吗？

第十六章

1

连佳家盯着手里充好电正在开机的手机，双手都在颤抖。

这部手机她拿回家后已经仔细看过，除了女儿摔碎的那一条痕迹以外，还有几条新的裂痕横亘在屏幕正中心，让整个手机屏幕看上去像张蜘蛛网。而且这缝隙中还有红色的印迹，很难让人不联想到血迹。

她害怕看到手机里的信息，如果这里面的东西真的可以证明宋江有罪，她该不该告诉佟乐的家人？毕竟她肚子里现在真的有宋江的孩子。

在这样的纠结中，手机已经打开。屏幕上的壁纸居然是欢欢、喜喜的照片，这让连佳家心里一痛。

她颤巍巍点开微信，居然是一个与自己手机里老公的微信完全不同的微信号。

这个号的头像是宋江在体育大学时拍的照片，阳光帅气，以及让人挪不开目光的好身材。绝对是社交媒体上受欢迎的那一种男生。

微信里所有联系人90%是女人，各色各样的女人，有高有矮，有胖有瘦，有年轻的，有成熟的。唯一的共同性是经济条件似乎都不错，看来她们都是宋江口中的“实验对象”。

连佳家从头翻到尾，都没有找到佟乐的微信。看来他是做贼心虚，删除了对方。

连佳家尝试在“添加好友”里寻找申请记录，加回已被删除的佟乐，可惜并未找到。也许是宋江申请加的佟乐，也可能是直接面对面扫码加的。

短信和电话一样，删除了佟乐的痕迹。这让连佳家失去了头绪，同时又有一点庆幸。是否做到这一步已经是仁至义尽，就算佟乐在天之灵也不能怪她没有尽力。

与此同时，刚在办公室睡醒午觉的宋江发现电脑上弹出一条提示：“您的账号已在另一台设备上登录。”

他思绪一转，马上抓起桌上的车钥匙跑下楼。

另一头，连佳家躺在床上翻来覆去，佟乐信里“快逃！！！”两个字让她始终无法释怀。

“宝宝你不会怪我吧？”她摸了摸自己的肚子，奇怪的是，不像当时怀欢欢、喜喜的兴奋。她不敢承认，她甚至有点厌恶这个孩子。因为这是宋江，是公婆，是自己爸妈，是整个社会逼她怀上的孩子。

连佳家一骨碌爬起来，在她和连韵、樊异的三人小群里问了一句：“有谁知道怎么恢复微信里已删除的好友吗？不是自己的手机。”

连韵不知道在做什么，没有回复。同样在家养胎的樊异很快回了消息：“干吗？查你老公岗啊？”

“嗯。我怀疑他有事瞒着我。”连佳家没有否认，因为撒一个谎后面就需要更多的谎来圆。

“有查过好友申请吗？”

“看过了，没有找到。”

“还有一个办法。我以前有个客户新娘结婚前夜通过这个方法找到新郎出轨的女人。不过我告诉你，万一你真查出什么，我会不会成罪魁祸首啊？”

“这怎么能怪到你头上，你快点教教我。”

“就是你点进朋友圈，翻一下点赞记录。就算好友删除了，点赞记录还是会在。点进点赞的头像，只要对方没有删除你，你就可以把已删除的好友加回来。”

“谢了！我去试试。”

连佳家按照樊异教的办法，果然在点赞里找到佟乐的头像。她点进头像，重新加入通讯录，但是这样依旧没有聊天记录。她不得不再次请教樊异。

“人是加回来了，没有聊天记录怎么办？”

“你点开手机里的设置，看 iCloud 里面有没有备份？”

“显示有 3G 多的微信聊天记录备份。”

“你另外找个手机，把这个备份下载下来，就可以看到聊天记录了。”

“嗯，明白。”

“佳家，如果真有什么，你可别冲动。先跟我们说说！”

“好。”

连佳家平时碰电子设备碰得少，折腾好一会儿，磕磕绊绊才弄清楚怎么把数据备份到自己手机。

3.6G 不算小，连佳家焦急地盯着手机上显示的进度。那一条条红色的裂痕，让连佳家感到十分揪心。

终于等到进度条走完，她深吸一口气，打开了佟乐和宋江的聊天记录。

佟乐一开始和宋江说话就像一般刚入职的小姑娘一样尊敬中

带着崇拜，反而是宋江言语间总带着些挑逗。

“这里的鱼好吃，下次带你来。”

“今天突然变天，你记得多加件衣。”

“我跟老婆吵架了，出来陪我喝杯酒。”

“帮我请个假，今天有点发烧。很想你，怎么办？”

宋江有意无意给佟乐营造出一种自己年少有为，可惜家庭不睦，所以总是郁郁寡欢的形象。

女人是天生爱奉献的，碰到这样“优秀”又“脆弱”的大男人，自然心生怜惜。于是陪他喝酒，陪他打牌，替他买药都成了家常便饭的事。

两人不清不楚维持了一段日子，直到宋江打架欠债被厂里开除。

宋江是个情场高手，他既不会承认自己的失败，也不会让人觉得他薄情。他颠倒黑白把想去靖州发展的原因全推到连佳家身上，说连佳家想来靖州投靠远房堂姐，自己是十万个不情愿，但是为了家庭和孩子没办法。

以宋江以往的经验，到这一步纵使万般不舍，分开异地自然就断了。可没想到佟乐是个爱情大过天的小女孩，她跟着他们来了靖州。

机缘巧合之下，佟乐给连佳家介绍了工作。连佳家视她如恩人，两人越走越近，这让佟乐生出一丝不忍。

在短信中，佟乐有对宋江提及：“嫂子今天又给我带了一份小面，她对我毫无戒备，这让我觉得很对不起她。如今你腿脚也好了，是不是该出来工作，别再骗她。”

“傻姑娘，你就是心太好了。如果不是她连佳家蛮不讲理，我会出车祸撞伤腿？这回不好好吓吓她，她不会知错的。”

连佳家越看越气，原来那段日子她起早贪黑照顾宋江又照顾孩子，还得看他爸妈的脸色，全是由宋江一手策划。

后来佟乐怀孕了，她就越发地依赖宋江，对连佳家的那一点愧疚也就抛之脑后，一心想着和宋江光明正大结为夫妻。

宋江也好言好语哄着她，答应她自己一定会离婚，正式迎娶她。到时候他们就是幸福的一家三口。

那段时间，宋江的甜言蜜语连她一个旁观者如今看来都觉得甜蜜，更别说佟乐当时的感受。

事情的转折发生在连佳家目睹两人打的离开她工作的酒店那天。

当然并不是因为她发现了他们的奸情，而是因为佟乐怀的不是个男孩。

之后就变成佟乐死缠烂打，而宋江从冷暴力到动手，只是短短几周的时间。

宋江每每打她还能让她认为是自己的错，这个招数连佳家太熟悉了。

“你怎么就不能争口气呢？我爸妈连给你的彩礼都准备好了。”

“我原本以为你比连佳家聪明一点，没想到你也是这种死心眼的蠢人。”

“你想生就生吧，反正这个孩子我是不会认的。我已经有两个女儿，不需要再多一个。我给了你五万元，已经仁至义尽。你如果还有点自尊，就不要再纠缠。”

在这段时间里，连佳家一直以为宋江妥善处理好了和佟乐的关系，没承想是用这样的手段将她一脚踢开。

他们之间最后一条信息是佟乐发的。

“我有事想跟你说清楚。这是最后一次，在我上班的酒店顶楼见。”

发信息时间是她死亡前两个小时。连佳家倒吸一口凉气，这是不是说明宋江有很大可能当时在现场？

就在此时房间门突然被推开。连佳家吓了一大跳，下意识把旧手机丢在地上再一脚踢到床下。

她回头看到是欢欢、喜喜，松了一大口气。

“宝贝，你们吓死妈妈了。”

“什么东西让你吓死了？”宋江的声音紧跟着出现在欢欢、喜喜身后，“是我让她们带我来找你的。怎么这个时间还在睡觉？”

连佳家的脸色瞬间变得煞白。“我……我感觉有些不舒服。”

“欢欢、喜喜，你们先出去。”宋江反手关上房门。

他走到连佳家身边坐下，还是那副温柔体贴的模样。他摸了摸她的额头：“真的有点烫。”

连佳家整个人都在发抖，眼神不自觉向下瞟。

宋江突然问：“你有没有看见我的手机？”

“什么手机？我没有看到。”

“哦。”宋江也没说什么，站起来拿出自己的新手机拨了一个电话。铃声从床底下发出来，沉闷却很明显。

宋江蹲下去，掀开床单，看见了躺在地毯上的手机。

“原来在这里。”

2

连佳家一连失踪了几天，消息不回也没下楼散步，弄得樊异还有点担心。她不会真查出什么，小两口吵架闹离吧？

有一日，她在小区里散步碰到宋江，赶忙上前打招呼。

“Hi，我是佳家的朋友樊异，还记得吗？”

“樊小姐，当然记得了。你还带我老婆一起去产检过呢。”宋江春风满面，看不出一点夫妻吵架的影子。

“我就是想问，最近怎么没看到佳家下楼来散步？”

“哦，医生说她胎不是很稳，所以建议她多卧床休息。”

“这样啊。那我能上楼看看她吗？”

“这个……她现在应该还在休息。等晚上我下班再领你一块去，可以吗？”

“行。那你让她没事给我回个信息，我还挺担心她的。”

“没问题。”

跟宋江告别后不久，樊异就收到连佳家的微信，说自己这阵子身体都不舒服，所以没顾得上看手机。

樊异嘱咐她好好休息，其余倒也没多想，因为她现在有更担心的事。

经过可怕的唐氏筛查，樊异还要面临一个难关——二十四周之前要做的胎儿系统B超筛查，俗称大排畸检查。

大排畸会通过检查胎儿头部、脊椎、面部、肢体、心脏和腹部器官等来确认胎儿是否有先天畸形病症。

到这一步，胎儿如果有任何畸形基本上可以从B超中显示出来。也就是说她当初喝酒吃药究竟有没有影响到胎儿，到这个检查里就可以确认。

宝妈论坛里形容大排畸是场打仗一样的检查，宝宝如果睡着反方向趴着，或者手挡住脸都拍不清楚。宝妈胎盘前置，羊水过少也拍不清楚。总之，主观、客观很多因素会造成大排畸通不过。

检查前一晚，樊异又是一晚没睡好，频频夜醒。肚子大造成的另一个后果就是夜尿多，起床不便。

因为没有另一半帮助，她须扶着床头柜慢慢起身。妈妈提过要陪她睡，不过母女俩都是独睡惯的人，考虑到睡眠质量，樊异还是婉拒了她。

樊异腿脚现在也有些浮肿，以至于起身的时候，腿麻了一下险些摔倒。她堪堪扶住洗手台，平复了一下心情才敢回床上。

肚子里的宝宝像是也被她吓了一跳，在肚子里动个不停。樊异不放心又拿出家用的胎动仪记录了三次一分钟心跳。一般一分钟是 110 ～ 160 次，如果超过或者低于这个数值范围都需要及时去医院。

都说当妈的是玻璃心，说得不好听，这就跟身上长了一个“大瘤子”一样，搁谁身上都不可能放心得下来。

第二天早上童舟开车来接她，她上车的时候给童舟吓一跳。

“你这黑眼圈也太吓人了。昨晚偷地雷去了？”

“没办法，睡不着啊！你看我这脸肿的。”樊异懊恼地搓了搓脸。

“你呀，就是心思重。”童舟乐呵呵递给她一杯豆浆，“先吃点早餐。”

“我怎么见你这么开心呢？”

“当然开心啦，马上要看到我的乖宝宝！”

大概是童舟的好心情传染了她，樊异也放松许多。她摸了摸自己的肚子，对里面的“住户”说：“待会乖乖地让爸爸妈妈看一眼你长什么样子好不好呀？”

宝宝在肚子里动了一下，像在跟她击掌。

童舟打开驾驶座的扶手，里面是一些小零食。“这是你要我买的巧克力和蛋糕。准备这个干吗？”

“我看论坛里说，宝宝胎位不好又不愿意动的时候，妈妈吃点甜食，他觉得兴奋就会动起来了。”

“那万一宝宝不喜欢吃甜食呢？”

“你喜欢吃甜食吗？”

“喜欢啊。”

“我也喜欢，所以他肯定喜欢！”

B超室里，冰冰凉凉的仪器贴在她的肚皮上，樊异紧张地看着屏幕，上面灰白的图案看不出什么名堂。

“这不是四维彩超吗？怎么这么不清晰，也没有彩色。”童舟在旁边仔细研究也没研究出什么名堂。

“小伙子，看到这了吗？红色、蓝色，代表血流方向的线。这不是彩色吗？”医生没好气地回答。

“你别乱说话。医生，您别介意，他大男人不懂。”

“哪有什么不懂，全看想不想懂。有些男的一辈子不会换尿不湿；有些男的奶粉泡几度水，宝宝不同形状的便便代表什么病都一清二楚。你老公呀，看上去自己还是个孩子。”

“我才不是呢。以后换尿布、泡奶粉我包圆了！”

医生同樊异狡黠地眨了眨眼：“发誓我可听着了，以后他不做你就来告诉我。”

“医生逗你玩呢。”樊异安抚童舟。

“你们看，这就是宝宝的脸。”医生指着显示屏中间的位置。

樊异和童舟哪里还顾得上斗嘴，注意力全集中到屏幕上。

他们仔细分辨终于看出人脸的轮廓，是一个尖尖的瓜子脸，眼睛是闭着的，但看得出眼缝很长，鼻子笔挺，嘴唇薄薄的。

“真是个漂亮的宝宝。”医生都忍不住夸赞道，“而且很乖。直接把脸露出来给我们看，看来是个会心疼妈妈的小宝贝。”

樊异以前看过很多B超照，因为泡在羊水中都是奇模怪样的。

这真是她见过的最清秀的B超照。也可能因为是自己的孩子，心里有感情分。

医生的探头移向别处，两人还恋恋不舍。

“别啊！医生，给我们多看会他的脸。”童舟不舍地盯着屏幕。

“放心吧，我刚都截图了。待会会打印一张出来，你们带回去慢慢看。”

医生的探头一路滑下去，面容正常，脊椎正常，心脏正常……

“现在看来一切正常，没有明显畸形。你们放心吧。”

从B超室里出来，樊异拿着B超照左看右看，仔细研究宝宝看不清的眉眼。

“你看他像谁？”

“像你，眼睛这么大。”

“发际线怎么这么高啊？以后不会没头发吧？我听说好多宝宝生下来都没头发。”

“怎么可能！这B超照哪里看得出头发。我们宝宝肯定头发浓密。走，待会回去我再给你买点核桃和芝麻。”

“迷信。”樊异嘴里说他迷信，又忍不住笑。这么一笑，她突然脸色一变，“你在这等等我。”

“干吗？哪里不舒服吗？”

“没事，我去个厕所。”樊异神情古怪，好像是去做什么难以启齿的事。

“那我帮你拿着包。”

“不用，我自己拿着。”她也不等童舟再追问，匆匆忙忙赶去厕所。

医院的厕所都是蹲厕，樊异找不到地方坐，只能把包挂在门后。扶着扶手，慢慢把裤子褪下来。冬天穿得多，更是让这个动作难度加大。

樊异在狭小的厕所隔间里，艰难地褪下最后一层裤子。内裤已经全湿了。她叹了一口气，把内裤丢进垃圾桶。

她早就听闻孕晚期会有漏尿的现象，只是没想到自己孕中期就开始有这个问题。第一次漏尿的时候，她还以为是流血了，吓得不轻，马上跑去医院检查。

医生让她做个细菌感染的检查，因为孕期抵抗力弱，特别容易被细菌真菌入侵。妇科的内检特别难受，需要双腿扒开躺在床上，任由医生把棉签塞进去转动几圈再拿出来。整个过程虽然很快，但是让樊异感觉很没有尊严。

检查结果是没有感染，但是漏尿的情况还是没有减少。有时候哪怕轻声的咳嗽都会漏出来，就像月经一样不可控。樊异只好在包里常备着一条干净的换洗内裤，平时还会垫上护垫，今天因为需要做检查才没有垫。谁知道当着童舟面碰到这种事，幸亏冬天穿得多。

樊异这才明白，原来生孩子还是件需要放弃尊严的事情。

3

易查的发布会十分成功，用新技术代替了新产品，从细节入手更让人信服。业内人士一片叫好，还在发布会上内涵了搜搜只有概念没有技术，打了个漂亮的翻身仗。

易向前给方舟总部打电话表扬了连韵带孕工作，帮助合作伙伴将新项目完成得这么出色，同时还帮连韵狠狠参了朱建明一本，指他为报私仇，偷窃合作伙伴的物料提供给竞争对手。

方舟为给大客户一个交代，对朱建明展开内部听证会。连韵埋藏在朱建明身边的一枚棋子——李乘风此时终于发挥作用，在听证会上交出关键性证据，证明朱建明在搜搜有占股。

朱建明和搜搜创始人曹俊是大学同学，曹俊的夫人是他们大学的校花，也是朱建明的情人。朱建明通过他夫人对搜搜投资，占了40%的股份，还用方舟资本的钱给自己公司盖楼。

最吊诡的是，曹俊对他们的私情一清二楚。为了公司的发展，他甚至默认自己夫人去勾引朱建明以获得实际的投资。

这个新闻一出，无论是私事还是公事上，朱建明都无法再在业内立足，可以说已经实质上的社会性死亡。

连韵为此获得嘉奖，薪资直接提了50%，还除掉了朱建明这个死对头。她以此事立了威信，从此在中华区是再无对手。别说生孩子休假一段时间，现在就算她一年不在，这个公司也找不到可以替代她的人。

连韵在听证会上大获全胜，晚上婉拒了李乘风他们的庆功宴邀请，决定回家好好陪陪丈夫。她回到靖州这段时间，一直忙于公事，连好好说句话的时间都没有，对于宗绍，连韵深感抱歉。

她主动打电话给宗绍约他下班后去二人世界，宗绍却提出去公婆家吃饭。

“刚好爸妈听说你回来，要我们回家吃顿饭。”

“我怎么感觉这么像鸿门宴？你妈知道我偷偷跑回来工作，大概此刻杀了我的心都有。”

“别把我妈想得那么恐怖。她也是担心你嘛！你也记得跟咱爸妈报个平安，他们可都还悬着一颗心。”

“知道了。就你有孝心，显得我多不孝似的。”平心而论，宗绍对她的父母比对自己父母还亲，事无巨细总能体贴着二老。因此，比起她这个女儿，连宏益夫妇更喜欢宗绍这“半个儿子”。

连韵见离晚饭还有两个小时，时间还够，便就近去附近的高档商场准备买些伴手礼给公婆，以此换取少被挑两句不是。

时近冬日，不少柜台摆出冬季的保暖套装。连韵看中一套羊绒的手套和围巾，准备买给婆婆，但是这个驼色并不是婆婆会喜欢的。婆婆天生爱俏丽的人，更偏爱紫色这样的富贵色。

“这个款式有没有紫色？不是深紫，那种香芋紫就行。”

“有的，刚刚售出了。您需要的话，我再去仓库拿给您看看。”

“好的。这副驼色的也包起来，再帮我去拿一副紫色的吧！”

“您在沙发上稍坐一会儿，我马上取来。”服务员为她倒了热茶，匆匆跑去仓库。

连韵坐在沙发上和母亲视频，简单交代了自己工作已经告一段落，过两天会回老家继续养胎的事。

连宏益夫妇这才算放下心来，嘱咐她这两天一定要吃好睡好。

“放心吧，爸妈。对了，妈，我给你看了一副羊绒的手套和围巾。你看看喜不喜欢？”连韵把那副驼色的手套拿在镜头前给母亲看。

“羊绒好贵的吧？妈妈不是很需要，你买给你婆婆吧。她看起来比较喜欢这种东西。”

“别说我偏心。一人一份，都不要争。”

“那我的呢？怎么没爸爸的份？”连宏益吃醋，故意逗她。

“有的。我待会给你去买几条休闲西裤，上次回家看你那西裤裤脚都磨翻边了。”

“你个大肚婆还是别在外面乱跑了。我要新裤子，你妈会去买。你又搞不清楚码子，别乱买还买错了。”

两口子你一言我一语跟连韵唠家常。这时，服务员捧着一个新盒子气喘吁吁地跑回来。待她看清坐在沙发上的连韵脚边汇着一小摊血水时，她已经吓得说不出话。

“小……小姐，你的腿。”

连韵不知所以然，低下头，发现自己右腿裤管流出一条红线，已经在腿边汇成小摊血。

“妈……爸……我……”这是连韵长这么大，第一次体会什么叫语无伦次。她结结巴巴半天挤出一句，“我好像流产了。”

连宏益夫妇在电话那头听到这没头没尾的一句话，同样是怔住了半分钟。连宏益先反应过来。

“小韵，你别怕。宗绍陪在你身边吗？先打电话叫救护车！”

“我马上打 120！”店员终于反应过来，扔下手里的盒子，去前台打电话。

连韵颤巍巍地举着手机，不敢低头再看那摊血。

“别吓妈妈。宝宝，别吓我……”连韵泪水不自觉地往下掉，口里念念叨叨。

“小韵，你别挂电话。妈妈在，你冷静一点，兴许只是胎漏。你爸已经去打电话给宗绍了，他马上会赶过来！我们也马上开车到靖州来，你别怕。”连宏益夫妇手忙脚乱，只拿了包和车钥匙就立刻下楼开车。

连韵的血和眼泪着实吓到了他们，长这么大，他们都没见过自己女儿这么无助的样子。

连韵始终保持着僵硬的坐姿在沙发上不敢动。旁边已经围观了不少人，不知情的人指指点点讨论着这个女人为何会流产？

“怀孕就不要出来乱走嘛，给别人添麻烦。这店家也是倒了霉，摊上这事不知道会不会被讹一笔。”

“是不是习惯性流产哦？我听说有些私生活不检点的女人怀上后会自然流掉。”

这些素不相识的人以最坏的恶意猜测着她的故事。这让一百分的连韵感到很无力，管天管地管不了陌生人的嘴。生理的疼痛加上对孩子的担心，让她处在爆发边缘。

“你们这些长舌妇给我闭嘴！”这样的话在她脑海里徘徊，险些要冲出口。

“让让，让让！”宗绍几乎和救护车同一时间赶到现场。

“病人在哪里？”

“这里这里。”好心的店员连忙引路。

宗绍先一步冲到连韵身边：“我来晚了。剩下的你什么都别想，我来处理。”

医护人员抬着担架到连韵身边，宗绍帮着一起把她抬上去。连韵用手臂挡住脸，觉得丢脸。

宗绍跟医护人员交代她的病史：“我老婆妊娠十一周多，人工受孕，无高血压史，无过敏用药。”

“你是医生吧？”

“我是。”

“那好，你跟我们一起上救护车详细说。”

连韵在医院验血，HCG 值很低，B 超显示已经没有胎心。

“胎儿已经没有心跳了。”医生面色沉重地跟他们宣布。

宗绍紧握着连韵的手，额头抵在她的手背上，不敢面对这个现实。连韵更加如此，不停反问医生。

“怎么可能？医生你再仔细听听。我前两天检查宝宝还是好好的！”

“节哀顺变。胎儿三个月以前本来就不稳，加上你们还是人工受孕，这个风险就更加大了。”

“那可以查出是什么原因吗？至少我们下一次可以避免。”宗绍还算冷静，追问道。

“这个目前查不出来，只知道是自然生化了。你如果想进一步查，等胎儿引产下来以后再检查。”

连韵听到“引产”两个字，浑身颤抖了一下。

宗绍也不忍再细问，只想让这件事快点过去：“算了，我们不查了。这个引产对我老婆身体影响大吗？”

“你自己也是医生，说完全没影响也是不可能的。但所幸胎儿还小，可以通过吃药自然流出体外。相对于手术来说，对产妇的影响要小一些。回去给她好好坐个‘小月子’，千万别以为流产不算个事。这个‘小月子’不坐好，对下次怀孕也有影响。”

“我不怀了。”连韵突然冒出一句这样的话。

“什么？”

“我再也不怀了！”连韵搂住宗绍的脖子，号啕大哭，“我们不要孩子了好不好？我不敢再面对一次这样的事情。”

宗绍也没有面对过这样的事情，一时间五味杂陈。他轻轻拍着连韵的背，努力安抚她的情绪：“好……好。”

第十七章

1

连佳家母亲牵着两个孩子站在门口，担忧地看着她：“真的不需要我在这照顾了吗？”

连佳家还没开口，宋江已经代替她回答：“妈，你放心，我爸妈已经在来的路上。欢欢、喜喜就拜托你了。”

“妈妈要弟弟，不要我们了吗？”欢欢、喜喜略带埋怨地盯着连佳家，也不知道谁给她们灌输了这样的思想。

连佳家未语泪先流，蹲下来，一手一个抱住她们：“不是的，妈妈马上就会回来看欢欢、喜喜的。”

外婆看不得两个孩子这可怜样，也忍不住劝道：“你公公婆婆都会过来，能搭把手照顾她们，欢欢、喜喜也会懂事的。就别让她们跟我走了吧？”

“妈，佳家肚子大了。两个孩子又正是跑跑闹闹的年纪，真冲撞了，谁都负不起责。再说我父母年纪大了，我爸还拄拐杖，我妈一边照顾佳家还一边要照顾他，真的没精力看着欢欢、喜喜了。”

连佳家母亲听了这话心里很不舒服，她年纪和宋江父母没相差几岁，怎么活该就是她来照顾外孙？孙女们明明姓宋，却只和妈妈外婆亲。爷爷奶奶那边就当没这两个孙女一样。有时候她真恨不得把孩子改姓连。如果她们外公还在世，这事也不是不可能。

“好吧好吧。我也不是不愿意给你们带孩子，就是看这俩孩子挺可怜的。”

连佳家还抱着两个孩子不肯撒手，宋江已经在催促：“别误了火车。”

连佳家十分怨毒地看了他一眼，宋江也明明白白接收到了这份恨意。他附在连佳家耳边轻声说：“别做傻事。我马上就回。”

连佳家站在落地窗前，看着妈妈和欢欢、喜喜提着大包小包的身影消失在眼前，她的泪水终于决堤。

她不禁怀疑自己到底在做什么，把自己逼到如今这步田地。

那天宋江在床下发现自己的手机，所有事情也随之暴露。当然连佳家并没有承认她是在调查佟乐的事，只说自己是在调查他的婚外恋证据。

“你想干什么？想跟我离婚吗？我不是跟你说过，那些只是我为了上课而找的实验对象。”

“你真当我是傻子吗？你身上这些名牌西装、手表、鞋子都是你工资能负担起的？还有你的车子是谁买的？”

“对，确实有些女孩子为我花了些钱。但那是她们自愿的，而且我还把这些钱省下来都用在这个家里，你有什么不满意的？”

“你是在说你花别的女人的钱在养家吗？你让人听听这是个正常男人说的话吗？我是不是该感谢你‘绿’了我？”

连佳家本来只是随便找个借口跟他吵架，引开他的注意力，可是说到这里却是真的生气了。她歇斯底里的吼叫被一记耳光终止。

门外母亲焦急地询问：“佳家，你们在吵什么？”门内是丈夫愤怒的注视。

怀孕这段时间，宋江伪装得太好，以至于她都忘了自己被摁在水里的恐惧，这一记响亮的耳光和手机上带血的裂痕在她脑海里汇在一起。

她良久才回道：“妈，没事，我们闹着玩呢。”

“玩归玩，别动着胎气。”

“好，你放心。”

母亲的脚步声渐行渐远，连佳家心里的恐惧却越升越高。宋江扼住她的脖子，没有用力，但眼神足够杀死她。

“你最好想清楚再说话。我不需要你告诉我男人应该怎么做。我知道你从来没有看得起我。你爸这样，你也这样，你们都以为提携了我，所以就可以一辈子看不起我，对吗？我已经不是原来那个吃软饭的宋江，所以你也别跟我摆你的大小姐脾气。最开始也是你死乞白赖要嫁给我，不是吗？”

连佳家的眼泪在眼眶里打转，宋江的每句话都狠狠打在她的心上。是的，是她死乞白赖要嫁给他的。就算当时父母都不同意，是她以父母的宠爱要挟，所以将自己送到了如今这般田地。她怨不得人。

“你别哭。我最讨厌看到你这副死的样子，好像谁欺负了你似的。再说你哭了，对我儿子也不好。如果我儿子有什么闪失，你死十次都赔不了。”

“宋江，你到底当我是什么？一个替你生儿子的机器吗？”

“不然呢？你这样无才、无艺、无相貌的人，我为什么要喜欢你？图你走样的身材，还是图你每天懒觉睡到十一点？”宋江对她极尽羞辱之词，丝毫不顾及这么多年的夫妻情分。

“那佟乐呢？她也一样吗？”

这一句出来，连佳家知道自己也没什么好果子吃，但她就是没忍住。

宋江脸色彻底沉下来，死死盯着她的眼睛："你究竟知道什么？"

连佳家这时才知道胆怯："我什么也不知道……"

"连佳家，你需要为自己的言行付出代价。你现在出去告诉你妈带着欢欢、喜喜回老家。我会让我爸妈过来看着你。"

"凭什么！"

"凭什么？你知道佟乐是怎么死的吗？你想让你妈和欢欢、喜喜都知道？"

连佳家万万没想到他会这么直接说出佟乐的死和自己有关，更没想到他会以自己母亲甚至孩子的生命来威胁她。

"你还是人吗？自己的孩子都……"

"你别忘了，佟乐肚子里的那个也是我的孩子。"

连佳家被宋江没收了手机，母亲和欢欢、喜喜都被送走，彻底失去与外界的联系。她想，如果不是肚子里的孩子是个男孩，她大概也会落得和佟乐一样的下场。

连佳家记得她青春期时曾在连韵看的书里读过一句话："男人最害怕女人不给他面子，而女人时刻都在害怕男人杀了她。"

那时候她还在看一些霸道总裁为主的言情小说，看到这句话时觉得毛骨悚然，也不知道连韵怎么会看这种书。现在她才充分理解这句话的含义。

这次她不会选择坐以待毙。宋江千不该万不该威胁她的女儿们，作为母亲，她可以为了保证女儿的安全付出性命。

2

连韵吃了堕胎药后，安全起见，留在医院观察。她什么都吃不进，脸色白得像纸一样，宗绍只有给她喂点热水。

宗承明和林美仪知道消息后，两人穿着正装赶来医院，仿佛来吊唁一般站在病房的床尾。

林美仪一脸憋不住的怒气，那双眼珠子要吃人一般盯着连韵："我说什么了？让你好好休养，你偏要偷偷跑回来上班。这下好了吧，好不容易怀上的孩子没了。"

"妈！医生都说了试管婴儿本来就存在自然生化的风险，和连韵干了什么根本没有关系。"

"怎么可能没有关系？如果她好好躺在床上不出门，会出这一茬吗？还跑去逛商城，真不怕人一个不小心给你挤摔。我看你是根本没把这个孩子当回事。"

"说那些假设的事情做什么，而且连韵去商场也是为了给你买礼物。"

"买什么礼物。我缺这些礼物吗？把孩子保住就是给我最好的礼物。我宗家和你什么仇什么怨，要把我孙子弄掉。你还不如压根没怀上，让人空欢喜一场！"

"好了，妈。你再说这些，我就要请你出去了。"

"你！"林美仪见儿子不站在她这边，马上去求助老公，"你看看你儿子现在为了个女人，连自己爹妈都要顶撞。"

"你少说两句。"宗承明并非维护连韵，只是不太喜欢这种叽叽喳喳的氛围，"我们先走，你好好休息，养好身体准备怀下一胎吧！"

宗承明说完准备离开。一直靠在床头默不作声的连韵突然开口："我不生了。"

"你说什么？"宗承明反过头来，严肃的面容加上凌厉的语气让人不寒而栗。他一向是家里的一家之主，平日里小事不做声，但是大事上没人敢反抗他。

换作平时，连韵绝不会正面顶撞公公，就算有异议，也会藏在心里，婉转地实现自己的想法，但现在她有一种目空一切的无畏。

"我说我不会再做试管。我不要孩子了。"

"宗绍，这也是你同意的？"

"我没有意见。身体是她自己的，连韵有权利决定生不生。"公婆的火气都没能让连韵有所反应，反而是宗绍明确的表态换来了她意味不明的一眼。

"幼稚！你以为生不生孩子是你俩自己的事？"宗承明声音不自觉拔高几个度，完全失了平时稳重的样子。

连韵还没说话，一个熟悉的声音从病房门外传来："不是他俩的事，难道是你们的事？要生你们自己回家生！"

连宏益夫妇从门外风风火火地冲进来，直奔床边的女儿。

"爸，妈。"连韵一直憋着的眼泪，在看到父母的一刻终于决堤。

"你刚刚声音那么大做什么！我女儿还是个病人。"连妈妈冲到宗承明面前指着对方鼻子凶，即使比对方矮一个头，气势上完全不输。

连韵心里一软，好像回到孩提时期，有年龄大的小朋友抢她玩具，妈妈永远会替她撑腰，从来不会指责她为什么不懂分享。这就是亲人，不管怎么样都站在你背后为你撑腰的人。

宗承明碍着面子不好和女人相争，林美仪可不管这，拦在自己丈夫面前："看看，这就是穷人家的素质。当初嫁到我们家可不是这副嘴脸。"

"妈！"宗绍坐不住了，起身将宗承明夫妇往外拉，"你们还是先走吧！别在这火上浇油。"

"走就走。你以为我和你爸爱在这儿啊？还不是看在你的分上。宗家的媳妇不能不生，如果她不生，我们就换一个儿媳妇生！"林美仪临走还不忘点把火。

连宏益听到这话，坐不住了，也冲她直嚷嚷："你再说一遍！离，今天就离！宗绍，你还记不记得结婚典礼上你答应过我什么，你说会保护她，爱惜她，不让小韵受一点委屈。你就是这么保护的？"

"就是啊。还我们宗家媳妇不能不生？你们宗家怎么的？有皇位要继承？"连家俩老退休前都是几十年的人民教师，论口才可不会输。

宗绍觉得头疼欲裂，刚刚失去孩子，两边父母都不能体谅他们的心情，偏偏他还不能发火。

"走，我送送你们。"宗绍一手拽着宗承明，一手拽着林美仪，可以说是强制将他们带出病房。

林美仪仍然不依不饶地给宗绍洗脑："你光心疼儿媳妇，怎么不心疼你爹妈。我们俩老想抱孙子还有错了？你听听他们家父母说的那叫什么话。"

"小韵刚失去孩子，比你们谁都难过。妈，你就别再来伤口撒盐了。你把她当作什么？一个下蛋的母鸡？不生就杀了？"

"宗绍，怎么跟你妈说话的？你妈虽然话糙但理不糙，我们宗家不能无后。连韵这个儿媳妇，平心而论我还是挺满意的。如果你不愿意离婚，就在外面生一个，抱回来给她带就是了。”

“爸，你在说什么呢！”宗承明在宗绍心里的形象一直很伟岸，是个悬壶济世的医生，也是通情达理的父亲。万万没想到，这一切形象只不过因为没有触碰到他的利益而已。

“爸妈，为了不让你们抱一些不切实际的想法，我现在就跟你们说清楚，我不会和连韵离婚，也不会在外面生个小孩抱回来。我们结婚从头到尾都不是为了生小孩！所以这也不会成为我们离婚的理由。”

“你这孩子，你的书都读到哪里去了！不孝有三，无后为大。没听过吗？你这样妈妈可要……”

“要收回我的房子、车子，还是银行卡？妈，你忘了，你买的房子我已经还给你了。车子是我自己赚钱买的，我现在也早就不是十岁孩子需要花你们的钱，你在经济上已经威胁不了我。”宗绍现在越发觉得当初搬出去的决定是对的，母亲那套道德绑架也用不上了。

“好了，你们先回去吧。我还要给小韵和岳父岳母去买点饭。”宗绍说完转身就走，没有再理会还在原地错愕的父母。

他们身后的拐角处，连宏益抱着空的热水瓶缩回开水间。听到他们的对话，连宏益心里多少有点欣慰。虽然亲家蛮不讲理，自己女婿还是很拎得清。小韵没有看错人。

病房里，连韵捂着肚子在床上缩成一团。母亲在旁边急得团团转。刚刚已经叫过护士，护士说这是吃完药的正常反应，忍一忍就过了，实在不行可以打止痛针。但是连韵不愿意。

“我宁愿痛一点，这样我才没有精力去想肚子里现在正在被杀死的宝宝。是我亲手杀了他。”

“孩子，你别这么想。这不是你的错……”妈妈说着自己也忍不住哭，其实她又怎么不想抱孙子呢？家里现在还有没钩完的小虎头鞋，但是这事多少需要点缘分。

“妈，你知道我为了怀上这个孩子受了多少苦吗？几百颗药丸，数不清的针剂，还有取卵真的好痛。我以为取卵已经是最痛苦的过程了。没想到原来失去他才是最痛苦的。”

宗绍站在门口，都听到了。他的眼泪也忍不住往下掉。原本对孩子没有什么感觉的他，在连韵的执着下，才勉强同意试管。他没有经历过连韵的痛苦，试管中男人要做的只是对着一些下流的杂志发泄一次。

但是在无数次电话里聊到对宝宝的期望，在逛商城时看到小衣服、小鞋子的动心，在看到同事宝宝时的喜爱，宗绍已经描绘出他的孩子，准确说是他的女儿的样子。他在这以后，才懂得失去的痛。

宗绍想离开一下，不想让妻子看到自己这样，转过头看到岳父站在身后。连宏益看到他的眼泪也愣了，鼻头一酸。他拍了拍宗绍的肩膀，没有说什么，自己提着热水壶进了病房。

有些孩子来的时候，惊天动地，让所有人感受到他的到来；可是去的时候，却无声无息，让人总以为他还在那里。

连韵按着自己的肚子，缩在被窝里，感受着肚子里的生命一点点逝去，心也跟着死了。

此时，连佳家现在正坐在自家的马桶盖上咬着手指甲。

连佳家不知道宋江怎么跟他爸妈说的。现在她整天被公婆盯得死死的，就连上厕所婆婆都要守在门口。

她猜公婆对佟乐的死也许知道一二，但她不敢细想。公婆能容忍佟乐的死，就能容忍她的。而她现在唯一的保命符就是肚子里的宝宝。

为了防止她联络外人，他们现在连产检都不让她去。只等着到临盆那天送到医院。生孩子是鬼门关走一圈的人，她还能不能走出来就难说了。

想到还在外婆家的欢欢、喜喜，连佳家想自己决不能坐以待毙！

站起身的时候，她腿麻了，晃了一晃，下意识扶稳墙壁的一瞬间，她心生一计。非常危险却又是唯一的生路。

“宝宝，对不住了。”连佳家打开水龙头，在地上洒了些水。心一横，眼睛一闭，借了个冲劲把肚子往洗手盆上一撞。

“啊！”洗手间里传出一声惨叫。

婆婆第一个反应过来：“怎么了？怎么了？”

她在外头使劲拍打着门，里面却只传来痛苦的呻吟。这动静惊动了在客厅看电视的公公，公公拄着拐杖过来。

“怎么了？”

“好像是摔了一跤。怎么办啊？门是里头反锁的。”

“客厅那抽屉里有钥匙，我见过。你去拿。”

“唉！”婆婆应声跑去，拿了一把钥匙回来，颤抖着手挨个试。

公公见她那样子，不耐烦地挥开她的手：“走开，没用的东西。”

他们打开门，看到连佳家躺在地上痛苦地呻吟。

“我的老天爷哎！”婆婆赶紧蹲下去扶她，“老头子，快打电话送医院吧！”

“等等。她是不是装的哦？”公公狐疑地打量着她。

连佳家的睡裙下淌出一丝血红，婆婆看见彻底急了：“你们这些男人是不是脑子有问题！没看到都出血了吗！赶快打电话喊宋江回来。我去打120！”

“慢着，我先问问宋江怎么处理。”公公还是十分谨慎，见婆婆不是很赞成的模样，他觉得自己权威受到了挑战，半威胁半恐吓地说，“你试试，到时候害的可是你的亲儿子。”

婆婆看了一眼还倒在血泊中的儿媳妇，最终选择了沉默。连佳家也是在这一刻彻底寒了心。什么样的父母就会有什么样的子女，她现在也丝毫不惊讶为什么宋江可以这么自私自利。

公公当着她的面拨打了宋江的电话，电话那头不知道说了什么，公公频频点头。

“小江说让我们先别动，他马上回来，带去他认识的医生那里去。”说完公公就走出厕所回到客厅，不一会儿，客厅又传出电视声，好像什么都没发生过。

婆婆犹犹豫豫地站在原地看着不停呻吟的连佳家：“别怪妈狠心。你要保护你的孩子，我也要保护我的儿子。你应该懂我的心情吧？”

连佳家不懂，她爱她的孩子，不代表对方杀人放火她也要去递刀递枪。这种畸形的爱才养出畸形的宋江。她心里有一万句脏话要骂，可是她现在痛得骂不出声。

婆婆不敢轻易移动她，只能将她稍微扶起，靠着浴缸。她身下的血沿着地板砖缝隙流进下水道。说来好笑，在意识模糊之际，她想得最多的一个念头居然是绝对不能死在连韵的房子里，这样她的房子会跌价。

宋江从接到电话到赶回家其实只有二十分钟，连佳家觉得过了两个小时。宋江直接将她打横抱起，婆婆跟在后面一起去了上次帮他测男女的那个医生的小诊所。

医生一看到她这情况吓得连连后退：“都出血了你还往我这送干吗？你看我这诊所仪器也不可能接得了这种情况。”

“您帮帮忙吧！至少先检查一下孩子怎么样？”

“现在还想孩子，大人没了，孩子照样没有。直接送大医院吧！别耽误了。”

宋江看着病床上已经毫无血色的连佳家，心里还在权衡。

他最终还是抱起了连佳家，在她耳边小声说：“我现在送你去医院，想活命就不要乱说话。欢欢、喜喜还在老家等着你。”

经过一番抢救，最终孩子和母亲都平安无虞。连佳家松了一口气，这回算赌赢了。

医生在一旁数落宋江：“孕妇摔倒了就应该马上送来医院，怎么能拖这么久。再差一点这个孩子就保不住了。”

宋江虚心点头，一副十分内疚的模样：“是我考虑不周，我白天要上班，只能留我爸妈在家照顾她。没想到突然出这种事，老年人年纪大，手忙脚乱就拖晚了些才通知我。”

宋江言辞诚恳，毫不意外，医生被他这套说辞说服，甚至有点同情他：“这也不能怪你，不上班哪有钱养老婆孩子呢。下次多留点心就是了。先去交住院费吧。”

“要住多久啊？”

“这个说不准。先住一周，到时候胎心监测稳定了就出院。”

宋江露出一丝犹豫，连佳家知道他在害怕。只要自己每脱离他的视线一秒，他都害怕。

“医生你看我家情况也不是很好，我要上班，老人在这医院陪护身体吃不消，能不能少住几天院。”

医生沉吟了一下：“最少三天。胎心稳定了才能出院。再苦再累也不能拿老婆孩子性命去赌。对吧？”

“您说得是。”宋江这才拿着单据去交住院费，临走前还千叮万嘱他妈“看好”连佳家。

安顿好她住院，宋江不知道接到谁的电话马上要走。连佳家听到电话那头是个年轻女孩的声音，大概又是他的哪个“实验对象”，宋江在这方面已经完全不避讳她。

只是这回宋江对电话里女孩的态度更为谄媚，竟有种被呼之则来挥之则去的感觉。按他自己的话来说，对女人可不能这么惯着。连佳家觉得有些异样，但也没有精力深究他那些破桃花。

宋江走后，婆婆一直盯着她，连吃饭都是叫外卖送进来的。连佳家找不到机会求救。

连佳家打了保胎针，不知不觉睡过去。等她醒来的时候，窗外已经天黑，床前没有人，她欣喜若狂按了床前的护士铃。

过了一会儿，护士才探了个头进来：“针打完了吗？”

“不是。麻烦您进来一下，我有点事跟您说。”

“哦。”护士正准备进来，宋江的身影出现在她身后：“有什么事跟我说就行了，麻烦护士姑娘干什么？”

“那个……我想上厕所。醒来没看到人，就按了护士铃。”

“看你睡着，我妈就先回家了，我来换她守夜。”宋江体贴地走到连佳家病床前，将她的拖鞋摆整齐，温柔地扶她起身，“我扶你去上洗手间吧！”

“你真有福气，有这样体贴的老公。”护士对宋江赞不绝口。连佳家是哑巴吃黄连——有苦说不出。

宋江本就英俊高大，打扮入时，说话又彬彬有礼。护士难免对这样的人放松警惕，压根没注意到连佳家求助的眼神。

“哦，对了，你们这间房的洗手间堵了，师傅明天才能来通。今晚将就一下，这层走到底有公共洗手间。”护士临走前叮嘱道。

宋江扶她去公共洗手间，路上一直面带微笑对她轻语：“你不要动歪心思，以为在医院就可以跟别人乱说话。手机我已经毁了，你没有任何证据，说了也没人会相信你。”

“我已经不想追究佟乐的事。看在我们这么多年感情的分上，看在我曾经那么喜欢你的分上，你能不能放过我？我们离婚，我走得远远的。我们以后再也不见！”

“佳家，你还是和读书时一样傻。我怎么可能让你走呢？你肚子里可还有我的儿子。”

此时，两人已经走到走廊末尾的洗手间门口。住院部的夜晚，夜深人静，没有一个人。

见他如此绝情，连佳家恶狠狠地说：“你别想了。我早晚有一天会打掉你的儿子！大不了同归于尽。”

宋江突然一把掐住她的脖子将她抵在墙边：“这次住院是不是你故意摔的？你想杀死我的儿子！”

“是又怎么样？事到如今，你不会还妄想我会心甘情愿替你生孩子吧？”

“连佳家，你死了，我还可以找第二、第三、第四、第五个女人替我生儿子，但你的女儿就真的没有妈妈了。你想清楚……”

“咳咳。”厕所里传出咳嗽声。宋江有点慌张地松开手：“你不是要上厕所吗？快进去。我在门口等。”

连佳家惊魂未定地走进洗手间，一进去就闻到一阵烟味。她退了两步确认门口是女洗手间没错。

“怎么了？”站在厕所门口的宋江问道。

“没什么。”比起烟味，宋江更让她感到厌恶。连佳家快步走进了厕所，迎面撞上一个黑影。

“大肚婆怎么还这么不小心？”来人扶稳了她。连佳家抬头看清昏暗光线下的脸。

“怎么是你？”

3

樊异盯着手机上的三人小群发呆，她发出去的信息没有一个回复。前两天连韵说她回靖州了，还说要聚一下，结果这会子也跟连佳家一样玩失踪。

“这姐妹俩搞什么呢。”樊异总觉得有些不安，“要不我去她们家看看？”

“你先顾好你自己吧。这肚子日渐大了，也别到处乱走动。”罗凤卿翻着她的产检本，盯着那张宝宝的四维B超图笑得合不拢嘴，“你上次去做四维，没有问医生是男孩还是女孩吗？”

“妈，现在法律规定都不让检查男女了。医生不会说的。”

“我们那时候都是可以查的，这个法律是怕那些重男轻女又怀了女宝的人打掉孩子，咱们又没这个顾虑，男孩女孩都喜欢。”提到这个话题，樊异心里刺痛了一下。

“妈，我问你个事。当时你怀孕检查知道是个女孩的时候，你有没有失望？”

“失望？为什么要失望？我们又不是生活在农村，需要男孩子做苦力。话说回来，就算在农村，现代化农业是男是女都不重要了吧？”

“那你从小对我动不动又打又骂，爸爸说因为你不喜欢我是个女孩。”

“他放屁！你自己想想你读书的时候给妈省过一点心吗？逃学、打架、早恋，你是一个不落。不打你打谁？你要是男孩，我吊起来打！”

想到被妈妈吊起来打的可怕画面，早已成年的樊异还是缩了缩脖子，显得后怕。

“我那时候叛逆也是因为我爸说，你根本就不想要我，怀着我的时候就想打掉了。我才使劲作，想惹你生气。”

“我说你怎么越打越来劲呢，原来都是你爸在后面挑拨来的。你自己去问问他，当时不想要女儿的是谁！”罗凤卿气不打一处来。当时为了保住这个女儿，她在孩子奶奶那受了多少气，樊天阔还在背后挑拨，结果连唯一的女儿都和她产生隔阂十几年。

“算了，妈，都过去了。日久见人心，谁对我好我知道的。”樊异坐到妈妈身边，搂着她肩膀安慰。

“你知道我最后为什么同意你未婚生下这个孩子吗？就是想到你爸，婚姻能给女人带来什么呢？万一碰到你爸这样的，还不如不结。至少有个孩子，孩子还能跟咱姓。男人是最没用的母婴产品。”

“妈你说得都对！你咋活得这么通透呢？”樊异一直认为自己身上的特立独行是遗传了老爸的基因，现在看来，她妈才是那个最酷的女人。

“唉，这二十八周还有个糖耐检查，你还没去做的呀？”罗凤卿注意到产检时间表上有一个检查是空白的。

“妈，那个检查是看有没有妊娠糖尿病，我平时甜食都吃得很少，怎么会有糖尿病。算了吧。”

樊异在准妈妈论坛里看过很多妈妈形容孕检中最恶心的一项就是糖耐。这须在短时间空腹喝完两百毫升的高浓度糖水，而且超时或者吐出来都要重喝，堪称最难检查之一。所以她一直抱着侥幸心理，希望躲过这次检查。

“那可不行，去去去，一个检查都不能落。我们那时候是没有条件，你爸什么都说没必要，到你出生统共就做过一次B超。”提到樊天阔，罗凤卿又呆了一下。

樊异赶忙找话头岔开她的胡思乱想："那我不也健健康康出生了嘛。"

"孩子的事都不要抱有侥幸心理，这上面写着检查要空腹。妈明天早上陪你去。"

第二天一早，樊异是闻着包子的香味起床的。她一起来看着妈妈在厨房里忙活，热气腾腾地从蒸屉里冒出来，盈满整个厨房。

"妈，你干吗呢？"

"给你做点包子。"

"不是说检查要空腹吗？"

"对啊，我问了隔壁柳柳她妈妈做检查要注意些什么。她妈妈让我准备好早餐，等你抽完血就可以吃了。孕妇饿不得。我这不就大早起来蒸包子吗？"

"包子、馒头外头都有卖的，何苦起这么个大早。"

"外面那包子能一样吗？现在外面的肉都不能乱吃。我用的可是花猪肉。"

"行行行。您做的包子最香了。"樊异很久，应该说是从来没享受过这么平和地和母亲共处，像别的孩子一样享受母亲的关心。

虽然懊恼过误会了母亲这么长时间，但有些事即使早十年知道也许并没有差别。那时候自己正值青春叛逆期，哪里懂得母亲的辛苦。一定到了某个年岁，茅塞顿开才会在这点点滴滴的细节里找到母亲的爱。

不早不迟，剩下的时间还够她好好回报母亲。

母女到了医院，樊异先要空腹抽静脉血送检。然后就到了她最怕的喝糖水环节，到一旁护士站自取七十五克葡萄糖溶于两百毫升的水中，要三分钟内喝完。

樊异拿着手中的糖水犹犹豫豫，一旦开始三分钟内就要喝完。她实在没这个把握。

“看什么呢？喝糖水又不是中药。”罗凤卿盯着女儿。

“这还不如中药呢。”

“还跟小时候一样。这怕什么！我陪你喝。你看我。”罗凤卿以迅雷不及掩耳之势撕了一包葡萄糖放水里，一口闷了。樊异连拉都没来得及拉住。

“你看，这不一点事没有！呕——”罗卿凤话未说完，已经原地吐在护士站。樊异无奈地看着她，想笑又不敢。

旁边的护士已经见怪不怪，扬高声音跟还在排队喝糖水的准妈妈们说：“看见没？这就是错误示范。糖水要慢慢一口一口喝，千万不要一口闷！”

“护士姐姐，这里哪里有拖把，我来打扫一下。”樊异觉得不好意思，主动要求打扫。

“放着吧，我们来。你们都是大肚子，滑一跤可不得了。站远些，我来拖。”年轻的护士已经拿着拖把出来。

旁边的孕妇看向她们，窃窃私语：“天哪！这么大岁数还怀孩子呢，真是拼了。”

罗卿凤老脸一红，恨不得找个地洞钻下去，抬头看到樊异还在笑，忍不住拍了一下她胳膊：“还笑！都怪你。”

“哈哈，妈，我突然想到，其实你和霍叔如果还有这个打算，再生一个也不迟啊！到时候咱俩一块坐月子。”

“我看你是皮痒痒了是不？”罗凤卿举手作势要打，落到她身上也是轻轻的一下。

两人笑闹间，樊异已经把糖水喝完：“其实也没想象中那么难喝。”

“那还害你老妈丢这么大的脸！”

一个小时后，樊异去窗口抽血，抽完这次还要再等一个小时。樊异百无聊赖地在二楼平台来回踱步，突然她看到一楼大厅走进来一个熟人。那人也走到二楼妇产科来。

“妈，我看到朋友。我过去聊两句！”

“小心一点啊。”

“宗绍！”樊异怕男人走太快，忙叫住他，小跑过去。

宗绍看到她，先是诧异，赶忙扶住她：“你可小心点，肚子都这么大了。”

“你上班时间怎么在这啊？过来交流还是开会？”

“是家人在这住院……”

“谁啊？”樊异问完突然反应过来，“不会是小韵吧？这阵子联系她，都没回信息。”

“嗯。”宗绍本来吃不准要不要告诉樊异，但人家自己猜到再隐瞒又显得矫情。

“孩子……”樊异不敢问下去。

“没了。”宗绍说得克制，但樊异已经感同身受，情不自禁摸了摸自己的肚子。

“你快带我去看看她。”

樊异走进连韵病房，宗绍大概是已经提前通知了她，所以她显得并不是很惊讶。

“你来啦？”

樊异不知道该说什么，只能给她个拥抱。

“肚子顶着我啦！”连韵嗔怪道，“你是不是存心来气我的？”

“我不是……”樊异确实觉得自己挺着大肚子来探望一个流产的人有点不合适。

“我开玩笑的，瞧你这么紧张。你今天来医院做产检的吗？”

“嗯。”

“多大了？”连韵忍不住轻轻摸了摸她的肚子，就像抚摸自己的孩子一样。

“三十周了。”

“时间真快啊。咱们说好了，他出来后可得喊我做干妈。”

“这不是早就定的事儿吗？”樊异见她还能开玩笑，轻松一些。

“还是得确认一下。毕竟我以后可能都没有自己的孩子，就把你和佳家的孩子当作自己孩子。”

此话一出，樊异就知道连韵根本没有放下。

“会有的……”这句话说出来樊异自己都觉得那么苍白无力。

第十八章

1

病房的灯已经熄了，只有床头还亮着一盏小台灯。宗绍的笔记本勉强架在床头柜上办公。连韵背对着他，闭眼假寐。这些天，他们一直是这样的状态。连宏益夫妇以为女儿还在生公婆的气故意晾着宗绍。

要说生气还真不是生宗绍的气，只是连韵不知道和他能说什么，说来说去绕不开孩子这个话题。

连韵转过身时，看到宗绍已经伏在案头睡着了。

她从枕头底下摸出一个小方盒，披着外套轻手轻脚下床，把床上的薄毯盖在宗绍身上后，走出了病房。

她住院这一层是妇产科，很多刚生完或者马上要临产的产妇住在里面。相较其他科，这里热闹许多。即使已经晚上十一点多，依然可以听到病房里传出婴儿的啼哭，还有新手爸爸们忙碌地在走廊里穿梭。

连韵躲开这些喜悦的脸庞偷偷溜进走廊尽头的公共卫生间。因为新修的住院部每个病房都有单独洗手间，这里基本已经无人来。

她关上隔间的门，黑暗中闪过一下火花，一缕烟从隔间顶冒出来。她知道坐小月子不应该抽烟，不应该熬夜，不应该每晚哭泣。但是她已经不在乎了，她最不应该做的事已经做了，就是没保住他们的孩子。

爸妈和宗绍一直安慰她，孩子没保住不是她的原因。但是医生说的无法确定原因，不就代表她的一言一行都可能是原因吗？她不该回来加班，她不该倒掉那些营养品，她就不该拥有这样不孕的病！

就是因为自己前半生太要强，事事要完美。拼事业的时候不想要孩子，事业稳定以后又企图以孩子作为炫耀的资本。上天才会惩罚她，以这种方式告诉她，她不可能是个完人。

连韵觉得自己陷入一个无底洞，身边的人每说一次“不怪你”，她就怪自己多一分。她知道她病了，心病，但她不愿意去治疗。仿佛这样的沉沦才是对逝去孩子的告慰。

“咚。”厕所门外一声不大不小的响声打断了连韵的思绪。

“这次住院是不是你故意摔的？你想杀死我的儿子！”男人压抑的怒吼在空旷的厕所里特别清晰。

连韵靠着厕所隔间的门缓缓吐出一口烟，嘴边勾起嘲讽的笑容。原来你视若珍宝的东西，真有人弃如敝屣。上天真是爱捉弄人，那个女人不想要的孩子可以给她呀。

“是又怎么样？事到如今，你不会还妄想我会心甘情愿替你生孩子吧？”

连韵直起身子，这个女人的声音她很是耳熟，但他们说的话让连韵完全没有头绪。两人还在争论着什么，她轻轻推开隔间的门向外看。

连韵看到厕所外，一男一女在走廊尽头低声争执。正是连佳家夫妇，而且宋江的手正死死掐在连佳家的脖子上。

连韵大愕，故意咳了两声。宋江果然马上收手。

“你不是要上厕所吗？快去。”连韵听到宋江让连佳家进洗手间，怕宋江看到，连韵侧身隐进隔间。

连佳家跌跌撞撞地进来，连韵赶紧伸手扶住她，嗔怪道：“大肚婆怎么还这么不小心。”

“你怎么在这？”连佳家看清是她，差点惊呼出来。连韵捂住了她的嘴将她拖入隔间：“别说我了。你俩刚刚在外面的对话我都听到了，到底怎么回事？”

连佳家太渴望有人听她倾诉这件事，可是真出现这么一个人时，她竟然不知从何说起。是佟乐的死、自己怀孕，还是被软禁、女儿们生命受到威胁。而且此时宋江就在门外，留给她的时间不多了。

“姐，帮帮我。欢欢、喜喜现在和我妈在老家，你能不能把她们接去一个安全的地方藏起来？”连佳家最终选择了首先保护女儿，这也是一个母亲的不二选择。

“为什么？”连韵联想到刚刚的对话，“宋江对你做了什么？”

“这一时半会我没法全部说清楚。我现在被他软禁监视，不能和外界有任何联系。但只要欢欢、喜喜安全，他就不敢对我怎么样。我肚子里还怀着他的儿子。”

“他为什么这么对你？”

“我……”

“佳家，怎么这么久？需要我进来帮忙吗？”宋江在厕所门外大喊，有了前车之鉴，他担心连佳家又做出什么出格的事。

“不用！马上出来。”连佳家焦急地看了一眼门外，她握紧连韵的手，低声叮嘱，“总之欢欢、喜喜就拜托了。如果我将来遇到不测，看在亲戚一场的分上，还请你多照顾她们。”

在这一刻，连佳家没有过多地去想自己的后路。她相信以连韵的能力绝对能保护好欢欢、喜喜，甚至如果自己不在了，连韵能收养欢欢、喜喜，对她们来说也许又是更好的造化。

宋江不明白连佳家上个厕所出来为什么突然情绪变得这么高涨，甚至还有点开心。不过他现在没有这么多闲心去刨根问底关心她的心情，他还有更大的事要烦。

连韵回到自己病房时，宗绍已经醒了。

“你去哪了？我正准备出去找你。”

“哦，刚去外面透透气。”连韵想着刚刚连佳家的事，有点魂不守舍。

宗绍走过去，闻到她身上的烟味，皱起了眉 :“是不是又躲哪里去抽烟了？”

“啊？嗯，是的。”宗绍没想到连韵承认得这么爽快，连狡辩一下的意思都没有。“宗绍，能不能拜托你个事？”

“干吗突然这么生疏？什么事，你直说。”宗绍有点别扭，被她这话题一带，也忘了抽烟的事。

“就我刚在厕所碰到连佳家，她也在这住院。我想让你帮我查一下连佳家住在哪个病房，然后找医护人员帮我送部手机给她，别被她的家人看见。”

“这是唱的哪出？”

“我也搞不清楚具体情况，连佳家好像被她老公限制了人身自由，所以我需要先跟她取得联系。”

“限制人身自由？这事要不要报警？”

“先别。咱们还不知道怎么回事。她让我先保护她女儿的安全。”

“欢欢、喜喜现在在哪？”

“在我们老家。可惜我爸妈现在在靖州，不然我让他们去一趟婶婶家也很方便。”

“我去吧。叔叔阿姨这把年纪，别再吓着。”宗绍说着就拿外套要走。连韵拉住他：“也不急在这一时，开夜车不安全。何况你现在走，到达县城已经凌晨三四点，婶婶和孩子睡得正熟。”

“你说得对，是我考虑不周。我明早安排好手机的事再走。”宗绍放下外套，坐回床边，替她掖好被角。

“宗绍……”

“嗯？”宗绍看着她，昏暗的灯光下，目光认真且深邃。

“谢谢你。”

“你突然这么客套，搞得我都不知道怎么回话。我是你老公，这些都是应该的。”宗绍低头想亲吻她，连韵下意识别开了头。

2

樊异心里惦记着连韵住院的事，想去探望，无奈被自己婚庆工作室的合伙人强行拖住了。

“我那个姐们儿真的很有诚意请你出山。我要是能上，现在就不至于这样求你了。她看了你给连韵做的那场婚礼，喜欢得不得了，非要请你本人出马。我知道你现在怀孕了，可不是离临盆还早吗？不需要你动手，你出图出想法就行！再说，可难得碰到这么豪爽的客人，生之前最后赚一笔给孩子的奶粉钱不好吗？”

樊异怀孕后，工作室的工作基本上都交给这个合伙人处理。但这回客人点名让她出设计，自己推脱几次无果，最终还是接了下来。跟谁过不去也不能跟钱过不去。

今天是见客户的日子，许久未捯饬自己的樊异打开衣柜，悲哀地发现以前的衣服居然没有一件能穿的。

怀孕也不尽是喜悦与期待，比如当你发现自己比以前的旧衣服大两个码的时候。

她奋力把裤子提到腰间却扣不上扣子，外套穿得进又拉不上拉链。折腾得她筋疲力尽，床上摆了一堆脱下的衣服。她穿着睡衣靠在梳妆台边喘着气。

罗凤卿进来看到这满床的衣服叫苦不迭："我的小祖宗，敢情是不要你自个儿收拾就可以随便霍霍是吧？"

"妈，你也别收了，拿个袋子兜着捐给楼下旧衣箱吧！"

"说什么呢，这么些好的衣服。"

"我全穿不进了，就算生完也会比怀孕前胖个十几二十斤，这些旧衣服还留着有什么用。"

"你生完孩子别偷懒，去锻炼啊。我看到这个小区对面就有健身馆，每天好多女孩子出出进进，一个个身材都好得很。"

"说得轻松。到时候孩子谁来带。走不开一个小时，又哇哇哭着要喝奶。唉，想想都头疼。"

"你说得也没错。我们那有句俗话叫'生完孩子三年癫'。意思就是女人生完孩子后三年都像个疯子。每天围着孩子打转，哪里有时间收拾自己。"

"为什么电视上那些女明星一个个生完孩子都可以光鲜亮丽，少女如初啊！"

"钱哪。请最好的月嫂、保洁、营养师、健身教练、美容师，都是钱堆出来的。不过别光看人好的一面，为了赚钱，他们也得忍受和孩子分离。那些天天在家陪着孩子的明星，咱们也见不着了。"

"妈，我发现你了解得还挺透彻。"

"当然了，我也是过来人。"

“我现在有点后悔自己的决定是不是草率了？”

“哈，你现在就后悔了？那等生下来，你会恨不得把他塞回去。”

樊异突然走到妈妈身边抱住罗凤卿的腰：“妈，你当初刚生下我的时候，是不是也是这么想的？”

罗凤卿停下在叠衣服的手，反手搂住她：“傻孩子，再累再辛苦都比不过你生下来时对我笑的一下。你以后就懂了。”

“妈妈真伟大！”这句口号一样的话，只有等自己真的成为妈妈的那天才会懂得。

樊异放平心态换了一套休闲的孕妇装，松松垮垮看不出什么设计，但胜在舒适。她坐在梳妆镜前，刚拿起粉底液，罗凤卿就大喊大叫：“你不会是打算化妆吧？”

“有什么问题吗？”

“化妆品有毒，那眉笔里是铅，口红里有蜡，都会通过你的皮肤渗入胎儿身体的。”

“你这都从哪听来的谣言。我用的化妆品都是孕妇可用的成分，就算真有什么化学元素也是很微量的，偶尔化一次没事的。”

“你见什么客户这么重要啊？男的？”

“女的。”

“那有什么好化的。”

“妈，你这什么老思想。我化妆是为了自己开心，走出去自信，又不是为了取悦男人。”

“切，说不过你。少化点啊，顾着肚子里的崽儿。”罗凤卿最终还是随了她去。

若说当下的年轻妈妈和上一辈的最大区别是什么，就是她们更多地关注到“我”，除了宝宝需要什么，还有“我”需要什么，

Happy mum，happy family（妈妈快乐就有快乐的家）是新生代妈妈们信奉的理念。

牺牲已经变成一个贬义词，只有照顾好自己才有余力照顾好孩子。

为了迁就樊异，她们约见面的地点就在小区对面的咖啡厅。樊异去的时候，合伙人陈蓓早候在那。

“给你点了杯牛奶。你现在不能喝咖啡吧？”

“偶尔喝一点也没事。不过你已经点了就算了，我喝牛奶吧！”樊异捧着面前的牛奶杯暖手，“你那个朋友还没来？”

陈蓓抬手看了一眼手表：“她呀，这个点估计刚起。”

“现在已经下午三点了！”樊异惊奇的表情逗笑了陈蓓。

“我看你真是怀孕健忘，你忘了你自己原先每晚泡吧，第二天要睡到下午五点的事吗？那时候你定的规矩，下午三点之前不要找你，我也是白找，你都关机。”

经陈蓓提醒，樊异才想起原来的自己过的是这种生活。蹦迪到凌晨三四点，再一觉睡到第二天下午四五点，这样的日子好像已经是前世。

“好怀念啊！现在‘带球跑’可没这么好玩了。想到以后去酒吧，小哥哥都离我远去。只能参加各种妈妈群，真是惆怅。”

“哈哈，你呀，有了孩子，还想着别的小哥哥。其实我觉得童舟挺好啊，干吗拒绝人家？”

“可能我樊异就是风一样捉不住的女子吧！”

“你就贫吧！不过我这姐们儿跟你性子挺像，是个‘海后’，长得漂亮，家里又有钱，所以养了好多‘鱼’。完全没想到她会突然决定结婚定下来。你们这些漂亮女孩是不是都这么任性，玩够了转身就要当新娘子。你就更酷了，直接当妈。”

“我才不是‘海后’。我又没有脚踏几条船，我那都是一夜情。”樊异挺着大肚子，用吸管一边吸着牛奶一边说出这么“大言不惭”的话，惹得旁边的服务员都多看了她几眼。她还颇为骄傲地回看过去。

陈蓓嗔怪她道：“呸呸呸，真不害臊。”

“这有什么好害臊的，大家都是成年人，你情我愿，又不犯法。你说是不是？”她们两人打趣的时候，一个烫着红色大波浪，高挑漂亮的女孩走了进来，顺口搭话道。

“你来啦！”陈蓓起身热情地挽住女孩的胳膊，将她拉到自己旁边的沙发，“这位是我的合伙人樊异，这就是我跟你说的那个姐妹——付潇潇。”

“我就知道我会和她投缘。刚听到你俩聊天，我就知道你就是我要找的婚礼策划师！”付潇潇伸出十个手指甲贴满水钻的手，握住了樊异的手，使劲上下摇了摇，像过家家一样。

“付小姐，你的婚期准备什么时候？”

“别叫付小姐，叫我潇潇就可以。婚期还没定，因为我爸还不知道。不过我希望是在冬季吧！最好有雪，然后我们搞个吸血鬼主题的婚礼。租个庄园什么的，我要穿那种黑色婚纱，搞一园子的红蔷薇。你想想，白雪、黑婚纱、红蔷薇，那视觉刺激多好看！想想就兴奋。”

“哎？”付潇潇给的信息量太大，樊异有点跟不上她的脑回路，“那新郎呢？他有什么想法？”

“他不重要。按我说的做就行了。”

“……”樊异十分怀疑付潇潇根本就不是想结婚，她只是想借婚礼的由头搞一个专属于她的大Party。

“小蓓有没有跟你说过我们的收费标准？如果您确认要我设计

出图，需要先交一万的定金。后期的布置费用会根据您的要求列出价格清单。如中途有取消或者换期的打算，定金都是不予退回的。”

付潇潇直接从包里掏出一万块崭新的票子拍在樊异面前：“钱的事都无所谓。小姐姐我别的没有，就是有“钞”能力。钞票的钞。”

“我的姑奶奶哎。知道你有钱，也没必要大庭广众这样掏出来。人家还以为我们做什么灰色交易呢。”陈蓓紧张兮兮地观察四周，赶紧把钱装进包里，“也不知道你那手机都装不下的 mini 包，怎么可以装进这么厚的钱。”

樊异没有遇见过这样直接到缺根筋的新娘子，但是感觉并不讨厌，还觉得她俗气得有点可爱。

“我既然收了定金就表示接下你这单了。不过有空最好带新郎跟我们见一面，婚礼和新人的整体气质最好要搭配。”

“不是我不想带他来，他今天本来都说好要一起来，后来突然说公司有事又没来。对了，他家也住在和你同一个小区哦！你就住在这对面的望江壹号吧？”

“我是租的房子。这里房子不便宜，看来你那位也是事业有成。”

“还行吧。他是个教授还是个教练什么的，我都没搞清楚。他说他这里的房子也只有几十平方米的小房子，我没去过。反正结婚后肯定是要搬去我的别墅。”

樊异和陈蓓对视一眼，有点哭笑不得。教授和教练可是两个完全不同的职业，一个新郎是做什么都没搞清楚的新娘子也真是够虎的。

陈蓓苦口婆心劝道：“我说潇潇，你还是摸清楚一点比较好。

我听说这个也是在酒吧认识的吧？现在骗婚的男人太多了，你条件这么好，小心上当。”

付潇潇无所谓地挥挥手：“我又不图他的钱，他做什么无所谓。我就是看上他长得帅，对我好。如果他哪天变丑变胖了，或者对我不好了，我随时可以换一个老公。”

樊异差点要站起来给付潇潇鼓掌，大概是从小听过太多要取悦男人的说法。就连父亲离家出走，母亲都在不停反省是不是自己太凶，还是年老色衰才留不住他。如果母亲听到付潇潇的话大概要说她离经叛道，可不过是换了个性别，有什么不同。

“万一要是个结了婚的呢？老家一个，这里一个。”

付潇潇的脸色变得严肃：“这可不行。如果给我发现，就砍断他第三只腿！”

付潇潇一拍桌子，把旁边给她上饮料的小哥吓一跳，感觉好像要割他的肉一般，慌慌张张走开了。

樊异大笑，着实喜欢她这直来直往的性子：“你下次带来我看看，我阅男无数的眼睛能帮你鉴别渣男。”

付潇潇举起手里的橙汁和樊异碰杯：“你简直就是世界上另一个我。”

“哈哈。不敢当，不敢当，你可比我年轻漂亮多了。我已经是大肚婆。”

“这一点我真的佩服你。没有一个男人值得我为他受这么大苦。”

“我可不是为了男人，我没结婚。”樊异摊开双手，给她看光秃秃没戴戒指的手，“我想要个和我长得像的小人儿，就生啦。”

付潇潇的眼睛瞪得更大了：“我越来越觉得和你投缘。听你这么说，我都想要一个。”

樊异哭笑不得，付潇潇把要个孩子说得跟要个限量版的包包一样。

“你还是先把婚礼办好再考虑这些吧。”

“说得也是。谁也不能阻止我当一个最酷的新娘。”此时付潇潇摆在台面上的手机响了，樊异无意瞥了一眼，她手机屏保合照上的男生有些眼熟。但因为是倒着看，且被电话冲断一晃而过，她也没有看得真切。

“我未婚夫下班了，我现在过去找他吃饭。今天就是想和传说中的金牌婚礼策划人碰个面，具体细节我们下次再聊。樊异，认识你很高兴！”付潇潇说的很高兴不是客套话，是真的很高兴。这种真诚打动了樊异：“我一定会给你尽心策划的。放心吧。”

“我相信自己的眼光不会错。记得，千万不要替我省钱，只要效果好，可劲造！”付潇潇拎起自己小包，胯一扭一扭地走出了咖啡厅。

陈蓓无奈地看了一眼走远的付潇潇：“我这姐们就这样。她爸是暴发户，又是女儿奴，养得她性子有点浮夸，但没什么坏心眼，还挺讲义气的。从做生意的角度来说，是个不可多得的好客户。”

确实，付潇潇这样的性子到哪都是个冤大头，但樊异喜欢她不是因为这个原因，只是她那个搞不清楚状况的未婚夫让樊异有些介意。“她的未婚夫你见过吗？人怎么样？”

“只见过照片。长得高高帅帅的，听潇潇说是酒吧认识的成功人士。不是我说，什么正经的成功人士会去蹦迪泡妞？潇潇就是着了道，但没法子，她认准了，谁说都不听。”

“魅力这么大吗？”樊异想象不出让一个“海后”这么坚定想结婚的男人长什么样子。

“而且我跟你说个八卦消息，你知道为什么这男的没来吗？因为结婚就是潇潇一头热的事，听说那男的还不愿意，一直找托词在拖着她。所以我刚为什么提到他可能已婚，就是想敲打一下潇潇，可惜这丫头缺根筋。”

“不可能吧？重婚这种事瞒也瞒不住啊。”

“谁知道呢。这个事整个就透着蹊跷。你听过杀猪盘吗？现在就有那种专门伪装成精英男士来骗女孩钱和感情的骗子。我是真不忍心看潇潇被骗。”

“那你还答应给她策划婚礼？这不是把她往火坑里推？”

“我又没有确切证据，再说，谁跟钱过不去。”陈蓓拍了拍被一万元塞得鼓鼓囊囊的包，“我回工作室啦！你最近按她的想法，给她出个初稿吧。”

3

连佳家辗转反侧到快天明才迷迷糊糊睡着了一会儿。早晨七点，她好像听见婆婆来跟宋江换班的交谈，没听真切又睡了过去。

“那我先走了。妈，你看紧点她。”宋江指了指床上的人，压低声音说。

“放心，你走吧。哎，包子拿着，路上吃。”婆婆把带来的早餐塞进宋江手里。

连佳家是被一个护士推醒的，护士往她手里塞了一个小小的翻盖手机。连佳家下意识回头看床边，婆婆并不在病房。

“你家里人出去上厕所了，我看见没人才过来的。宗医生让我转告你，他现在出发回你的老家接孩子。”

“谢谢！”连佳家打开手机，寻思着是不是等宗绍把孩子保护起来，她就可以报警揭发宋江的罪行。

她手指摩挲着“1”这个按键，手机突然震了一下，把她吓一大跳。

是一条短信进来，署名是连韵。宗绍很细心，怕连佳家不记得他们的手机号，把手机给她之前，还存好了他和连韵的手机号在通讯录里。

“你还好吗？”

“谢谢你，也谢谢宗医生！我明天出院，等宗医生接到我妈和欢欢、喜喜，我就报警把宋江抓起来！是他害死了佟乐。”

“佟乐是？”连韵对这个名字有点耳熟，好像是回乡在母亲的口中听过几句关于厂里的八卦，但是并没有更多的印象。连佳家更是从来没有在她面前提过这个人。

“我找机会跟你解释。你能不能再帮我一件事……”

连佳家刚刚发完最后一条信息，婆婆上完洗手间回来：“你醒啦？”

多亏宗绍想得周到，这小小的翻盖机握在手里，不细看根本看不到。连佳家赶紧把手机塞进枕头套里。

“妈，你来了。”

“嗯。小江去上班了，我过来接替。你趁热把鸡汤喝了，流了那么多血，多补补。”鸡汤是婆婆起了大早熬的，但连佳家高兴不起来。她心里明白这汤是熬给肚子里那个吃的，并不是给她。

别说鸡汤，怀欢欢、喜喜的时候他们知道是女孩子，连个鸡蛋都没从公婆那里吃到过。

“妈，我问你个事儿。如果那天我摔在厕所，抢救不及时，死了，你会不会难过？”

“呸呸呸，说什么晦气话。这种事不可能发生！”

“怎么不可能？你们一直等到宋江回来才送我去医院，还先去了一家没有救治能力的小诊所，每一分钟都可能害我丧命。”

“你现在是在怪我吗？”

“你觉得我不应该怨吗？”

婆婆被问得哑口无言，坐在一边生闷气。她斜睨着连佳家：“你怨我也没法子，为人父母首先都是为自己子女考虑。”

“所以哪怕你儿子杀了别人也不要紧？”

“你说什么！别乱说话。”婆婆十分紧张，左顾右盼看隔壁床的病人有没有听到她们的对话，“有话我们出去说。”

婆婆基本上是连拖带拽把她拉到走廊尽头说话。

“我是乱说的话那你现在又在怕什么呢？其实你心里比谁都清楚佟乐是怎么死的吧？她死的时候，肚子里可还怀着你们姓宋的孩子，真是狠心啊。”

“你想怎么样？你想把这些都告诉警察，让你老公被抓去坐牢，让你的孩子没有父亲，让欢欢、喜喜一辈子抬不起头？”

“这就是你帮宋江掩盖真相的理由？害怕被人戳脊梁骨。你有没有想过，他之后如果继续骗更多女孩子，害死更多人命怎么办？如果我也死在他手里，你真的不会良心不安吗？”

“不会的，我保证你的安全。我保证！”

连佳家冷笑一声：“呵，你被我公公欺负了一辈子，连自己的安全都保证不了，怎么保证我的？”

“就算你现在报警，也没有人信的。”

“我知道。我没有证据，报警也没用。我现在只想做一件事，离开宋江，保护我自己和女儿。你帮帮我。”

“不行，你肚子里还怀着我们宋家的嫡孙，我不能让你走。”婆婆想也没想地拒绝了她。

“我可以把这个孩子生下来交给你们抚养，我只要欢欢、喜喜。”

“我不能相信你。你走了，我到哪去找你？”

“妈，我实话跟你说了吧，这次住院是我故意摔的。只要这个孩子还在我肚子里，我有一百种方法让他活不下来。我现在留着他，也是为了保自己的命。等孩子出生，宋江会弄死我的。求求你，看在我叫了你这么多年妈的分上，你放我一条生路。”

“不会的。小江不会这么坏的……”

“他只会比你想的更坏。你们养出了一头吃人的狼！还不清醒吗？如果你执意要留住我，最后只能得到一尸两命的结果。你自己选吧。”连佳家说这话时，声音都在抖。这是她最后的底牌，如果婆婆还是拒绝，她也没有别的办法。

婚姻是一所大学，好的大学让人向阳生长，坏的大学也能让人学会在黑暗中野蛮生长。换在几年前，连佳家还是个满心期待着结婚、相信爱情的小女生，现在却在为了活下去苦苦挣扎。

“我能怎么帮你？我什么也做不了啊。”婆婆终于还是松了口。

“我不需要你做什么。你只要睁一只眼闭一只眼……”

于是在婆婆去打开水的十分钟里，“一不小心”让连佳家跑了。宋江接到电话时听到的说辞便是这样。

“怎么会这么不小心！我不是让你眼睛别离开她吗？”宋江十分恼火，猜想她身无分文现在能去哪？电光石火之间，他脑海里闪过一个念头。

宋江马上开车回到望江壹号的家，才刚出电梯口就听到老父亲的号叫：“你们这是在干什么呀！我要报警啦！”

父亲横坐在家门口拍大腿，但穿着黑西装的男人进进出出直接从他腿上跨过去，仿佛看不见这个人。

“您快报呀。现在就报，警察来了还得帮我清东西。”一个女人靠在沙发上，漫不经心地翻着手里的杂志。

“堂姐，你怎么来了？”

“宋江啊，你回来就好，省得待会还说我们虐待你爸。我可请过你爸坐里面等，是你爸非要坐在地上。”

“爸，你先起来。”宋江扶起他爸坐到餐厅的椅子上。

“她什么人啊！凭什么在我们家指手画脚。”

“我看你爸记性真不太好。上次我们不是已经见过一面了吗？宋江，你告诉他，这是谁家？”

“黑西装们”用纸盒子一箱一箱把他们的东西清出来丢在门外。

“姐，你这是做什么？”

“别叫姐，我是连佳家的姐，不是你的。既然你现在和她已经离婚，就搬出我家。”

“谁跟你乱嚼舌头？佳家是不是来找你了？我们就是夫妻间小拌嘴，她还大着肚子，我怎么可能离婚。”

“她没在我这，就是打了个电话告诉我，她要离开靖州，这个房子可以收回去了。所以我今天带了物业的人来收房。你们免费在这住了这么久，我自己没房子住的时候还去租房都没让你们搬出去，算是仁至义尽了吧？”

“这……姐，你就算要搬也宽容两天，让我们收拾收拾找到新住址。”

“我已经帮你们收拾好啦。”连韵嘴唇朝门口纸盒的方向努了努，“至于住哪，这是你要考虑的事。”

宋江看她这架势就是来为连佳家出气，没得任何商量。他也不打算再多费口舌：“至少让我检查一遍是不是所有东西都拿出来了。”

“请便。”连韵做了个请的手势，自己也从沙发起身跟在他后面。

宋江装模作样在房子里溜了一圈，最后停留在客卫前。

“我想上个洗手间，这个不需要跟着吧？”

连韵侧过身去，宋江关上门，里面传出细细的水声。没一会儿，宋江出来了。连韵看到他的西裤口袋微微隆起一个长方形的形状，刚刚进去是没有的。

“我检查清楚了，现在找人搬。姐，不管连佳家和你说了什么，你别信她。她最近产后抑郁症复发，总是胡言乱语，有迫害妄想症，觉得谁都要害她，所以我才找我爸妈过来照顾她。”

宋江突然靠近她一步：“她有没有跟你提佟乐的事？”

连韵瞳孔微震，但面上保持着平静：“谁？”

“也不怕你笑话，佟乐是我在老家时的情人，后来被连佳家发现就断了。佟乐不知道什么原因最终选择跳楼自杀。从那时候开始，佳家就变得很奇怪，总是疑神疑鬼。她还说是我害死了佟乐。当然我也不是说我完全没有责任，但是我那个时候除了选择和佟乐分手，我还能怎么样？我总不能不要我的妻子和女儿吧。”

连韵看着他的神情很冷酷：“你不用和我说这些。你如果真在乎她们就不会出轨。”

“这是每个男人都会犯的错误。姐，佳家现在不知道跑哪去了，她还怀着孩子，我很担心呢。如果你有她的消息，一定要告诉我啊！”

“嗯。”连韵不置可否地点了点头。宋江言之凿凿，让她心中都有些动摇，莫非一切都是连佳家病后的胡思乱想？

第十九章

1

樊异起了个大早，用电脑正在做婚礼现场绘图。平时她可以睡到日晒三竿，但一旦她手里有活，就没办法睡得踏实。

做到细节的时候，涉及新郎新娘Logo的制作。她在微信上问付潇潇："新郎姓什么？我在给你们做婚礼的Logo。到时候迎宾牌、喜糖盒上都可以印。"

"他姓宋。"付潇潇破天荒在这个点回了信息。

"你居然这个点就起了？"

"不是，是还没睡。你再晚一点发，我就睡着了。"付潇潇发了一个抱着枕头打呼的表情包。

"再给我一张你们的合照吧！"这次信息发出去，付潇潇没有再回复。樊异猜想她大概是已经睡着了。

她决定先动手做Logo，付的首字母"F"和宋的首字母"S"并不是很好排版。樊异试了几种方式，觉得上下错位的排列是最好看的。

看着看着她突然心里有点异样的感觉，连佳家的老公姓什么来着？姓宋的人光在靖州就有几十万，樊异暗笑自己是不是想太多了。但心中始终有些不安，她思来想去决定约付潇潇和她的未婚夫出来一探究竟。

樊异在电话里跟付潇潇说起这个见面的提议，付潇潇马上答应："刚好他最近搬到我家来住，随时可以见面。"

"他在望江壹号不是有房子吗？怎么突然搬去你家了？"

"是我提出来的。他那房子不是很小嘛，他父母又来靖州了，我就让他搬我这来，给伯父伯母住得舒服一点。"

"你对他可真好。"

"他对我也很好啊，给我买花，给我送药，还会帮我遛狗。事无巨细都照顾得好好的。我们第一次见面是在酒吧，他居然帮我挡酒，说女孩子这么晚不能在外面喝这么多酒。真是笑死我了。酒吧里哪个不是来喝酒，他居然要帮我挡酒。我那时候都怀疑他是不是来蹭酒的。"付潇潇一说起那个男人就停不下来，十足陷入爱情的少女模样。

"那天喝醉了，他送我回家。以前都是我自己一个人抱着马桶吐完翻到床上睡。那天他帮我清理了所有呕吐物，换了干净的衣物，还卸了妆！重点是他什么都没对我做，倒了杯热开水，把电话号码写在纸条上压在水杯下面就走了。我这辈子第一次碰到这么单纯的男孩子。"

听付潇潇口中描述的未婚夫，樊异都觉得是不是自己太以小人之心度君子之腹，这样的暖男会是脚踏两条船的人吗？

"我当时想，像这种男人，不是情场高手，就是绝世好男人了。我赌后者，可千万不能错过！所以就着急忙慌找你做婚礼策划啦。"

"被你说得我好期待见到他。"

"他可帅了，你可别爱上他哦！"付潇潇在电话里略带些骄傲地说道，"不过我带他跟你见面就说你是我朋友，不说是婚礼策划师行吗？上次说见婚礼策划师好像把他吓着了。"

“行啊，我们本来就是朋友嘛。”樊异想起陈蓓上次说的结婚是付潇潇一头热的事，不禁替她感到心酸，这么优秀的女孩子依然在感情上小心翼翼。

“对了，冒昧问一句，你未婚夫叫什么名字啊？”

“宋河。”

付潇潇周末和宋河在国金逛街，让樊异过去装作偶遇。三个人顺势在外面一起吃晚饭。

樊异按照付潇潇给的地址，找到国金三楼一家定制西装店。此时宋河正在试衣间让裁缝量体。

“他还不知道我这是在为婚礼给他定制西装。”付潇潇挽着樊异的手，脸上的幸福溢于言表。

相较起得到，女人似乎更会为自己所付出的东西感到幸福。

男人穿着裁缝用针线临时裁定的西装出来，对着镜子左右照：“怎么样？杨师傅说这个版型最修身。”

他后知后觉地在镜子里看到身后的付潇潇身边还站着一个大肚子女人，对方死死盯着他，那眼神有几分愤怒和嘲讽。宋河转头神态自若：“这位是？”

“我是谁你不清楚吗？”樊异上前推了宋河肩膀一下。

“潇潇，你朋友？火气怎么这么大？”

“樊异！你怎么了？”付潇潇看着两人之间不同寻常的氛围，又看到她的肚子，醍醐灌顶，“难道，你肚子里的孩子是他的？”

“什么啊！”樊异和宋河两个人同时惊呼，佩服她的脑回路。

“你们的氛围明明就是这么回事，樊异看你跟捉奸在床一样。”

樊异知道这么严肃的场合不该笑，但付潇潇实在太好笑。如果真的捉奸在床，这个奸不也是她吗？

“宋江，这时候演戏就没必要了吧？你和潇潇要结婚，那佳家怎么办？”

“什么什么？你在说什么啊？”付潇潇毫无当事人的自觉，反而像个吃瓜群众一样缠着樊异说出个所以然来。

“原来你认识我哥啊！哎呀，我说呢，你怎么这么气愤。”宋河一把搂住付潇潇，“宋江是我双胞胎哥哥，连佳家是我嫂子。潇潇，你朋友估计是误会了。”

“原来是这样……”付潇潇点点头，居然一副已经相信的表情。

樊异差点被付潇潇这个傻白甜气死，她一把将付潇潇拉到自己身边：“你当我们是傻子吗？双胞胎？你还可以想出比这更烂的借口吗？宋江从来没跟我们提过他还有个双胞胎弟弟。”

“你们很熟吗？他没必要把家里的事都告诉你吧？”宋河反将一军。付潇潇还点头附和：“说得也对哦！”

“那好，你说你叫宋河，给我看看身份证。”

宋河一脸不悦，努了努嘴，还是从口袋里掏出钱夹给她。钱夹里的身份证上显示他确实叫宋河，跟宋江的出生年月及家乡都是一样的。

“潇潇，我这是因为她是你朋友，看在你的面子上才会给她看。”宋河一把抽回钱夹，“你如果不相信，你现在打我哥电话不就是了。”

樊异觉得这不失为一个好主意，她即刻当着付潇潇面拨打宋江的电话。

宋河的手不由自主插进西裤口袋里握紧了拳头。

“嘟嘟嘟……”就在樊异觉得不会有人接听准备挂了时，电话被接起来，里面传出一个男声：“喂。”

樊异背过身去，贴紧话筒：“喂，宋江？你现在在哪？”

“在工作。突然打我电话什么事？”

“哦，我刚逛街碰到一个和你很像的人，他说是你的双胞胎弟弟。”

“是的，没错。”

“知道了。好的，没事了，再见。”

樊异挂完电话看向宋河，依旧将信将疑，世界上怎么会有两个人长得一模一样，就算是双胞胎，连声音都这么像？

“这下可以信了吧？其实你不是第一个误会我们的人。我们是同卵双胞胎，所以特别像。小时候经常闹笑话。”

“你也从来没告诉我你有个双胞胎的哥哥，好酷哦！”付潇潇已经完全沉浸在宋河还有个双胞胎哥哥的喜悦中，“那我们婚礼要你哥哥来当伴郎。”

“那可不行，我怕你把新郎搞错。”

“我才不会呢！”付潇潇依偎在宋河怀里撒娇。樊异盯着宋河，努力想从他身上找出破绽。

2

从医院出院，连韵直接回公司报到。本来医生嘱咐要坐一个月的“小月子”，在父母的软磨硬泡下，也仅仅是短短十五天就结束了。

连宏益夫妇本来想留下来多照顾女儿一段时间，却被连韵直接拒绝。“需要照顾的是产后虚弱的产妇和刚出生的婴儿，我又没生孩子，用不着休息那么久。”

“可是你身体受的伤害不比刚生完的产妇小，让我们多留下来一段时间把你身子调养好再走不行吗？”

“调理好做什么？再怀一个吗？”连韵说话夹枪带棒，“呵，别以为我不知道你们打什么主意。不就是心里盼着我调养好再给你们生个孙子吗？”

“你这孩子怎么跟你妈说话呢！”连宏益少见地动怒了，“当初要生孩子的是你，我和你妈从来没强迫过你。你怀上了我们替你高兴，孩子没了我们跟你一样难过。你冲我们发什么火。”

连韵背过身收拾公文包，对父亲的话充耳不闻。“我也没有勉强你们来靖州。”

就像青春叛逆期迟来了十几年，连韵突然变得难以沟通，处处与人顶撞。

“爸妈，小韵心情不是很好，你们多包涵。我先替你们订高铁，你们放心回家，我会好好照顾她。过阵子，她身体好些再回来看你们两老。”

宗绍的话还没说完，连韵已经挎上公文包径直离去，气得连宏益直叹气，连妈妈在一旁安抚。宗绍长叹一口气，这段时间他一直从中斡旋，已经十分疲乏。

连韵的怒气随着她的行动轨迹烧遍所到之处，她的同事自然也不能幸免。

自朱建明那事以后，连韵又提了一级成了亚太区的总经理。而她的“间谍”李乘风回归接任朱建明原先的位置。李乘风与朱建明不同，他是连韵一手提拔上来的，所以对她格外尊敬，近乎言听计从，所以还在背后落了个“马屁精”的名头。

谁也没想到，李乘风会在项目大会上行使经理的一票否决权毙了连韵新提上来的“梦想婚礼”项目。这让连韵的怒火一下燃到顶点。

会后，连韵把李乘风叫到办公室。尽管关着门，大办公区都可以听到她的怒吼。

“给你个机会，自己解释刚刚会上是怎么回事？”

“连总，我认为这个项目太激进，与我国国情不符合，一定会造成水土不服。”李乘风一板一眼地解释，并递上了自己做的项目市场分析书。他跟了连韵这么久，知道她做事即使专横，也是以理服人的。

连韵直接将项目书扫到了地上：“我现在需要你来教我判断时机？”

李乘风大概也没想到连韵的反应会这么激烈，项目被毙对他们这一行简直是家常便饭。“我不是这个意思。但是投资近两个亿，风险实在太大了。”

“我们做风投的，风险不大怎么赚钱？你知道有多少人抢着要投这个项目吗？‘梦想婚礼’在法国取得巨大的成功，而国内还无人尝试，这是我好不容易从别人手里抢来的，你说否就否了！你知道损失有多惨重吗？”

李乘风看了一眼外面，看热闹的同事不敢明目张胆地看，但一个个耳朵竖得比天线还长。他把百叶窗帘落了下去。

“连总，我不认为给对方回扣是一个好的抢项目方式。这事一旦被总部知道，朱建明的下场您还记得吧？”

李乘风话音未落，一个笔筒就擦着他的脸落到了地毯上。李乘风垂目看着地毯上的笔筒，抿唇不言。

上一次她对他头上扔东西是演戏给朱建明和其他同事看。即便如此，她依旧私下替他上药，还跟他道歉了许久。这才是他愿意卖命的上司，而不是现在这个“顺我者昌逆我者亡”的女人。

“我许诺给对方代表的好处都是为公司争取利益。我有拿一毛钱放进自己口袋吗？”

“可这就是不正当的商业竞争！”

“我知道你在想什么！他们背地里叫你马屁精，所以你急于做出点反叛我的事来证明自己不是靠我上位。”

“您就是这么看我的？”

“如果不是，那你就是觊觎我现在的位置，想学朱建明一样自立山头和我争上一番？”

李乘风摇了摇头，觉得和今时今日的连韵无法沟通。他弯腰捡起地上自己的分析书和她的笔筒放回桌子上：“您是我的老师，我不会背叛您，但我会坚持自己的原则。”

李乘风转身离开，留下一肚子气的连韵。

她原先就以工作严苛出名，现在简直是不可理喻。同事们在背后大骂她是变态。这些她都知道，但她控制不了自己。

下了班，连韵回了自己的家。

这厢刚将宋江清理出门，她就找人把家里大扫除一遍，准备退了现在租的房子搬回去。

晚上和宗绍说起这事时，宗绍似乎不是很高兴。

“我觉得咱们现在住的这个三室挺好的。合适的话，直接买下来也行。”

“我们也不打算要孩子，要三室这么大做什么？别浪费钱了。”连韵心不在焉地将儿童房墙上贴的彩绘撕下来。

“你看看这里这么多东西，到时候搬过去，这些摇篮、尿布台都没地方放。”

“丢了吧。”对于这些东西，连韵好像并没有什么留念。“还有柜子里那些我妈、你妈买的小衣服、小鞋子全都叠好，可以拿去送给樊异和连佳家。”

“小韵，我觉得可以不用这么着急……”儿童房里这些东西都是宗绍一点一滴添置的，还有双方父母准备的，都是倾注满爱意和期待的礼物。连韵突然说要全部丢掉，他心里有几分不舍。

“已经不存在的东西，留着晦气。”因为白天工作不顺的缘故，连韵的态度很是不耐烦，说出的话也十分刺耳。

“他不是东西，他是我们的孩子！”这是她流产以来，宗绍第一次对她发火。连韵竟感觉到一丝奇异的满足，好像刺激他生气是件很快乐的事。

“我说得不对吗？如果留着孩子的东西可以让他回来，我一根毛都不会丢。但是没了就是没了，我们什么都留不住。”连韵泄愤般地将摇篮里的小兔子玩偶扔进垃圾桶里。

“所以对你来说，孩子只是个炫耀的东西。没了就没了，一点都不值得留恋！连韵……你真是冷血。”宗绍从门口的衣架上取下自己的外套，抓起茶几上的车钥匙。

“我今晚加班住医院，你自己早点休息。”宗绍摔门而去。连韵坐在堆满婴儿物品的儿童房里掩面哭泣。

哭累了，连韵感觉到一丝饥饿。原来人再难过，也逃不过基本的生理需求。做母亲的也不是圣人。她擦了擦脸，准备出去买些速食品。

车子开到路上，方向盘一转去了苏州舸。不知为何，这个时候，她突然想见见她。

敲响酒店1002的房门，连佳家开门看到是她有些惊讶。连佳家的母亲正在房内给两个孩子吹头发。“是谁呀？”

“妈，是韵姐姐。”

连佳家妈妈赶紧放下吹风机迎出去：“是小韵哪。这次多亏你和你家先生帮忙。不然我们佳家可怎么办哦！你快请进。”

宗绍把她妈妈和两个孩子接到靖州和连佳家团圆。连佳家把这些日子的种种都告诉了母亲，失去了丈夫的寡母对此感到后怕又无助。

“婶婶别客气，我来找佳家有点事聊。酒店二楼有个 bar，我们去坐坐？耽不耽误你带孩子？”

“没关系。孩子要睡了，我妈带着就行。”连佳家回头亲了欢欢、喜喜一下，拿着外套和连韵下楼去了。

起初连韵是想劝连佳家离开靖州，带着母亲、孩子随便躲到哪都行，她可以提供资金帮助，只要避过这一阵，宋江有了新生活，就不会再对她纠缠。但这个提议被连佳家拒绝了。连佳家说，她还没有替佟乐报仇。

连韵喝了两杯酒，说话也直接许多：“说到底，她只是个小三而已，真的值得赌上自己的安危？”

“她也是受害者，还是个母亲。我替她和她肚子里的宝宝惋惜。这件事非做不可，不然我会良心不安。虽然当初她接近我的目的不纯，但确实是她给我介绍工作，让我出来接触到社会，不然我可能还是个被宋江控制得死死的家庭主妇。”

“敬你一杯。是我狭隘了，你很伟大。”连韵的酒杯和连佳家的牛奶杯碰了一下。

“什么伟大啊？大家都是可怜的女人，也只有女人能帮女人一把。”连佳家随口一说，却见连韵十分伤感的样子，以为是自己说错了话，“我不是说你可怜。你是我见过最幸福的女人了。”

“幸福什么呀，都是假象。我的生活就像张爱玲说的，是一袭爬满虱子的华丽旗袍。看着光鲜，里面早已千疮百孔。”

“怎么这么伤感？和姐夫吵架了？”

连韵不说话，算是默认。说是吵架，但也没吵起来。宗绍是个冷处理的人，碰到争执会躲开先让彼此冷静一下，如此这般，竟是吵架都算不上。

“说实话，姐夫也是我见过最完美的男人。你们是绝配！如果连你们都不合，我再也不相信爱情了。”连佳家玩了一个老哏，却把连韵逗笑了。

“也就你这个傻姑娘，经历了这些，还能相信爱情。”连韵仰头又干了一杯酒。

“我不知道你在烦恼什么，除了孩子的事，你的一切在我看来都很完美。我很羡慕你。应该说我羡慕所有拥有正常婚姻的女人，不像我，每日烦恼的居然是如何在丈夫身边活下去……”

连佳家说完，连韵沉默了。人不能跟比自己更不幸的人抱怨烦恼。她的这些问题在连佳家生命的危机下显得那么微不足道又矫情可笑。

“我会帮你的，还有佟乐，帮你们讨回一个公道！”

3

连佳家从医院出逃以后，上了连韵安排好的车。本来司机按吩咐是要将她送往邻市。连佳家请求对方将她送到苏州舸酒店。

她用连韵的卡在酒店开了一间房。这个酒店是她曾工作的地方，也是佟乐跳楼的地方。她笃定宋江这辈子估计都要绕着这个地方走。此外，佟乐的舅舅以前在这上班，这里也是最好联络上他的地方。

佟乐的舅舅接到她的电话后，连夜从老家赶来。这么长时间没有她的消息，怎么联络都不回信息，佟乐舅舅以为连佳家是故意躲着他，便心灰意冷回了老家。

连佳家同他说起自己查手机被发现，遭到软禁的事后，佟乐舅舅懊悔不已："是我们太自私。明明知道那个人那么危险，还让你一个孕妇去试探他！那手机呢？"

"听我堂姐说看到他还把手机藏在身上。但是我现在也没有办法拿到。"

"没关系。你做的已经够多了。至少我们现在明确当初的猜想并没有错，乐乐不是自杀的。既然有这个线索，我们可以查监控、查手机的通话记录，总归有别的办法。倒是你，现在有什么打算？"

"等宋江受到法律的制裁以后我再做打算。"

"那你肚子里的孩子……"

他问到了最难的问题，连佳家摸着日渐长大的肚子心如刀绞。孩子应该是爱的结晶，但这个孩子是承载着恐惧、恨意和虚伪的期盼而来的。她不想留，却舍不得。

像是感应到母亲的难以抉择，连佳家肚子突然剧痛。佟乐的舅舅开车将她送到最近的医院。

佟乐的舅舅不方便跟进B超室，站在妇产科诊室外等候。

这次B超检查做得格外久，医生眉头拧在一起，甚至打电话给其他几个医生："赵医生、谢医生，麻烦你们到B超三室来。"

几个医生围着她的B超图像讨论了一阵告诉她，孩子患上一种罕见的畸形症，叫致死性侏儒症合并叶状全前脑。

"侏儒合并……什么？"连佳家甚至无法念出这个病的全称。

"你看这个影像。他的头颅是三叶草形状，双侧侧脑室积水扩张，小脑发育不良，四肢短小，胸廓也发育不良。"医生耐心地给她讲解，但是她一个字都听不懂。

"我明明听到他的心跳还在跳动。" B超检查中可以清晰听到胎儿的心跳，这是许多宝妈最期待的环节。

“他并不是死胎，所以你可以听到正常的心跳。但是B超检查证明他确实是畸形儿。你不是初产妇吧？”

“我有一对双胞胎。之前的检查为什么一直没有检查出这个问题？我前段时间还住过院。”

“可能是因为孕周过小，看不出异常。”

“那现在怎么办？”

“唯一的办法就是引产，即使你坚持生下来，这个孩子也活不了多长。”

“可是他已经二十周……”

“有严重畸形的胎儿即使胎龄超过二十周也可以引产，这个你不用担心。通知你老公或者其他家人来签字，我尽快帮你安排引产手术。”

“医生您让我考虑一下……”连佳家从床上爬下来，迅速穿好衣服，好像生怕医生此刻就把她推进手术室拿走这个孩子。

即使她无数次生出不想要这个孩子的念头，但真的告诉她这个孩子不能留的时候，她还是不能接受。

连佳家失魂落魄走到楼梯口，被一只手一把抓进楼梯间，对方捂住她的口鼻，直到她看清楚是宋江。宋江对她做了一个嘘的手势，又指了指她的肚子，这才慢慢放开了她。

连佳家怀着身孕，不敢和他来蛮的：“你怎么会在这？”

“以为说服我妈就可以逃出我的手掌心了？连佳家，我发现我以前低估了你，你比我想象中有出息。可惜你以前做产检的身份证、诊疗卡都是绑定我的手机。你有预约就诊记录，我都会收到信息提醒。”宋江笑起来像个恶魔。

他发现连佳家在左右回顾，寻找着什么。“别看了。佟乐的舅舅出去吸烟了。你可真行！死咬着自己老公不放就为了给小三讨个公道？”

连佳家脑子在飞速运转，她现在一定不能让宋江知道孩子畸形的事。一旦他知道孩子保不住，自己已经没有利用价值，保不齐她就是佟乐的下场。

“你我夫妻一场，非要把对方逼到死路吗？我生下孩子给你，你跟我离婚。我们好聚好散。”

“本来我是没想过要跟你散，我们结婚时不是宣誓要在一起一辈子吗？”宋江捏住连佳家的下巴，她厌恶地拂开他的手，宋江不在意地拍了拍手。

“但是你运气好，我碰上一条大鱼死乞白赖要跟我结婚。所以等你生完孩子，我可以考虑离婚，前提是你彻底忘掉佟乐的事。大家都好好开始新生活。”

还不等连佳家回答，宋江的手机突然在这时响起，他立马换了一副殷勤的嘴脸：“没干什么呀。你在哪儿呢？看到我了？你看错了吧？”

宋江一手举着手机，左顾右盼，还真看见付潇潇朝他走来。

“Surprise！”付潇潇冲过来挽住他的胳膊，“我刚在医院大门口就看到你，停个车的工夫就不见人了。亏我一顿好找。”

“你……你怎么会在这？”宋江一时紧张得有些结巴。

“咦，她是谁啊？”付潇潇指着站在对面的连佳家。

“她……就是连佳家，我的嫂子啊！上次跟你说过的。”宋江呵呵干笑，“我哥今天上班忙，让我陪嫂子来产检。”

突然“被嫂子”的连佳家意味深长地看了宋江一眼，突然笑了，对付潇潇伸出手：“你就是大鱼吧？”

“啊？”付潇潇一脸懵懂。

宋江暗瞪了连佳家一眼，面不改色心不跳地撒谎：“你搞错了。这是潇潇，我的女朋友。大鱼是另一个朋友的名字。”

付潇潇不疑有他：“你爸妈怎么不陪你嫂子来啊？”

“哦，他们回老家了。对了，潇潇你怎么在医院？哪里不舒服吗？”宋江赶紧岔开话题。

付潇潇露出羞怯的表情，看了一眼对面的连佳家，她拿出一张检查单递给宋江：“我怀孕了……”

第二十章

1

半个月前，付潇潇一头扎进去想要和“宋河”结婚，她父亲拗不过她，只能组了个饭局请“宋河”和他的父母吃饭。

作为女方家长，主动做这些事让老付觉得有些憋屈，但奈何女儿喜欢。老付只有这么一个女儿，老婆早逝，自己这些年忙着做生意，让他一直觉得对女儿有所亏欠，所以能满足的都尽量满足她。

老付没读过什么书，能发财全是因为赶上政策，老屋拆迁拿到钱又进了股市，在牛市的尾声退出来，最后买了房产门面，现在靠发租就可以过得很滋润。

老付有钱，但他知道别人背后总喊他暴发户，就怕人看不起，更怕人看不起他女儿。所以他在靖州最豪华的酒店订了个最大的包厢，点了一桌子硬菜，满桌子的钱味。要换作别人可能还嫌俗气，但宋家一家子都是属水蛭的，只会嫌血少，哪会嫌肉多。

两家在席上算相谈甚欢，尤其是“宋河”说自己是当老师的，更合了老付的意。“我这辈子就吃了没文化的亏，潇潇从小成绩也不好，家里有个老师以后就不愁我孙子的教育了。”

“爸，你说什么呢！我们还想再多玩几年，可没打算要孩子。”付潇潇一句话回绝了她爸的念头。

“宋河”妈妈听到这话露出一丝不悦：“我们宋家儿媳是要传宗接代的。潇潇你别听什么丁克那一套。现在年轻不生，老了谁给你养老啊。”

老付不乐意了，我女儿还没嫁过去呢，什么时候轮得到你们教育了。老付清了清嗓子：“那个……大姐啊。他们年轻人有自己的想法，咱们做长辈的还是少插嘴的好。”

“宋河”在桌下踢了母亲一脚，连忙打圆场：“对啊。不生就不生。全听潇潇的。”

“小宋，我只有潇潇这一个女儿。你出去打听打听都知道我老付每日在一起打牌喝酒的朋友都不是好惹的。你要是结婚以后敢欺负她，可没有什么好果子吃！结婚以前也一样。什么时候给我知道你对她不好了，你就等着脑袋开花！我丑话说在前头，你别介意。”

老付平时笑呵呵，挺平易近人的，一旦严肃起来，凶神恶煞的，吓得宋家父母不敢出声。

借上厕所为理由，宋妈妈在包厢外头拉着宋江：“你真要娶这么个悍丫头？”

“妈，你也看到她家情况了。只要娶了她，以后咱们什么好日子没有？”

“那佳家，还有她肚子里的孩子……”

“你别跟我提这事，我还头疼着呢。那娘仨现在也不知道躲哪儿去了，她们躲着别给我惹事倒也算了。等孩子生下来，我就跟她办离婚。”

“这事能行吗？”

“有什么不行的。弟弟的死亡证明一直没办，户口还在。我用他的户口去打结婚证就行。你记着别多话。这付潇潇可不是连佳家那种软柿子，得顺着毛捋，等娶进家门还不是咱们想怎么着就怎么着。到时候要生几个都是你做主，不肯生就打到她肯生。”宋江的狞笑在酒店灯光下有些扎眼，让宋母心底生寒。

“你养了一头狼。”连佳家说的这话，她现在终于深切感受到什么意思。她突然对连佳家产生出一种兔死狐悲的伤感。

“你爹以前也是这样。你刚生下来那会他就成天不归家，每天往东街那寡妇家里跑。咱们家煤气罐没气了，他说没时间管。你在床上哭闹得不行，我背上背着你，一手提着煤气罐，一手提着买来的菜回家给他做饭。结果别人告诉我，他在寡妇家帮人家搬蜂窝煤。你猜怎么着？他从寡妇家回来嫌我做的饭菜不合他口味，对我拳脚相加。”

“你现在提这陈芝麻烂谷子的事干什么？”宋江不耐，甚至在他看来这都是很正常的事。

“我现在在想我那时候是不是做错了？我为了你没有和他离婚，让你现在成了第二个他。”

“都这把年纪了，现在说这些有什么意义。快进去吧，别让他们等得着急。”宋江不管母亲，自顾自先走进包厢。

宋母盯着儿子高大的背影，露出一个凄凉的笑容。

2

关于宋河的事，樊异越想越觉得不对劲，宋江怕不是把自己当个傻子。手机可以呼叫转移，当时完全有可能是另一个人替他接了手机。思来想去，她决定打电话给连韵想旁敲侧击一下宋江有没有兄弟这回事。

“你直接问她吧。”连韵把手机塞给了坐在一旁的连佳家。

“欸？”连佳家和樊异都是搞不清状况的样子。连韵凑到手机旁说了一句：“我和佳家一起在酒店清吧，你那个事直接问她吧。”

“小异吗？”

樊异那头没意识到是连佳家接电话，还在训连韵：“带孕妇出去喝酒？你可真行。”

连佳家笑看着连韵，对方无辜地耸了耸肩：“她只给我点了一杯牛奶。你找我什么事吗？”

“你这段时间怎么一直联系不上啊？微信也不回，电话也不接。”

“这事说来话长。不如你先说你的问题吧。”

“问出来可能有点奇怪，但你别多想。你老公有没有一个弟弟啊？双胞胎弟弟。”

“有，叫宋河……”

“还真有啊？”樊异松了一口气，看来是自己多想了，还真是个巧合。

“不过宋河死了很多年了，好像是在宋江读小学的时候。听我婆婆说过，宋河因为在学校被老师批评，回家想不开上吊了。宋江是第一个发现弟弟尸体的人，所以对他产生很大的心理阴影。”

樊异没想到会听到一个冲击力这么强的故事，缓了好一会儿才问：“你们现在在哪个酒吧？”

因为樊异要来，连佳家和连韵从吧台换到了一个卡座。

即使光线昏暗也难掩两个大肚子，服务员和来往的客人都在打量这一桌。

“我们是不是要换个地方聊？孕妇出现在酒吧太奇怪了。”樊异注意到周围的眼光，用外套遮了遮肚子，但无济于事。

“这个点还有哪里开门。将就一下，说正事吧。”

樊异将宋江和付潇潇的事和盘托出，连佳家却比想象中要镇静很多。连佳家和连韵交换了一个眼神。

“要不要告诉她？”连韵征询连佳家的意见。

本来这些家事没打算跟樊异说，但人家对你掏心掏肺，自己藏着掖着似乎也不合适。连佳家将这些日子发生的事简略说了一遍。即使省去很多细节，依然听得人胆战心惊。

“我可以做证付潇潇也是受害者，她不知道自己做了小三。佳家你别怪她。”

“我怎么会怪她？宋江那个人我已经看透了，如果他看中哪个女人，连哄带骗没人能躲得过。你最好去提醒一下你朋友及时止损，别再上当了。”

“其实我有一个想法。”连韵看着两人，“樊异，你把付潇潇约出来和我们见一面。”

“干吗？你想打架啊？”

“要打也是组团打那个渣男。”

樊异组了个局，四个女人在她家见面。本来以为会是个混斗的修罗场，没想到场面异常和谐。付潇潇在听连佳家讲述前因后果时，几次拍案而起：“刀呢？我的十米大刀呢！现在就让我去手刃了这对狗男女。”

“……”其余几人面面相觑，还是樊异按住了她，“你冷静点。”

“等等，我刚是不是骂了自己？”

她们三个忍俊不禁，付潇潇就是有这样的本事，再严肃的事在她口中都变成好笑的事。

“付小姐，其实我们都知道你也是受害者，错的是宋江。现在佳家的生命威胁还没有解除，我们希望你能帮个忙。”连韵恳求道。

“怎么帮？你说，我一定帮！”

连韵看了一眼樊异：“让樊异陪你去一趟医院。”

付潇潇和樊异一起去医院验血，单子开的是付潇潇的名字，但是抽的是樊异的血，所以有了一张付潇潇怀孕的单子。

恰巧在医院，她们遇见了被宋江纠缠的连佳家。付潇潇趁机拿出了化验单，打宋江一个措手不及。

“既然我现在已经怀孕，我们也见过双方父母了，我们的婚礼是不是要尽快提上日程？”付潇潇挽着宋江的胳膊。

“这个当然，都听潇潇的。”

“虽然我不在乎钱你是知道的，但是提亲怎么都得意思意思拿些彩礼。你说对吧？”

“应该的。叔叔怎么说？”

“我没问我爸。你知道他那人浮夸，到时候开口要个一百万，你也下不来台。这样吧。我做主说了算，三十万元，最少了。”

宋江露出为难的表情：“可我暂时拿不出这么多钱。要不咱们先把孩子生了，婚礼之后补办？”

“宋河，你不会这么小气吧？你和我在一起吃吃住住花的都是我的钱，到时候办婚礼三十万元连个零头都不够。现在提亲这么点钱你都舍不得出，咱们别处了，这个孩子也别要了。”付潇潇负气甩开他的手。

“潇潇别生气，我去想办法！我把车卖了，我再找朋友借。”宋江如此保证之后，付潇潇才算满意。

3

连韵一意孤行，想法子绕过李乘风把“梦想婚礼”的项目上了。结果网站还在搭建阶段就被叫停，上面政策说有违国情，给贪腐行贿开了隐形的口子，所以公司紧急叫停项目。

而“梦想婚礼”法国方的代表也急了，直接告到方舟资本的法国总公司，声称方舟亚太区总经理连韵以回扣贿赂自己的项目经理，导致如今面临重大损失。

总公司急召连韵去法国问责。明面上公司是说让她休息三个月，实际上就是停职。谁都知道三个月过去，早就能寻找到合适的替代人选。到时候连韵是降职还是直接走人都未可知。

其实给回扣抢项目的方式不是连韵开的先河，算不得多大的事。主要是她没有预判到政策风险给公司带来巨大利益损失，这才是根本原因。加上她在公司里的口碑越来越差，难以服众，不少内部人参了她一本，公司因此做出这样的决定。

连韵在办公室里收拾东西，李乘风敲响了办公室门。

“需要帮忙吗？”

“你放心，我马上给你腾位置，不需要多久。”连韵说话夹枪带棒，怪难听。

“连总，我说过您是我的老师，一辈子都是。我不会觊觎您的位置，您不在这三个月我会替您好好守住这个位置。即使公司空降了人下来，我也不会让他在这里待下去。”

连韵看着李乘风，目带打量，似乎是在斟酌他说的话是真心还是假意。最终还是说了一句“谢谢”。

“其实我走以后，你是最有可能坐上这个位置的人。大家也都看好你，没必要为了我去忤逆公司。”

“我本来只是个专科生，连进方舟的资本都没有。如果不是您坚持带着我，教我做事，还资助我去自考本科、研究生文凭，我不会有今天。别人说我马屁精也好，跟屁虫也罢，我心甘情愿为连总做所有事。这是我欠您的。”李乘风目光灼灼，一片赤诚。

“这都过去多久的事了，我培养你也不过是为了自己有个好用的左右手。别把我想得那么伟大。”连韵收拾好一纸箱子的文件和照片，抱在怀里。

她走出办公室门口前，侧过半边头，站在半明半暗之间：“对了，我还欠你一句对不起，上次拿笔筒砸你的事。以后有空喝咖啡。”

连韵抱着纸箱子走出办公大楼的时候有一丝恍惚，这个从毕业开始就没日没夜工作的地方，是不是再也回不去了？以后竟连个逃避的地方都没了。

“小韵。”

她尚沉浸在自己的胡思乱想中，突然听到面前有人叫她，抬头看到宗绍捧着一小束小雏菊站在车前等她。

宗绍上前把花放在她怀里，接过她手里的纸箱放进后备厢：“时间刚刚好。赏脸一起去吃个晚餐？”

“又是李乘风那个多嘴的告诉你的吧？真不知道你给了他什么好处，从结婚前到现在，他都给你当间谍。”

“可能是人格魅力吧。”宗绍打趣道。两人自从上次搬家的事吵架后，还没能这么和颜悦色地说过话。

主食吃完，服务生上了一份“心太软”。

连韵看着眼前的巧克力蛋糕，摊了摊手：“你知道我戒糖很久了。”

“破次例，吃甜的可以让心情变好。”

“那是小孩子为了骗糖吃编的吧。”

“是真的。高糖会让胰岛素快速增加，身体里的色氨酸浓度增加，血清素就会增加。而血清素是让人心情愉悦的原因。”

“你们医生安慰人的时候都这么能说的吗？“

连韵接受他的建议，她舀了两勺，勺子碰到一个硬物，一个小玻璃瓶露出来。连韵拿出来：“这是什么？”

旁边的服务生略显浮夸地走过来：“恭喜小姐中了我们餐厅的三周年店庆活动头等奖海南三亚双飞七日游。留下您的姓名和手机号，之后我们会把机票和酒店信息发给您。”

“头奖？放在蛋糕里？”连韵不相信。

服务生尴尬地看了一眼宗绍，还好他反应快：“嗯……是我们厨师提前放在蛋糕里，哪位客人抽到都是随机的。”

连韵没有再纠结，写下了自己的号码交给服务生。

“看来喜欢吃甜的确实会有好运气。可是你每天上班那么忙，我该找谁陪我去呢？”

“我请了一周的假，可以陪你去。”宗绍是个实诚人，一两句就被连韵套了出来。

“谁教你这招的？”

“什么？”

“提前就请好了一周的假，还不是和服务生串通好的？”

宗绍不是擅长浪漫的男人，想讨好女人时也只会用最传统的方式，鲜花加晚餐已经是他能想到最好的办法。宗绍也知道瞒不过她，索性承认。

“请教了樊异，她说女人最喜欢的是惊喜。我太笨了，还是没能给你惊喜。”

“不会，很惊喜！好久没休息，想不到还能和你一起度个假。”连韵握住宗绍的手，宗绍开心得像个孩子。

“当初结婚的蜜月都没时间去，不是你加班，就是我临时有病人。本来我想请一个月的假陪你去欧洲玩一圈，我们主任死活不给批。”

“你们那个‘吸血鬼’主任离了你好像就不会做手术一样。我很好奇，你怎么说服他让你休一周的假？”

“我说我老婆要是跑了，让他负责。他就给我批了。”宗绍难得的孩子气让连韵觉得很可爱。

“我记得当初我们讨论过如果有时间去度蜜月，什么都不想做，就在海边躺个七天七夜。谢谢你这次给我圆梦。”

连韵和宗绍如愿在海边的度假屋躺了七天，白天他们就睡到自然醒。日头不大就在海边冲浪，捡贝壳。中午打车到当地的海鲜市场吃上一顿，回酒店再继续睡午觉。睡醒后有时会帮度假村的老板遛遛狗，有时会和其他游客一起办场 BBQ。日落时分两人就手牵手在海边漫步。

这样无所事事的日子被拉得很长很长，好似永远不会结束。

第六日的夜里，两人坐在沙滩边，连韵靠在宗绍的肩头。“我们一直往前冲，把所有时间塞得满满当当，恨不得一分钟当一个小时用。原来停下来这么美好。真想一辈子都这样。”

“你喜欢的话，等我们退休就搬到这里来。”

“嗯。”连韵语焉不详地点点头。

宗绍迎着月色亲吻她的脸庞。两人从海边吻进了屋内，久违的契合感让他们难舍难分，有一些画面在连韵的脑海中闪过。

那是她用红笔在日历上画上排卵期的日子；是她骑在看书的宗绍身上取下他的眼镜告诉他今天是受孕最佳日；是她躺在沙发上，宗绍跪在一边给她打促排针……

原来她错得那么离谱，一路追逐着目标前进，而忘了沿途的风景远比结果重要。

这一晚，他们出了很多汗，两人并肩躺在宽大的白床单上喘着粗气。他们笑了，宗绍转过身弓着腰抱住连韵，感受着此刻的温存。半夜迷迷糊糊之间，他好像听到谁在哭。

第二天醒来，宗绍只看到桌面上留了一张纸条："我们离婚吧。"

第二十一章

1

宋江最近为了三十万元彩礼的事愁白了头，不得不回老家找父母亲想办法。

母亲是第一个不同意的。

“想当年你娶连佳家的时候可是一分钱没花，怎么到了个二婚还敢要这么贵？”

“连佳家的情况能和她比吗？妈，这事我不是征求你的同意，是找你想办法的。你能想就想，不能就别添乱。”

“你就光看着她的好了。没见着她爸那护犊子的样吗？你以为还能像佳家那么好拿捏？要是给她知道你假冒你弟弟的事，咱们一家都没有好果子吃。”

“这事你妈说到点子上了。你得考虑清楚啊。”父亲也难得地赞同母亲的意见。

“现在不是我想结婚，是有孩子了，非结不可！”

“她也怀孕了？之前不是说打死不生吗？”

“这意外谁能阻止？”

“你……造孽哟。”撇开连佳家不算，从佟乐到付潇潇，宋江父母对怀孕这件事已经麻木了。刚开始迫切想要个孙子的心情已经被这一堆糟心事冲散到爱谁谁生的心态。“你们男人都管不了下半身的吗？你是蒲公英吗？到处播种？”

宋江被母亲这奇怪的比喻逗乐了，根本没把她的话认真当回事：“妈，不好色的男人根本不存在。我只是比他们多了点本钱。”

没错，宋江年轻帅气，又会些讨喜的话术，已经胜过很多男人，在男女关系这一块便更加肆无忌惮些。一个谎包着一个谎，如今已经到了父母都觉得兜不住的地步。

“我卖了车，找同事借了几万，现在就差十万块。你们帮帮忙。”

“别说我不同意，就算我们同意你俩结婚，你让我去哪给你弄这十万块钱。”

“把这套房子卖了。我去问了市价，至少十万。”

“把房子卖了？那我们住哪？”

“我给你们砌这小洋楼之前，老房子不也住得挺好。况且结了婚，付潇潇家的大别墅还怕没你们住的房间吗？她这不也怀上了，我们抓紧把婚事办了，就说接你们过来照顾她大肚子。”

宋江母亲心里是一百个不愿意，伺候来伺候去，连个孙子影子都没见着。

“那佳家的孩子生下来怎么办？”

“我想好了，如果潇潇生的是个女儿，我们就把连佳家的孩子接过来，就说我哥不在了，我替他照顾孩子。如果潇潇生的是个儿子就更好了，连佳家那我们就当没这回事。”

一条人命在他口中轻飘飘像个杂物，这还是自己的骨肉。

“就算付潇潇生了个儿子，连佳家生的才是我的头孙。你不要，我们两个老家伙来养！”

“好好好，我的母亲大人，只要你帮我渡过眼下这道难关，我什么都听你的。”

宋江如愿以偿以最快的速度卖了父母老家的房子，凑够三十万元转给付潇潇。付潇潇带他去试了婚纱，还煞有其事地拍了一套婚纱照，又说要他还有樊异一起去选婚礼场地，一切井然有序，宋江丝毫没有怀疑。

付潇潇带着他和樊异装模作样去看了几家酒店，最后来到苏州舸。宋江对这里有心理阴影，但不便明说，只能故意挑三拣四。

“这地毯多久没换了？都发乌了。”宋江的皮鞋头在地毯上擦来擦去。

“不能吧？这可是靖州最好的酒店之一。”付潇潇只当听不懂他话里的意思。

“是这个颜色。酒店开业的时候我在这给客人弄过婚礼，当时地毯就这个颜色。这个酒店对举办婚礼很友好。你看，迎宾区这么大块地方都可以布置，而且停车场电梯直达迎宾区，不怕宾客走错。”樊异假模假式地给他们介绍，当然是不遗余力地推销这个酒店，“你们看宴会区的层高多高，很大气。到时候悬挂鲜花，连韵的婚礼就是这么做的。”

“对对对！我就是看她那个图才想找你的，太美了。”

“还是别了吧。这厅太大了，咱们请不了这么多人。到时候空落落的不好看。”宋江继续找借口推脱。

“宋先生，我记得你嫂子原来就在这上班，说不定还能搞点内部熟人价呢。”

“真的啊？请你嫂子来给我们婚礼帮忙好不好？”

“她肚子那么大了，不方便的。”

“也是。那就让她给我们去打个折，我觉得这个酒店不错。”

“咱们再仔细考虑考虑！我个人比较喜欢前面那个W酒店。”

“你喜欢哪个不重要，重要的是我喜欢。明白吗？”付潇潇在宋江面前是完全的大小姐脾气，他哪里敢顶嘴。

“樊异，你看这里摆个旋转木马的位置够不够……”两人在一边比画婚礼布置。

宋江焦虑地站在一边，突然被一个女人抓住手臂。“小宋呀，好久不见啊！”

宋江一愣，眼前微胖的女人有些眼熟，但是他又想不起在哪见过。

“是我，冯姐啊。你不记得了？以前我和佟乐一个办公室的。你俩每回出去约会她要早退，都是我给她瞒着让她去的。”

陡然听到佟乐这个名字，宋江浑身一颤。

以前连佳家也在这里上班，为防抓包，他是非必要不在酒店露面，每次只站在楼下或者马路对面的奶茶店等。

奈何佟乐是个藏不住的性子，总想让同事们知道她有个高大帅气的男朋友，所以每回他在楼下等的时候，佟乐就会偷偷指给同办公室的同事看，那个是她的男朋友。

他们在酒店大堂也撞见过两回，佟乐给他介绍过这个冯姐。只是当时一面之缘，宋江完全没放在心上。

“大姐，你认错人了。”眼看付潇潇她们已经注意到这边的动静朝他走来，宋江急不可耐地要甩掉这个定时炸弹。

“我怎么可能认错，小伙子这么帅气。”

“你真认错了……”

“怎么了？”付潇潇走过来询问情况。

“这位大姐认错人了，非说我是她前同事的男朋友。”

“他是不是把你当成你哥了？你嫂子不原来也在这工作嘛。”樊异在旁边给他想借口，宋江居然病急乱投医采纳了。

“对了，肯定是认错人！大姐，我是宋河，不是宋江。”

“宋江，宋河？”冯姐也有些蒙了，“这佟乐也没告诉过我她男朋友叫啥啊。我只说过我和佟乐一个办公室的，你如果不认识她，怎么知道她是我前同事？”

冯姐的重音落在“前”字上，宋江心里咯噔一声。

“是了，人死了当然不想承认和她有瓜葛。我懂的。你现在女朋友这么漂亮，佟乐在天之灵也会替你开心的。”冯姐自以为妥帖地替他找好了台阶下，却不知是暴露他更多的马脚。

“怎么？和他长得一样的那个男人的对象叫佟乐，难道不是连佳家吗？”樊异明知故问。

“连佳家是谁？”

“总之，大姐就是认错人了！咱们还要赶着看下一家，走吧。”宋江粗暴地打断她们的对话，拉着付潇潇走了。

付潇潇当然不会那么容易地放过这个话题。晚上两人在床上，付潇潇拍开他不规矩的手：“佟乐怎么回事？别想在我这打马虎眼。”

“我说了你别生气。”宋江这一路上早就想好了说辞，自然也不心虚，“她是我之前的女朋友，和我嫂子都在酒店上班。后来因为一些家庭原因……自杀了。如果不是这样，我和她大概早就结婚了。”

宋江说得深情款款且沉痛无比，如果付潇潇不是早就知道内情，大概都会被骗过去。毕竟女人最喜欢照顾这样脆弱的男人。

“所以你之前一直不愿意同我结婚？”付潇潇顺着他的话说。

“是的。我爱上了你，但我过不去心里这一关。”宋江掩面做痛苦状。他又怕付潇潇想歪，赶紧补充道：“我对她是不能忘的责任，对你是放不下的爱。加上现在我们有了孩子，我不能再欺骗自己的感情。”

“你骗人！”付潇潇赌气背过身子，“我检查过你手机里所有女人，根本没有一个叫佟乐的。真要像你说的感情这么深，怎么会一点踪迹都没有？”

“我的手机当时摔坏了，换了一个新的，所以这里面什么都没有。”

“我不信。这么重要的人，你都没有保留她的一点念想？宋河，我可以接受你有前史，但绝对不能接受你骗我。你拿出哪怕一张她的照片给我看，我都相信。”

宋江知道付潇潇的性格是不达目的不罢休。他走出房间不知从哪拿出一部旧手机，手机屏幕已经裂开了。他充电开机，打开相册给她看佟乐的照片。

付潇潇前前后后翻了几张都是他和佟乐卿卿我我的照片，顿时没了兴致，将手机往床上一扔："感情是真的好啊。"

“说好不生气的。我那时候怎么知道会遇见你呢。”宋江凑上去抱住付潇潇，付潇潇挣脱开来闷进被子里："我现在怀着孩子呢，你别乱来。"

“好好好。你是女王，你肚子里的是小王子，都听你们的。”

“谁说一定是小王子，我就喜欢小公主。”

付潇潇留了个心眼，注意到宋江临睡前把旧手机放在了床头柜里。

半夜里，她用早就准备好的裂了屏的旧手机换掉了宋江的手机。旧手机打不开，就算宋江发现也只会以为没电或者坏了，一时半会怀疑不到她身上来。

付潇潇把宋江给的三十万元和手机都交给了连佳家。

连佳家起初不想要这钱，但连韵和樊异都劝她。如果事情顺利，宋江被抓，以后就靠她一个人带着两个孩子，哪都需要钱，就当这钱是宋江这个做父亲的留给孩子的教育金。

按计划，付潇潇会在“结婚日”前一周让他搬出自己家去找个酒店住。“你到时候来接亲，总不能在同一个屋子里接吧？”

付潇潇给的理由很充分，宋江欢天喜地找了个五星级酒店，还把父母都接了过来，就等着迎娶白富美。

婚礼一切事宜都是由付潇潇一手策划，宋江只看过樊异给的方案。婚礼会在苏州舸最大的厅举行，布置方案比起连韵的婚礼毫不逊色。

结婚前一夜，宋江满怀期待地入眠，等着自己明日一朝成龙，日后继承付家的财产就算真正出人头地。

可是婚礼当天，他穿好西装带着打扮妥当的父母在酒店门口左等右等都没有看到负责接亲的车队。

宋江盯着手腕上的表，眼看已经过了吉时。他给付潇潇打电话没人接，又给樊异打电话还是没人接。

直到此刻他都没有怀疑过会有一场盛大的婚礼等着他，只以为是车队的负责人掉链子。

宋江只得临时叫了辆私家车送他们去付潇潇家的别墅。这回依旧是大门紧锁，不管他怎么叫喊都无人应答。最后是小区保安警告他们再不走就要抓去派出所，宋江才灰溜溜离开。

宋江终于意识到不对劲。母亲小心翼翼问道：“儿子，她是不是耍咱们哦？”

“不可能。怎么会有人拿结婚的事整人呢！绝对不可能。”纵使付潇潇再不羁，也不是这样任性的人。宋江不死心地要去苏州舸寻找真相。

苏州舸的酒店大厅里确实有一场婚礼，不过迎宾牌上的婚纱照不是他和付潇潇。

“我就说那女娃一看就不是什么好对付的。你们爷俩不信。为了当金龟婿，急赤白脸地到处借钱。这下好了，人跑了，三十万元也没了。”母亲率先发难。宋江此时心里正烦，欲从母亲身上发泄。

他刚一张嘴，一个响亮的耳光就落在母亲脸上，是暴怒的父亲出的手：“你现在在教训谁呢？抓住个小辫子，你就想骑到我脖子上来拉屎拉尿是吧？”

父亲年轻时便是这般容易暴怒，中过一次风，腿瘸了以后只能依赖母亲的照顾，故而克制了一些。很久没看到他这样发火，一些童年不愉悦的场景浮现在宋江头脑中。他讨厌这样粗鄙暴怒的父亲，但他自己现在又何尝不是这样？

母亲含着眼泪站在原地不肯走，仿佛被胶水粘在了原地。一些路人也注意到这边的动静驻足围观，这让宋江烦恼不已。

此时，他突然听到后面有人叫他的名字。

“宋江。”

这声呼喊简直让他想感谢上天解救他出窘境，宋江回头看到一个盛装女人立在电梯前。

2

宗绍回到靖州，面对的是已经没有连韵生活痕迹的空房子。失去了工作的牵绊，她现在可以在世界上任何一个角落。

两人只通过一个电话。

“我想离婚。”连韵说得直接。

她自从失去孩子，一直有些情绪化，宗绍已经习惯：“你别耍小性子！”

“我不是耍小性子，这是我深思熟虑以后的决定。”

“为什么？因为我？还是因为我爸妈？”

“一半一半吧。其实我觉得他们有些话也没错，是我没照顾好我们的孩子，我该受到惩罚。”

“怎么连你也这么想？你记不记得你以前看那些备孕论坛时跟我说，女人怀孕本来就千难万险，一旦孩子有任何闪失全是当妈妈的错。如果这样，谁还愿意来当这个妈妈？我很赞同你的意见。培养一个孩子，从孕育开始就是夫妻双方的责任，而不是把所有责任压在一个人肩上。”

“宗绍，你别这样……”连韵的声音有些痛苦。

宗绍完全不理解，他到底哪里做错了。

“我以前总觉得自己很完美，想找个同样一百分的完美男人，就像你这样。可你是真的一百分，而我不是。我单方面决定要孩子，你迁就配合我。孩子没了，你为我和父母闹翻，住院也是你在跑前跑后，不只照顾好我，我发脾气时你还要安抚我爸妈。我失去工作，你千方百计哄我开心。你如果对我差一点，我不至于这么难受……”

“你在说什么？这不是一个丈夫应该做的事吗？”宗绍总算听明白她在烦恼什么，归根结底还是流产打击了连韵的自信，让她觉得自己什么都不配。

“不是！不是每个丈夫都会这样，你看宋江！”

“宋江不能代表任何人。我也一样。我对你好，是因为你值得。”

“我不值得！我当初要孩子根本就不是因为爱孩子，只是在意同事的目光，厌烦了你母亲的唠叨，还想要所有人都觉得我是个事业家庭两不误的女强人。我把怀孕当成了一定要攻克的难题，和以往每一个难关一样，所以孩子才以这种方式离开我。”

“如果你不爱孩子，你现在就不会这么痛苦。小韵，也许你刚开始决定要孩子的目的并不纯粹，但是现实中有几个人生孩子完全是为了爱而不是世俗的眼光？我一开始根本不想要这个孩子，可是在你怀孕这两个多月里，我们对他付出的所有关心和爱都是真的。他的离开是意外，是生理问题，是医学问题，不要把所有责任揽到你自己一个人身上。”

“我们离婚好不好？离婚我们就都轻松了。”连韵的声音显得歇斯底里。

“我不会答应的，你趁早死了这条心。”宗绍克制着自己也马上要抓狂的情绪，“我有个学弟是心理医生，小韵，你……”

话未说完，连韵已经挂断电话。

“这样真的好吗？”连佳家看着身边痛苦抱头的连韵，不知该说什么。

“我看你就是自己作。多好的男人啊！别人打着灯笼都找不着。”付潇潇瘫在旁边的单人沙发上，一边口里叼着棒棒糖，一边剔着手里的水晶指甲。

“你不知道就别乱说。”樊异阻止她的心直口快。

四个女人此时正坐在一个装修得金碧辉煌又处处带着些土气的大别墅里。这是付潇潇家。连韵没有心思去什么诗与远方，但自己家、父母家、朋友家的地址宗绍都知道，最后阴差阳错住进了付潇潇家。

“咚。”很响的一声砸门，差点把付潇潇口中的棒棒糖震得掉地上。其余三人神色紧张地盯着门口，是宋江来“接亲”了。

“这孙子，老娘这别墅的门可是我爸花几十万装的。踢坏了我爸能把我从家里丢出去。”三人无语地看着她，付潇潇的关注点永远那么清奇。

“看什么看，敢情砸的不是你家门。我爸被我忽悠出去参加老年旅游团，我们才能在这放肆乱来，最后被他发现挨揍的可是我。”

樊异搂着她肩膀安抚：“放心吧。说不定旅行团里认识个老太太，心情一好就忘了收拾你的事。”

“说得也有道理。”付潇潇总是很容易被话忽悠，难怪当初会被宋江骗到。但她有她的优点，那就是十分爱自己。她总觉得自己是天上人间都难得一见的瑰宝。在别人眼里或许太过自信，但恰巧是她这个特质让她自然而然免疫了宋江一切打压贬损的话术。

“对不起，都是因为我。本来以为把手机拿到就万事大吉。没想到派出所那边最后是证据不足，不予立案。一切心机白费不说，还捅个这么大的窟窿，让你们帮我收拾残局。”门外逐渐暴躁的敲门声，让连佳家坐立不安。

连韵握住她的手，以示安抚：“这个主意是我出的，要怪也怪我。没想到他留了后手，手机里的关键证据都被删干净。现在要以法律制裁他恐怕很困难。”

“那就让我爸雇人给他手脚打断，赶出靖州算了。我说你们整这么麻烦干吗？”付潇潇一张嘴永远是八十年代港片那味儿，也不知从哪学来的。

“……你这是想把自己送进去，还搭上你爸啊！两人一块在牢里过年？为了这种人渣，犯不着。”樊异赶紧打消大小姐这种危险念头。

“这也不成，那也不成。他马上去酒店就会发现这一切都是我们的骗局，到时候可怎么收场？”

“我去劝他自首。”连韵站起来。

“开什么玩笑？他那种人，不见棺材不掉泪。你是观世音菩萨吗？去劝他回头是岸，他就会听你的？”

“那我们就让他‘见到棺材’不就行了？”连韵嘴角浮出一丝得意的微笑。樊异清楚她这个好友不打无准备之战，她露出这个表情必然是想好了后招。

四人聚头商议，连韵将自己的计划娓娓道来。

“不行，这样太危险。”樊异始终不赞同。

“就算这个计划行得通，该去和他谈判的也应该是我，他是我的老公，一切因我而起。”连佳家自告奋勇。

“别开玩笑了。我能让你们两个大肚婆去以身犯险？至于潇潇，她是这次假婚礼的当事人，如果出现在宋江面前分分钟被抓住把柄，倒打一耙。思来想去，只有我这个旁观者是最合适的。”

“话虽这么说……”

“别但是了，留给我们的时间不多了。”四人望着墙上的钟，指向十一点。

此时门外已经没有喧哗声，宋江大概已经驱车赶去酒店。她们需要抢先一步。

“宋江。”沉静的女人声音从身后响起，宋江回头看到连韵站在电梯厅门口。

“堂姐，啊不……”宋江下意识想否认。

“不用在我面前装了，该知道的我都知道。”

宋江脸上堆砌的假笑一点一点剥落，只剩下熟悉的阴鸷。“所以今儿这事都是我那个‘能干’的媳妇和堂姐，还有您那个有才华的朋友一起策划的？哦，还有我的新娘子。”

“不用扯别的不相干的人，我今天来找你是有别的事。”连韵按亮身后的电梯，电梯门打开，她单手拦住："我们上楼慢慢聊，让你爸妈在楼下坐着喝喝茶。"

"有什么就在这说。做了什么亏心事要偷偷摸摸上楼说？还是说……堂姐对我有什么别的企图？"宋江放荡的样子令人恶心，但连韵并不遂他愿。

连韵面无表情地自己先一步步入电梯里。"你如果愿意把你干的那些丧尽天良的事都当着众人面掰开揉碎说，随你。"

电梯门缓缓合上，宋江的大手从中间拦住电梯门。

酒店走廊里，连韵在前面走，宋江就跟在后面。从她走的方向，宋江心里也大概知道她是要带自己去哪。

连韵拿出房卡刷开房门，回头挑衅地看了宋江一眼。

这里是佟乐跳楼前和宋江见最后一面的地方，连佳家在他手机短信里看到就记下了房间号。若换作平时，宋江对这地方肯定是能躲多远就躲多远，哪里敢踏进来。但他今天被耍得团团转，已经出离愤怒。

"我知道你们想玩什么鬼把戏。"宋江双手插袋，吊儿郎当地走进来。他一会躬身看桌子下面，一会把台灯罩子拿下来翻看。"你们在哪装了摄像机，还是有监听器？想要套我的话让我亲口承认是我杀了佟乐，然后把证据拿给警方？连韵，我看你们是电视剧看多了。"

"难怪古话说平时不做亏心事，半夜不怕鬼敲门。你这惊弓之鸟的样子，我根本不需要套什么话。佟乐的事我们大家心知肚明就够了，我今天找你来是为了谈谈佳家母女的事。"

"连佳家？原来你来是想为她求情？"

"求情？宋江，我觉得你好像搞不清楚状况。婚内出轨，家庭暴力，限制人身自由，每一桩每一件都是你在造孽，是你该去祈求她和孩子的原谅。”

宋江往窗边的贵妃椅上一躺：“原本我想和付潇潇办完婚礼就和她正式离婚，放她自由。谁知道你们硬要整这么一出。现在我人财两空只能回去找我的发妻了。如果我没猜错，是你把她藏起来了吧？我可知道你老公工作的医院，如果我去他医院说他把小姨子藏在家里，你说他同事会怎么想？”

牵扯到宗绍，连韵捏紧了拳头：“你比我想象中还无耻！当真以为法律收拾不了你？”

“堂姐，你可真让我有点失望。我原先以为都市女精英该更加会权衡利弊，没想到也是花架子。离婚冷静期听说过吧？就算连佳家现在去提离婚，没有我签字，她至少要等一年。就算她去法院起诉我，耗时耗力还不一定会得到法官支持。别忘了，她还联合外人骗了我三十万元。这个法官也得酌情考量吧？你们也是想到这些，才私下找我出来聊的吧？”

“看来你已经想好了条件，直说吧。”

“爽快人。归还我的三十万元是必须的吧？其次是不还得赔偿我的精神损失？还有你知道你们破坏我和付潇潇的婚事，害我损失多少吗？七七八八加一起，给你们个亲情价，就一百万元吧！拿到一百万，我就在离婚协议书上签字，还有放弃欢欢、喜喜的抚养权，从此跟她们一刀两断。但她现在肚子里那个儿子得归我。这公平吧？”

“呵，一百万元，倒是不多。如果能买你这种人彻底远离我的生活好像是个不错的买卖。”连韵顿了一下，“但是怎么办呢？我一个子都不想给你，我们还是法庭上见。”

宋江摇了摇头：“你都干到跨国公司高管了，怎么还这么天真呢？女人果然是头发长见识短。婚内出轨、家庭暴力都是关上门发生在家里的事。清官难断家务事。你们的坚持只会害了连佳家。”

“你倒是提醒我，关上门家里的事管不了，家门外的事总可以管吧？我婚礼上那枚婚戒是到哪去了呢？”

“连佳家跟你说的？”宋江脸上出现些许惊慌，大概自己都忘了这回事，“呵，这都多久前的事？你有证据吗？”

“连佳家是人证，你典当的收据是物证。戒指你卖了多少钱？二十七万元？你运气真好，再差一点，三十万元以上就属于数额特别巨大的盗窃罪，那可是十年以上到无期的判刑。不过你也不差。算数额巨大的，处三年以上十年以下有期徒刑。按这个价值，七八年跑不了吧？”

“你少来吓我！你那个戒指是我捡的，我撑死就算见财起意，不是盗窃。你和连佳家她们一起骗了我三十万元怎么算？要告大家一起来捋捋，你们这是诈骗罪！比我还严重。”

“第一，付潇潇没有骗你钱，是你死乞白赖要娶她，给人的彩礼钱。第二，付潇潇发现你已婚是骗婚以后，已经将钱全数退给你的老婆。你能告谁？”

“好呀！原来你们早就算好了，在这等着呢。既然这么运筹帷幄，还约我出来干什么？证明你们不还有求于我吗？”

“别太看得起自己。我不是来求你的。你那个教人恋爱的公司——‘搭讪大师’不就是个卖PUA课程的传销组织吗？涉嫌传销、欺诈、诱人自杀。我已经报警。现在这个点，警察应该上门了。你待在那捞了不少钱吧？是不是主要成员？如果你老老实实签了离婚协议书，不要再纠缠连佳家母女，现在逃还来得及。”

“不可能！她肚子里还有我宋家的孩子……”

“马上就没了。”

“什么意思？”

“我让她去打掉肚子里的孩子。”

连韵话音未落，突然感觉一股大力将她整个人都掼起来抛在床上。宋江掐着她的脖子，骑在她身上，目光阴狠而疯狂：“你凭什么让她打掉我儿子！”

“佳家还没告诉你吗？你做的坏事都报应到你儿子身上了。他是个畸形胎。怎么？你想让佳家生下来再被你亲手掐死？”

“不可能。我的儿子怎么可能是畸形。你一定是骗我的。你跟连佳家那臭娘们儿串通想要杀了我儿子。我先掐死你！！！”

宋江手劲之大让连韵无法呼吸，她拼命挣扎，手在床头柜上乱摸，摸到一个玻璃花瓶猛地往宋江头上一砸。宋江身子一软，捂着头倒在一边号叫。

连韵挣扎着想从床上爬起来，整个人脚步发软跌在地毯上。她往前爬了几步，突然看到床头柜下面躺着一个女士的珍珠发卡，发卡上有发黑发红的颜色，那一片地毯上也有血迹。但因为在床头角落，又被床头柜挡住，故而没有被打扫到。

她之所以认识这个发卡，是因为连佳家曾送给她一个一模一样的！连佳家说是自己手作的，有没有可能连佳家也送给过佟乐？而这正是佟乐案发第一现场。

连韵愣住了，而床上的宋江已经缓过神来。他一手按着正在流血的头，一手握着瓷器碎片，慢慢爬起身，而连韵还浑然不觉。

3

门被砰的一声撞开，趴在地上的连韵回头看向门外。宗绍站在门口，身上还穿着白大褂，身后跟着连佳家、樊异和付潇潇。

宋江只扫了他们一眼，手上的瓷片迅速朝着连韵背上刺下去！

“小韵！”三人拥进来想阻止宋江。

“唔。”连韵闭上眼睛，没有感受到预想之中的疼痛，只有一个温暖的怀抱将她整个人笼罩住。

宗绍整个人虚压在她身上，碎片正好插在他的手臂上，血顺着他的白大褂流下来，流到连韵的指间，连韵身体不可遏制地在颤抖。

“你疯啦！”连佳家顾不上肚子里的孩子，不要命地扑上来按住宋江。付潇潇反应过来也上前去帮她，樊异在一边拨打 110。

房间里的响声惊动酒店巡逻的保安，保安大叔冲进来帮着连佳家制住了宋江。

110 和 120 几乎同时赶到酒店。警察带走了宋江，连韵跟着宗绍上救护车前突然想起什么，拉住樊异。

“那个房间床头柜下有一个珍珠发卡和血迹，很可能是佟乐的，记得跟警察说。我陪宗绍去医院包扎以后就过来。”

“你踏踏实实陪你老公吧！刚可把我吓死了。这边有我，你放心。”

救护车就近拉到宗绍工作的医院，为他缝合的急诊医生是他关系要好的学弟姚医生。他瞟了一眼旁边脸色不好的连韵，忍不住打趣宗绍：“宗医生这是和老婆在家打架了？”

“呵，我老婆我疼还来不及，我会舍得跟她打架？”

“哟哟，说他两句还虐起单身狗了。”

“都这样了，还贫！你是不是忘了自己做什么的。医生的手比金子还贵重，你怎么可以拿它为我挡？你以后要是做不了手术可怎么办！”连韵语气严肃，吓得旁边的姚医生赶紧闭嘴，不敢再开玩笑，乖乖站在一边给宗绍消毒，准备清创。

宗绍用没受伤的手把她拉到自己身边安抚："我有分寸的。再说，你的安危难道不比我的手重要？以后就算一辈子不能做手术，我也会这么做。"

"嘶。"他说到这里，姚医生刚好把瓷片拔出来。宗绍忍不住倒吸一口凉气，"你下手就不能轻点？公报私仇是吧？"

"让你逞英雄。"连韵嗔怪地轻捶了一下他的胸口。

姚医生娴熟地走着针线，像在缝一件破衣服，看得连韵心抽抽地疼。

"嫂子你放心，伤口虽然深，但是没伤到筋骨。皮肉伤，不会影响师哥以后做手术的。"

"对了，小姚，你待会找护士帮我老婆检查一下。刚歹徒掐了她脖子，这一圈还青着呢。"宗绍指着连韵的脖子，还有身上一些小的碎片划伤的痕迹，"让你的人仔细点，下手别跟你一样没轻没重。"

最后一针，打结断线，姚医生放下手里的剪刀。"好好好，今天午饭是不用吃了，反正狗粮都吃饱了。你们在这坐会儿，我安排护士过来给嫂子做检查。"

姚医生走后，宗绍穿好衣服坐在病床旁，旁若无人地将连韵揽在怀里，轻揉着她的头发："这回还要离吗？"

"哼，你惯会拿捏我。你今天怎么会出现在那里？"

"你的为人我还不了解？连佳家的事没解决，你怎么可能跑远。樊异是个嘴硬的，但连佳家不是啊。我多逼问两句，她就都告诉我了。你们也真是的，这么大的事自己以身犯险。明知道宋江是个丧尽天良的，还自己送上门去。"

"佳家和樊异都在隔壁房间守着，而且还有潇潇，我的手机还是通话录音中，她们都听得到，不会有什么事的。"连韵自知理亏，她确实没想到宋江会对她下手。她只想激怒他，逼他说出佟乐跳楼的真相。

“她们两个都是大肚婆。你们四个加起来的战斗力都不如一个宋江，你真是胆子太大。如果再晚那么一丁点……我都不敢想。”

“好在这一次没白受伤，我在房里发现了血迹和佟乐的私人物品。如果证实都属于佟乐，这个案件就可以重启调查。之前大家一直以为她是从酒店顶楼跳下去的，但很有可能她其实是从这个7楼的房间跳下去的，而宋江当时就在这个房间里。这回他怎么都摆脱不了嫌疑了！”

“宗太太，您跟我过来，我替您检查一下。”一位年轻的护士走过来，打断他们的谈话，将连韵引去另一个房间。

护士给她的外伤上了药，脖子处的掐痕有些严重，护士请示姚医生决定要给她拍个片子。

连韵觉得有点小题大做，自己并没什么不舒服的地方，完全可以不做这个检查。但姚医生劝她：“如果片子结果显示构成轻伤，医院可以出具伤情报告给你们去告那人。”

连韵这才同意去照个片。

开检查单之前，姚医生想起宗绍跟他说过两口子近期有怀孕计划，顺口问了一句：“对了，你们最近还有没有在备孕？”

“有是有……但是一直没怀上。”

“保险起见，照片前还是验个HCG吧！”

护士先帮连韵抽了个血，让她等两个小时。等验血报告出来，没问题就可以去照片子。

连韵心里记挂着连佳家那头，横竖这里有宗绍在，她决定先去派出所跑一趟。

派出所这头可热闹了，除了连佳家、樊异和付潇潇，宋江的父母都赶来了。但宋江还在录口供，谁都没让见。

宋江父母故伎重施，冲着连佳家上来就劈头盖脸地责骂：“你好狠的心啊。只是离婚而已，非要把小江弄到死路吗？我们宋家哪里对不起你……”

公公说得激动，举起手里的拐杖作势要打。其他人看不下去想阻止，没想到这回连佳家自己主动抓住了公公举起的拐杖：“你们宋家哪里对得起我？是我出去工作时，帮着宋江出轨？还是我怀孕时，和宋江一起监视软禁我？抑或是明明眼见着他打我，偷偷把电视机声音调大？”

公公被她说得直喘大气，接不上话来。坏人当然不会因为一两句说辞而感到抱歉，他只是觉得丢面。

婆婆抓住她的手，她换了个策略开始打感情牌：“你的苦我都明白。佳家，但我们毕竟是一家人，你放小江一马，好不好？”

“家不是法外之地，这个忙我帮不了。”连佳家狠心拂开婆婆的手。

“她说得没错。你们儿子涉嫌盗窃、传销、诈骗、教唆自杀等多项罪名，不是她谅解就可以撤诉的。你们也别在这吵了，有条件就去找律师，没条件就去申请法援。”民警都出来说话。

婆婆不死心，拿出乡下撒泼打滚那一套，往地上一躺开始四处打滚，还抱紧了连佳家的大腿。

“我不管！都是你害的。我那可怜的儿子哟。你还我儿子。你别想走，你肚子里还有我们宋家的孙子。你死也是宋家的鬼！”

“你松手。你自己一辈子是怎么过的？还想让我也跟你一样吗？”连佳家想甩掉她，又不敢使劲蹬腿，腿被婆婆缠得死死的。

“你放手！这个孩子我们肯定不会要，你们想都别想再以孩子为借口来吸佳家的血。”连韵和樊异扶住连佳家，付潇潇蹲下来去掰她婆婆的手，三人合力才把她解救出来。

“好了！你们当这是什么地方？再闹，就全部拘留！”值班民警看不下去，出来替她们解围。

“唔。”连佳家一声闷哼，捂住了自己的肚子。刚刚在酒店的打斗以及和婆婆的纠缠让她动了胎气，小腿有血流下来。

连韵对这个画面再熟悉不过，她大惊失色，抽过一把靠背椅让连佳家坐下。

“快叫救护车！”

连佳家躺在冰冷的手术台上时，意识是清醒的。直到最后一刻，她还没有想好要不要放弃这个孩子。孩子大概也是心疼母亲，替她做了选择。

在她的坚持下，这场手术只做了局部麻醉。

于是她得以亲眼看着那个已经初具人形的小生命从她体内被取出来，她侧过头，看见医生手里捧着一个小到不可思议的身躯。虽然只能看到通体紫红色的背部，但她已经可以想象到他如果出生会长得多么可爱。

“医生，我能看看吗？”她嘶哑着喉咙问。

温柔的护士握住她的手，也挡住了她的视线：“我劝你最好不要……”

妇产科的人都知道看一眼，那将是一辈子的噩梦。

明明打了麻药，伤口感觉不到疼痛，她却觉得被剜出来的好像是自己的心脏。

未成形的胎儿取出来时，只呜咽了一声，就再无声息。

医生将他放进黑色塑料袋中，扎上口的时候顺口说了一句：“可惜了，是个男孩。”

她突然笑了，笑得非常讽刺，甚至闭上眼睛笑出了眼泪。

“孩子，下一次好好选妈妈。”

连韵和樊异坐在手术室外的长椅上，两人都沉默不语，都是要做妈妈的人，对连佳家的痛感同身受。

连佳家的婆婆也跟过来了，她坐在两人对面忐忑不安：“这孩子不会真被我害死吧？他要是死了，我也不活了。”

“你最好现在就去死，死远一点！不要碍着佳家的眼。”樊异忍不住咒骂起这个恶毒的女人，媳妇被他们一家人害得生死未卜，她却只关心自己的孙子。

连韵拍拍樊异的手，安抚道：“别动了胎气。为了这种人犯不着。”

“你也不需要假惺惺守在这里，孩子是百分之百保不住。这次手术就是引产手术。因为胎儿是畸形，佳家一直下不来决心放弃，这次你也算做了件好事，帮她做了选择。”

“佳家肚子里的孩子是畸形儿？”婆婆不敢相信，这话在嘴里咂巴几次突然嚼出味儿，“报应啊！真的是报应。”

婆婆口中念念有词地消失在医院走廊尽头。

此时，连韵的手机震动。她接起听到宗绍明显惊慌失措的声音：“小韵，你在哪里？”

“我在医院啊。四楼妇产科，我在陪佳家做手术。”

“那你待在那别动，我上来找你。千万别动！”

“好。”宗绍从小懂事早熟，在外一直稳重有加。连韵真没见过他这样，有些莫名。

宗绍是跑着过来的，喘着粗气。连韵和樊异都好奇地盯着他，宗绍看到樊异在一旁居然有些不好意思，招招手让连韵到一边去说话。

“我告诉你个大消息，你要淡定。”

“别卖关子了。神神叨叨的，什么大消息，难不成是我怀孕了？”连韵随口乱诌，宗绍却沉默了，盯着她，满眼期待，等着她自己反应过来。

“什么意思？”连韵见他突然不说话，心里咯噔一下，“真的假的？你没逗我？”

宗绍拿出她的验血单：“真的。HCG 稍微低了点，但确实是在妊娠期。小韵，我们的宝宝回来了！”

“啊！”连韵只叫了一声就赶紧捂住嘴巴，这里在医院，她不敢放肆。但如果可以，她现在恨不得叫到全世界都知道。

“这回真要请小沈医生吃顿饭。”

“何止吃饭，那小子已经在跳着要我打红包了。”

“佳家出来啦！”樊异在手术室那头喊。

连韵顾不上自己的事，小跑着朝推出来的手术床迎上去。宗绍赶紧跟着追过去：“姑奶奶，你慢点。”

连佳家被推入一个空病房，其余几人都站在床头。

“感觉怎么样？”连韵怜爱地抚摸着佳家的头发。

“还好。倒是宗医生……”连佳家看到肩上还缠着绷带的宗绍，心里内疚不已。

“我没事。你别想太多，好好调养身子，欢欢、喜喜还等着你回家陪她们。”宗绍宽慰道，唇边是止不住的笑意。

“你俩到底有什么秘密？刚刚我就想问了，宗医生一直笑得跟个傻子似的。”樊异忍不住问出口。

连韵和宗绍对视一眼，还是决定说出来：“我……又有了。”

“啊啊啊！”樊异的反应跟她一样，尖叫不已。直到被连韵捂住嘴才停下来，“你们这是因祸得福啊！”

“算吧。”连韵见连佳家眼中有泪，心想大概是这个消息让刚失去孩子的她心里更难受，不想再展开聊。

没想到连佳家却主动追问：“胎儿多大了？有胎心没有？”

“还没有去检查呢。你就别操心我，安心养好你自己身体。”

“你不明白。这是我今天听到的最好的消息。”虽然毫无根据，但连佳家打心底里相信这个孩子就是刚刚引掉的孩子跑进了连韵的肚子，他终于找到一个好妈妈。

第二十二章

1

樊异这几天到了预产期，一直没有发作，急得童舟团团转，他索性直接睡在樊异家客厅沙发上，怕她随时都会发作送医院。

反而是罗凤卿很淡定，跟童舟传授经验：“我怀婷婷的时候也是这样，女孩子性子慢总不着急。看来你们这胎是个小棉袄。”

“虽然我很希望小圆满是个女孩，但谁说女孩就一定性子慢？我看你不就风风火火，杀气十足。每天早上八点就告诉我十点了，敲锣打鼓非喊我起床。我又不上班，我又不上学。不知道起这么早做什么？”樊异瘫在沙发上打了个大哈欠。

“你妈年轻时也是温柔可人的好不好？懒得跟你说，你以为我爱管你哦。得为我们小圆满着想是不是？你以前夜猫子似的，每晚两三点睡，第二天中午才起，小圆满生下来不得变成个小夜猫？”

“这点我赞同阿姨。”童舟马上狗腿地拍罗凤卿马屁。

“有你啥事？站着说话不腰疼，你来生一个试试。”樊异最近都在为分娩做准备，视频里那些产妇满头大汗，叫到喉咙嘶哑的样子让她夜不能寐。她拽着童舟一起看分娩视频。

网上描述阵痛是反复敲碎十根肋骨，分娩是把大西瓜从鼻孔里掏出来，还有侧切是没有打麻醉的。光看着都让她头皮发麻，一阵肉疼。

母亲把她的手机抢走："别净看些没用的。我跟你说，没那么夸张，就跟母鸡下蛋一样，你都来不及想。"

"妈，你这是典型的好了伤疤忘了疼！"

"到时候进了产房你就明白我意思了。"

"谢谢你愿意为我做这么大牺牲……"童舟感性了一把，却被樊异一脚"急刹"止住。

"你慢点。生小圆满这事我是为了我自己，我还没那么伟大为了你牺牲，先别自我感动。"

"不管怎么说小圆满是我的孩子。不管你是不是为了我，都很感谢你让我有做父亲的机会。"

"还有个事我一直想跟你商量来着。"

"你说。"

樊异瞥了一眼在旁边拖地的罗凤卿："我们进屋说。"

"哟，还有小秘密要瞒着我呢。行，老佛爷您别挪地，你俩在这聊，我进去拖卧室。"

不知道两个小年轻在嘀咕什么，刚开始还能听到童舟比较激动地说不行，后来也没了动静。

罗凤卿拿着拖把走出来："聊完了？我可以出来了吧？"

"出来吧，我们聊完了。"樊异面带微笑，童舟看着她有些面色不自然。这让罗凤卿更好奇他们刚聊了什么？

她注意到樊异脚边的沙发下有一摊水，嘴里抱怨道："刚拖的地，你们怎么又把水弄地上了？"

"水？"童舟和樊异都是一脸问号看向地下。

罗凤卿突然反应过来什么，脸色一变："你是不是破羊水了！"

樊异发现还真是自己身下流出来的水："妈，妈，妈妈！怎么办？"

她吓到只知道喊妈妈。罗凤卿此时却表现出绝对的镇定："婷婷你平躺下来，童舟拿小枕头垫着她的腿。我去打 120。"

"阿姨，是不是我们自己开车去更快？"

"不行。羊水已经破了，她只能保持平躺，自己下楼有胎盘早剥、胎儿窘迫的风险。"罗凤卿只是个中学学历的中年妇女，自己生孩子时还在工厂干活，根本没有这些知识。但为了她，硬是跟着老霍补成半个专家。

救护车很快过来，把樊异拉去靖州市妇幼医院。因为还没有规律性阵痛，医生只安排了一个病床让她等着。等到阵痛变成五分钟一次再通知医生。

连佳家和连韵闻讯都带着家人第一时间赶过来，瞬间把她的病房填得满满的，把她的心也填得满满的。

"本来怕得要死，看到你们都没那么怕了。"大概是雌激素作祟，樊异居然反常地抹起眼泪。

欢欢、喜喜好奇地围着樊异病床打转："阿姨，妹妹说她要出来了。"

"妹妹，你们怎么知道是妹妹？"樊异欣喜不已。

"小孩子，别乱说话。"连佳家一手搂住一个，把欢欢、喜喜箍到自己怀里。

"我们就是看见啦，妹妹在阿姨肚子里扭来扭去。"

"有些老人说小孩子是看得见肚皮里的事，我这还是第一次见呢。"罗凤卿深以为然，完全相信欢欢、喜喜的话。

"就算真看到，胎宝宝怎么可能会说话。别听她们胡说。"

"要真是个女孩就好了。嗷！"樊异突然感到一阵强烈的宫缩，像是胎儿在回应她的话。

一阵疼痛过去后，樊异脸色都白了。还没等她多喘息一会儿，下一阵阵痛又袭来。“啊！我不行了！快叫医生。我是不是要生了？”

童舟慌慌张张叫来医生，医生推着樊异去做内检。没几分钟，樊异又回到病房。

“怎么回事？还不进产房吗？”

“医生说才开了两指，要再等等。现在产房里还有一个在生。”樊异整个人已经蔫嗒嗒，“我刚痛得都快死了，居然才开两指！”

作为准妈妈的连韵，对樊异现在的感受感同身受，总觉得自己就是那下一个待宰的羔羊。“看你这样，我都不敢生了。”

“连韵我跟你说，生孩子简直是非人的经历！你知道刚刚内检是干什么吗？医生要把手指头从你下面伸进去，检查宫口的情况。我感觉我整个人就跟个烤串儿一样被捅穿了，也不知道医生是个什么感受。是不是也觉得好恶心？”

“没那么夸张。医生每天接收那么多病人，哪有时间想这些。等开三指就可以打无痛了，你再坚持一下。”宗绍尝试以医生的口吻安抚樊异，却被怒火十级的她怼回来。

“打了无痛又不是真的无痛，你们男人就该来试试这种酸爽！没尊严啊，没人权啊！”

童舟和宗绍作为病房里的两个男生，互相对视一眼，童舟耸耸肩：“我要能替她生，我真就上了。”

“现在谁也不要跟我说话！让我安静地开到三指去打无痛。”樊异坐在一个瑜伽球上颠来颠去，看得童舟胆战心惊。

护士进来做术前手术准备，顺便询问待会谁进去陪产？罗凤卿和童舟都跃跃欲试。樊异想都没想点了自己妈妈。

“我怕你跟我进去吓得你以后对别的女人都没有欲望，万一见血再晕在手术室里，医生都不知道该先抢救谁。”樊异一副为他考虑的架势，童舟也不好再说什么，小媳妇似的捏着给孩子准备好的小衣服、小帽子和包被，一样样递给罗凤卿。

“哦，对了，老程托我给宝宝送个礼物。他担心你不收红包，就买了一对小金锁手镯，要不要带进产房等小圆满生下来就可以戴？”童舟从口袋里拿出一个红色的小袋子。

“刚生下来的宝宝手脚还太幼，先别戴了。”罗凤卿接过盒子打开扫了一眼，“不过漂亮是真漂亮，你爹有心了。”

罗凤卿一句“你爹”憋得樊异差点要笑场，见童舟也没什么反应，大概是真的放下和老程的心结。

“他也太见外了。下次直接送钱就好，哪有不收的道理。你们也是，别整些虚头巴脑的，直接打红包就行。听到没有？”

罗凤卿照樊异背上拍了一掌：“你这孩子，可真不客气。”

“妈！这都是我生死之交，我们才不假客气呢。你们说对吧？”

“差不多可以进产房了。”护士提醒道。

“我樊壮士去了！出来又是一条好汉。”樊异在手术室门口回头朝他们挥挥手，挺着大肚子那笨拙的身影颇有喜感。

产房里，两个多小时后已经进入最后一个产程。无痛的药效已过，疼痛加倍袭来，樊异整个人像水里捞起来一样。她抓着罗凤卿的手：“妈，这就是你说的母鸡下蛋？”

罗凤卿见她这样是又心疼又好笑：“乖女儿，再加把劲！我已经看到小圆满头发了。”

“啊！！！我再也不生啦！！！”在樊异声嘶力竭骂出第一百零一句脏话后，婴儿洪亮的哭声突然响彻整个产房。她整个人像被点了穴一样，安静下来。

护士把宝宝抱到一旁的操作台清洗穿衣，罗凤卿也跟着过去看，满眼的慈爱，恨不得马上从护士手里抢过来抱。医生还在给樊异掏胎盘，她极力抬起头想看看孩子。

“妈，妈……怎么样？有没有多个或少个手指头？五官都齐全吗？”

医护人员都被她的问题逗笑了，而她母亲则完全沉浸在看见孙女的喜悦中，听不见她说话。最后还是医生回了她：“放心，是个可爱健康的女宝。”

樊异心满意足地躺回病床，一种奇异的温暖感从胸口蔓延到四肢五骸，连指尖尖都能感受到这种满足感。

原来妈妈说的那句“等你进产房就懂了”是这个意思。再大的痛苦在孩子呱呱坠地时那一声啼哭前都显得不值一提。

手术结束后，樊异和孩子一起被推出产房。除了童舟他们守在门口，还有一个意外来客——樊天阔。

“是我叫他来的。”罗凤卿跟樊异解释。

樊天阔站在人群外围，怯生生地想看又不敢凑到前面。樊异看他那副老小孩的样子，早就没了脾气。

“童舟，把小圆满给爸抱抱。”她开口，童舟把孩子小心翼翼递到樊天阔面前。

“哎。好，好……你刚叫我爸？你还愿意认我这个爸？”樊天阔眼泪在眼眶里打转转，他用手肘抹了一把眼泪，这个一辈子不羁的老男人居然哭了。

“小圆满，小满满，你的眼睛好大哟。长得像谁呀？”樊天阔抱着小圆满爱不释手，他没想到自己这辈子还能体验到隔代亲，“婷婷，我觉得她长得和你小时候一模一样。”

“你乱讲。婷婷小时候脸盘子要圆很多。我看你根本不记得她生下来什么样。”罗凤卿凑到他身边，两人一起逗弄着小孙女。大概他们谁也没料到斗了半辈子恨了半辈子的两个人最后能这样握手言和。

“我觉得有了小圆满，我就失宠了。你看我爸妈，看着小圆满眼睛都成桃心形。”樊异拉着连韵的手撒娇。

“傻瓜，他们爱小圆满，也是因为她是你的女儿，有一张和你相似的脸，就好像重新看到小时候的你。”

连韵一语惊醒梦中人，樊异再看罗凤卿和樊天阔抱着小圆满的样子，仿佛他们突然年轻了三十岁，手里抱着的是刚生下来的她。

第二天，童舟过来接替罗凤卿的班。罗凤卿在旁边收拾中饭的碗筷，童舟和樊异又在一边说悄悄话，偷偷摸摸捣鼓什么。

“你俩等我走了再说悄悄话不迟啊，非得吊人胃口。”罗凤卿提着收拾好的饭盒要走，被樊异拉住。

“妈，我们跟你说个事。”

童舟拿出一张纸递给罗凤卿，是孩子刚办好的出生证明。

“出生证这么快就办好了？孩子大名叫啥？”罗凤卿定睛一看，“这是不是搞错了？”

“罗满满？这孩子怎么姓罗啊？”罗凤卿刚说完就意识到什么，“这孩子……跟我姓？这怎么能行？小童你没意见？”

“其实刚开始我是有点不高兴，想着小圆满就算不跟我姓也该跟她妈姓。但樊异说这是她能给你的最好的回报。横竖不管小圆满姓什么都是我的女儿，我也没意见。”童舟说得很诚恳，但罗凤卿还是有点接受不了。

“这……哪有跟外婆姓的道理？”

“怎么就没这个道理了？妈，我知道你因为生了我这个女孩被奶奶戳了一辈子脊梁骨，爸爸也间接因为这个原因撇下我们一走了之。是你以一己之力把我养大，我的孩子自然要跟你姓。让那些瞧不起生女孩的人看看，男孩还有哪点比女孩强！”

“还是算了吧。我没想过……我真的不敢想……”罗凤卿一辈子吃了重男轻女的亏，最终在孙女身上得到治愈。

“没啥不敢想的。名字只是个代号，你要不让她姓罗，我就让她姓猫啊狗啊、桌子凳子的。随便取个好听的都行。”

“你这孩子怎么这么胡来呢！”罗凤卿被女儿的无厘头带偏，心疼地抱着孙女左看右看，“我们才不姓阿猫阿狗呢。我们就叫罗满满。罗满满，满满的福气！”

承载着满满的爱意、满满的希冀而降临的小生命就是给一个家庭最好的礼物。

2

宋江的一审判决是无期徒刑，在酒店房间找到佟乐的血迹和发夹后，宋江终于承认他们见最后一面的时候，发生激烈争吵，他动手打了佟乐。而佟乐为了自保也为了保护腹中的孩子，想翻窗逃跑，却不慎从7楼坠落。

佟乐的家人得知真相后在庭上对他大吐口水，场面闹得十分难看。庭审结束后，他们灰溜溜走了，只有佟乐的舅舅一人过来和连佳家打招呼。

“我姐姐、姐夫本来想过来亲口跟你说声谢谢，但他们没这个脸。乐乐破坏了你的家庭，说到底都是我们长辈没教好，不过她也付出足够惨痛的代价。希望你能放下过去，重新开始。我代他们一家跟你说一句对不起。”

“我接受。”

宋江被宣判无期时，公公气得当场中风昏了过去。当初公婆为了给宋江凑三十万元“彩礼钱”，抵押了自己的房子。连佳家出于道义拿出十万块钱把他们的房子赎回给两老居住，也算是仁至义尽，从此彻底和这个家庭撇清关系。

所以那件事还是她后来才听说的：她的公婆，准确说是前公婆离婚了。

这么大年龄闹离婚在她们那个小县城里可是头一桩新鲜事。何况是几十年来都那么逆来顺受的一个人。谁也不知道是什么让她突然下定这么大的决心。

听老邻居说是有一晚婆婆做饭多放了一点盐，公公照例是破口大骂，嚷嚷得左邻右舍都听到。原本这几十年都这样，大家也习惯了。这一次，婆婆却没有再隐忍。

她把所有饭菜全部掼到地上，围裙往桌上一摔：“你自己做吧！老娘不伺候了。”

从此以后，她就真的做饭只做自己的，睡觉也分床睡。老头子不签离婚协议，她也不急。任凭他中风瘫在床上，拉屎拉尿在身上都不理。老头子刚开始就是每天骂，这年纪想打也没力气，骂到后来发现少了老婆伺候，吃亏的还是自己，于是开始服软说好话。但为时已晚，老婆子坚持要离。

最终中风的老头没精力耗，两人把离婚协议书一签，把这个小洋楼又卖了，一人拿一半钱。老头拿着这钱交了一年养老院的费用，总算有人照顾起居。

大家都在替他发愁，他们又没有退休金，到明年该拿什么交养老院的钱？婆婆却说不担心，这老头离了自己活不过今年。

连佳家想到这个画面只觉得有些好笑，窝囊一辈子的婆婆终于硬气了一把。只是人到风烛残年才任性，多少有点遗憾。

连佳家庆幸自己悬崖勒马，回头是岸。

宋江被抓后，她想过带着两个孩子回老家，至少母亲还能帮手照看一下，她出去做个小工养活一家子，吃饭不成问题。

关键时候是连韵向她抛出橄榄枝，连韵要出来创业，希望她能一起入伙。

她创业的项目叫孕旅，主攻的是育前培训。

“培训机构想必大家已经听过很多，但是针对准妈妈、准爸爸的培训在我国却是少之又少。父母好像天生就会做父母，但其实做父母才是最需要学习和考试的职业！”连韵挺着肚子，站在会议室的大屏幕前对着PPT侃侃而谈，讲述她的创业理念，“当今社会，默认怀孕育儿是女人的天职。在怀孕这段旅途中，爸爸的身份总是缺席。而我们孕旅的主旨是提前让准妈妈、准爸爸了解从怀孕到生产，乃至孩子上幼儿园前头三年，他们将要遇到什么情况以及如何解决。我会以自己的孕期为素材来进行跟踪式摄像教学，最后与所有学员共同学习分享。这个市场是一块尚未开发的大蛋糕，我相信一定会给公司与投资者带来巨大的盈利。”

“啪啪啪。”她一说完，掌声雷动。带头鼓掌的是李乘风，他现在已经是方舟资本靖州分公司的总经理。这次连韵的项目也是他负责。

“我还以为韵姐你怀孕后就要隐退去做全职妈妈了，没想到你另杀出一条血路，怀孕都让你变成一条生财的道。”

“赚钱是一方面，更重要的是，这份事业有意义。以前我们自己做项目投资就知道，大多数项目即使打着服务主体是妈妈，也不过是把‘妈妈’这个特殊的服务群体当作摇钱树。什么月子中心、产后修复、减肥塑形，都是一种外在的享受。当然不是说这些外物不重要，但是比起修复身材，亟须拯救的是准妈妈们岌岌可危的心理。对分娩的惧怕，对育儿的无力，对自己身份转变的困惑，而这些不仅仅靠妈妈一个人可以解决。我们的项目也是希望将爸爸更多地带入到整个‘孕途’让‘丧偶式育儿’成为过去式。”

连韵一席话说得在场的女性心潮澎湃，连一向看不惯她的付娜都动容了。没有谁比女人更了解女人，是做敌人还是做合作伙伴都是自己的选择。

最后连韵的提案全票通过，破天荒获得总部两千万投资。是目前方舟投过最高的个人创业项目，多少是赌连韵的个人能力。

尽管市场调研、各种投资收益分析都已经做得十分详尽，但创业的苦还是超出连韵的想象，倒不是别的，光驮着肚子里这个就连睡觉都比以前加班熬夜辛苦。

这也更坚定了连韵要把这份事业做下去的决心。每个女人怀孕前都该了解一下怀孕究竟意味着什么？男人也一样。怀孕改变的绝不只是女人，而是整个家庭。

我们常常听到一句话：“有了孩子就不一样了。”这句话多是含着心酸和无奈的，究竟哪里不一样？为什么会不一样？却没几个人能具体说得出来。而连韵要做的就是找出这个为什么，解决这个不一样。

为了真实还原怀孕的过程，家里四处有摄像机拍下她的起居饮食。她一吃东西就吐得天昏地暗的画面，她耻骨联合痛只能外八字走路的画面，她站在体重秤上不敢睁开眼睛的画面。她所有艰辛的、难堪的、痛苦的画面都毫不保留地记录下来。

当然孕途中也有欢乐时刻。当她半夜突然想吃蛋挞，一脚踢醒宗绍去买的时候；当她站在一边看宗绍组装婴儿床的时候；当她拿着胎心检测仪和宗绍一人一个耳机一起数心跳时。连韵发现孕期里所有快乐的时光都有另一半的参与，丈夫的投入让怀孕的痛苦得到另一个人的理解。

不过总有些无法避免的失落，体重增加、身材走样、五官肿胀让连韵像变了一个人。

当连韵挺着大肚子，穿着肥大的男款 T 恤，拖着发肿的脚踝站在镜子前时，她已经想不起曾经那个浑身发光的完美小姐的模样。

看上去最理所应当的属于母亲的勋章原来那么沉重。

3

连韵的生产日也是整个实验课程最重要的一环，自然也是要摄像的。

生产日那天，宗绍起了个大早，从书房里拖出一大一小两个行李箱进卧室。

小的行李箱里放进夫妻双方身份证、医保卡、结婚证等各种证件，还有宝宝出生要用的衣服、包被、尿不湿、小洗浴盆等。大的行李箱就装妈妈要用的换洗睡衣、拖鞋、产褥垫、吸奶器、存乳袋……

宗绍一边对着镜头解说，一边分门别类往箱子里塞东西。

“这个就是最常规的待产箱，可根据产妇其他个人需求添加。从丈夫的角度，也从一个医护人员的角度，我建议待产箱由丈夫或其他家人来收拾。这样当产妇进入产房，医生护士要求拿出某些特定物品时，丈夫能知道东西在哪。换句话说，老婆十月怀胎已经够辛苦了，替不了她受苦，我们至少能帮她做好后勤。”宗绍说完，推着打包好的两个行李箱走出卧室去做早餐。

因为宝宝胎位是臀位，所以预产期前一个月，他们已经决定好要进行剖腹产手术。因此生产日可以自己决定，倒是因祸得福。

连韵在网上查过剖腹产是剖开七层血肉才能取出胎儿，虽然手术时打了全麻不会痛，但术后麻醉一过就让人“醉生梦死”。光打麻醉那几寸长的粗针都够吓退一拨人。剖腹产的子宫愈合速度也比顺产要慢许多，要等三年后才能孕育二胎。不过这些都是后话。

因为剖腹产需要无菌环境，家属不能陪产。连韵需要一个人进手术室，和顺产不同的一点是剖腹产的产妇是自己走进手术室。所以连韵告别家人一个人拎着产褥垫走进手术室关门那一瞬间，她突然有点想哭，腿脚发软好像走在云端里。

连韵摸了摸肚子，试图给自己找点勇气：“再过半小时，我们就要见面啦！”

给连韵动刀的是妇产科主任，大概是宗绍特别拜托过，所以医生和护士们从麻醉过程开始就一直在同她聊天，分散她的注意力。

麻药起效果以后，先是一股暖意从脚底升上来，然后渐渐就感觉不到下半身的存在。一块蓝布架在她头顶挡住她的视线，连医生什么时候开始动刀她都不知道。

大约过了十几分钟，连韵听到主治医生跟她说：“哟，小朋友还挺胖。我可能要把口子切大一点，不过你放心，我用的美容线，之后收口疤就不会有这么长了。”

“这些都没关系，您优先考虑宝宝的安危。”连韵感觉到一股拖拽感，有什么东西好像拉扯着皮肉不愿意与她身体分离。

主治医生哼哧一声，用了劲。连韵看到他提着两只小脚把宝宝倒立抓起来剪断脐带打了个结放进护士手里。“小伙子还真有点劲。”

宝宝一直瘪着嘴一声不吭，像是在生气，两只沾满胎脂的小手凭空抓着已经不存在的脐带。直到护士弹了弹他的脚心，他才哇哇哭出来。和樊异孩子那洪亮的啼哭不一样，他哭得秀秀气气，但一声接一声不停，像受了极大的委屈。

医生过去检查了一下，在一张表上打了分。呼吸、啼哭、肤色、力气都是5。

“放心，是个健康的男宝。看样子是不想出来，还在生气呢。”医生同她开玩笑。

宝宝收拾妥当以后被抱过来给她看一眼，连韵有点怀疑面前这个全身粉红、皱巴巴的孩子是不是她的宝宝？怎么和她看过那些视频里可爱的婴儿完全不一样。

“好丑。”连韵笑着吐槽，娃像听懂了一样，哇地哭得更大声了，哭着哭着居然蹦出一句“妈”。虽然是无意识的，但还是逗乐了产房里众人。“真是奇观，生下来就会叫妈了。不愧是妈妈的小情人。宝宝取名了吗？”

“嗯，叫宗连安。我和宗绍商量过了，我们的孩子，只要他平平安安。”经历过小产和这十月怀胎的艰苦，连韵彻底放下了她心里的“百分制”，只要健康平安就都是一百分。

连韵亲吻了一下孩子的脸颊，宝宝就被先行一步抱出去。等她术后缝合完，又是半个多小时以后。

出产房的时候，公公婆婆已经跟着孩子去楼下的病房安顿。宗绍和自己爸妈守在手术室外，还有连佳家和樊异也在翘首以盼。

一看到她出来，宗绍把一束巨大的玫瑰放到她的病床旁，亲吻她的额头：“老婆辛苦了。”

爸妈在一边悄悄抹眼泪，樊异则是没心没肺地捧着一杯奶茶过来敬她："恭喜你跨过鬼门关。再过几个月，孩子断奶你就可以想吃什么吃什么，想喝什么喝什么！"

如果故事到这里就结束，还算一则美丽的都市童话。但一朝分娩只是孕途的开始，真正的战役从这一刻才拉响号角。有经验的人会告诉你，孩子在肚子里才是最美好的时候，当孩子降临，"灾难"就开始了。

贴身录制三年的教学视频素材里，连韵夫妇头一年几乎没能睡一个整觉。头三个月，宗连安先是黄疸不退，辗转多院治疗无果，直到两个多月隔了母乳才自然退去。然后又来了肠绞痛，每天半夜两点哭个半宿，要宗绍飞机式抱着在客厅转圈才能睡着。

四到七个月他开始出现厌奶现象。母乳已退，换了无数品牌奶粉都没用，还开始拉肚子和便秘交替出现。有时一天换十几次尿布，有时几天拉不了一次要用开塞露。去验血发现是牛奶过敏，只能吃又苦又涩的氨基酸奶粉。

七个月一过，从母体内带出来的"金刚罩"就消失了。感冒、发烧、流鼻涕开始间歇性找上门。纵使宗绍自己是医生，也觉得心力交瘁。连韵更是从一个育儿白痴蜕变成育儿专家。

从丁香医生到崔玉涛，从西尔斯亲密育儿到 P.E.T 父母效能训练，连韵拿出考学的精神研究个彻底。

于是，宗连安在很多人的见证下，不负众望长成了一个健康、聪明而体贴的小绅士。

宗连安三岁生日，连韵邀请了欢欢、喜喜和小圆满一起来家里给他庆生。在送礼物环节，宗绍送了儿子一套他喜欢的自然百科全书，而连韵送了一台他一直想要的平衡车。

"谢谢爸爸妈妈。"宗连安拉住母亲的手，"我也有个礼物要送给妈妈。”

“妈妈也有礼物？”

“当然。我三岁了，妈妈也三岁了！”

宗连安跑进自己房间拿出一张用丝带精心系着卷好的画纸。连韵打开看到儿子画的是一幅他们一家三口站在一个爱心房子前的图画，而她的胸前还别着一朵大大的像玫瑰花一样的胸针。

“这是什么？”

“爸爸说，妈妈冒着生命危险把我带到这个世界上，是大英雄！英雄都要有自己的勋章。这是我给妈妈画的玫瑰勋章。”

连韵看了宗绍一眼，伏在他肩膀上流下感动的泪水。

隔日，她躺在文身台上，掀开衣物露出略微凸起的小腹，小腹上有一道很长但已经淡却的手术疤痕。

“确定文在疤痕上？”

“嗯。这是我儿子给我的勋章。”

“很有意义。”文身师照着画上的样子在她的疤痕上文上了一朵玫瑰勋章。

如果说女人的勋章总是被藏在抹布、尿片和脏衣篓后面悄悄蒙尘，那理解、包容与爱便是擦亮勋章的唯一方式。

【全文完】